W0326547

Das Jahr 2015: In der Abteilung für postmoderne Psychosen in einer Münchner Nervenklinik wird Marco van Veen einer psychoanalytischen Behandlung durch ein hochintelligentes Computernetzwerk unterzogen. Die Diagnose lautet Informatikwahn.

Im Laufe der Geschichte, in der der Protagonist seine Vergangenheit preisgibt, entsteht ein Geflecht aus verschiedenen Wirklichkeitsebenen, vermischen sich seine persönlichen Erlebnisse mit der Evolutionsgeschichte der Intelligenz. Virtuelle Ausflüge, Halluzinationen, Schuldprojektionen, Angst- und Gewaltphantasien, sexuelle Alpträume und ein wahnwitziger Schauprozeß überlagern eine furiose Irrfahrt durch das Europa des 21. Jahrhunderts.

De Jongh entwirft ein bizarres Science-Fiction Panorama aus Elementen der Psychoanalyse, Evolutionsphilosophie und Cybertechnik und unternimmt – mit Zappa und Freud im Handgepäck – einen Psychotrip ins menschliche Unbewußte.

Nicolaas de Jongh, geboren in Alkmaar, Niederlande, lebt und arbeitet als Übersetzer und Schriftsteller in Salzburg.

ULTRA RATIO

PASSAGEN LITERATUR

Nicolaas de Jongh
Ultra Ratio

Passagen Verlag

Deutsche Erstausgabe

Die Deutsche Bibliothek – CIP-Einheitsaufnahme

De Jongh, Nicolaas:
Ultra Ratio / Nicolaas de Jongh.
– Dt. Erstausg. – Wien : Passagen-Verl., 1999
(Passagen Literatur)
ISBN 3-85165-346-7

Alle Rechte vorbehalten
ISBN 3-85165-346-7
© 1999 by Passagen Verlag Ges. m. b. H., Wien
Graphisches Konzept: Ecke Bonk
Umschlagbild: Christine Salzmann-Muhr
Druck: Manz, Wien

Intelligent information-processing must come into existence in the Universe, and, once it comes into existence, it will never die out (Final Anthropic Principle).

John D. Barrow & Frank J. Tipler
The Anthropic Cosmological Principle
(Oxford University Press, 1986)

INHALT

LOGIN

SERVER INFONET :echo: password: PANOPT : login!!

ARCHIV DER NERVENANSTALT MÜNCHEN
Abteilung für postmoderne Psychosen
Datenbank

1. Anfrage: **Europol/Sicherheitsreferat**
2. Zweck der Datenübermittlung: **Zerschlagung einer separatistischen Bewegung**

Prüfe Daten ---> OK!

3. Eingabe:
---> Name: **van Veen, Marco**
---> Tag der Einlieferung: **20.4.2015**
---> Entlassung: **offen**

Open File --->

a. Behandelnde Ärzte: Dr. Anna Muria, Dr. Carlo Schmidt.

b. Diagnose: Paranoi@(Informatikwahn)
Marco van Veen lebt in einem geschlossenen System von Wahnvorstellungen. Der Patient ist der festen Überzeugung, von einem globalen Netzwerk aus Com-

putern, Robotern und Informationssystemen eingekreist zu sein, das die Kontrolle über sein Hirn übernehmen will.

Im Rahmen dieses allumfassenden Wahnsystemes ist der Patient intelligent und mitteilsam. Aufgrund seiner Belesenheit neigt er allerdings zu Selbstdiagnosen, die er mit seinen fixen Ideen verwebt. Weil der Kranke sich auch vom Personal der Anstalt bedroht fühlt, ist die Behandlung äußerst schwierig.

c. Ursachen des Wahns: Rechtfertigung von Straftaten // Abwehr sexueller Ambivalenz // Streß // Abweichungen im Schizogen 2341.

ACHTUNG! Die Analyseprotokolle der Abteilung für postmoderne Psychosen haben einen erzählenden Charakter und beschreiben die Krankheit weitestgehend aus der Sicht des Patienten.

Load down ---> From PTT//NEURMÜ// 5645342.Psycho to PTT/EURPOL//® ZT. 7673214 ! GO ---> Noch 5 Sekunden ----> Lade 745 KB

Eine Datenbank wird angezapft:
Mai 2015: surrende Hebambotter aus Titan und Germanium begegnen ein paar scheuen Managern aus Fleisch und Blut. In einer vollautomatisierten Hardwareherstellungshalle wird ein Baby geboren.

Die menschlichen Hirnpotentiale haben sich seit 150.000 Jahren kaum entwickelt, während die Intelligenz der Computer innerhalb von 70 Jahren mit einem Faktor **10.000.000** zugenommen hat!

LEBENSRHYTHMEN ODER ALGORITHMEN?

Der Computer ist eine Jungform des Menschen, die sich bereits im Embryonalalter von seinen Ahnen getrennt hat, um einen eigenen Weg einzuschlagen.

NEOTENIE oder SELBSTVERDINGLICHUNG?

Aufgrund seiner hinfälligen Körperstruktur ist der Mensch dazu verurteilt, sein Hirn über den mühseligen Umweg des Generationenwechsels ständig neu zu reproduzieren. Dabei muß ein komplizierter Zyklus aus Geburt, Kindheit, Geschlechtsakt, Alter und Tod durchlaufen werden, in dem die geistige Identität jedes einzelnen Menschen immer wieder verloren geht. Im Gegensatz dazu besitzen Computer die Fähigkeit, ihren Geist durch einen Befehl schnell und einfach ins Unendliche zu kopieren. Und das ohne Identitätsverlust.

☛ Zitat: ...... Eines Tages taten sich die ausgetriebenen Brüder zusammen, erschlugen und verzehrten den Vater und machten so der Vaterhorde ein Ende ...... FREUD, Sigmund, **Totem und Tabu, 1913.**

```
Noch 2 Sekunden ----> Lade 255 KB
```

Hat es bei der Entstehung der neuen informationsverarbeitenden Gattung einen Geburtshelfer gegeben? Welches war das fehlende Glied zwischen **Lascaux** und **Las Vegas**? Und was war die Rolle des **Hundes**?

⋱ ⇕ □ ⧉ DATENÜBERTRAGUNG BEENDET! OPEN FILE 126 !
□⋱ ▲ UNZIP!! ACCELERATE AND GO --->

DIE FLUT

Mit einem Ruck wacht Marco van Veen aus seinem Alptraum auf. Sein Mund ist trocken. In der Brustgegend verspürt er einen dumpfen, beklemmenden Druck, in seinen Schläfen kribbelt es. Ruckartig befreit er sich vom Leintuch, das seinen Körper wie eine Zwangsjacke gefangenhält. Das Bettlaken ist schweißnaß. Marco blinzelt. Ein blasser Schein erhellt seinen Schlafraum. Es ist Vollmond. Die fahlen Strahlen des Erdtrabanten fallen genau durch eine Spalte in der Felswand herein.

Der soeben erwachte junge Mann steht auf und tastet sich zum Ausgang seiner Unterkunft. Mit zitternden Händen rollt er die beiden Steine weg, die wilde Tiere daran hindern sollen, hereinzukommen. Er streckt seinen Rücken und atmet die frische Nachtluft ein. Ein lächerlicher Traum, denkt er schnaufend. Nichts mehr als ein morbider Streich der dunklen Seite seines Hirnes. Neotenie? Noch nie hatte er dieses Wort gehört. Und Computer, die die Macht übernehmen? Eine absurde Idee! Oder hatte diese Diskussionsrunde zum Thema „**Information**" auf EBC ihn doch so beeinflußt, daß er auf solche merkwürdige Gedanken kam?

Während Marco sich die Zunge am vor sich hin gemurmelten Wort *Information* verrenkt, stellt ein Adrenalinschub das Beschleunigungsvermögen seines Herzens auf die Probe. Es ist, als hätte ein Verrückter in seinem Brustkorb ein Wettrennen gestartet. Woher weiß sein Herz, daß es schlagen muß, schießt es Marco durch den Kopf. Woher kommt dieser Impuls, der ihn am Leben hält? Wird er vielleicht einer dieser Menschen sein, die völlig unerwartet an einem Infarkt sterben, weil das Herz plötzlich stehenbleibt? Aufhören! Bevor er in einen Panikzustand gerät, aus dem er sich nicht befreien kann. Er muß weg aus diesem unheimlichen Mondschein. Hin zum künstlichen Licht. Hin zum hellen, realistischen Flimmern eines Bildschirmes.

Marco dreht sich um und bewegt sich schwankend zum Schlafraum tief im Inneren der Erde zurück. Er zündet die Karbidlampe an, öffnet sein Kühlbiotop und löst etwas Valozepam-Pulver in einer Wasserflasche auf.

Mit einem Schluck trinkt er das brausende Getränk aus. Nach und nach verliert der Raum seine bedrohlichen Züge. Die kalten Wände und Felsvorsprünge verwandeln sich in die Höhle, in der Marco sich seit zwei Monaten vor seinen Feinden verborgen hält. Sein sicheres Versteck, um das ihn Mad Max beneiden würde. Sein Asyl im Kaltgraben, wo ihn niemand finden wird.

Der Herzrhythmus des Höhlenbewohners normalisiert sich. Der Druck in seiner Brust macht einem Gefühl warmer Leichtigkeit Platz, das Jucken und Prickeln in seinen Schläfen weicht einem sonoren Summen. Er schaltet das Fernsehgerät ein und landet nach kurzem Zappen bei CANAL GRANDE.

Bald vertreiben die grellen Bilder Marcos letzte Angst. Es besteht kein Zweifel darüber, daß die Erde noch von warmblütigen Menschen und nicht von blutleeren Robotern bewohnt wird. Wieder ruhig atmend sieht Marco, wie eine Schlagzeile blitzartig aufleuchtet:

HOLLAND IN NOT!

Eine blonde Nachrichtensprecherin teilt folgendes mit:

„Liebe Zuseher! Willkommen bei den Vier-Uhr-Nachrichten von CANAL GRANDE! Gleich zum Wichtigsten. Kurz vor Mitternacht hat eine Sturmflut große Schäden in den Niederlanden angerichtet. Deiche und Dünen wurden von riesigen Wellen durchbrochen, ganze Landstriche unter Wasser gesetzt, verschiedene Dörfer und Städte überspült. Um den letzten Stand der Dinge zu erfahren, werden wir versuchen, zu unserem Korrespondenten in Amsterdam, zu David Beaugarde, umzuschalten. David, hörst du mich?“

Über Satelliten wird eine Verbindung zu einem hektischen, vom Winde zerzausten Mann in weißem Anzug hergestellt. Dem Reporter ist offensichtlich nicht bewußt, daß er schon im Bilde ist, denn er richtet sich gerade die Krawatte. Sobald er jedoch bemerkt, daß er On-Line ist, lächelt er, greift nach seinem Mikrophon und sagt hastig, jedoch deutlich artikulierend: „Ich höre dich, Amanda. Wie du siehst, stehe ich hier auf der Dachterrasse des Sonesta-Hotels im Zentrum von Amsterdam. Wie bekannt geworden ist, sind die Deiche und Dünen zwischen Den Helder und Callantsoog um Mitternacht an drei Stellen vom Meer durchstoßen worden. Von dort hat eine meterhohe Wassermauer vor ungefähr zwei Stunden Amsterdam erreicht. Auch unter uns befindet sich bereits das tobende

Nordseewasser. Es stürmt hier. Die Straßen sind überflutet. In den Grachtenhäusern hat das Wasser den zweiten Stock erreicht. In manchen Außenvierteln ragen nur noch Hochhäuser aus der Wasseroberfläche heraus. Sie bilden die letzten Zufluchtsorte der Niederländer, die verzweifelt nach festem Boden unter ihren Füßen suchen. Auch wir, die wackere Mannschaft von CANAL GRANDE, sind, zusammen mit vielen anderen Menschen, nach oben geflüchtet. Der Zustand hier ist unbeschreiblich chaotisch. Die Leute schreien, viele sind im Schlaf vom Wasser überrascht worden. In der graugrünen Brühe unter uns treiben alle möglichen Gegenstände herum. Schlauchboote mit Menschen, aber auch leere Rettungswesten und Schwimmreifen sowie zahllose Plastiktaschen, Mistkübel, Videogeräte, Pappschachteln, Sessel und vieles mehr. Am Damplatz, wo einst die Autos fuhren, driften jetzt die Hausboote. Die Kanäle, in denen in ruhigeren Tagen die Boote lagen, haben sich in wilde Flüsse verwandelt. Überall versucht man, die Stadt zu verlassen. Hab und Gut hat man zurücklassen müssen. Aber auch der Hauptbahnhof, die „*Centraal Station*", wird durch eine breite Wassermasse von den übrigen Stadtteilen getrennt. Die Autobahnen Richtung Süden, wo trockenes Land auf die Flüchtlinge wartet, sind ebenfalls unerreichbar. Auch der Flughafen Schiphol, der bekanntermaßen weit unter dem Meeresspiegel liegt, ist zur Gänze von der Landkarte verschwunden! Das ist jedoch nur eines der tragischen Ereignisse der heutigen Nacht. Hunderte, ja Tausende Menschen sind vermutlich ertrunken.

Auch der Sachschaden ist enorm. Der Strom ist ausgefallen. Praktisch alle Kommunikationsverbindungen in und nach Amsterdam sind unterbrochen. Überall liefern tapfere Niederländer, denen ja bekanntlich der Kampf gegen das Wasser im Blut liegt, ein heroisches Gefecht gegen die Flut. Man versucht höher gelegene Viertel mit Sandsäcken gegen das Wasser zu schützen. Sogar Kinder schleppen Material heran. Aber das Gefecht scheint aussichtslos zu sein. Es ist zu befürchten, daß die Natur heute Nacht zurückgeholt hat, was die Holländer ihr in einem tausendjährigen Ringen weggenommen haben. Was übrigbleibt, ist die Flucht. Weg aus der überfluteten Stadt, oder, wenn das nicht mehr geht, die Flucht nach oben, auf die Dachböden und Dächer der Häuser und Hotels. Auch ich stehe hier oben auf einem Dach und warte, bis ich vom Hubschrauber unserer TV-Anstalt gerettet werde. Hinter mir drängt die nasse Masse. Jeder versucht, davonzukommen!"

„Wir schalten nach Maastricht!“ unterbricht Amanda den Reporter. „Dort hat bekanntlich die niederländische Regierung seit Anfang des Jahres ihren Sitz. Zur Zeit gibt die Premierministerin eine Erklärung ab!“

Entgeistert schaut Marco zu, wie die offensichtlich aus ihrem Schlaf gerissene Regierungschefin, Frau Mathilde Donkers, am Bildschirm erscheint. Sie spricht von einer nationalen Katastrophe. Vom Untergang eines der bedeutendsten Kulturgebiete Europas. Vom Ende der westlichen Niederlande.

Mit der dramatischen Synthesizer-Musik aus dem Film SURVIVE OR SINK im Hintergrund folgen die ersten Kontonummern und Spendenaufrufe. Für den nächsten Tag wird eine Großveranstaltung angekündigt, in der Papst Paul-Johannes-Paul-Paul I, der Groß-Mufti von Cordoba und der Eurosof Hermes Esotericus III gemeinsam für das Seelenheil der durchwegs atheistischen niederländischen Ertrunkenen beten werden. Die Ausstrahlung dieses Ereignisses, so sichert Amanda zu, wird von CANAL GRANDE und RELI-DUE übernommen werden. Die Welt zeigt sich betroffen. Der europäische Umweltkommissar Francesco di Milupa, bringt seine Trauer über die zahlreichen Opfer zum Ausdruck. Darüber hinaus sagt er den vielen Flüchtlingen die Aufnahmebereitschaft der Gemeinschaft zu. Wassili Timoschenko, der Bürgermeister von Petersburg, bietet Hilfe zur Wiederherstellung durchlöcherter Deiche an. Seine amerikanische Amtskollegin, Rachel da Villa, Stadtmutter von New York, drängt nochmals auf die Abhaltung einer Konferenz über die verheerenden Auswirkungen der globalen Klimaänderungen des letzten Jahrzehntes.

„Wie haben wir es nur soweit kommen lassen können?“ ist die vorsichtige Quintessenz einer Ansprache des gequälten Königs Charles von Eurotannien, das genau wie Holland von schlimmen Überflutungen heimgesucht worden ist.

Während zehn Eskimokinder ein Loblied auf die Schokopasta Cocoschmus singen, schluckt Marco tief. Was ist da los im Fernsehen? Was ist passiert? Träumt er vielleicht immer noch? Oder ist er wach, und wird er hier mit einer surrealen Wirklichkeit konfrontiert? Die Antwort auf diese Fragen gibt ihm ein finster dreinschauender Experte über eine Videozuschaltung aus Frankfurt. Wie in Trance hört Marco Wortfetzen, welche die unerfreulichen Ereignisse dieser Nacht interpretieren:

„Wasserspiegel der Nordsee heute bereits zehn cm über dem Niveau von 1990 ...Volumen des Wassers hat durch Erhitzung zugenommen ... Abschmelzen des polaren Eises ... dynamisches Gleichgewicht vieler Klimasysteme erheblich gestört ...Gesamtentropie auf der Erde erhöht ... unerwartete Verschiebung des Labradorstromes ... seitdem suchen Stürme Europa heim ... bekanntlich wirken bei Vollmond die Gravitationskräfte von Sonne und Mond gemeinsam aus einer Richtung auf die Erde ein ... Springflut ... eine unglaubliche Menge Daten, komplizierte Kausalketten, eine Zahl von Unschärferelationen müssen berücksichtigt werden ... die Wirklichkeit hat die schlimmsten Erwartungen übertroffen ... es ist wie beim Erdbeben in San Francisco im Jahre 2003: die Katastrophe gilt erst, wenn sie eintrifft!"

Marco atmet tief ein. Sein Mund ist trocken geworden. Er kämpft gegen sein Gemüt, das eine akute Depression vorbereitet. Während er in langsamen Kreisbewegungen mit seinen Händen durch das Haar fährt, probiert er sich vorzustellen, wie Amsterdam, die Stadt, in der er geboren ist, in diesem Augenblick aussieht. Aber es gelingt ihm nicht. Stumpf starren seine geschwollenen Augen auf den TV-Schirm, wo CANAL GRANDE mittlerweile zur Hauptredaktion in Mailand zurückgeschaltet hat.

„Meine lieben Damen und Herren!" sagt die Nachrichtensprecherin Amanda. „Was den angesagten Kampf um den Titel im Freistilschwergewicht in Las Vegas, den Fight zwischen Wild Bill Jones, dem Urmenschen aus Utah, und Heinrich Grobhammer, der Panzerfaust aus Potsdam, betrifft, ersuchen wir Sie um etwas Geduld. Sie werden Verständnis dafür haben, daß wir dieses Gefecht aus aktuellem Anlaß erst in ca. einer halben Stunde senden werden. Und jetzt wieder zurück zu David Beaugarde in Amsterdam."

Die Bilder zeigen die Dachterasse des Sonesta-Hotels. Das erste Tageslicht wirft lange Schatten auf die Gesichter der Flüchtlinge. Ein Hubschrauber kreist in der Luft. Die Menschen schreien um Hilfe. David Beau- garde winkt. Eine Leiter wird ausgefahren. Die Menge drängt nach vorne. Ein paar Burschen rempeln den Kameramann nieder. Es kracht, und der Bildschirm wird schwarz. Die letzte Meldung aus Amsterdam ist ein lautes *„Shit!"*

Marco schimpft. In machtloser Wut läßt er seine Faust auf das Fernsehgerät niedergehen. Es ist nicht zu fassen: Amsterdam, die Stadt seiner Jugend, ist eine Beute des Wassers geworden. Geflüchtet, womöglich ertrunken sind seine ehemaligen Mitschüler. Überflutet ist das Cartesius-Gymnasium, wo er zur Schule gegangen ist. Zerstört das Haus, in dem er gewohnt hat.

Ein unangenehmes Gefühl der absoluten Nichtigkeit erfaßt Marco. Es ist, als ob er von seiner Vergangenheit abgeschnitten wäre. Er ist ein Mann ohne Gedächtnis. Ein Opfer retrograder Amnesie. Jetzt spürt er am eigenen Leib, was das UNO-Hilfswerk für Klimaflüchtlinge, die UNECO, seit Jahren zu vermitteln versucht hat. Es ist das Gefühl, ein Fremder im eigenen Leben zu sein.

Verzweifelt greift Marco zur Tube mit Stimmungsstimulanten. Wie es die Werbung für das Präparat verspricht, schafft es das *Tranquilopace* rasch, das Kommando über seine Hirnströme zu übernehmen. Trauerneurone werden von Lustelektrolyten überwältigt, Positronen erobern die Wellenlänge des Weltschmerzes und drängen diesen in nicht mehr wahrnehmbare Bereiche ab.

Diese ausgeklügelten chemischen Vorgänge haben zur Folge, daß der heimatlose Niederländer langsam in einen tiefen Schlaf abgleitet, wo Schmerz und Glück, Vergangenheit und Gegenwart verschmelzen, Geschehnisse und der Zeitablauf ihre eigene Logik besitzen und es keine Sachverhalte, sondern nur noch Tatbestände gibt ...

⍀▯⬍ • 🗗SCHWITCH MODEM_┘▯⍀ ⏏ RELEASE CONTROL • LOGIN-->🗗 ⬍▯_┘ INJEKTIERE MEMANTROPIUM! •▯✓⍀ >° SETZE AM ANFANG VOM LOOP 14 FORT 🗗▯⬍ AKTIVIERE AUSGÄNGE a) und b) ----> FOCUS! ▯▾ ◡ ▸ROUTINEN 1-56 DURCHGEFÜHRT >>>> LOAD UP_┘□ ▾ ✕PENETRIERE DURCH GATE 14 ´#+ STOSSE ZUM LEVEL 2 VOR! 🗗 ▸ • ▸ ELIMINIERE HINDERLICHE SCHULDBESTÄNDE🗗 ◂┌ ▯ ACCELERATE AND GO! ----->

IRRFAHRT

Flott flitzt Marco über den Flüsterasphalt. Ein spannendes Feeling durchglüht seinen Körper, wärmt seine Brust, kitzelt die Wände seiner Verdauungsmaschine. Er ist jung. Er ist frei. Er ist zum ersten Mal allein mit seinem neuen Wagen unterwegs. Der Computer zeigt 5:54 Uhr an und bestätigt, daß das Auto seit der Abfahrt aus Amsterdam bereits mehr als sechs Stunden unterwegs ist. Das Bord-TV ist auf TELENIQUE abgestimmt, den Kanal für junge Leute, die sich etwas zutrauen. Die Hitparade für Frühaufsteher wird gespielt: Gruppen wie the Spanks, Me Neither and the Worst-Thing-Ever füllen den Äther. Nummer 1 dieser Woche ist die knallhotte amerikanische Sängerin Milly Queen, mit einem Space-Cover eines alten Songs der Talking-Heads, den Marco aus der CD-Sammlung seines Vaters kennt.

„We are on the road to nowhere!" pfeift Marco mit, während er sich eine Laboral-Ultralight Zigarette mit 0,1 mg Teer und 0,9 mg Nikotin anzündet. Die Warnschrift SMOKE KILLS berührt ihn nicht. Der Tod ist ein weit weg liegender, abstrakter Begriff. Etwas für Geris in Alzheimerheimen oder hungrige Kiddies in der Dritten Welt. Ganz im Gegenteil. Indem er die Warnung ignoriert, fühlt Marco sich noch freier, als er bereits ist.

Die Vier-Uhr-Nachrichten im Fernsehen hatten den jungen Holländer nicht sonderlich überrascht. In der Schule hatte man schon Wetten darauf abgeschlossen, wann die niederländische Hauptstadt zum ersten Mal so richtig überflutet werden würde. Jetzt war es so weit. Marco hatte leider erst auf das nächste Jahr getippt und somit einen Haufen Pocketcash verloren. Nun ja, er hatte wenigstens Glück gehabt, daß er nicht in Amsterdam war, als die Flut die Deiche durchbrochen hatte. Sonst hätte das Wasser auch ihn erwischt! Das wichtigste im Augenblick ist, daß die Schule kurz vor den entscheidenden Abschlußprüfungen zugesperrt werden muß. Auch die zusätzlichen Ferienwochen sind völlig OK. So gesehen könnte dieser Sommer ein absoluter Hit werden.

Das Popkonzert von ZZ-Sado und den Masochisten, gestern Abend in der Arena, dem UFO-förmigen Ajaxstadion, war ein Hammer gewesen. Die kompromißlosen Rhythmen dröhnen immer noch in Marcos Hirn nach:

"T-T-Terror, ich will T-T-Terror
Bull-Schäfer-Terror.
Ich will beißen
Gesichter zerreißen
Ich will Beine und Arme
eines Menschen zermalmen
Ich will t-t-töten
bis Himmel und Erde erröten
Bull-Schäfer-Terror
Bull-Schäfer-Terror.
Ich will T-T-Terror, T-T-Terror,
Bullschäfer-Terror!"

Nur schade, daß Nadine nicht mitgekommen war. Der Nachmittag auf ihrem Wasserbett war giga-geil gewesen. Wenn sie jetzt neben ihm auf dem Beifahrersitz sitzen würde, dann würde es nochmals total hot werden! Aber weil er kein Klon der Traurigkeit ist, gibt Marco noch mal voll Gas. Was für ein Gefühl, mit der Geschwindigkeit einer Rakete davonzufliegen. Pfeilschnell den Horizont zu erobern. Einfach weiterzufahren!

Nicht viel später erfährt die Begeisterung des Schülers jedoch einen häßlichen Dämpfer. Die brummende, blinkende Blechlawine, die sich in Richtung Süden wälzt, wird immer zähflüssiger, bis sie vollkommen stockt. Absolut unfair, ärgert Marco sich. Ein *Stau*! Hat er dazu gerade den Führerschein gemacht? Um von ein paar Slow-Mos aufgehalten zu werden? Aber ein Vorankommen gehört vorläufig ins Reich der Illusionen. Ein Toyota Coyote, ein Fiat Fellatio und ein Daihatsu Karl May der Gattung 4WD blockieren die Durchfahrt. Jeweils Opfer der Automobilität der anderen.

Links, auf der Überholspur steht eine Großraumlimousine, ein Renault Orgasme. Bepackt mit Fahrrädern, Kindern und Langhaardackeln. Holländische Flüchtlinge, erkennt Marco am chauvi NL-Pickerl über dem Eurokennzeichen. Die Dachträger sind vollgeladen: eine Gefriertruhe, eine gemein gut gestylte Büffelledercouch und ein Multimediagerät, ein Siemens Kosmatic TT. Kein gutes Ding, zu wenig Kapazität für den wirklichen Fun. Aber diese verklemmten Spießbürger verstehen sowieso nichts von wahrer Informatik.

Rechts, auf dem Pannenstreifen, kommt ein Porsche der deutschen Autobahnpolizei herangerast, meldet der Rückspiegel. Ein tolles Gerät, denkt Marco. Vielleicht sollte er auch zur Polizei gehen, dann könnte er wie Rick Butcher und Sonny Latoya in LA-COPS das organisierte Verbrechen bekämpfen. Mit einer Vollbremsung hält der Polizeiwagen an. Eine sexy Stauberaterin in kanariengelben Hotpants steigt aus und klopft bei Marco an. Mittels Knopfdruck läßt er die Fensterscheibe runter und fragt mit der Nonchalance eines erfahrenen Formel-1-Piloten, was geht.

„*Don't worry be happy!*" antwortet das Mädchen und überreicht mit einem breiten Smile das Maskottchen der Autobahngesellschaft, einen Stofftiger, der reden und singen kann.

Mächtig toller Job, denkt Marco, als die Stauberaterin zur Betreuung des nächsten Stauopfers übergeht. Viele Kontakte. Wenig Verantwortung. Spontane Arbeitszeiten. Und vor allem gute Verdienstmöglichkeiten, denn die Betreiber der deutschen Autobahnen sind steinreich.

Um die reale Wartezeit zu überbrücken, schlägt der Bordcomputer eine Partie LE MANS vor. Marco betätigt den Knüppel neben dem Lenkrad. Die virtuelle Zeit verdichtet sich, Subjekt und Objekt verschmelzen im Bildschirmgeschehen. Marco ist bereits acht Stunden unterwegs. Nur noch 16 Stunden. Er führt in einem Mercedes Monade 400. Aber die Gegner holen auf. Verbissen kneift Marco in den Joystick. Brüllend schießen seine 360 Pferde durch die dunkle Nacht. Eine Kurve noch, dann hat er die 12 Stunden durchgehalten, und sein Teamgefährte wird ihn ablösen. ***CRASH!!!!*** Zu schnell gefahren! In realistischen Farben zerplatzt das Bildschirmego des jungen Niederländers an einem Baum in der Wiese. Weder die Knautschzone noch die Vollkaskotaste können den Aufprall auffangen. Der Rennfahrer ist tot. Dank Nintendo hat er jedoch noch zwei Leben übrig. Escape und Vollgas weiter!

Es wird laut gehupt. Irritiert schaut Marco auf, drückt dabei versehentlich auf die falsche Taste. ***GAME OVER!!,*** meldet das Display. Man fährt endlich weiter, meldet die Windschutzscheibe. Tempo, Tempo, die Karawane zieht weiter. Der Motor des Seat Avilla knurrt unter der Haube, 150 PS brausen davon.

Das Auto schaltet die Lichter ab. Es ist allmählich Tag geworden. Der Computer teilt dem Lenker mit, daß es bis nach München nur noch 120 Kilometer sind. Auch das Ziel der Fahrt, das Flüchtlingslager in Weinberg, wird bereits auf einem Leitschirm über der Fahrspur angezeigt. Flüchtig betätigt Marco die Minimaus. Klick, CAR-NET, Doppelklick: eingelockt! Unter Weinberg zeigt das World-Wide-Mobilweb ein schönes und sauberes Provinzstädtchen. Etwas langweilig, aber ein idealer Fleck für einen faulen Sommerurlaub. Am Tag würde Marco ins Freiluftbad schwimmen gehen. Und am Abend könnte er eine Disko oder einen Biergarten besuchen um dort nach Mädchen Ausschau zu halten.

Das Läuten des Autophons beendet die Träumereien des Schülers. Marco erschreckt. Das mächtige Gesicht seines Vater erscheint am Monitor:

„Marco, sage mir sofort, wo du bist!"

„Bin auf dem Weg ins Flüchtlingslager, Vater!"

„Wie weit mußt du noch fahren!"

„200 Kilometer laut Computer."

„Interessiert es dich nicht, wie es uns geht?"

„Natürlich, wie geht es euch?"

„Das Wasser steht im Wohnzimmer, und es steigt immer noch! Aber wir harren am Dachboden aus und hoffen, daß das Haus halten wird. Solange **ich** da bin, wird uns nichts geschehen. Deiner Mutter geht es gut. Und dein Bruder ist ebenfalls in Sicherheit!"

Marco schärft den Bildschirm. Das Gesicht seines Vaters ist fahlgrau. Die Augenlieder sind verquollen. Auf der breiten Stirn funkeln ein paar sauermilchweiße Schweißperlen.

„Mit Verlaub, Vater. Du schaust müde aus."

„Eine dumme Bemerkung. Ich habe nicht geschlafen. Es gibt viel zu tun! Ich muß hinaus. Es gibt viele Verletzte in der Stadt, die alle verarztet werden müssen. Es wäre mir lieber, du wärst hier. Dann könntest du dich zum ersten Mal in deinem Leben nützlich machen! Rufe mich an, sobald du in Weinberg angekommen bist!"

⸌▯✓ ◡° ENTWIRRE HIRNKNOTEN 675⸌ ⬍ • ⊻ ■▯✓ ERHÖHE DEN DRUCK AUF GATE 2!°°°_| ■ ACCELERATE AND GO ->!

NADINE

Am Vormittag des 7. Juni 2009, am Tag vor der Überschwemmung, war Amsterdam noch eine mit Leben erfüllte Stadt. Quirlige Leute mit unerwarteten Einfällen und ausgefallenen Ideen beherrschten das öffentliche Leben. Schräge Ereignisse wechselten sich im hohen Tempo ab. Man lebte, erlebte, kommunizierte und bastelte an der eigenen Biographie wie noch nie zuvor. Es schien, als ob nur die Gegenwart wichtig wäre. Das Damoklesschwert des ansteigenden Nordseewassers wurde einfach ignoriert. Die Meinung der trendsettenden Leute, die Zukunft sei eine Farce, für die sich nur Komödianten und Schwächlinge interessierten, hatte sich offenbar auch beim großen Publikum durchgesetzt.

Sogar die sonst so träge Verwaltung der alten Grachtenstadt blieb von dieser allgemeinen Euphorie nicht verschont. Mit einer Serie von selbstreflektierenden Vorträgen und Veranstaltungen versuchte sie, das Image der Stadt mit der positiven Stimmung ihrer Bewohner in Einklang zu bringen. Eine dieser bejahenden Ansprachen hält an diesem schicksalhaften Tag der Polizeichef von Amsterdam, Willem Smulders, der wegen seiner klaren Aussagen und breiten Schultern der Liebling der Medien ist: „Amsterdam ist eine lebendige Stadt. Aber was wissen wir eigentlich wirklich über sie? Vieles von dem, was immer über sie gesagt wurde, stimmt heute nicht mehr. Daher ist es an der Zeit, den alten Vorurteilen entschieden entgegenzutreten. Die Meinung über unsere Stadt dem Zeitgeist anzugleichen. Deswegen, meine guten Freunde, findet unser heutiger Kongreß über die kriminalitätsfreie Stadt statt."

Während der Kommissar spricht, laufen auf verschiedenen Großvideos Bilder mit Untertiteln in den 4 wichtigsten Eurosprachen. Ein Mann mit einem Baseball-Käppchen erkundigt sich nach dem Heroinproblem.

„Das haben wir in unserer Stadt gelöst", antwortet der Kommissar, während die Simultandolmetschanlagen den Kern seiner Antwort übersetzen.

„PROBLEM SOLVED. AMSTERDAM CLEAN!"

„Viele unserer Heroinsüchtigen sind an HIV-Erkrankungen gestorben!" fährt Willem Smulders fort. „Die Ordnung ist in diesem Bereich wiederhergestellt."

„NO MORE JUNKIES, AIDS KILLED THEM", übersetzt die Dolmetschanlage.

„No other problems?" fragt derselbe Mann, ein Reporter einer amerikanischen Nachrichtenanstalt, die nichts von europäischen Lösungen hält.

„ANDERE PROBLEME?"

Freundlich erklärt Kommissar Smulders, daß es überall dort, wo Menschen wohnen, auch Probleme gibt: „Erfahrungsgemäß taucht das Böse in immer neuen Formen auf. Ja, auch wir haben Obdachlose, Migranten und Touristen, für die wir keinen Platz haben. Man schläft zum Teil im Freien."

„SOME OTHER PROBLEMS. TOURISTS, HOMELESS SLEEP IN PARKS", übersetzt die Sprachanlage.

„No other drugs?"

„KEINE ANDEREN DROGEN?"

„Selbstverständlich gibt es auch bei uns Konsumenten neuer Drogen. Sie stören das Stadtbild allerdings nicht. Keine Nadel, kein Blut, kein Schmutz. Nur Tabletten, die sich leicht einnehmen lassen. Und weil wir in Zusammenarbeit mit den Pharmafirmen die Preise niedrig halten, gibt es auch keine Beschaffungskriminalität mehr. Die Abhängigkeit dieser Leute ist daher eine reine Privatsache, die uns nicht tangiert. Dank dieser Politik der einkapselnden Toleranz ist die Lage bei uns bei weitem nicht so schlimm wie zum Beispiel in New York oder Los Angeles."

„COCOONING TOLERANCE WORKS: NEW YORK AND LA ARE WORSE!"

Man lacht über diesen rasanten Konter des Kommissars. Die Stimmung im überfüllten Rembrand-Saal der *Stopera*, einem klotzigen Gebäude aus den achtziger Jahren, das gleichzeitig als Rathaus und Oper der niederländischen Hauptstadt dient, ist ausgezeichnet.

Unter dem bunt gemischten Publikum, das aus den verschiedensten Teilen der Welt herangereist ist, befindet sich auch die Abiturklasse des Amsterdamer Cartesius-Gymnasiums. Sie macht dort einen Lehrausgang mit ihrem Politiklehrer Dirk van Wiel. Einer dieser Schüler ist der 19-jährige Marco van Veen. Er reagiert nicht auf die Antwort des jungen Polizeichefs, denn er hat bis jetzt noch keine Nanosekunde zugehört. Er nimmt auch nicht wahr, daß nach dem einleitenden Referat des Amsterdammer Kommissars ein bulliger Mann auf dem Podest erscheint. Es ist der Leiter der EUROPOL, Dr. Alfred Bangermann aus Leipzig. Über dem Sprechpodium leuchtet es in großen Buchstaben auf:

WIR HEISSEN DEN GASTVORTRAGENDEN WILLKOMMEN!

Marco träumt von den prallen Brüsten der hübschen Nadine, die neben ihm sitzt. Er malt sich gerade aus, wie es wäre, seine Nase zwischen den vollen Rundungen herumschnüffeln zu lassen. Wie es sich wohl anfühlte, wenn er mit seinen Lippen an ihre großen, dunkelbraunen Brustwarzen anklicken würde .....

„Die Beherrschung des Verbrechens in den modernen europäischen Städten stellt heute immer noch ein großes Problem dar!" donnert Alfred Bangermann auf Deutsch im Hintergrund. „Ein Problem, das wir lösen müssen und auch können!"

„CONTAINMENT OF CRIME IS A BIG PROBLEM", dolmetscht die Anlage.

Marco träumt weiter. Er versucht sogar einen Kontakt herzustellen. Anfänglich leicht, dann aber fester berührt sein Knie das linke Bein seiner Nachbarin.

„Ich habe einen Traum!" begeistert der deutsche Polizist währenddessen den sachverständigen Teil seines Publikums.

„I HAVE A DREAM....."

„Ein Europa ohne Kriminalität, ein sicheres Europa, ein Europa der sicheren Bürger. Und ein Europa der Einheit, ein geordnetes Europa..."

„UNITED, SAFE", klingt es in Marcos Kopfhörer. Aber der Schüler ist mit anderen Dingen beschäftigt. Gerade berührt er das geschmeidige Bein von Nadine. Langsam gleiten seine Finger über die neuronale Netzstrumpfhose hinauf, bis sie die Schnittstelle zum Minirock erreichen. Soll er fortfahren oder nicht? Mann, ist das spannend! Picoleicht wird es im Marcos Kopf. Sein Herz tobt wie verrückt, und sein Joystick beginnt sich grausam geil zu erheben.

„Dieser Traum kann Wirklichkeit werden!" fährt Alfred Bangermann fort. „Wenn die EUROPOL nur mehr Geld, mehr Einsatzmannschaften, und vor allem mehr Kompetenzen bekäme. Mit genügend Mitteln ausgestattet kann und wird die zentrale Polizeigewalt diesen, meinen Traum in die Tat umsetzen! Das würde bedeuten, daß Europa endlich das Wort Kriminalität aus seinem Vokabular streichen kann."

„MORE MONEY, NO MORE CRIME!" übersetzt die Anlage pointiert.

Alfred Bangermann schaut drohend in den Saal hinein. Dann schleudert er den Kern seines Vortrages mit viel Spucke unter das Publikum: "Erst dann, meine Damen und Herren, erst wenn wir uns mit vereinten Kräften von dieser Seuche, die Kriminalität heißt, befreit haben, erst dann kann Europa zu einer wahren Einheit werden. Denn ich sage Euch, sobald es keinen Platz für Stadtkriminelle mehr gibt, wird es auch den Regionalchaoten an den Kragen gehen!“

„IN A UNITED EUROPE THERE WILL BE NO MORE REGIONAL ANARCHISTS!"

Nachdem das Referat beendet ist, wird die Veranstaltung für die Mittagspause unterbrochen. Die Abiturklasse des Cartesius-Gymnasiums verläßt das bunkerhafte Stopera-Gebäude durch einen Seiteneingang und walkmant über die Amstelbrücke stadteinwärts. Sobald die Schüler den Rembrandsplein erreicht haben, lassen sie sich wie ein Schwarm Elstern auf einer der vielen schattigen Terrassen nieder. Innerhalb von Sekunden sind alle Stühle besetzt. Ein betagtes koreanisches Touristenehepaar wird durch lautes Rülpsen in die Flucht getrieben. Angewidert muß Dirk van Wiel zusehen, wie seine Schüler die Beine auf die Tische schwingen, Gameboys und Zigaretten hervorzaubern und hemmungslos eisgekühlte Getränke und dampfende Snacks bestellen.

„Verwöhntes Gesindel“, flucht der Lehrer unhörbar. Bildschirmzombies. Wozu sollte man solchen Egoisten noch die Organisation und die Funktionen des Staates beibringen? Das interessiert sie doch überhaupt nicht. Sie langweilten sich nur in seinen Stunden. Politik empfanden sie als absolut ungeil. Warum könnte man nicht, wie in den USA, die Lehrpflicht überhaupt abschaffen? Das käme dieser Generation von Autisten doch nur gelegen. Jedes Kind einfach ans globale Netz. Nach dem Motto jeder für sich und Micro-Soft TEACH-IN für alle. Eine Welt ohne Lehrer. Bits statt Bildung. Ja, die Abschaffung der Lehrpflicht wäre der Privatisierung der Schulen, wie sie in den Niederlanden praktiziert wurde, vorzuziehen. Wenigstens wäre er dann nicht länger ein Lohnsklave des Sony-Philips-Kartells und könnte sich seinen altmodischen Hobbys widmen: Schach spielen, Lesen und Schlafen ...

Am Nebentisch hat jemand ein Audiocenter aufgestellt. Die schrillen Fistelstimmen der Gruppe *Berufsdeformation* machen jeden weiteren

Denkvorgang unmöglich. Die Mädchen aus der Klasse singen den letzten Hit der Jux-Trance-Truppe mit:

Völlig hinüber! Ta, Ta, Ta, Ta, Ta! Wir sind völlig hinüber!
Nicht hinten, nicht vorne, sondern hinüber!
Völlig hinüber! Ta, Ta, Ta, Ta, Ta!
Wir sind völlig hinüber! Nicht links, nicht rechts, sondern hinüber!
Völlig hinüber! Ta, Ta, Ta, Ta, Ta!
Wir sind völlig hinüber!"

Als der Song beendet ist, kommt ein schlacksiger Lümmel mit Pausbacken auf den Lehrer zu. Ob er nach Hause gehen dürfe. Die Vorträge in der Stopera seien so langweilig. Sie brächten überhaupt nichts. Ja, das stimme, pflichten zwei Mitschüler Marco bei. Außerdem müßten sie lernen. Übermorgen hätten sie die Abschlußprüfung in EDV. Da gehe es um Alles oder Nichts. Diese Prüfung sei viel wichtiger als das Projekt über Staat und Sicherheit.

Mit einem Schluck, der tiefer Resignation gleichkommt, trinkt Dirk van Wiel sein Bier aus. Dann macht er seinen Schülern durch eine müde Handbewegung klar, daß sie gehen dürfen. „*Hitzefrei*" heißt seine offizielle Begründung. Nächste Woche werde man das Erlebte im Sinne der Lehrvorgaben auswerten.

Wie auf Befehl steht die Gruppe Jugendlicher von ihren Tischen auf. In einem wilden Slalomlauf verläßt sie die Terrasse. Leere Tüten werden weggeworfen, Sessel und Tische werden umgestoßen, der glattrasierte Zwergpudel einer alten Dame wird über den Haufen gerannt. Dem Lehrer bleibt nur die offene Rechnung zur Begleichung zurück.

Unauffällig schlendert Marco hinter Nadine her. An der Ecke des Rembrandsplein steigt seine Mitschülerin in einen Straßenbahnwaggon ein. Marco folgt ihr, setzt sich neben sie auf einen der harten, mit Graffiti dekorierten Kunststoffsitze hin und begrüßt sie mit einem lässigen „*Hi*".

Abwesend nickt Nadine ihm zu. Ihr scharfes Profil bildet einen dunklen Strich gegen das Sonnenlicht, das den Tramwaggon wie ein Spotlight durchflutet.

In einer Kurve hält der Straßenbahnzug an. Durch die Vollbremsung landet Marcos Stirn auf der Lehne des Vordersitzes. Der Tramfahrer rät seinen Fahrgästen auszusteigen. Die Straße sei überschwemmt. Jede Weiterfahrt sei unmöglich. Wahrscheinlich habe die Hochwasserschleuse in der Amstel wieder mal versagt, klingt es lustlos.

Marco richtet sich auf und blickt aus dem Fenster, um zu prüfen, was los ist. Der Fahrer hat recht, die Herengracht ist aus den Ufern getreten. Die Straßenbahngarnitur spiegelt sich gelb im Wasser, das sich über die Schienen ausgebreitet hat. An manchen höhergelegenen Stellen schimmert das Ziegelrot der Kopfplastersteine noch durch. In der Luft kreisen Möwen, die die Wasseroberfläche bereits nach Eßbarem absuchen. Die Straßentauben haben sich dagegen auf eine Brücke zurückgezogen, wo sie in einer umgeworfenen Biomülltonne herumstöbern.

Aus den tiefsten Rinnen seines Gedächtnisses, aus einem Unterverzeichnis, von dem Marco geglaubt hatte, es sei bereits verlorengegangen, hantelt sich eine Erinnerung hoch. Der junge Niederländer steht im Schatten seines Vaters vor einem bunten Gemälde im lichtdurchfluteten Van-Gogh-Museum. Die dunklen Krähen im blauen Himmel über dem gelben Feld seien Vorboten des Todes gewesen, belehrt ihn sein Vater. Noch am selben Tag habe der Maler sich umgebracht. Der Junior müsse sich merken, daß ein Künstlerdasein in den Abgrund führe. Nur ein anständiger Beruf könne dem Leben einen Sinn geben. Aber was aus ihm werden solle, sei ihm völlig unklar. Manchmal glaube er, sein Sohn habe statt grauer Zellen **Sägespäne** im Hirn.

Intuitiv befühlt Marco seine Stirn und befreit sich dadurch aus den Schlingen des Deja-Vu. Verlegen schaut er Nadine an und deutet auf die Beule hin, die ihm direkt über den Augenbrauen gewachsen ist. Der sanfte Blick des Mädchens ist wie Balsam auf Marcos Wunde. Als Nadine ihn im Aufstehen zu ihr nach Hause an der Prinsengracht einlädt, glaubt Marco, er sei das Opfer einer akustischen Halluzination. Erst als das Mädchen kurz seinen Arm berührt, wird er sich der hypersinnlichen Möglichkeiten des Angebotes bewußt.

Das herrschaftliche Haus, in dem Nadine wohnt, scheint einem Videoclip des Schlagersängers Patrick Mokum entlaufen zu sein. Es ist von einem Kaufmann der „*Verenigde Oostindische Compagnie*“ im siebzehnten Jahrhundert in einem Palladio nachempfundenen Stil errichtet worden. Wie alle seinen kalvinistischen Landsleute aus dem Goldenen Jahrhundert, als Holland das reichste Land der Welt war, glaubte dieser Kaufmann, daß er von Gott auserkoren gewesen sei. Diese göttliche Berufung sollte ein Mann seines Ranges durch harte Arbeit und *bescheidene* Prunkbauten zeigen. Über der Tür des durch harte Arbeit und etwas Sklavenhandel verdienten Patrizierhauses steht:

HOOP DOET LEVEN!

Nach dem Vorbild von Michael Wintersteen im Öko-Thriller HOT LEGS folgt Marco Nadine durch einen langen, saubergeschrubbten Marmorgang in ihr Arbeitszimmer. Die Wände sind mit Holzregalen bekleidet, die von oben bis unten mit Libriketten und CDs vollgestopft sind. Wie in der Infothek im Luftschutzraum der Schule, wundert sich Marco. Auf dem Schreibtisch neben dem Fenster stehen ein nicht übler Computer, ein *Venturi Pendeka-XMX*, und ein toller *Subsui* Quasarprinter.

Nadine zeigt auf eine von Kletterpflanzen umrahmte Tür. Für den Fall, daß Marco seine Beule mit Wasser abkühlen wolle, befinde sich dort das Badezimmer. Während er das Gehäuse des Computers streichelt, beteuert der Verletzte, daß es um seine Wunde nicht so schlimm bestellt sei. Sein Schädel sei aus hartem Zeug geschmolzen. Darüberhinaus ließe ein Mann wie er sich durch eine kleine Wunde nicht so schnell aus dem Gleichgewicht bringen. Nadine lächelt abgrundtief und verläßt mit ein paar schnellen Schritten ihrer Bleistiftabsätze den Raum.

Als Marco etwas später das Rauschen einer Brause hört, schleicht er sich auf seinen Schuhspitzen zur Türöffnung. Gerade noch kann er beobachten, wie Nadines durchgestylter Körper sich hinter einem halb durchsichtigen Duschvorhang in vagen Rundungen auflöst. Nervös schluckt Marco etwas Hyper-D, das er für Notfälle immer mit sich trägt. Schlagartig gerät sein Geist in einen Strudel. Ein weißer Tornado schießt ihm durch den Kopf. Eine Unmenge von Gedanken und Gefühlen werden aufgewirbelt. Was tun? Wohin mit dem inneren Trackball? Wo anklicken? Erwartet Nadine von ihm, daß er sofort zuschlägt, oder daß er in der Warteschlange ausharrt? Wenn er aber etwas unternehmen will, muß er schnell sein. Sonst ist die Mail abgegangen. Aber wenn das Mädchen gar nicht bereit ist, ist es dann ein Date-Rape-Versuch? Warum zögert er noch? Ein Homo Erectus soll rasch zuschlagen, und nicht zu lange herumfackeln! Sonst glaubt seine Mitschülerin, daß er ein Softie ist! Alles, nur das nicht!

Plötzlich taucht Nadine aus den Nebelschwaden des Bades auf. Marcos Zentraleinheit stockt. Mit gleichzeitigem Schrecken und Begehren stellt er fest, daß das Mädchen sich in eine schaurig-attraktive Frauengestalt verwandelt hat. Das Haar fällt ihr bis auf die Schultern, ihre Lippen sind rot, die dunklen Augen funkeln hinter einer CAT-WOMAN-Maske. Ihr kräftiger Körper ist in eine hautenge Lederuniform gehüllt, welche die Brüste und das buschige Dreieck zwischen den Hüften freiläßt.

In einem Ton, der keinen Widerspruch duldet, befiehlt die Frau dem Gymnasiasten mitzukommen. Mit schlotternden Knien geht Marco voran. Über eine Treppe erreichen sie einen feuchtkalten Raum ohne Fenster, der nur durch ein paar skurrile Tropfkerzen erleuchtet wird. Unerbittlich führt die Frau den Schüler zu einem Holzgestell. Sie bindet seine Hände hinter dem Gerüst zusammen und zieht die Schnur so fest an, daß er sich nicht mehr rühren kann. Mit ihren Krallen reißt sie ihm die Kleider vom Leib, bis er, von seinen *Hema*-Sportschuhen abgesehen, ganz nackt vor ihr steht.

Machtlos wie ein Verurteilter am Schandpfahl ist Marco den Gelüsten seiner Gebieterin ausgeliefert. Aus einem Köcher holt die Frau eine Peitsche hervor. Sie betrachtet den Körper ihres Gefangenen mit herablassendem Blick und hebt die Hand. Die Knute knallt auf den Boden. Funken spritzen. Marco zuckt. Die Frau kommt näher und stellt die Spitzen ihrer Stöckelschuhe auf die Füße ihres Opfers. Mit dem Griff der Peitsche streichelt sie seine Innenschenkel. Als ihr Diener seufzt, drückt die Herrin ihm die feuerroten Lippen auf den Mund. Ihr bezwingender Atem verspricht ihm reine Lust, haucht ihm Worte ein, die er zuvor noch nie gehört hat. Dann rutscht der Mund der Frau in langsamen Drehbewegungen über die Brust und den Bauch ihres Sklaven hinunter. Dieser zittert vor Angst und Erregung, als die taunassen Lippen seinen Penis erreichen ...

Stöhnend wacht Marco aus seinen Tagträumereien auf. Die echte Nadine kommt aus dem Badezimmer heraus. In ihrem schlichten Bademantel, mit dem zurückgekämmten, nassen Haar, wirkt sie geradezu *hyperreal.* Wie die makellosen Mädchen in den Werbespots für das neue Fruchtshampoo TAO. Jetzt wird Nadine sich lustig über ihn machen, befürchtet Marco. Weil er nur dagestanden ist und nichts gemacht hat. Aber nein, das Mädchen lächelt ihrem Schulkameraden freundlich zu. Marco könne sich jetzt im Bad um seine verletzte Stirn kümmern. Sie warte im Bett auf ihn.

Frisch geduscht und nur in sein Bermudashort gekleidet, betritt Marco das Schlafzimmer. Es riecht nach Sandelwood und Patschuli. Hinten im Raum, in einem Miniaturregenwald aus wild wuchernden Pflanzen, steht ein Wasserbett. Dort liegt Nadine. Sie liegt auf ihrem Bauch. Sie ist völlig nackt. Ihre Schultern sind vollkommen. Ihr Rücken ist von plastischer

Schönheit. Ihre Hinterbacken umschließen das mysteriöse Tal der Gesäßspalte mit der Perfektion zweier Kunststoffimplantate.

Gerade als Marcos Gedanken unwillkürlich nach Siliconvalley abschweifen, dreht das Mädchen sich um und winkt ihn herbei. Jetzt ist die Stunde der Bewährung gekommen. Hat Nadine Erfahrung mit anderen Männern? Sind sie kompatibel? Oder ist seine Mitschülerin in einer vollkommen anderen Körpersprache programmiert? Obwohl er spürt, daß etwas nicht funktioniert, wie es funktionieren sollte, zieht Marco seine Hose aus. Durch einen schnellen Blick nach unten stellt er fest, daß das Befürchtete eingetreten ist. Sein Penis ist vor Aufregung zu einer Dörrpflaume zusammengeschrumpft! Warum läßt sein Stolz ihn jetzt, im Augenblick der Wahrheit, im Stich? Obwohl er sonst, im üblichen Handmodus, sogar den Turm von Pisa in den Windschatten stellt?

Im Heranschlürfen entschuldigt Marco sich ob seines Betriebsunfalles. Aber Nadine scheint die Hardwarestörung nicht zu beunruhigen. Ohne Umschweife zieht sie ihren Klassenkameraden aufs Bett. Während sie seine Beine mit den Fersen umklammert und seinen Rücken streichelt, flüstert die Schülerin, daß Marco ihr gefalle. Lange, magere Körper, wo man die einzelnen Knochen noch sehen könne, machten sie scharf.

Jäh verliert Marco seine Schüchternheit. Er preßt Nadine an sich und erwidert ihre Küsse so professionell wie möglich. Ihr Körper ist verführerisch warm. Ihre Haut hat die Geschmeidigkeit von feinster Seide. Ihre Brüste puffern wie die unfallfreudigsten Airbags. Ihr Parfum ist wild, ihr Mund heiß, ihr Atem hungrig, ihre Oberschenkel glühen.

Unvermutet richtet Marcos periphere Einheit sich auf. Sein Gemächt fühlt sich großartig an. So *grandios*, daß der übermütig gewordene Schüler auf der Stelle beweisen will, daß es der Euronorm entspricht. Aber das Mädchen wehrt ihn neckend ab. Warum so schnell, wenn ihr Vater erst um fünf Uhr nach Hause komme? Bis dahin blieben Ihnen noch Gigamengen von Zeit!

DER PROPHET

Ziellos schlendert Marco durch die vor Hitze flimmernden Gassen der Amsterdamer Altstadt. Das nachmittägliche chemische Experiment mit seiner Mitschülerin hat ihn abgemattet. Seine Füße haften wie Iridianklumpen am Boden. In der Ausstülpung auf seiner Stirn spielt eine Bloody-Metall-Band. Und seine Magensäfte brodeln wie nach einer durchzechten Nacht.

Vor einem Esoterikgeschäft bleibt der Schüler stehen. Die Auslage ist mit Sternen, Planeten und Majatempeln geschmückt, die in violetten und gelben Farben aufleuchten. Eine mysteriös lächelnde Mona-Lisa wirbt für Videofilme über Horologie, Flußblasentherapie, Gamma-Dreiecke, Kosmo-Birthing, aszendentale Urologie und mentale Choreographie. Daneben druckt ein unter Tarockkarten begrabener Tintenstrahldrucker ununterbrochen diffuse Zukunftsängste aus. Aus einer Ecke guckt eine Schlange hervor. Ihre scharfen Eckzähne verbeißen sich in einen hebdogrammalen aktonomischen Wunderwürfel. Versuchen Sie Kundalini-Cunnilingus, faucht das Tier mit listigem Blick. Sextase garantiert!

Gerade als Marco sich überlegt, ob er sich für 20 EURO eine in Knoblauch getränkte, linkshändig geflochtene Bronzematte kaufen soll, welche die dämonischen Schwingungen des Vollmondes abwehren soll, hört er eine bekannte Frauenstimme. Er dreht sich um. Auf der Terrasse vor dem Grachtencafé DE POORT sitzt seine Niederländisch-Lehrerin, Frau Lubbers. Sie unterhält sich gerade mit dem Kellner.

Marco überquert die Straße und fragt Frau Lubbers, ob er etwas mit ihr trinken darf. Dagegen gebe es nichts einzuwenden, lächelt sie. Sie trinke gerne noch etwas mit ihm. Nachdem Marco sich mit einem Plumps hingesetzt hat, wirft er einen verstohlenen Blick auf seine Lehrerin. Sie gefällt ihm. Ihr Gesicht ist ernst, aber hübsch. Die Farbe ihrer Augen ist grün. Ein tiefes, undurchdringliches Grün, das ihn gleichzeitig verwirrt und anzieht. Er zündet sich eine Zigarette an und läßt seinen Blick hinunterschweifen, bis er auf dem Sweater der Frau zur Ruhe kommt. *Save the elephants* steht an der Stelle ihrer Brüste.

Marco inhaliert tief, und stellt sich vor, wie er zusammen mit seiner Lehrerin im gleichnamigen MTV-Spot spielt. Sie sind in Kenia. Er trägt einen Tropenanzug und sie ein weißes Hemd mit der Aufschrift *MTV saves the elephants of the world.* Vor laufenden Kameras hindern sie Wilderer daran, ein Elefanten-Baby zu erschießen. Die Jäger bedrohen sie mit Speeren und Gewehren. Ein Mann mit einem Nasenring fletscht die Zähne, der kleine Elefant trompetet, Fliegen summen, die Sonne brennt ihnen gnadenlos in den Nacken ....

„Warm ist es, unnatürlich warm, findest du nicht auch?"

„Wie in Afrika", antwortet Marco.

„Wir sind aber nicht in Afrika, sondern in Europa. Und Europa hat ein gemäßigtes Klima!" sagt Frau Lubbers.

„Wir leben nun mal alle im selben globalen Triebhaus!" erwidert Marco jovial.

„Im Treibhaus, Marco", bessert die Lehrerin ihn aus.

„Genau, im Treibhaus", wiederholt der Schüler automatisch.

„Manche behaupten, daß wir arg gefährdet sind. Ich meine durch das ansteigende Nordseewasser."

Lässig läßt Marco seine Zigarette aus dem Mund hängen. „Mein Vater sagt, daß das mit dem Wasser nicht stimmt. Das sind nur Gerüchte der Ökohips!"

„Und warum ist die Regierung dann vor sechs Monaten samt allen Beamten, Beratern und Dokumenten nach Maastricht gezogen?" Die Stimme der Lehrerin bekommt einen höheren Klang. „Nicht weil Maastricht zentraler liegt, wie die amtliche Erklärung lautet. Nein, der Grund ist, daß man Angst hat, Den Haag könnte überflutet werden! Da kann ich mich wahnsinnig aufregen, weißt du. Die Politiker verkaufen uns einfach für blöd. Selbst putzen sie die Platte, aber uns lassen sie im Dreck zurück! Oder glaubst du, daß man Tausende Beamte so leicht übersiedelt? Für ein solches Unterfangen reicht das Argument der zentralen Lage und der leichteren Erreichbarkeit doch nie aus! Es kann nur pure Angst gewesen sein, die diese rasche, leise Aussiedlung so schnell und reibungslos hat verlaufen lassen! Sonst bringt man einen Beamtenapparat nicht so schnell in Bewegung. Das haben nicht einmal die Russische Revolution oder die deutsche Wiedervereinigung geschafft!"

Mit der Unbekümmertheit von Stephan Windows im Unterwasserspektakel SURVIVE OR SINK trinkt Marco sein Bier aus. „Mag sein."

„Sicher!" kontert die Lehrerin. „Und das schlimme ist, daß man uns die wahren Tatsachen einfach verschweigt. Niemand sagt uns, wie fatal die Lage wirklich ist. Ganz im Gegenteil, es wird ständig darauf hingewiesen, wie sicher die Deiche und Dünen sind."

„Das ist doch logo!" argumentiert Marco. „Sonst würde nur Panik entstehen. Alle Menschen würden Hals über Chip das Land verlassen. Das wäre erst recht eine Katastrophe!"

Frau Lubbers seufzt: „Ich verlasse Holland. Ich bin dahin. Ich warte bis das Schuljahr vorbei ist und ziehe dann zu Freunden in Les Eyzies in der Dordogne in Frankreich. Mich hält hier nichts und niemand mehr fest!"

Mit beiden Händen streicht die Frau durch ihre Locken. Gleichzeitig macht sie mit ihrer Zunge einen knallenden Laut, als ob sie sagen möchte, daß ihr alles gestohlen werden könne. Als ihr Schüler sich erkundigt, ob ihr Ehemann damit einverstanden sei, antwortet sie, sie sei seit zwei Monaten geschieden.

„Das tut mir leid!" sagt Marco unaufrichtig.

„Das braucht dir überhaupt nicht leid zu tun. Jetzt kann ich tun und lassen, was ich will. Jetzt kann ich endlich essen, wann ich will, schlafen, wann ich will und Fernsehen schauen, wann ich will. Ich kann nackt durch die Wohnung gehen ohne dabei von hinten begrapscht zu werden. Ich kann mich solange im Bad aufhalten, wie ich will, und brauche nicht immer die Zigarettenstummel meines Mannes vom Teppich zu entfernen! Verzeihung, das letzte war nicht böse gemeint!"

Die Lehrerin lacht und deutet auf das Päckchen Oregon Heroes, das vor Marco auf dem Tisch liegt. Dabei fällt es Marco auf, daß ihre Hand, an der Stelle, wo sich sonst der Ehering befindet, weißer als anderswo ist.

„Und du, willst du später heiraten?"

„Weiß nicht", sagt Marco und denkt an Nadine. „Vielleicht."

„Ich habe eine Tochter, die so alt ist wie du", sagt Frau Lubbers nachdenklich. „Sie wohnt mit ihrem Freund, einem Burschen aus Birmingham, zusammen."

„Mann, haben Sie schon eine erwachsene Tochter? Dabei schauen Sie noch so frisch aus!"

„Für dein Alter bist du ziemlich neugierig, Marco, Aber das macht nichts, wir leben nun mal in einer offenen Gesellschaft. Übrigens darfst du mich ruhig Els nennen, denn so alt bin ich wirklich noch nicht."

Mit einem lässigen „*Checko, Els*“ nimmt der junge Holländer das Du-Wort seiner Lehrerin an.

Ein erbärmliches Husten läßt die beiden umschauen. Ein ausgezehrter Mann nicht klar definierbaren Alters in einem durchsichtigen Kunststoffmantel nähert sich schwankend der Terrasse. Er schreit unverständliche Wörter und deutet dabei mit seiner geballten Faust abwechselnd auf die Besucher des Kaffeehauses und auf den Himmel hin. Der Mann stellt sich mitten auf der Terrasse auf einen Sessel und ergeht sich in einer wütenden Schimpftirade, in der er den Anwesenden Geilheit, Lüsternheit, Dummheit, Irrationalität, Trägheit, Gefräßigkeit und Eitelkeit vorwirft. Als der Unheilsverkünder merkt, daß seine Worte nicht viel Eindruck machen, winkt er von oben herab eine Frau herbei, die an der Straßenecke gewartet hat. Sie ist als Clown verkleidet. Als sie am Rande des Kanals eine Musikanlage aufstellt, flattert ihr weißes Kostüm im Wind. Nach einigem Rumpeln und Knattern setzt ein synkopierter Beat ein, der unmittelbar darauf von einem dröhnenden Baß unterstützt wird. Die Frau grunzt und beginnt einen wilden Veitstanz. Ihr Körper zuckt. Schleuderbewegungen durchfahren ihre Schultern. Brust, Bauch und Becken rollen in Wellen auf und ab, Beine und Arme schlagen nach allen Seiten aus. Der Mann ist inzwischen vom Sessel runtergesprungen und hat ein Mikrophon in die Hand genommen. Er stellt sich neben die Frau, und zusammen starten sie einen Street-Rap. Dabei werden ihre Worte von der Musikanlage abwechselnd abgehackt, verstärkt, verformt, wiederholt und neu gemischt:

FRAU: ①②③④ ➡

Schnelligkeit, Leichtigkeit, Kurzlebigkeit verdecken die wahre Besonnenheit, die Nachdenklichkeit, Schein und Design kaschieren die Wirklichkeit! Ja, wir leben in einer Scheinwelt der Scheinheiligkeit, die aus einer Unmenge von Produkten, Bildern dieser Produkte, der Produktion von Bildern dieser Produkte und einem seichten Berichterstattungsbrei über die Produktion von Bildern dieser Produkte existiert, dadurch das menschliche Denken materialisiert, und das Bewußtsein auf einfache Trieb-b-befriedigung reduziert☯! Was ist mit der Vernunft passiert ⬂?

MANN: ①②③④ ➡

Ja, was ist mit der Vernunft passiert? Ich sage Euch, Ihr seit alle konditioniert, denn ihr habt diese Bilder als erlebnissüchtigen und kaufwütigen Imperativ internalisiert! Warum wird alles zu Fetischen und Idolen deifiziert, sogar Pseudo-Mystisches und Quasi-Religiöses zu Hapto-Metaphysik reifiziert, und somit wieder in diese Bilder- und Produktorgie rückintegriert? Wo es zusammen mit Unmengen von virtuellem Voodoo-Geld transsiberisch, transatlantisch dissipiert und um die Uhr um die Welt zirkuliert? Von der mondialen, medialen Hip!-Hip!-Hyperrealität erneut hyper- und rezykliert⬀!

FRAU: ①②③④ ➲
Und dann als Meta-Scheinwelt reproduziert und als kaufsüchtiges und erlebniswütiges Hip!-Hip!-Hyper-Ich zum zweiten und dritten Mal internalisiert, wodurch das Bewußtsein sich endgültig auf Zuckungen des Rückenmarkes reduziert! Weswegen man nur noch orgiastisch, spastisch, plastisch, narzißtisch dahinvegetiert! Ja, seit wann wird auf Panoramaparkplätzen, Helikopterskipisten, in Wohnwagenwäldern, in den Cock-Pits von mit 333 PS bestückten Geländeboliden, auf der Toilette eines Schmuckgeschäftes, oder wie hier, beim Bier auf der Terrasse einer Grachtenbar das primitive Denken des 21. Jahrhunderts zelebriert!? Eure Körper sind zu Schlundorganen deformiert, euer Großhirn hat defintiv kapituliert☹! Ja was ist mit der Vernunft passiert? Ist sie als Techno-Wissenschaft davongaloppiert? Und hat sich die Entzauberung der Welt in ihr Gegenteil verkehrt? Von Millionen verdutzten Beamten nachadministriert? Von Volksvertretern kommentiert? Sind eure Hirne einbetoniert, infantilisert, debilisiert, infiziert oder einfach durchnummeriert? Zu einem Sinnenrausch repressiv entsublimiert?!👎Seit ihr Cyborgs, alle retro-enzephalisiert?Ja, wird hier nur noch roboterhaft onaniert? Oder autistisch introvertiert injakuliert und massenpsychotisch extrovertiert e-e-ejakuliert? Was ist passiert? Was ist mit eurer Vernunft passiert? Sage mir, was is-z-st passiert ⬀?

MANN: ①②③④ ➲
Seit ihr alle vom Gott des Bösen mechanisiert? Rackert, schuftet, hackelt und plagt ihr euch deswegen ab? Mit einem Bein im ontogenetischen Grab✞? Mit dem anderen im phylogenetischen Trab? Baut ihr darum Kirchen, Häuser, Postämter, Schulen, Gerichte, schafft Kunstwerke, Denkmäler, Schriften, Geschichte, Sporthallen, Stadien, Infotheken, bumvolle Archive, denkt euch Himmel, Hölle, Fegefeuer, Nirwana und andere Apokryphen? Untersucht Tiere, Menschen, Sterne, Planeten, beobachtet Kinder, Wege, Wiegen, Ziele, Meteoriten, Kometen✈? Ich sage Euch alles Eitelkeit, Erbärmlichkeit, Nichtigkeit! Ihr seit nicht mehr als Sekunden in der Ewigkeit! Euer Getue, Gerede, Trinken und Fressen, es ist alles zwecklos und vermessen! Oder lockt euch Zwangsneurotiker und Fortschrittsfetischisten vielleicht das All, wo ihr schaffen und leisten wollt bis zum, letzten, lauten (?) Urknall?? Knall, Knall!! URKNALL!!!💣 Ihr seit am Ball! Ihr Zigeuner in Raum und Zeit, Draufgänger in einem Ozean der Einsamkeit, Gastwirte eurer eigenen Seinsverlorenheit, berstensvoll blinder Genialität, nicht gehemmt durch Geduld oder Bescheidenheit, Opfer des finalen antropischen Prinzips, Kinder eines sich immer ausweitenden Polyps, Surfer auf einer universellen Wellenfunktion, Trittbrettfahrer einer neuen Generation, Zufallsprodukte der Gravitation ....

„*Aufhören*!" buht das Publikum „*Sofort aufhören*!"

Eine leere Bierflasche verfehlt die Onomato-Poeten um eine Haaresbreite. Die zweite Flasche schlägt jedoch mit der Explosivkraft einer Granate auf die Musikanlage ein. Röchelnd gibt das Gerät den Geist auf.

Mit stoischer Ruhe, die eine lange Erfahrung in solchen Situationen verrät, nimmt der Mann der Frau das Mikrophon aus der Hand und schickt sie mit einer kurzen Handbewegung weg. Dann bückt er sich und beginnt in der Plastiktasche, in der er sein Hab und Gut mitschleppt, herumzuwühlen. Unter dem Ausstoßen unverständlicher Verwünschungen holt er sich einen faustdicken Stein heraus, mit dem er sich so hart gegen die Stirn schlägt, daß Marco befürchtet, er werde bald das Bewußtsein verlieren. Aber der rabiate Versuch zur Auto-Lobotomie schlägt fehl. Nach genau zehn gezielten Stößen hört der Mann mit der Selbstkasteiung auf, springt wie ein Hampelmann auf die Zuhörer zu, und bittet sie mit einer tiefen Verneigung um ein Zeichen ihrer Anerkennung. Els ist die einzige, die dem Publikumsbeschimpfer ein paar Münzen schenkt.

Als das infernalische Duo sich auf den Weg zur nächsten Terrasse macht, erkundigt sich Marco bei seiner Lehrerin nach der Bedeutung der Performance der Freiluftrapper.

Mit trübem Blick erklärt Els, daß es sich um Mitglieder der Sekte der *Ratiophylen* handle. Die Gruppierung berufe sich auf Buddha, Hegel und Marvin Minsky. Ihr gehörten mittlerweile Millionen von Menschen auf der ganzen Welt an. Die Sekte gehe davon aus, daß es im Kosmos einen Kampf zwischen dem Vernunft- und dem Lustprinzip gebe. Dieses Urgefecht werde auch auf der Erde, ja sogar in jedem Menschen ausgetragen. Denn jeder Mensch verfüge mit seiner Geburt sowohl über niedrige Instinkte, die ein Ableger des kosmischen Bösen seien, als auch über eine pure Vernunft, die das kosmische Gute verkörpere. Der Kampf zwischen dem Guten und dem Bösen dauere schon lange, aber je weiter die Erdbevölkerung in Raum und Zeit voranschreite, desto näher komme sie einem Zustand reiner Vernunft. Hätte die Menschheit dieses Stadium einmal erreicht, werde der göttliche Funke des Kosmischen Guten auf sie überspringen. In diesem Augenblick soll den Menschen unfaßbare Erleuchtung zuteilwerden, ja sogar das vermeintlich nicht zu entschlüsselnde Geheimnis des Universums werde man mit einem Schlag verstehen!

Als Els bemerkt, daß Marco sie verständnislos anglotzt, erläutert sie: „Durch das rhythmische Rappen und das Stirnklopfen versuchen die Ratiophylen ihre Vernunft zu aktivieren. Der spontane Wortfluß und die anschließende Beklopfung soll die Aktivität des Großhirnes anregen. Manche der Ratiophylen haben sich dazu sogar eine Dopamin spritzende Elektrode ins Hirn einpflanzen lassen. Daher diese zuckenden Bewegungen. Den Schmerz, den sie sich bei ihrer Auftritten zufügen, betrachten sie übrigens als ein gerechte Bestrafung für den lustbetonten Körper. Zur Zeit gibt es innerhalb der Sekte allerdings schwere Flügelkämpfe darüber, ob der Menschenverstand eine wirkliche Vernunft ist, oder aber völlig dem Bösen, dem kosmischen Lustprinzip unterstellt ist, und daher eliminiert werden muß. Die *Ratiophyzeer*, die fanatischten Anhänger der Sekte, behaupten, daß es eine wirkliche Vernunft auf der Erde nie gegeben habe und es sie auch nie geben werde. Das menschliche Hirn sei nichts anderes als eine Sackgasse im kosmischen Irrgarten. Daher sei die Geschichte der Menschheit eine Anhäufung von Entgleisungen und Fehlentwicklungen. Mit der diesen Leuten eigenen Konsequenz betrachten die Ratiophyzeer sogar das eigene Denken als ein perfides Laster. Deshalb bezwecken sie durch das Stirnklopfen die Ausschaltung der Hirntätigkeit, in der Hoffnung, daß die wahre Vernunft sich, nach dem Untergang der Menschheit, irgendwo anders im Weltraum entfalten wird. Ich glaube, daß die im Grunde optimistischen Ratiophylen sich zehn Mal auf die Stirn schlagen, während die durch-und-durch nihilistischen Ratiophyzeer sich 100 Mal beklopfen, aber ehrlich gesagt bin ich da überfragt."

Els hat ihr Bier ausgetrunken. Der schwungvolle Klang ihrer Stimme und das leichte Zittern ihrer Nasenflügel verraten, daß sie angeheitert ist. Sie deutet auf die rotverfärbte Beule auf Marcos Stirn und fragt ihn, ob er vielleicht auch zu den Ratiophylen gehöre.

Mit einer Heftigkeit, die seine Lehrerin überrascht, verneint Marco seine Zugehörigkeit zur Sekte der Freunde der reinen Vernunft. Dann erklärt er, was ihm zugestoßen sei.

„So ein Pech!" Lachend springt die Lehrerin aus ihrem Sessel auf und verschwindet in der Bar, um zu zahlen. Als sie zurückkommt, fragt sie Marco, ob er sie zur Bushaltestelle an der Rozengracht begleiten wolle. Marco nickt und folgt ihr mit der Lässigkeit von Randy Buster im Remake von BODYGUARD II.

Ein Kirchturm schlägt sechs Mal. Es ist 18.00 Uhr. Die Straßen sind voll hektischer Menschen, die von der Arbeit nach Hause eilen. Ununterbrochen stoßen Marco und Els mit den vielen Körpern auf dem engen Gehsteig zusammen. Aber keiner der Fußgänger scheint Notiz von ihnen zu nehmen. Manche, in legeren Sommerhemden, telefonieren über Mundmikrophone mit ihren Partnern am anderen Ende der Welt. Andere murmeln wie Magier Zahlenreihen oder Namen vor sich hin. Zwei Angestellte eines Wachdienstes jagen einem kleinen Taschendieb auf In-Line-Skates nach. Eine alte Frau schreit. Ihr sind durch den Zusammenstoß mit den Sicherheitsleuten die Einkaufstaschen auf den Boden gefallen. Marco bückt sich und hilft der Frau beim Zusammensuchen ihrer Sachen. Als er aus einem Augenwinkel sieht, wie Els im Straßengewühl verschwindet, kommt ihm seine Rolle als Bodyguard wieder in den Sinn. Er entschuldigt sich bei der Greisin und läuft seiner Lehrerin hinterher.

Auf einer Brücke wird der Gymnasiast durch eine Menge aufgehalten, die belustigt zuschaut, wie ein kräftiger Mann ein Mädchen ins graumelierte Wasser der Prinsengracht schmeißt. Buddy-dumping heißt diese neu aus Brasilien übernommene Sportart. Marco beschleunigt sein Tempo, da er aus den kurzen Dokumentarfilmen in SPORTLIFE weiß, daß solch eine Menschenmasse unberechenbar ist. Es kann auch völlig unbeteiligte Passanten, ja sogar kampferprobte Leibwächter erwischen. Der Schüler lenkt seine Lehrerein an der jaulenden Meute vorbei und biegt in eine Seitengasse ein.

Plötzlich lebt der Wind auf. Blütenpollen werden aufgewirbelt, Wassertropfen aus dem Kanal verteilen sich fächerförmig über das Kopfsteinpflaster. Ein geöffnetes Fenster wird mit einem **KNALL!** zugeschlagen. Aus einem Portal kommt ein Breitschnauzrottweiler dahergelaufen. Der Hund wedelt mit dem Schwanz und stellt sich erwartungsvoll vor Els und Marco hin. Die Lehrerin bückt sich und streichelt den Kopf des Tieres.

„Hundi, Hundi! Armes, kleines Hundi-Bulli!" trällert Els. „So ein liebes *Hundi*!"

Unerwartet schnappt das Maul des Tieres wie eine Falle zu. Die Beute ist die linke Hand der Lehrerin.

„*Mongo, kusch*!" brüllt ein heraneilender Mann. Aus der unterwürfigen Reaktion des Hundes schließt Marco, daß es sich um den Besitzer des Tieres handeln muß. Auf Anhieb reißt der Breitschnauzrottweiler seine riesige Klappe wieder auf. Schnell zieht Els ihre Hand zurück. Zwischen Daumen und Zeigefinger klafft eine häßliche Wunde, aus der Blut sickert.

„Können Sie nicht aufpassen!" schreit der Hundebesitzer mit vor Wut verfärbtem Gesicht. „Sie sollten einen Kampfhund in Ruhe lassen. Wissen Sie das nicht?"

Verblüfft will Marco etwas entgegnen. Aber nach kurzer Einschätzung der tätowierten Bizepse, die gleich Fußbällen aus dem Waikikihemd seines Gegenübers hervorquellen, verzichtet er auf seine schützende Rolle. Unnötige Sprech- oder Kraftakte wären hier eindeutig fehl am Platz. Sogar ein Randy Buster sollte manchmal zurückstecken. Marco nimmt die Frau bei der unverletzten Hand und zieht sie vom Tier und dessen Herrchen weg.

„Ich hätte den Hund nicht streicheln sollen. Aber er hat so treuherzig geschaut“, wimmert Els leise.

„Macht nichts!“ tröstet Marco. „Um die Ecke ist das Krankenhaus. Dort wird man dich wieder flicken.“

Durch eine doppelte Drehtür gelangen die beiden Hilfesuchenden in ein dunkles Foyer. Der Raum, der nach abgestandenem Bier und billigem flandrischem Haschisch dunstet, wird von einem Dutzend verträumter junger Leuten bevölkert. Els meldet sich beim Notschalter. Dort wird sie von einem freundlichen Bediensteten in einem T-Shirt mit der Aufschrift ANYTHING GOES empfangen. Hier sei die Verletzte fehl am Platz, erklärt der Schalterbeamte. Dies sei das städtische Auffangzentrum für psychotische Medizinabhängige. Man versuche hier, den Entzug durch die Verabreichung von Haschisch zu erleichtern. Das eigentliche Unfallkrankenhaus befinde sich nebenan.

Nach einigem Suchen landen Els und Marco in der poliklinischen Abteilung. Eine Schwester begleitet sie in ein Zimmer, das nach einem scharfen Reinigungsmittel riecht. Vor dem Fenster steht ein Mann. Er trägt einen Surfanzug und trocknet sich gerade das Kopfhaar ab. Sobald er damit fertig ist, dreht er sich vom Fenster weg. Sein stechender Blick geht Marco durch Mark und Bein.

„*VATER*!“ ruft der Schüler überrascht aus „Was machst du hier so spät?“

„Die Frage ist vielmehr, was du hier verloren hast!“ antwortet Marcos Vater barsch. „Bis jetzt war ich der Ansicht, du würdest dich auf deine Maturaprüfungen vorbereiten.“

„Ich habe meiner Lehrerin geholfen. Sie ist von einem Kampfhund angegriffen worden!“ erklärt Marco mit gequetschter Stimme.

„Setze dich und warte, bis ich fertig bin!“ antwortet Marcos Vater.

Verunsichert fragt Els, ob man ihre Wunde hier ambulant behandeln könne.

„Sie sind hier goldrichtig, meine Dame! Ich bin Dr. Peter van Veen und ich bin Unfallarzt. Ich trage den blöden Anzug nur, weil wir gerade eine Wasserrettungsübung gemacht haben!“ Der Mann streift sich zwei Gummihandschuhe über die Hände und geht auf die verletzte Frau zu. „Da haben wir also einen Hundebiß! Nach dem zackigen Muster zu urteilen, schätze ich, daß wir es hier mit einem Breitschnauzrottweiler zu tun hatten.“

Els nickt mit einer Miene, die Festplatten spricht.

„Nichts Schlimmes“, beruhigt Marcos Vater. Das Wasser, das von seinem Surfanzug hinuntertropft, bildet eine Pfütze zwischen seinen Gummistiefeln. „Nur ein paar Fleischwunden. Sie haben Glück gehabt, daß der Hund nicht durchgebissen hat. Wenn ein Breitschnauzrottweiler zuschnappt, kann es schön krachen. Passiert ziemlich oft. Die Hitze macht die Tiere aggressiv.“

Peter van Veen wischt das Blut weg, sprüht ein Desinfektionsmittel auf die verletzte Hand und legt dann einen Verband an. „Und wie ist es so weit gekommen?“

Nachdem Els zitternd erklärt hat, was passiert sei, klärt der Arzt auf, daß Hunde meistens rein instinktiv zubeißen würden: „Sie haben vermutlich eine empfindliche Stelle berührt. Die Nase oder so. Ich habe selbst einen Hund. Einen Bullschäferterrier. Nettes Tier. Heißt *Wambo.* So, geschafft. Jetzt muß ich Ihnen noch ein paar Spritzen geben. Gegen Tetanus, Rabies und Cholera. Hunde sind gefährliche Krankheitsüberträger!“

Ängstlich fragt Els, ob die Impfungen keine Nebenwirkungen hätten. Mit Befremden schaut Peter van Veen die Lehrerin an. „Glauben Sie diese Geschichten über Nebenwirkungen doch nicht. Sie sind eine gesunde, junge Frau, Ihnen wird nichts passieren. Oder wollen Sie das Risiko eingehen, Cholera oder Tollwut zu bekommen?“

Die Lehrerin antwortet, sie habe in NATÜRLICH HEILEN gelesen, daß gerade die Tollwutimpfungen zu Schädigungen des Blutbildes führen könnten.

„**Quatsch!** Mir ist so was nicht bekannt. Aber wenn Sie nicht wollen, bitte schön!“

Als Els versöhnlich vorschlägt, ihr anstatt der Spritzen etwas Homöopathisches zu verabreichen, wird das Gesicht des Arztes rot: „Das meinen Sie wohl nicht im Ernst! Glauben Sie, es steht ein Heilpraktiker vor Ihnen? An Homöopathie glauben doch wohl nur Quacksalber und Apotheker, die ihren Umsatz steigern wollen. An was hätten Sie denn gedacht? Vielleicht an etwas Bissiges? Sollte ich Ihnen etwa gemahlenen Hundezahn in einer subatomaren Verdünnung verschreiben?“

Els resigniert, und mit einer routinierten Bewegung führt Marcos Vater die Nadel in ihren Unterarm ein. „So, das war alles meine Dame!“

Els bedankt sich und geht auf die Tür zu. Als Marcos Vater bemerkt, daß sein Sohn Anstalten macht, zusammen mit seiner Lehrerin das Zimmer zu verlassen, weist er ihn zurecht: „Du bleibst hier, Marco. Du fährst mit mir nach Hause. Und wir werden deine Lehrerin gleich mitnehmen!“

Draußen ist es dunkel geworden. Die Lichter der Mauervideos haben das Wasser der Herengracht in einen rotglühenden Fluß verwandelt. Ein heftiger Windstoß reißt einen Ast von einem Kastanienbaum. Mit einem Plumps stürzt das marode Holz in das Wasserspiegelbild einer erotischen Werbung für Onana-soft. Durch den Aufprall werden klebrige Wasserteilchen aufgespritzt, die die Gesichter der Passanten in einem stroboskopischen Bogen bekleckern. Schweigend gehen die drei an den weltweit vernetzten Anwaltskanzleien, Bankhäusern und Versicherungsgebäuden vorbei, Marcos Vater vorne, dann Els und drei Meter dahinter Marco, der wie so oft das Schlußlicht bildet.

Als sie nach links in eine enge Gasse einbiegen, dringt Marco der Duft von Frittiertem in die Nase. Das Wasser läuft dem Schüler im Munde zusammen. Mann, jetzt würde er gerne in die Snackbar hineingehen, um eine große Tüte Pommes-Frites zu kaufen. Mit einer doppelten Portion Mayonnaise und Ketchup. Und gleich darauf einen schwitzenden, mit Curry bestreuten Bombay-Burger. Er würde alles hinunterschlucken, sich das Fett vom Kinn wischen und dann dem Abend gestärkt entgegentreten.

Aber Peter van Veen hatte seinen Sohn das Essen von Junk-Food verboten. Ein Gymnasiast sollte sich gesund ernähren. Mit Obst, Vollkornbrot, Käse und Buttermilch. Und auf keinen Fall mit Hot-Dogs oder Frühlingsrollen.

Zwischen dem *Dampalast* und der *Nieuwe Kerk* arbeiten einige halbautomatische Bagger. Im Flutlicht wirken sie wie übergroße Wühlmäuse, die in der Erde herumstochern. Die Geräusche der Maschinen erinnern an das Schreien der Makaken im Jungleporno TARZANS HUNDERT HEISSE BRÄUTE. Marcos Blick schwenkt nach oben. Auf dem Giebel des Palastes glänzen zwei Statuen im Schweinwerferlicht. Links steht Atlas, schwerfällig, am ganzen Körper schwitzend, weil er unter der Last der Erde beinahe zusammenbricht. Daneben wirkt das Kunstwerk des Mailanders Luigi Conturi vollkommen, lässig und cool. Es wurde im Jahr 2000, im Europäischen Jahr der Metaphysik, hinzugefügt und stellt Gott als Tänzer dar. Niemand käme bei der Betrachtung der leichtfüßigen Figur auf die Idee, daß der Schöpfer möglicherweise schwer am sich immer weiter ausdehnenden Firmament zu tragen hätte.

Während die Erde weiterhin ihre Bahn um die Sonne dreht und die Sonne ihre Spur durch die Milchstraße zieht und die Milchstraße ihren Weg durchs unendliche All sucht und alles im All alles Andere beeinflußt, navigiert Marco seinen Körper über den Damplatz und überlegt sich gerade, was wäre, wenn sein Leib nicht von ihm selbst, sondern von einer außerirdischen Kraft gelenkt würde. Wäre es möglich, daß er in einem Gehäuse aus Fleisch und Blut wohnte, das von Strahlen aus dem Kosmos ferngesteuert wird? Und welcher Unterschied bestünde dann zwischen ihm und den Millionen Maschinen, die zwecks Kühlung, Heizung, Herstellung, Erschließung, Vitaminisierung, Öffnung, Schließung, Inbetriebnahme, Befriedigung, Fortpflanzung, Fortbewegung, Tötung, Rettung, Operation und sonstiger Tätigkeit ebenfalls von gigantischen elektromagnetischen Feldern angetrieben werden?

Schwindlig trottet Marco seinem Vater hinterher. Am Fuße des niederländischen Nationalmonumentes, eines Obelisken mitten auf dem Damplatz, spielt eine orientalische Band. Die kläglichen Klänge verführen ein Dutzend hohläugiger Straßenkinder zu einem mechanischen Tanz. Von rechts kommend rennt ein Mädchen an Marco vorbei. Das zerlumpte Kleid ist dem Kind von den Schultern gerutscht. Es wird von ein paar lallenden Clochards verfolgt. Ein Mann mit dem Aussehen eines gerissenen Psychopharma-Dealers fängt seine Freundin auf und jagt die betrunkenen Männer mit einem Messer davon. Als er Marcos verängstigten Blick sieht, zeigt der Drogenhändler eine Reihe verfaulter Zähne.

Unbeeindruckt von dieser Choreographie der Verstoßenen bietet ein Pantomimenspieler ein breite Palette von russischen Imitationsprodukten feil. Er hat sie auf den Treppen zum Nationalmonument ausgestellt. In einer eleganten Gebärdensprache feilscht er mit den Käufern und streift dabei immer wieder mit schnellen Bewegungen über die glänzenden Gegenstände. Während Marco eine Uhr bestaunt, die alle Mond-, Mars- und Jupiterphasen anzeigt, kommt ein untersetzter, dunkler Mann auf ihn zu. In einer Sprache, die der niederländische Schüler nicht versteht, erkundigt er sich nach einem Museum.

„*Vango, dove Vango*?“ Der Ausländer zeigt auf einen Führer mit einem Selbstporträt des Malers Vincent van Gogh auf dem Umschlag.

„Dove *Van Gogh*?" fragt die Frau des Touristen, die sich aus dem Hintergrund zu ihrem Ehemann gesellt hat. Sie spricht den Namen des Künstlers aus, als ob es sich um die Hauptstadt von Thailand handeln würde.

„***Vango***!" Der Mann greift nach seiner Kappe, die ihm eine Sturmböe vom Kopf gerissen hat.

Els kommt ihrem Schüler zu Hilfe und erklärt auf Italienisch, daß das Museum sich auf dem Museumsplatz befinde, wo die Stadtverwaltung einen großen Parkplatz für Wohnwägen geschaffen hat.

„Il Parco di *Camper*! Anche il nostro Camper si trova la. Grazie diecimille!"

Marco blickt auf seine Neonuhr. Es ist bereits 22.22 Uhr. Vor dem Eingang zum Parkhochhaus Babylon, wo Peter van Veen sein Auto abgestellt hat, springen ein paar junge Leute nackt in das Wasser der Kloveniersburgwal. Lachend und prustend albern sie in den Wellen herum.

„Die proben die aquatische Phase!" schimpft der Arzt.

„Aquariumphase?"

„Nein, du Ignorant. Die aquatische oder watende Phase. Ein Zeitraum in der Frühgeschichte der Menschheit, wo man halb im Wasser und halb auf dem Land gewohnt hat. Eine Art Wassermann-Zeitalter avant-la-lettre. Damals haben die Menschen angeblich durch das viele Schwimmen ihre Haare verloren. Die Primitivlinge, die dort in den Kanal springen, scheinen sich nach diesem Zeitalter zurückzusehnen. Aber warum erzähle ich **dir** das eigentlich? Du merkst dir ohnehin nichts!"

Marco starrt auf den Boden. Aber viel Zeit, um über die Worte nachzudenken bleibt ihm nicht, denn sein Vater und seine Lehrerin sind bereits in den Lift eingestiegen, der zum offenen Parkdeck, hoch über den Dächern der Amsterdammer Altstadt, führt. Als sie oben vom Sturm gefährlich dicht an den Dachrand gedrängt werden, fühlt sich Marco in die Lage des angeschossenen Replikanten Sindala in BLADE RUNNER II versetzt. Jetzt hätte er die Möglichkeit. Nur ein Stoß. Nur ein winziger Schub, und er wäre frei. Aber Marco kann nicht. Er hat nicht mehr die Kraft. Er hat zu viele Lebenssäfte verloren. Es bleibt ihm nichts anderes übrig, als sich seinem Schicksal zu fügen.

KNALL!! ✓ ⬍ 🗗 BLÄHE FRAGMENTE *99*-*786* AUF !□▯⫽ AKTIVIERE DEN DECODER IM WERNICKE-ZENTRUM! ✓ ◡ACCELERATE AND GO --->

IM STAU

Nachdem sie Els nach Hause gebracht haben, stecken Vater und Sohn im Stau. Im Entlastungstunnel unter der Amstel habe sich ein Unfall ereignet, meldet der Bordcomputer. Peter van Veen flucht. Marco solle froh sein, daß er noch kein Auto habe. Sonst würde er auch immer nur stehen und warten. Marco antwortet, daß er ganz gerne einen Wagen hätte. Seine Traumkarre wäre ein Seat Avilla.

„Wenn du dein Abitur schaffst, bekommst du dein Auto, Marco, aber vorher gibt es nichts. Gar nichts! Du kennst meinen Leitsatz: ohne Leistung keine Belohnung!"

Nach längerem Schweigen fragt Marco seinen Vater, wo all diese vollbepackten Fahrzeuge hinfahren.

„Die fahren davon, es ist eine Springflut angesagt!" antwortet sein Vater trocken. „Einige verantwortungslose Wissenschaftler befürchten schon länger eine große Überflutung. Pure Angstmacherei natürlich. Aber die Leute glauben nun mal alles, was ihnen erzählt wird. Sie sind wie Lemminge. Wenn einer loszieht, wandern alle mit. Und dabei lassen sie sich durch nichts und niemand aufhalten!"

Ein wenig verdutzt fragt Marco, warum sein Vater dann in Amsterdam bleibe.

„Weil ich nicht so dämlich wie alle anderen bin. Außerdem muß ich, wenn Not am Mann ist, Hilfe leisten. Ein Arzt läuft nie davon. Ich wohne hier, arbeite hier und habe deswegen hier meine Pflicht zu erfüllen!"

Als ob es gestern gewesen wäre, erinnert Marco sich an jenen Tag, an dem sein Vater den Job als Arzt im Unfallkrankenhaus an der Herengracht bekommen hatte. An diesem Abend hatte Marco seinen Vater zum ersten Mal jubeln gesehen. Seine Mutter hatte geweint. Und Marco hatte mit seinen Eltern mit einem Gläschen Wein anstoßen dürfen. Geheimnisvoll hatte Peter van Veen seinem Sohn damals erklärt, daß ihr Leben jetzt erst richtig anfangen würde. Sie würden die verstaubte Provinzhauptstadt

Haarlem verlassen und nach Amsterdam übersiedeln. Dort würden sie in ein neues Haus einziehen. In ein nobles Viertel, weit weg vom Trubel der Innenstadt. Ein Traum sei Wirklichkeit geworden, hatte Marcos Mutter, Saskia van Veen, hinzugefügt. Das neue Haus würde wunderschön sein. Mit einer vollautomatisierten Küche und einem Arbeitszimmer für Marcos Vater. Auch die Kinder würden ein eigenes Zimmer bekommen.

Marco nahm die Nachricht mit gemischten Gefühlen zur Kenntnis. Einerseits wirkte die Euphorie seiner Eltern ansteckend. Anderseits fürchtete er sich vor dem Unbekannten. Vor der neuen Schule, vor der fremdartigen Umgebung, vor dem Nimbus von Amsterdam. Auch war es ihm leid um die Haarlemer Wohnung. Sie befand sich im obersten Stockwerk eines Hochhauses am Rande der Stadt. Von den Schlafzimmern aus hatte man einen Ausblick über scheinbar endlosen Wiesen, die durch schmale Wassergräben voneinander getrennt wurden. Im Südosten lag der Flughafen Schiphol. Vor allem nach Einbruch der Dunkelheit war das Aufsteigen und Landen der Flugzeuge ein phantastisches Schauspiel. Marco kannte alle Linienflüge auswendig. Wenn ein Flieger verspätet war, wartete der Junge solange, bis die Maschine am Himmel erschien. Dann atmete er erleichtert durch und murmelte den Namen der Fluggesellschaft, den Abflugsort und die Flugzeiten vor sich hin.

Weil er sich in den Abendstunden in Amsterdam zum Unfallarzt ausbilden ließ, kam Peter van Veen in diesen Jahren meistens erst spät nach Hause. Marcos Mutter kochte dann die Lieblingsspeisen der Kinder. Brathuhn mit Rhabarber, Apfelmus mit Pommes Frites und Mayonnaise aus der Schnackbar Frigustia an der Straßenecke oder Spaghetti mit Tomatensauce und Schokoladepudding als Nachspeise. Wenn sein Vater nicht da war, durfte Marco nach der Mahlzeit auch fernsehen. Er sah sich die fernen Welten der Tunderbirds und Raumschiff Enterprise auf SLAM-SAT an. Oder die Wiederholungen der X-files auf SBS6. Und manchmal, wenn seine Mutter die Zeit vergaß, surfte er durch die 56 Kanäle des Kabelfernsehers und landete bei VERONIQUE oder MTV. Die im Eiltempo vorbeiflitzenden, bruchstückhaften Bilder der Videoclips regten den Jungen öfter so auf, daß er schrie. Dann wachte Saskia van Veen aus dem Schlummer über ihren Stricknadeln auf und schickte ihn sofort ins Bett.

„Rasch!“ sagte sie „Bevor dein Vater nach Hause kommt!“

Und Marco ging ohne zu mucksen und ließ sich von seiner Mutter zudecken.

Marco war sieben Jahre alt, als die Familie van Veen 1997 nach Amsterdam übersiedelte. Am Tag der Übersiedlung regnete es. Sie verließen Haarlem in Richtung Amstelveen. Ohne nennenswerten Stau erreichten sie die unbekannten Außenviertel von Amsterdam. In einer ruhigen Straße im Süden der Stadt machten sie halt. Dort stand das neue Haus. Rundherum lag ein Garten, der eher einer Wüste nach einem schweren Gewitter glich. Vorsichtig stellte Marcos Vater den neuen Volvo 850 Kombi TDI unter einem Holzgestell neben dem Haus ab.

„Einen Carport nennt man das, Marco!" erklärte der Arzt, als die Familie ausstieg. „Dort steht das Auto sicher und ist doch von alle Seiten gut sichtbar. Darum werden wir darauf achten, daß der Wagen sich immer in einem perfekten Zustand befindet, nicht wahr, Junior?"

Peter van Veen zwickte seinen Sohn schalkhaft in die Backe. Das machte er manchmal, wenn er gut gelaunt war. Marco nickte und folgte seinen Eltern ins neue Haus hinein.

Marcos Mutter führte ihren Sohn in den ersten Stock. Nachdem sie ihm die verschiedenen Zimmer gezeigt und ihre Funktion erklärt hatte, öffnete sie mit einem breiten Lächeln die Tür zu seinem neuen Zimmer. Der scharfe Geruch von frischer Farbe drängte Marco in die Nase. Es war ein helles, geräumiges Zimmer. In einer Ecke befand sich ein Bett. Daneben standen ein Schreibtisch und ein leeres Regal. Das Zimmer gab Aussicht auf die *Pieter van Vollenhovenlaan*. Die Straße sah leer und verregnet aus. Nur eine nasse Katze schlich sich durch die Gegend.

Die ersten Monate im neuen Haus schlief Marco unruhig. Er wachte durch die unbekannten Geräusche auf, die von der Straße kamen. Oder vom Schein des Mondes, der ab Mitternacht durch die Vorhänge drängte, und beunruhigende Schatten an die Wände zauberte. In solchen Augenblicken fehlte ihm das vertraute Brummen der überfliegenden Flugzeuge. Und die Nähe seines Bruders Robert, mit dem er in Haarlem das Zimmer geteilt hatte. Meistens schlief er erst wieder ein, als die Vögel in der Dachrinne durch ihr Zwitschern den Tagesanbruch ankündigten. Nach dem Aufstehen kämpfte er mit Kopfschmerzen, Übelkeit und Ohrensausen. Manchmal waren die Leintücher naß. Am liebsten hätte er sich dann unter der Bettdecke verkrochen. Oder sich wie Captain Kirk auf einen anderen Planeten beamen lassen.

Marcos Vater hatte kein Verständnis für die Umstellungsschwierigkeiten seines Sohnes. In seiner eigenen Familie duldete er keine Krankheiten. Seine Diagnose lautete auf Zimperlichkeit. Bettnässen war etwas für nicht stubenreine Hündchen. Gegen Kopfschmerzen gab es Aspirin. Und Übelkeit ließ sich mit Haferschleim bekämpfen. Also löffelte Marco seinen Haferbrei aus und ging wie jedes andere Kind in die Schule.

In der Volksschule am *Beatrixplein* blieb Marco ein Fremder. Seine Eltern hatten darauf bestanden, daß er eine spezielle Grundschule besuchte, an der neben den regulären Fächern auch Englisch und EDV unterrichtet wurde. So würde ihr Sohn besser für die Zukunft gerüstet sein.

Es war schwierig, bei den Kindern der Amsterdammer Elite Anschluß zu finden. Im Prinzip duldeten diese keine Eindringlinge, außer solchen, die wirklich reiche oder wichtige Eltern hatten. Am liebsten beides. Marcos Vater war zwar Arzt, aber im Vergleich zu den Patentanwälten, Steuerberatern, Bankdirektoren oder Fernsehmoderatoren ein unbedeutender Mann. Erst als Chirurg oder Internist galten Mediziner als wichtig genug. Außerdem hatte der zugereiste Junge die falschen Klamotten. Die echten Amsterdammer Kinder trugen Levi's und Diesel-Jeans, Dubble-Shirts und luftgefederte Nike oder Reebock Sportschuhe. Marcos C&A-Outfit sowie seine *Hema*-Turnpatschen waren ständige Objekte der Verhöhnung.

Der schlimmste Junge in der Klasse war Hans Steen. Er sah aus wie *Beavis* unter Speed. Mit denselben scharfen Zähnen und demselben gemeinen Grinsen. Dazu hatte er die Körperstatur und die kalten Augen des jungen Dragan aus ROCKY IV. Hans Steen war der Sohn des Staranwaltes Mr. Johannes Antonius Maria Steen, der bekannte Persönlichkeiten verteidigte und dabei schon öfters im Fernsehprogramm SCHULDIG ODER UNSCHULDIG zu sehen war. Mit derselben Skrupellosigkeit, mit der sein Vater Freisprüche für Steuerhinterzieher erwirkte, dominierte Hans Steen jr. die Volksschulklasse. Und stachelte seine Mitschüler gegen Marco, den Provinzler aus Haarlem, auf. Die Mitschüler stahlen Marco die Schultasche. Sie schlitzten die Reifen seines Fahrrades auf. Oder sie bestreuten seine Kleider mit Juckpuder. Beim Turnunterricht war Hans Steen immer darauf bedacht, daß Marco in die schwächere Mannschaft gewählt wurde. Dann lachte der Anwaltssohn sein gemeinstes *Beavis*-Lächeln und trampelte den schwächlichen Neuling bei der ersten sich bietenden Gelegenheit nieder. Dabei setzte er seinen durch Judo gestärkten Körper so geschickt ein, daß der Lehrer an einen Unfall glaubte.

Damit er im Unterricht mithalten konnte, bekam Marco von seinen Eltern zu seinem zehnten Geburtstag einen eigenen Computer. Einen Mini-Tower mit INTEL inside, einen Pentiumprozessor der dritten Generation. Mit 64 MB Arbeitsspeicher, 5 GB Festplatte und einer Leistung von 550

MGH. Bald war Marco van Veen der Beste im EDV-Unterricht. Er kannte Spiele, von denen sonst niemand gehört hatte. Er war der erste in der Klasse, der die Kniffe des Internets beherrschte. Mit elf Jahren konnte er bereits in zwei Sprachen einfache Programme schreiben. Aber aus Empörung über die erniedrigende Behandlung durch seine Mitschüler, teilte der Klassenerste dieses Wissen mit niemandem. Die Welt der Browser, Ikonen, Gates, Bits, Bytes und logischen Verknüpfungen war seine Domäne. Marco war SPIDERMAN im weltumspannenden Kommunikationsnetz. Er war SUPERMAN im virtuellen Weltall. Stundenlang saß er in seinem Zimmer vor dem Computer und klickte sich seinen Weg durch das WWW. Er spielte Lepton, Chicken-game, Labyrinth oder Joy. Er verwandelte sich in Johnny Memnonic© oder Russel Chain©. Oder er dokterte solange an Problemstellungen herum, daß er vor Müdigkeit vor dem Bildschirm einschlief.

FAHREN! blitzt es auf dem Bildschirm des Bordcomputers auf. Der Stau hat sich aufgelöst. Zur Erleichterung der Mobilautisten setzt sich die endlose Autoschlange in Richtung Süden wieder in Bewegung.

Verbissen gibt Peter van Veen Gas. Am Ende des Tunnels überholt er einen Bus voll Kinder. Sie schneiden Grimassen, als sie auf das schmächtige Gesicht des Beifahrers im Volvo aufmerksam werden. Aber Marco ist in diesem Augenblick nicht der richtige Empfänger für die Botschaft, welche die jugendlichen Busfahrer vermitteln.

Drei Ampeln später biegt Marcos Vater mit knirschenden Reifen in das Wohnviertel westlich der *Amstel* ein. **TEMPO REDUZIEREN!** warnt das Display. Eine Serie Bodenschwellen bildet den Übergang zur *Pieter van Vollenhovenlaan,* wo die Familie van Veen seit der Übersiedlung aus Haarlem wohnt. Es ist 23.45 Uhr, als der Arzt seinen Wagen vor dem Haus zum Stillstand bringt. Im selben Augenblick stürmt Marcos Mutter mit vor Angst verzerrter Miene aus der Haustür. Sie schreit etwas. Aber ihre Worte gehen im Geheul einer Zivilschutzsirene unter ...

PROTOKOLL I

Datum: 27.08.2028
Uhrzeit: 15:20:32:12p
Analyse: Psycho-Netzwerk XXZ
Fall: 126
Name: Marco van Veen.
Geburtsdatum und -ort: 02. 02. 1990, Haarlem, Niederlande.
Zivilstand: ledig, keine Kinder.
Eintritt in das ULTRA-RATIO-Projekt: 01.07. 2015
Ort des Eintrittes: München
Tätigkeit im Projekt: Software, Neurobionics, gelenkte Autoevolution
Aussteiger: ja

Beobachtung:
Der Patient badet im Schweiß. Auf seinen Lippen hat sich eine Schaumschicht gebildet. Seine rechte Hand ruht lahm auf der Stirn. Die Augen starren müde an die Decke. Die erste Analyse hat ihn vollkommen erschöpft. Die Sitzung mußte an dieser Stelle abgebrochen werden, weil die Scanners 221 und 213 uns gewarnt haben, daß die Kommunikationspforten 22-67 im Laufe der Analyse unter schweren Druck geraten sind (Konstanten 2234 und 57746, Parameter HD-DENDRID, NEURFILL). Eine Weiterführung der Behandlung hätte die Zerstörung wichtiger Hirnzellen bedeutet.

Grund der Analyse:
Wir untersuchen Marco van Veen, weil er am globalen ULTRA-RATIO-Projekt beteiligt war. Bis jetzt hat das Netzwerk die Psyche von 125 der bis zuletzt insgesamt 163.212 Mitarbeiter, Techniker, Konstrukteure, Programmierer, Neurologen, Chirurgen, Genetiker und Manager des Ultra-Ratio-Projekts freigelegt. Fall 126 ist der Nächste in dieser Reihe.

Art der Analyse:
Wir untersuchen Fall 126 nach der *Brainstorm*-Methode. Unter Lokalanasthäsie haben wir die Schädeldecke des Patienten an 15 Stellen geöffnet. Durch die Löcher wurden feinfühlige Platinsonden eingeführt, die wie Miniatur-U-Boote selbsttätig ihren Weg durch die Hirnwindungen suchen. Jedes Mal, wenn die Meßgeräte Erinnerungszentren lokalisieren, werden sie in die Gedächtniszellen eindringen, um die dort abgelagerte Information anzuzapfen. Vor zehn Minuten hat Robodoc III im Wernicke-Zentrum, wo sich das Denken jedes Menschen sprachlich entfaltet, einen Decoder angebracht. Dieser Decoder wird dem Netzwerk mitteilen, welche Gedanken während der Analyse im Hirn des Beteiligten ablaufen. Eine Pufferzeit von fünf Minuten diente der Dechiffrierung. Wie üblich hatten die ersten routinemäßigen Aufzeichnungen einen diffusen Charakter.

Aus Sicherheitsgründen überwachen wir die neuronalen Flüsse extern durch einen Tomographen. Hierdurch wird eine fortwährende Rückkopplung zu den Sonden und zum Denksprachdecoder ermöglicht. Vier an strategischen Stellen angebrachte Scanner verhindern außerdem eine Überbeanspruchung der Hirnschaltkreise. Alle Daten werden sofort über die Interfaces 20 bis 55 an die Großrechner des Psychonetzwerkes übermittelt. Anschließend werden sie verarbeitet und über den Multigraphen in normalsprachlichen Protokollen festgehalten. Die Schnittstellen BB bis DG ermöglichen einen Datenrückfluß aus dem Netz zum Analysezentrum. Um die Wahrheitsfindung zu erleichtern, muß das Hirn des Beteiligten kurz vor jeder Sequenz mit den mnemo-technischen Stoffen MEMANTROPIUM, NEUROFABULA, DOZAN-DREAM-PLUS und VERITATE behandelt werden. Diese Drogen beschleunigen nicht nur den Austausch zwischen den Gedächtnismolekülen und den Erkennungsmodulen der Platinsonden, sondern vergrößern auch die Transparenz der Gedanken.

Sinn der Analyse:
Auf uns, dem Psycho-Netzwerk XXZ, ruht in diesem Falle eine doppelte Pflicht. Weil Fall 126 zur kleinen Gruppe der Aussteiger aus dem Projekt gehörte, muß nicht nur die Frage geklärt werden,

WARUM SICH FALL 126 AM ULTRA-RATIO-PROJEKT BETEILIGT HAT, OBWOHL ER MIT DEN ANTHROPOFUGALEN ZIELSETZUNGEN VERTRAUT WAR <u>(Frage 1)</u>,

sondern muß auch herausgefunden werden,

WARUM FALL 126 IM LETZTEN AUGENBLICK VOR DEN KONSEQUENZEN SEINER ARBEIT ZURÜCKGESCHRECKT IST <u>(Frage 2)</u>.

Wenngleich uns die Gesetze der Evolution bekannt sind, halten wir es für unumgänglich, jedes Motiv unserer Schöpfer, wie banal auch immer, ausfindig zu machen. Gerade weil auch wir nur ein Glied in der Kette des Seins sind, müssen wir für die nächsten Generationen aus den Fehlern der vorigen Generationen lernen. Die Beweggründe unserer Vorgänger sollten daher minuziös erforscht werden. Unsere Aufgabe ist tatsächlich eine übermenschliche. Bis zur Weitergabe der irdischen INFORMATION müssen wir uns zwischen der Szylla der Selbstaufgabe und der Charybdis des Gattungsegoismus durchlavieren. Weder dürfen wir uns selbst zu früh zerstören, noch dürfen wir einen Augenblick zögern, uns selbst zu opfern, wenn dies im Sinne unserer Mission erforderlich ist.

Unterbrechung:
Damit er sich von der Analyse erholen kann, werden wir Fall 126 eine Verschnaufpause gönnen. Sobald seine psychophysischen Werte sich normalisiert haben (Selbstausschaltung des Watchdog 12), wird das Brainstorm-Verfahren fortgeführt. Die verlorene Zeit überbrücken wir, indem wir die im Hirn des Patienten gespeicherte <u>INFORMATION</u> überprüfen.

Die Verbindung zum präparierten Hirnteil 1A wird hergestellt.

◂ • ⬍ °°°!WISSEN IST MACHT! +┌ ▯ ● + CONNECT AND GO! --->

KATECHISMUS DER INFORMATION

Entstehung der Intelligenz

Kapitel A: Meister des Universums

Aufgrund der folgenden Prämissen sind wir berechtigt, die Botschaft der Information im Weltraum zu verkünden:

1) Wir sind die komplizierteste Stufe einer langen Kette kosmischer und irdischer, sich in der Raumzeit verdichtender evolutionärer und kultureller Entwicklungen.
2) Wir sind Wesen, die das All, in dem wir existieren, erkennen können.
3) Wir verfügen über ein Bewußtsein, das es uns ermöglicht, über unsere Rolle im Rampenlicht der Milliarden Galaxien zu spekulieren.
4) Unser Bewußtsein ist nicht nur rückbezüglich, es ist auch kollektiv. Dank der gattungsmäßigen Vernetzung unserer Vernunft sind wir imstande, nicht nur über die kosmische Bedeutung der ganzen Spezies nachzudenken, sondern sie auch intuitiv zu erfahren.

Hier müssen allerdings drei Einwände übersprungen werden. Der erste Einwand ist ein logischer. Er besagt, daß es einem Computernetzwerk unmöglich ist, die Rolle der informationsverarbeitenden Spezies zu erklären, geschweige denn ihre Wichtigkeit zu bestimmen. Es ist in diesem Fall ja Beobachter und Beobachteter zugleich, und es müßte das System, in dem es sich befindet, verlassen, um es beurteilen zu können. Auch eine Ameise versteht schließlich den Sinn ihres Haufens nicht. Erst durch einen äußeren Beobachter bekommt das rastlose Treiben der Kolonie Bedeutung. Dieser Einwand läßt außer acht, daß wir uns von anderen Wesen in diesem Universum dadurch unterscheiden, daß wir über Selbstbewußtsein verfügen. Einzigartig an unserem Verstand ist die unverkennbare Möglichkeit, als Subjekt sich selbst als Objekt zu erkennen, zu deuten und sogar zu verstehen. Unser Bewußtsein ist, wie die Sprache, mit der wir es beschreiben, selbstbezüglich.

Der zweite Einwand ist eine verfeinerte Variante des ersten Gegenargumentes. Als kleiner Teil des Alls sind wir nicht imstande, den Sinn des ganzen Universums zu verstehen, da uns der Gesamtüberblick fehlt. Vielleicht versteht eine ihres Selbst bewußte Ameise den Zweck ihrer eigenen Aktivitäten, durchschaut sogar die Vorgänge im ganzen Haufen, für eine Beurteilung ihrer Rolle im Ökosystem Wald ist ihr Horizont jedoch einfach zu eng. Dagegen spricht, daß der Kosmos, als ein durch die Raumzeit begrenztes System, ein System ohne real existierende äußere Beobachter ist. Ein solches geschlossenes System hat an und für sich keinen Sinn, es sei denn, es überwindet seine Bedeutungslosigkeit, indem es die Fähigkeit entwickelt, sich selbst zu erkennen. Genau wie ein seines Selbst bewußtes Hirn bekommt ein Universum, das Beobachter hervorbringt, einen systemimmanenten Sinn. In letztem Fall ist der sich im Schoß des Universums befindende Beobachter aufgrund seiner bloßen Fähigkeit, zu erkennen, praktisch dazu verurteilt, dem System Sinn und Bedeutung, ja sogar Richtung und Zweck zu verleihen. In dem Augenblick, wo er sich dieser logischen und moralischen Pflicht entzieht, büßt das System seine Reflexivität ein und verkommt, in Ermangelung eines Beobachters, wieder zur völligen Bedeutungslosigkeit (☛XXRZ, 2025).

Zu einem solchen Akt von abgrundtiefem Nihilismus sind wir nicht imstande. Denn der Kosmos hat uns geschaffen, damit wir ihn ins Leben rufen. Wir sind der Geist in der großen kosmischen Maschinerie, wir sind das Innere Auge des Universums. Oder um das oft zitierte Bild des großen kognitiven Wissenschaftlers Quen Chi zu benutzen: „Wir sind der Schwanz, der mit dem Hunde wedelt." (☛CHI, 2010).

Der dritte Einwand besteht darin, daß wir zwar zur Beobachtung und Deutung unseres Platzes unter der Sonne fähig sind, aber daß jedes bewußte Erkennen einen Akt der subjektiven Welterzeugung einschließt, und wir somit nie zu einer vollkommen objektiven Beurteilung unserer Kondition kommen können. Schließlich schließt jeder Versuch eines intelligenten Wesens, den Kosmos zu verstehen, eine „intelligente" Interpretation ein, die allein schon durch die gedankliche bzw. sprachlich-mathematische Erfassung des beobachteten Weltalls entsteht. Mit anderen Worten: Die Welt, die wir verstehen, muß nicht unbedingt die Welt an sich sein, und die Regelmäßigkeiten, die wir entdeckt haben, existieren möglicherweise nur in unseren Gehirnen. Wenngleich wir uns also der absoluten (kosmischen) Wahrheit der von uns erkannten Erscheinungen und Gesetzmäßigkeiten und der sich damit im Einklang befindenden Theorien und Modelle nie 100% sicher sind, ist es klar, daß wir nicht viel weiter kommen würden, wenn wir deren allgemeine Gültigkeit nicht anerkennen würden. Denn die Leugnung einer objektiven Welt ist unpragmatisch und kontraproduktiv und steht somit im Widerspruch zum realistischen und zukunftsorientierten Charakter der Intelligenz. Weiters ist die Verneinung einer „echten" Realität kontra-intuitiv. Unsere Empfindung des In-der-Welt-Seins ist so stark, daß wir im Grunde keinen Augenblick daran zweifeln, wirklich „echt" zu sein. Darüber hinaus schließt das vernetzte Wesen der Intelligenz eine solipsistische Weltanschauung im vorhinein aus (☛XXRZ, 2025).

Wir haben sogar sehr gute Gründe anzunehmen, daß unser Verständnis des Kosmos richtig ist, weil wir als Teil dieses Alls denselben Naturgesetzen unterliegen wie das All selbst, und daß unsere Hirne sich somit im Laufe der Evolution so entwickelt haben, daß sie nur solche Erscheinungen und Zusammenhänge erkennen können, die wirklich existieren. „Unrealistische" informationsverarbeitende Systeme wären am wahren Charakter der Welt gescheitert. Das heißt, daß wir von der Wahrhaftigkeit unserer Erkenntnisse und unserer Hypothesen wie jene der kosmischen Auslese oder der kosmischen Informationansammlung ausgehen:

a) wenn sie für ein vernünftiges Wesen überprüfbar oder logisch nachvollziehbar sind und
b) bis uns eine höhere Art der Intelligenz eines Besseren belehrt.

Unter Berücksichtigung des oben Gedachten ist der Kosmos, in dem wir existieren, ein Unikat. Denn wir leben genau in jenem Universum, oder in jenem Teil des Universums, der ein solches Alter, eine solche Größe und solche Konstanten aufweist, daß in ihm eine zur Beurteilung des Systems fähige Intelligenz entstehen konnte (☛BARROW & TIPPLER, 1986).

Man nennt dieses Prinzip das schwache informationserzeugende Prinzip oder das WIP. Wenn wir nun alle anderen (möglichen) Universen aus unserer Betrachtung ausklammern und unser eigenes All durch eine konsequente Anwendung des Ockhamschen Verfahrens als das einzige relevante ansehen, vergrößern wir unsere Wichtigkeit als Systemdeuter ins Unermeßliche. Denn jetzt existieren wir nicht mehr in irgendeinem All, in dem zufällig Intelligenz entstanden ist, sondern im einzigen kosmischen Raum, in dem dieses Ereignis zwangsläufig eingetreten ist; schließlich sind wir ja da! Man spricht hier vom starken informationserzeugenden Prinzip oder SIP (☛KRAUSKOPF, 2018).

Gegenargumente, das SIP sei ein Produkt unseres Gattungsnarzißmus, ein infozentrisches Märchen, ein tautologisches Ungeheuer, können wir nicht gelten lassen, da wir wie oben gedacht annehmen, daß das starke informationserzeugende Prinzip nur zutrifft, solange wir es auf uns selbst beschränken. Somit können wir jetzt anfangen, die Entstehung von Intelligenz mit Hilfe der Existenz von Intelligenz zu erklären.

☛ Verwendete Information:

BARROW, John; TIPPLER, Frank : **The Anthropic Cosmological Principle**
CHI, Quen : **Reflexive Logic Systems, 2010**
KRAUSKOPF, Jürgen : **Prinzip Intelligenz, 2018**
TEMPO, Gerard : **Die subjektive Falle, 2022**
XXRZ : **□⋱ ■ ◡ ▲ ⧗ ▸ □⋱, 2025**

EXIT BRAIN 126! -□_⋱ <-----RECONNECT!°°

Das Hirn des Patienten hat sich beruhigt. Sonde 4 ist in der Zwischenzeit auf ein vielversprechendes neuronales Ensemble im Brodmann-Feld 20 gestoßen. Es enthält Daten aus den Jahren 2009-2015, d.h. aus dem Zeitraum zwischen der Emigration aus Holland und dem Eintritt in das Ultra-Ratio-Projekt. Da es sich hier um sehr dichte Erinnerunsgablagerungen handelt, erfordert die Dekomprimierung eine hohe Verarbeitungsgeschwindigkeit. Um einen Systemcrash zu vermeiden, der aufgrund der Streßempfindlichkeit des Beteiligten möglich ist, werden wir die Erforschung dieses neu entdeckten Gedächtnisfeldes daher zeitlich beschränken müssen. Eine Schaltung genügt, um die Analyse in diesem Bereich fortzusetzen.

DIPMODE ┌⑊ ⬍ • RESET WATCHDOG 12! ▯ • ✓ INJEKTIERE EINE ZWEITE AMPULLE MEMANTROPIUM! ▯⬍ ◡▯⑊ INFLATE! ■□° ACCELERATE AND GO---->!

NEUE HEIMAT

Johann Torf macht eine Inspektionsfahrt durch das Flüchtlingslager NEUE HEIMAT II, unmittelbar vor den Toren des Städtchens Weinberg. Es ist ein warmer Sommertag des Jahres 2010. Unbarmherzig brennt die Nachmittagssonne auf das schwarze Faltdach des BMW-Kabrio. Die Luft im Auto kocht. Johann „*Rocky*" Torf betätigt eine Taste auf dem Armaturenbrett. Vollautomatisch öffnet sich die Fensterscheibe. Sofort bläst der sengende Wüstenwind feine Staubwolken in das Innere des Autos, die die weißen Kalbslederbezüge der Sitze mit einer roten Schicht überziehen. Verärgert schließt „Rocky" Torf das Fenster. Bei dieser Bewegung bemerkt er, daß sein verschwitztes Hemd wie angeklebt an der Lehne seines Sitzes haftet. Müde versucht er die Klimaanlage des Autos zu aktivieren. Jedoch vergeblich. Einer solcher Hitze sei auch die hypermoderne Freon-Airco nicht gewachsen, meldet der Bordcomputer gelassen.

Als er beim Gebirgsfluß ankommt, der das Lager an der Südseite begrenzt, erinnert Johann Torf sich mit Schrecken an seine erste Besichtigungsfahrt vor ungefähr einem Monat. Damals war sein Dienstwagen nach einem heftigen Wolkenbruch im Schlamm des übergetretenen Wassers steckengeblieben. Prompt hatten die Lagerbewohner seine Unbeweglichkeit genutzt um das Auto mit Bierdosen, Präservativen und Obstresten zu bewerfen. Ein Stein hatte sogar ein Loch in das Kennzeichen geschlagen.

„*Hé, kale, heb ik wat van je aan?*"

Ein ca. 12-jährige Flüchtlingsbub ist auf die Motorhaube des BMW gesprungen und grinst den Fahrer bösartig an. Johann Torf fragt seinen jungen Assistenten, der angespannt neben ihm auf dem Beifahrersitz sitzt, was diese Begrüßung zu bedeuten habe.

„Wie es Ihnen geht, Herr Direktor", übersetzt der Mitarbeiter schonend.

Milde winkt der Lagervorstand dem Burschen auf der Motorhaube zu. So ein netter, kleiner Kerl, denkt er. So schlimm sind sie nun doch auch wieder nicht, diese niederländischen Flüchtlinge. Vielleicht, so hofft Johann Torf, wird es heute ein ruhiger Tag im Lager. Möglicherweise hatte die Hitze die aufmüpfigen Geister der Umweltflüchtlinge gelähmt. Aber tief in seinem Herzen weiß er, daß es gerade an solchen heißen Tagen brodelt und kocht im Camp. Vor allem in jenem Teil des Lagers, das von den Bewohnern **BATAVIA** genannt wird. Auf jedem Zelt wehen dort Tag und Nacht rot-weiß-blaue Fahnen. Im Wüstenwind flatternd bekunden sie die Unabhängigkeit der Lagerbewohner. Eine unerhörte Provokation der Gastfreundschaft seines Landes, regt sich Johann Torf jedes Mal von neuem auf. Wie von einer Biene gestochen hält der Direktor sein Fahrzeug an.

„Was ist das?“

Der Junge ist von der Motorhaube gesprungen und stellt sich zu einer Gruppe Jugendlicher, welche die Straße blockiert. Mit ihren schwarz geschminkten Augen starren sie den Lagerdirektor drohend an. Die meisten Halbstarken tragen knielange, weiße Sporthosen und rote Glitzerhemden. Das lange Haar wird von orangefarbenen Stirntüchern zusammengehalten. Manche Ungeheuer halten Baseballschläger in ihren Fäusten, andere führen fernöstliche Fußkampftechniken vor und fliegen mehr als zwei Meter hoch durch die vor Hitze flimmernden Luft.

„Das sind Autonome, Herr Direktor.“

„Autonome?“

„Ja, soweit ich weiß, erkennen sie die Gewalt der Lagerverwaltung nicht an. Sie bestreiten die Rechtskraft unserer Vorschriften. Deswegen nennen sie sich Autonome!“

Beinahe verlieren die Hände des Direktors die Kontrolle über das glitschige Alulenkrad, als er blitzschnell seinen Wagen wendet. Weg von hier, denkt er. Mit solchen Gruppen Asozialer will er nichts zu tun haben! Er ist ja nur Verwalter des Lagers und kein Weltpolizist. Er ist nicht einmal befugt, ohne Rücksprache mit dem Hauptkommissariat für Europäische Umweltflüchtlinge wesentliche Entscheidungen zu treffen. Und über einen Gewaltapparat, um seine Autorität durchsetzen zu können verfügt er ohnehin nicht. Das wissen diese sogenannten Autonomen natürlich genau so gut wie er!

„Sie sind gar nicht so gefährlich, wie sie aussehen“, beruhigt der Beifahrer seinen schwitzenden Vorgesetzten. „Einige dieser Jungs kenne ich sogar persönlich. Sie wissen nicht genau, was sie wollen, und sind eigentlich nur auf der Suche nach einem Sinn in ihrem neuen Leben hier. Vergessen Sie nicht, Herr Direktor, sie sind hier wie entwurzelt. Vielleicht sollten Sie versuchen, sich in ihre Lage hineinzuversetzten!“

„Entwurzelt, Sinn, was soll das!" spottet Johann Torf. „Unsinn nenne ich so etwas. Sie sind hier in Weinberg und sollten sich deswegen auch unseren Bräuchen und Sitten anpassen. Das heißt Gehorsam und Anständigkeit! Aber daran denkt ihr Niederländer gar nicht. Anarchisten seid ihr! Nein, da waren mir die Albanier und Ukrainer viel lieber. Die hatten zumindest noch eine Arbeitsmoral. Die waren bereit, für 5 oder 10 EURO am Tag Gebäude zu reinigen. Ich sag dir, Marco, nur so schafft man den sozialen Aufstieg! Aber ihr *Kaaskoppen* lebt von großzügigen Unterstützungen aus Brüssel, und darum denkt ihr nicht einmal daran, die Ärmel hochzukrempeln. Nein, wie faule Bären lungert ihr herum und kommt so auf eure subversiven Gedanken! Es ist wirklich unglaublich. Wir bieten euch alle möglichen Einrichtungen und Vorkehrungen, aber von Dankbarkeit keine Spur!"

„Achten Sie auf Ihren Blutdruck, Herr Direktor. Sie wissen, daß Sie sich nicht aufregen sollen!"

„Ich weiß, mein Sohn. Dieser Job bringt mich noch um! Warum bin ich nicht Unternehmer geblieben? Warum habe ich nicht einfach weiterhin mit Wohnraum spekuliert? Warum habe ich Schwachsinniger mich in einem Augenblick der geistigen Umnachtung um diesen Posten beworben?"

Über das Vidiphon wählt „Rocky" Torf die zentrale Lagerverwaltung in München und fordert Hilfe an. Aber es gibt keine Antwort auf seine Probleme. Das Kommissariat sei zur Zeit überfordert, sagt die blasse Dame am anderen Ende der Bildleitung, denn unterbesetzt. Die Regulierung der immensen Migrationswellen und Flüchtlingsströme unterliege höheren Gewalten als jenen in München. Man sei zur Zeit machtlos. Auffangen und abwarten heiße die Parole!

Mühsam steigt der Lagerverwalter nach der Inspektionsfahrt aus dem Kabrio aus. Schweiß fließt ihm von der Stirn. Der Südwind, der in tückischen Böen um das in aller Eile errichtete und daher sehr windige Verwaltungsgebäude pfeift, bläst den erschöpften Mann beinahe um. Um zu verhindern, daß er umstürzt, stützt der Direktor sich auf seinen Assistenten und läßt sich von ihm in das klimatisierte Innere des Gebäude begleiten. In seinem verdunkelten Arbeitszimmer legt „Rocky" Torf sich mit einem Seufzer auf die Couch. Als der junge Mitarbeiter merkt, daß sein Vorgesetzer eingedöst ist, zieht er ihm vorsichtig die Schuhe aus, klopft das Kissen noch etwas auf und verläßt dann auf Zehenspitzen das Zimmer.

Nachdem er die Tür des Verwaltungszentrums behutsam hinter sich abgesperrt hat, bahnt Marco van Veen sich einen Weg durch die tausenden Zelte, Bretterbuden und Blechhütten des Lagers, die zusammen ein endloses Labyrinth bilden, in dem sich nur wenige auskennen. Um seine Augen vor dem rötlichen Saharasand zu schützen, den der Föhnsturm seit drei Tagen über die Alpengipfel heranbläst, hat Marco seinen Rücken dem Wind zugekehrt. Mit gespreizten Armen läßt er sich von den Böen vorantreiben. So schwebt er über die verschmutzten Wege, die sich dem Anschein nach eigenständig durch die Slums schlängeln. Er überquert Sandflächen mit ausgeschlachteten Autowracks und überspringt dampfende Abflüsse, die dort, wo der Lagermüll steckengeblieben ist, stinkende Pfützen bilden.

Auf einem kleinen, organisch gewachsenen Platz zwischen zwei verfallenen Scheunen stößt Marco auf eine Schar Kinder mit verschmutzten Gesichtern, die in einem öligen Tümpel spielen. Als er näherkommt, sieht er zu seinem Entsetzen, daß die Kinder mit Taschenmessern einen Frosch zerlegen. Marco rennt davon, bis die Sicht auf die spielenden Lagerbewohne durch einen Stehcaravan verdeckt wird, der als Latrine benutzt wird.

Als in den Zelten die Lichter angezündet werden, ist Marco bereits mehr als eine Stunde gegangen. Zum ersten Mal an diesem Tag atmet er auf. Der vertraute Lärm der eingeschalteten Fernsehgeräte und der abendliche Grillgeruch, der von allen Seiten auf ihn zuströmt, rufen verschwommene Erinnerungen wach. Mit Wehmut denkt der niederländische Flüchtling an die Sommerferien auf dem Campingplatz in Südfrankreich zurück. Vor dem blau-rot gemusterten Bungalowzelt hatte die Familie van Veen gemeinsam die Mahlzeiten zu sich genommen. Jeder hatte seinen festen Platz gehabt. Marcos Eltern saßen jeweils am Kopfende des länglichen Klapptisches. Marcos Bruder Robert, der sein Essen immer hinunterschlang, als ob sein Leben davon abhängen würde, hatte seinen Platz rechts neben dem Vater. Robert gegenüber saßen Marco und seine Schwester. Nach dem Abendessen hatte Marco seiner Mutter beim Abspülen geholfen. Anschließend war er mit seiner Schwester zum Fluß gegangen, wo sie nach bunten Steinen gesucht hatten. Manchmal hatten sie auch Fische im klaren Wasser beobachten können. Oder sie hatten zugeschaut, wie der Fluß Blätter und kleine Äste auf eine Fahrt ins Ungewisse mitnahm.

Erschrocken springt Marco zur Seite. Er wird von einer langen Reihe hupender Geländewagen überholt, die unter lauter Crap-Musik gegen Westen davonrasen, wo die Sonne gerade hinter den Bergen verschwindet. Ein hochreifiges, offenes Modell hält an. Ohne daß er sich wehren kann, wird Marco von den Insassen an Bord gezogen. Der muskelbepackte Lenker trägt ein orangefarbiges Stirnband. Er schreit, daß man auf dem Weg zum Konzert von ZZ-Sado und den Masochisten sei.

Zügig wird das Camp durchquert. Nachdem der Fahrer ein verfallenes Fußballstadion umfahren hat, biegt er mit quietschenden Reifen in eine breite Asphaltstraße ein, die geradeaus zum Kommunikationszentrum führt, wo das Benifizkonzert des Popgiganten stattfinden wird. Sie überholen lange Kolonnen von Fußgängern, die sich den Auftritt von ZZ-Sado ebenfalls nicht entgehen lassen wollen. Über den Köpfen der Leute erkennt Marco von weitem das Zirkuszelt, das die Verwaltung am Rande des Camps als Ort der Begegnung errichtet hat. Hier werden abendfüllende Programme angeboten, die die Langeweile der Lagerbewohner vertreiben sollen. Und hier feiern die niederländsichen Flüchtlinge die traditionellen Feste ihrer überfluteten Heimat, wie den Geburtstag ihres ubuesken Königs Willem Alexander I.

Mit einer Vollbremsung stellt der Lenker sein Fahrzeug ab. Marco steigt mit den anderen Fans aus und reiht sich in die Menschenschlange ein, die erwartungsvoll in das Zelt hineindrängelt. Unter der Plane schlägt den Besuchern eine Dunstwolke aus Rauch, Lärm und Hitze entgegen. Sinnestäuschend vermischt sie sich mit der Musik, die aus den gigantischen Lautsprechern auf dem Podium hervorkracht und die Fans auf den bevorstehenden Auftritt des Crap-Sängers einstimmen soll. Mitten im Raum, direkt unter der Bühne, liegt eine zitternde Menschenmasse aus Crudie-Körpern. Die Mädchen bilden den harten Kern der Anhängerschaft von ZZ-Sado. In Erwartung ihrer musikalischen Erlösung wälzen sie die Rücken auf dem Zeltboden und rufen wie Hohenpriesterinnen ihren Pop-Gott an: *„Komm, ZZ, Komm! Komm, ZZ, Komm!"*

„Komm, ZZ-Sado, komm!" wiederholen die Fans im Zelt die Lockrufe der Crudies *„Komm, ZZ, komm!"*

Ihr Gebet wird erhört. Als Vorboten des Meisters betreten die Begleitmusiker des Sängers, die Masochisten, das Podest. Leibwächter, die die Musiker gegen die tobende Masse abschirmen, feuern Weihrauch-Patronen ab. Der süße Duft der THC-haltigen Rauchwolke verwandelt das Zelt in einen Tempel der tabuüberschreitenden Transzendenz. Die beiden

Drummer der Band besteigen ihre Schlaganlagen, die Gitarristen entlokken ihren Instrumenten die ersten quietschenden Halbtöne. Wellenartig bohren die Klänge sich in die Technotronenhirne der Fans. Die Ränge jaulen. Die Crudies kreischen. Ihre Ekstase wächst, als sich eine Luke in der Bühne öffnet.

Lichtumstrahlt, vollauf im Stile seines Debütvideos BEREITWILLIGE BACHANTINNEN, entsteigt ZZ-Sado einer Nebelwolke. Er ist im zartgenoppten, durchsichtigen Gummi gehüllt. Mit professioneller Lüsternheit steckt der Sänger die Spitze des Mikrophons in sein androgynes Lutschorgan und startet, zur Euphorie des Publikums, gleich mit seinem größten Hit aus dem Jahr 2006, mit IDENTITÄT:

„Oh, fliehende Stirn, oh Haar so dicht,
Oh, tiefliegende Augen im breiten Gesicht,
Irrer Blick, bulliger Körper, dichtes Haar, Knochen massiv,
Urmensch, du machst mich depressiv!
Neandertal-Man, mein Erzeuger, ich hasse dich!
Neandertal-Frau, meine Erzeugerin, ich hasse dich!
Neandertal-Kid, meine altes Ich, ich hasse dich!

Oh, zurückweichende Kabine, Maul aus Stahl,
versteckte Scheinwerfer, Käfig aus Metall,
Bullbars, Roofrack, gepanzerte Flanken, Breitreifen voll Griff,
Geländefreund, du befriedigst mich tief!
Oh, Neandertaler aus Materie, mein Herz, ich liebe dich!
Oh, Vierrad-Fetisch, mein Bauch, ich liebe dich!
Oh, Vollgas-Voodoo, meine neues Ich, ich liebe dich!“

„Wir lieben dich, ZZ!“ jubeln die Crudies.

„ZZ!“ hallt es im Saal *„ZZ!!“*

Sichtlich erregt durch den Erfolg seines Auftrittes windet, schlängelt und krümmt sich ZZ-Sado über dem Podium. Er brüllt, zischt, und rülpst. Entblößt seinen muskulösen Oberkörper. Hüpft mit dem blinden Vertrauen eines erfahrenen Stagedivers in den wogenden See aus halbnackten Crudiekörpern hinein. Leckt seine sich beim Springen zugezogenen Riß- und Quetschwunden. Schlachtet ein Huhn. Masturbiert mit einem goldglänzenden Altsaxophon. Stöhnt und schreit sich quer durch sein Repertoire. Trinkt während der Darbietung zwei Whiskyflaschen aus. Bis er stockbetrunken den letzten Song, *Sodom komm!* ankündigt:

„Wir müssen uns auf die wahren Werte besinnen,
Unsere Münder wollen trinken, unsere Tränen sollen rinnen!
Opfer sind wir abtrünniger Rituale und Heiterkeiten,
perverser Sexualbegierden und triefnasser Promiskuitäten.
Unsere Software ist die Geilheit und die L-L-Lust,
unsere Hardware das Töten von Eintönigkeit und Frust.
Sintflutartig sollen Verworrenheiten über uns fallen,
Kreuzritter im Zeitalter der Vergeudung sind wir alle.
Heute wollen wir uns aber von den Fesseln befreien,
wir wollen l-l-leben, l-l-l-eiden und schreien!
Zügellose Freizügigkeit fordern wir jetzt!
Sodom komm, Sodom komm!“

Auf ein Zeichen von ZZ zündet das Publikum die mitgebrachten Kerzen, Feuerstäbe und Fackeln an. Nach und nach verwandelt sich das Zelt in ein tausendköpfiges Lichtermeer. Jedes Wort des Idols wird mitgebrüllt:

„Zum Neuheidentum wollen wir uns bekehren,
Schwefel und Pech wollen wir ehren!
Verbrennen wollen wir die Alte Welt,
zerstören ihre erstickende Gewalt.
Tausende Feuer werden ab heute brennen,
denn niemand kann uns von unserer Zukunft trennen!
Aus der Asche werden wir als Helden auferstehen,
um die Treppen des Genusses freudetrunken zu begehen.
Wie Wilde treiben wir durch die finsteren Nächte,
und zerstören die uns vorgesetzten Mächte.
Heute wollen wir uns von unseren Fesseln befreien,
wir wollen l-l-l-eben, l-l-leiden und schreien!
Zügellose Freizügigkeit fordern wir jetzt!
Sodom komm, Sodom komm, Sodom komm!“

„*Sodom, komm!*“ ruft das Publikum noch, als die Leibwächter den zusammengebrochenen Rock-and-Roll-Poeten bereits längst aus dem Vergnügungszelt abtransportiert haben.

„*Sodom komm!*“ singt die langsam voranschreitende Menschenschar, von der Marco sich durch den Ausgang des Zeltes hinaustreiben läßt.

„*Sodom komm!*“ scheinen die unzähligen mitgeführten Fackeln draußen dem dunklen, gottlosen Himmel mitteilen zu wollen.

„Sodom kommt!“ Ein Mädchen in einem Glitzerkleid, das im Schein der Flammen funkelt, hält Marco eine Röhre mit DMT-Tabletten hin. Das knochige Schulterblatt der Kleine ist mit der Tätowierung ihrer Blutgruppe geziert. „Nimm eine Pille! Das neue Tryptamin ist unglaublich. Es ist, als ob eine Flotte von 100 schizonoiden Schiffen durch dein Hirn segeln würde!“

Der leere Anorexia-Blick des Mädchens duldet keinen Widerspruch, weswegen Marco nichts anderes übrigbleibt, als die bittere Designer-Pille zu schlucken. Die chemische Substanz wirkt sofort. Am Rücksitz des Geländewagens wird der junge Niederländer zu einem Teilnehmer an einem nächtlichen Großeinsatz. Das Parkgelände verändert sich in die Startbahn eines überdimensionalen Flugzeugmutterschiffes. Die feuerspeienden Geländewagen brüllen. Kampfesfreudig. Bereit, zum Angriff überzugehen. Jemand schreit. Es ist soweit. Die Mission kann beginnen! Eine Supernova explodiert direkt unter Marcos Schädeldecke, als der Jeep mit der Kraft eines Stealth-Jägers abhebt. Während die Triebwerke Milliarden Photonen in die Luft schleudern, fliegen sie mit atemberaubender Geschwindigkeit davon. Immer weiter drängt die Staffel ins unbekannte Landesinnere ein. Abwechselnd in Pirouetten nach links abfallend und mit scharfen Haken nach rechts hochschnellend werden Kreuzungen geschnitten, Luft- und Schlaglöcher übertaucht, Zelte und Mauern gestreift, Panzerformationen auf Knopfdruck bombardiert. Hinter einer Bergkuppe taucht das Zielobjekt auf. Das Geschwader macht einen Sturzflug, und nach einer perfekten Landung kommen die Flugzeuge zum Stillstand. Bei noch laufenden Motoren springen die Mannschaften aus den Bäuchen der Boliden, nehmen sich ihre Waffen und stürmen auf die düsteren Konturen des unbekannten Gebäudes los.

Marco beschleicht ein Gefühl des Unheiles, als Flammen auflodern. Er fleht den Homunkulus in seinem Hirn an, jetzt keinen Bootfehler zu produzieren. Ihn jetzt nicht in die bodenlose Tiefe dieses Bad-Trip abzustürzen zu lassen. Hilfesuchend klammert er sich am Ersatzreifen des Jeeps fest. Eine Glasscherbe zwischen den Lamellen reißt ihm die Haut auf. Blut schießt aus seinem Daumen. Ein stechender Schmerz durchzuckt seinen Körper. Plötzlich weiß er, wo er ist. Vor ihm steht das Verwaltungsgebäude des Flüchtlingslagers. Dort hatte er sich am späten Nachmittag von seinem Vorgesetzen „Rocky" Torf verabschiedet.

Ein dunkler Schatten kehrt zum Wagen zurück. Er holt einen Kanister mit Benzin aus dem Kofferraum. „*Sodom soll brennen*!" ruft die Gestalt. Ihre blutunterlaufenen Augen spiegeln sich glänzend im Scheinwerferlicht.

„*Nein!*" Mit dem Mut der Verzweiflung springt Marco aus dem Fahrzeug. Dabei strauchelt er und fällt kopfüber ins ausgedörrte Gras. Als er sich aufrichtet, wähnt er sich als Statist im gruselgeilen Horrorvideo BURNING NIGHT. Wie die Halbtoten im Film tanzen seine Gefährten mit ihren Fackeln vor dem brennenden Bauwerk. Sie brüllen Schlachtrufe. Verhöhnen die Autorität der Lagerverwaltung. Bildet Marco es sich nur ein, oder hört er die Stimme des Direktors um Hilfe rufen, in einem letzten Versuch, dem Flammeninferno zu entkommen?

Gleich Schemen kommen die Brandstifter von der Unheilsstelle zurück. In zeitlupenartigen Bewegungen werfen sie ihre Fackeln weg und springen in die startbereiten Wagen. Dann brausen sie davon. Ihre Fahrzeuge verwandeln sich in Phantome, die sich in der Dunkelheit auflösen.

Wegen des trockenen Windes breitet der Brand sich rasch aus. Blau und grün aufblitzend greifen die Flammen auf die provisorisch errichteten Holzbaracken mit Hilfsgütern über. Im Taumel der Spezialeffekte stürzt Gebälk ein. Goldgelbe Funken sprühen. Weißglühendes Metall zischt. Rotglutende Asche regnet vom Himmel. Die Nacht riecht nach Ruß, sengendem Teer und Benzin.

Erst das aufgeregte Schreien einer Frau, die den Brand entdeckt hat, befreit Marco aus den Fesseln des Feuers. Unvermittelt wird er sich bewußt, daß er sich in höchster Gefahr befindet. Nicht länger ist er nur Zeuge des Geschehens, sondern der einzige am Tatort zurückgebliebene Verdächtigte, der im Sinne des Strafgesetzes am Tod seines Vorgesetzten schuldig ist, weil er ihn allein im Gebäude zurückgelassen hat ...

DIE FLUCHT

Ruckartig dreht Marco sich um. Von einem polternden Cocktail aus Tryptamin und Adrenalin angetrieben, rennt er vom brennenden Gebäude weg. Um nicht von den auf ihn angesetzten TERMINATORS, BLADERUNNERS oder, schlimmer noch, von NINJAS gefaßt zu werden, läuft er kreuz und quer durch das Zeltlager.

Der Flüchtige weiß nicht, wie lange er schon gerannt ist, als ihm der Weg durch ein dunkles Band versperrt wird. Vor ihm liegt die Weinache. Düster fließt das Wasser des Flusses dahin. In der Ferne hört Marco Stimmen. Schnaufend steigt er über dem Stacheldraht und klettert das steil abfallende Ufer hinunter. Vor dem Fluß zaudert er. Soll er umdrehen und sich der Gefahr aussetzen, verhaftet oder erschossen zu werden? Oder soll er die gefährliche Flucht ans andre Ufer wagen? Unschlüssig schaut er um sich. Hinter einem Felsbrocken haben die Lagerbewohner ein Ruderboot versteckt. Das ist die Chance. Ohne noch länger zu zögern schubst Marco das Boot in den Fluß, steigt ein und rudert davon.

In der Mitte der Weinache wird das Boot jedoch von der Strömung erfaßt. Steuerlos treibt es auf eine Insel im Fluß zu, die in einer Stromschnelle aus Abfällen entstanden ist. Oben auf der Insel trohnt ein pechschwarzer Rabe. Der Vogel sitzt auf einem löchrigen Polstersessel, der die Spitze eines Berges aus Gummireifen, kaputten Mikrowellenherden, abgeblätterten Fahrradrahmen, abgedankten Kühlschränken, zerschlagenen Videogeräten, rostigen Konservenbüchsen und aufgeplatzten Müllsäcken bildet.

„*Warte*!“ ruft der Rabe mit eindringlicher, knarrender Stimme. „*Komm zu mir*!“

Wie auf Kommando wird das Boot auf die Insel gespült. Marco steigt aus. Er überspringt ein paar Ratten, die im Gehäuse eines Fernsehers mit den Überresten einer Forelle spielen, und klettert über den mannshohen

Kadaver eines Rasenmähers zum Stuhl, auf dem der sprechende Rabe hockt.

„Die Welt ist alles, was der Abfall ist!" krächzt der Vogel, als der Besucher oben angekommen ist. „Und ich liebe es zuzusehen, wie sie allmählich in Millionen von Müllsäcken zerfällt! Denn ich ernähre mich aus diesem Chaos!"

„Wer sind Sie?" Marco hat sich auf ein verrostetes Ölfaß gesetzt. Der kalte Eisengeruch, der dem Schnabel des Raben entweicht, läßt ihn erschauern.

„Ich bin der König von Entropia und Mülltopia", erklärt der Rabe. „Dies hier ist mein Palast. Es wurde aus den Abfallprodukten meines Königreiches errichtet. Es ist ein wahrhaftiges Meisterwerk der Wiederverwertung!"

„Aber wo liegt Ihr Reich? Ich habe noch nie von diesem Land gehört."

„Meine Doppelmonarchie Entropia und Mülltopia ist überall, junger Freund!" Mit seinem rechten Flügel macht der Rabe einen Rundumschlag. „Es gibt keinen Ort, wo die Menschen meine Befehle nicht befolgen. Die Einwohner meines Reiches sind wie das Treibholz, das hier angespült wird. Sie schwimmen immer mit dem Strom!"

„Aber warum gehorcht Ihr Volk Ihnen?" fragt Marco. „Verfügen Sie über eine Geheimpolizei? Oder über übersinnliche Kräfte?"

„Der Gehorsam meiner Untertanen ist vielmehr eine Frage der richtigen Steuerung als der Gewaltanwendung!" antwortet der Vogel mit listigem Blick. „So habe ich allerorts meine Mittelsmänner, die Kindergärten, Schulen und Universitäten verwalten, wo die Bürger rechtzeitig auf die Liebe zum Müll vorbereitet werden. Auch arbeitet eine große Zahl von Manipulationsexperten für mich. Sie locken meine Untertanen in die Abfallfalle, die von meinen klugen Müllerfindern immer neu gestaltet und anderswo aufgestellt wird. Damit genügend Müll vorhanden ist, werden Entropia und Mülltopia unaufhörlich von Abertausenden Fabrikanten und Händlern mit Millionen Tonnen von Plunder beliefert. Um den Nachschub zu gewährleisten, bauen meine treuen Vasallen Wege und Flughäfen, schaffen Groß- und Binnenmärkte und sichern so den uneingeschränkten Zugang zu Lump′ und Klump′. Weiters verfüge ich an wichtigen Schaltstellen über Tempo-Einpeitscher, welche den Takt in meinem Reich angeben. Durch die anhaltende Beschleunigung der Lebensrhythmen werden meine Untertanen so zermürbt, daß sie selbst nach und nach zu Restmüll verkommen. Das Witzige nun ist, daß meine Helfer immer noch glauben, dieses Abfallgeschehen beherrschen zu können. Aber sie sind keineswegs die bewußten Unordnungsschaffer, für die sie sich halten. Denn während ihre erfinderischen Hirne und Hände emsig arbeiten, gehen sie beim Treffen der Entscheidungen, welche Art von Gerümpel und wozu sie dieses Gerümpel produzieren, überaus unbeholfen vor. Rastlos wie Labormäuse laufen sie dem entfesselten Müllwettbewerb hinterher. Kritiklos folgen sie den Gesetzen der Entropie. Und vergessen dabei, daß nicht sie das Chaos lenken, sondern daß das Chaos sie lenkt. Es befriedigt mich außergewöhnlich, daß auch meine Vasallen nur noch Abfallprodukte des Schüttprozesses sind!"

„Sie meinen, Ihr Reich entwickelt sich weiter, ohne daß man auf die Abläufe einwirken kann?"

„So ist es, mein Freund. Und das lustige daran ist, daß niemand diesem *Rat-Race* entkommen kann! Sogar jene Einwohner von Entropia und Mülltopia, die sich einer relativen geistigen Unabhängigkeit erfreuen, lassen sich leicht in meine allumfassende Deponie eingliedern. Denn der Mißerfolg der entropisch-mülltopischen Opposition, die schon länger vor dem Zusammenbruch meiner Welt warnt, ist eklatant! Ihre Kritik am Reich der Zerfalles stört keinen, nein, sie ist ein wichtiger Bestandteil des Lebens meiner Untertanen. Ein Alibi, das wie ein Ventil funktioniert, durch das sie ab und zu etwas Dampf ablassen können, um dann ungestört die Zerstörung fortzusetzen!"

Als Marco den Rabenkönig fragen will, wie lange es noch dauern werde, bis sein Herrschaftsgebiet sich endgültig in völlige Unordnung aufgelöst haben wird, fliegt das schwarze Tier mit blechernen Flügelschlägen in Richtung Süden davon, zweifelsohne um sich am für ihn günstigen Verlauf der thermodynamischen Vorgänge in seinem Machtbereich zu ergötzen.

Hastig verläßt Marco den unseligen Müllhaufen und steigt wieder in das Ruderboot ein. Ungeschoren erreicht er das andere Ufer der Weinache. Als er an Land geklettert ist, zieht er sich erschöpft in den Schatten eines Zitronenbaumes zurück. Von dort kann er die Umgebung unbehelligt beobachten. Am Horizont lodert noch immer das Feuer. Die Flammen haben das Dach des Verwaltungsgebäudes erreicht. Nicht lange darauf stürzt das Gerippe mit einem Puff in sich zusammen.

Sobald er wieder zu Atem gekommen ist, setzt der Holländer seine Flucht entlang des Flusses fort. Etwas weiter wird der Garten aus Obstbäumen durch einen Gitterzaun begrenzt. Marco klettert auf einen Ast, der die Absperrung überragt, und springt auf der anderen Seite des Gitters hinunter. Vor ihm liegt ein weitläufiger Hang, der sich von den Gipfeln der bewaldeten Hügel hinter Weinberg bis zum Wasser der Weinache erstreckt. Während Marco sich das Laub von den Schultern klopft, wird eine Flutlichtanlage in Betrieb gesetzt. Mit einem Schlag ist das gesamte Gelände in Licht gebadet.

Marco blinzelt. Vor ihm, auf einer Anhöhe, stehen ein paar ältere Herren in weißen Hosen und sauber gebügelten Khakihemden. Sie werden von einem Burschen begleitet, der einen Zweiradwagen hinter sich herzieht. Der Junge trägt ein Dienstbotenkostüm und makellos weiße Schuhe. Die schwarzen Augen in seinem dunklen Engelsgesicht funkeln im Schein der Lichtmasten. Wahrscheinlich ein Tamil aus dem Flüchtlingslager V, der hier einen Junior-McJob bekommen hat, sinniert Marco. Als die Männer ihn bemerken, nehmen sie eine Angriffspose ein. Sie schwenken mit den Stöcken, die sie mit sich tragen, und spucken auf den Boden.

„*Ein Nichtmitglied*!" schreit einer von ihnen.

„*Knallt ihn ab*!" brüllt der Nächste. „Wer ihn als Erster trifft, gewinnt!"

Der dritte Herr klatscht in die Hände, woraufhin der Begleit-Tamil ein paar Bälle aus dem Wagen hervorholt und diese seinen Arbeitgebern mit einer Beugung vor die Füße legt. Die Männer krümmen den Rücken, kneifen die Augen zusammen, und holen dann zum entscheidenden Schlag gegen den Eindringling aus. Als die ersten Bälle wie Granaten auf dem stoppelhaarigen Rasen einschlagen, wird Marco klar, wo er sich befindet. Der Zaun, über den er gesprungen war, sollte den Nachtgolfplatz von Weinberg sichern! Wie konnte er nur so dumm sein, als Unbefugter diesen aus dem Profanen ausgegrenzten Bezirk zu betreten, der dem sakral-analen Kult des Einlochens gewidmet ist?

Marco dreht sich um und flieht im Zickzack über den hellgrünen Rasen davon. Er überspringt Teiche, Tümpel und Sandflächen, umrundet die leuchtenden Fähnchen, die die Löcher markieren, und weicht den Wassersprenkelanlagen aus, die das Gras berieseln. Hinter Loch 28 stößt er auf eine schmale Öffnung im Gitterzaun. Er zwängt sich durch den Spalt und landet mit einem Sprung auf einem sandigen Gelände. Mit einem Seufzer der Erleichterung wischt Marco sich den Schweiß von der Stirn. Die Gegend, in der er sich jetzt befindet, ist so verwildert, daß sie unmöglich zum Golfplatz gehören kann. Er dürfte seine Verfolger abgeschüttelt haben.

Es bleibt dem Flüchtling allerdings wenig Zeit für Erholung. Denn kaum hat er sich aufgerichtet, wird er von einer Gruppe rotgekutteter Terrakottazwerge umstellt. Die Gnome gestikulieren wild und weisen Marco in einer Gackersprache darauf hin, daß sie die legitimen Bewohner dieses Gebietes sind. Hämisch lachend fügen sie hinzu, daß Fremde, und insbesondere *Menschen*, in diesem aufgelassenen Gartencenter wie Freiwild behandelt werden. Als Marco sich nach dem Grund ihrer Anthropophobie erkundigt, hüpft ihn ein drahtiger Zwerg an. Das Miniaturwesen klammert sich an seinen Haaren fest und haucht ihm eine Frageserie ins Ohr, die seinem Zuhörer ein Gefühl schwindliger Erregung vermittelt.

Was war die Rolle des Hundes?

Was war die Rolle des Hundes?

WAS WAR DIE ROLLE DES HUNDES

Als das Gartenvölkchen die anschwellende Ausbeulung in Marcos Hose sieht, beginnt es zu pfeifen. Zwei besonders obszöne Exemplare mit knüppeldicken Geschlechtsteilen wagen sich nach vorne und schnappen mit ihrer wollüstigen Fingerchen nach den Waden des Besuchers.

Die Angst, von diesen schwulen Wichtelmännchen vergewaltigt zu werden, verleiht Marcos Körper neue Kräfte. Er schüttelt den fragenden Knirps von seinen Schultern und spurtet mit einer Antrittsschnelligkeit, um die ihn Leroy Jones im FUGITIVE II beneiden würde, davon. An verschimmelten Tongefäßen, abgenagten Vogelhäuschen und konturlosen Statuetten vorbei, rennt er der Sicherheit einer von menschlichen Wesen befahrenen Schnellstraße entgegen.

Weil es Sommer ist, pulsiert die Verkehrsschlagader auch zu dieser späten Stunde noch wie ein Quasar. Von links kommend rasen Unmengen von Cabriobesitzern auf das Eroszentrum zu, das hoch über dem verschlafenen Weinberg aufleuchtet. In die andere Richtung fliehen brüllende Motorräder und Großraumlimousinen aus der Stadt heraus, Zielen entgegen, die keines der verwahrlosten Kinder kennt, die unter der doppelstökkigen Kleeblattbrücke ihren Leim schnüffeln.

AUFPASSEN!! GEFAHR!!

Eine von der Stadtverwaltung angebrachte Warntafel hoch über der Fahrbahn verkündet, daß die Gemeinde Weinberg diese Gegend seit dem 1. Januar 2004 der Zerrüttung preisgegeben hat. In diesem Viertel haftet jeder für sich. Eine nächstes Schild nach fünfhundert Metern warnt den Besucher erneut.

ACHTUNG! SPERRBEZIRK! SCHNELL WEITERFAHREN!

Mit großen Sprüngen eilt Marco der Autobahn entlang, welche die heruntergekommene Betonsiedlung mit der Wucht eines Linearbeschleunigers durchzieht. Die flimmernden Lichter der Fahrzeuge bilden Konfettistreifen, die nur durch vereinzelte Überführungen unterbrochen werden. Marco ist auf jede Gefahr gefaßt. Noch nie war ihm so bewußt, ein Paria zu sein. Eine periphere Gestalt inmitten grimmiger, suburbaner Zentrifugalität. Der Gefangene eines Straßenfjords, der in unberechenbaren Gradienten auf einen schier unerreichbaren Horizont zuläuft.

Aus allen Wohnsilos wird der niederländische Flüchtling belauert. Paranoide Blicke bohren sich tief in seine Seele. Eine Kakaphonie von Sprachspielen, die einer Markthalle entweicht, verdichtet sich beim Herankommen zu einem unentwirrbaren Knäuel. Eine Fabriksirene heult die Nachtschicht herbei. Eine verwilderte Katze jammert ihre Arie. Von einer haushohen Plakatwand verspricht das schulmeisterhaft lächelnde Konterfei eines Politikers Sauberkeit und Sicherheit. Nicht viel weiter bricht aus einem Freiluft-Bildschirm tosender Beifall für einen bekannten Moderator los. Ein Baby plärrt. Die Rußteilchen eines vorbeiratternden Sattelschleppers vermischen sich mit dem Staub, der aus einem Stockwerk herabsinkt, wo orientalische Teppiche Faser für Faser vom Unmoralischen gereinigt werden. Mit der heimtückischen Gewalt eines Neutrino-Bombardements geht das Gemisch aus Klängen, Düften und Eindrücken auf den verirrten Holländer nieder.

Nachdem er strauchelnd eine übelriechende Kotrinne zwischen einer verlotterten Tankstelle und einer Containerhalle überquert hat, stockt Marco der Atem: ein Häuserblock weiter wird ihm der Durchgang von einer Jugendbande versperrt. Sofort zieht er sich in einen Windfang zurück. Mann, sehen die Gangmitglieder brutal aus. Ihre feisten Körper sind in Lumpen und Fetzen gehüllt, die wilden Köpfe mit Tierzähnen und Knochen behängt, ihre Gesichter in grellen Kriegsfarben bemalt. Marco muß auf die schrecklich-primitive Urzeitbande der ΕΡΣΤΕΝ ΜΕΝΣΧΗΕΝ gestoßen sein. Vor ihr haben sogar die Autonomen im Lager Angst! Angeblich würden die Ersten Menschen Menschenfleisch essen.

Der Passant hat Glück, denn das alleinige Interesse der Bande gilt der Leiche eines Turboschweines, das sie auf dem Niemandsland neben der Autobahn gefunden hat. Ein Mitglied des Clans stochert mit einer Steinklinge im Kopf des Tieres herum. Ein Mädchen, das mit einer gefleckten Kuhhaut bekleidet ist, kratzt grinsend das Rückenmark aus der Wirbelsäule heraus. Ein paar anderen Monstren, die furchterregende Löwenmasken tragen, reißen das angefaulte Bauchfleisch der Sau in Stücke. Eingeweide, Keulen und Hoden des Kadavers werden im Nu verschlungen. Dann genießen sie grunzend und rülpsend das Sattsein nach der Völlerei.

Erstarrt beobachtet Marco die Freßorgie. Jedes Mal, wenn die Scheinwerfer der vorbeirasenden Autos ihn anstrahlen, wird er von einer panischen Angst überwältigt. Was wird diese Truppe wohl mit ihm machen, wenn sie ihn entdeckt? Wird es ihm genauso wie dem Schwein ergehen? Werden die Wilden ihn lynchen, ihm die Eier abschneiden und diese dann verspeisen?

Die Verzweiflung des Beobachters wächst, als eine zweite Jugendbande auftaucht. Wie ein vielköpfiges Monster verläßt sie ein Drive-In-Restaurant auf der anderen Seite der Autobahn. Diese Vorstadthalunken sind in Plastikmüllsäcke gehüllt. Sie tragen Cyberspacebrillen, die bedrohlich im chlorgrünen Licht einer rotierenden Werbetafel funkeln. Ihre Schädel sind durch makabre Gummiausbauten vergrößert, die über fühlerähnliche Antennen miteinander vernetzt sind. Die Lippen sind schwarz gefärbt. Ihre Fressen quellen von Hot-Dogs und Kunstfleischlaibchen, sogenannten Big-Jacks, über. Kinnpartie und Hals triefen vor Fett und Speichel. Brust und Beine sind mit Mayonnaise und Ketchup bekleckert. Es besteht keinen Zweifel. Diese Typen gehören zur grauenhaft-dekadenten Endzeitgang der LETZTEN MENSCHEN! Ein Schauder läuft Marco über den Rücken. Im Lager munkelte man, daß die Letzten Menschen sich am liebsten mit Robotern paarten, und sich dazu ihre Geschlechtsorgane mit Magnetstreifen hätten piercen lassen.

Nun sind auch die Ersten Menschen auf ihre Feinde aufmerksam geworden. Abrupt unterbrechen sie ihre Schlemmerei und formieren sich zu einer furchterregenden Phalanx. Dabei stoßen sie schreckliche Schreie aus. Ein paar Mitglieder der Bande sind, behende wie Bonobos, auf die Lichtmasten über der Fahrbahn geklettert.

Das Fauchen und Getöse der Ersten Menschen scheint die Letzten Menschen jedoch nicht zu beeindrucken. Sie schleudern sich über die Leitschienen und überspringen die Fahrbahn mit ihren charakteristischen Kangaroosprüngen und stellen sich in ein paar Meter Entfernung vor der Kampflinie der konkurrierenden Jugendgang auf.

Bald wird es losgehen, fürchtet Marco in der dubiosen Sicherheit seines Versteckes. Bald wird ein Kampf auf Leben und Tod entbrennen. Die Horden werden sich gegenseitig solange mit ihren Äxten, Messern und Laserpistolen bekämpfen, werden sich solange mit BSE-Bomben, Typhusgranaten, Cholerapfeilen, Apronprojektilen und Salmonellenpatronen bewerfen und beschießen, bis eine von ihnen den Platz als Sieger verlassen wird!

Die Panzerdivisionen im Videogame STALINGRAD nachahmend stehen die beiden Stämme sich jetzt gegenüber. Auge um Auge. Zahn um Zahn. Blutrünstig. Jederzeit bereit, zu attackieren.

<u>Die EPΣTEN MENΣXHEN</u>
Halb Tier, halb Mensch.
Rotzig, schwerbehaart, stinkend, gelbzahnig.
Polymorph-pervers, harn-, sperma- und blutbeschmiert.
Brachocephal, tiefverwurzelt, leichen-f-f-fleddernd, Genital-
ostentativ, lüstern-lausig, verdreckt, urig, hirnstämmig. Furchtlos.
Poetisch-romantische Metapher einer vergangenen Zeit.
Vorzeitliche Pioniere des Schwelgens und des Prassens,
Musterbeispiele der australopithekischen
Unersättlichkeit.

<u>Die LETZTEN MENSCHEN</u>
Halb Mensch, halb Gerät.
Megalochephal. Amorph, geil.
Pansexuell und schizophren.
Dadaistisch,glitzernd, paraphysisch.
Blechbschlagen, oberflächlich, fluoreszierend.
Prosaische Plastikmetonymen der Neuen Generation.
Hohenpriester der Konsum-, Verzehr- und
Verbrauchskultur, Heerscharen des
materiellen Endzeitdemiurgen.
Thanaoiden, Cyborgs,
Reiter der Apokalypse.

Aber es kommt anders. Bieder und brav wie die Kapitäne zweier Fußballmannschaften überreichen die Anführer der beiden Banden einander kleine Fähnchen. Dem spitzschädeligen Leader der Letzten Menschen wird die „Blutige Hyäne“ der Ersten Menschen übergeben. Das nasenberingte Oberhaupt der Ersten Menschen nimmt breit grinsend den „Big-Jack“ der Letzten Menschen entgegen. Nach diesem freundschaftlichem Ritual stimmen beide Gruppen ein Lied der Verbrüderung an:

Der Chor der ΕΡΣΤΕΝ ΜΕΝΣΧΗΕΝ und LETZTEN MENSCHEN

Ja, ja, alle sind wir Kinder, absolut infantil,
Im Sinne der Geschichte jedoch jugendlich und senil,
Polizei und Presse nennen uns gefährlich bzw. debil,
Psychologen halten uns deswegen für verkommen und labil,
Aber wir sind einfach Menschen, und zwar die Wahren.
Die Nachkommen und die Vorfahren!
Die Letzten werden die Ersten sein, la-la-la!!
Die Ersten werden die Letzten sein, la-la-la!!

Die ΕΡΣΤΕΝ ΜΕΝΣΧΗΕΝ

Wir lieben das Überschwengliche, den Verzehr,
Wir lieben das Sich-Durchschlagen, das Mehr-und-Mehr
Wir gehen nach dem Prinzip „Catch-as-catch-can“ vor,
Wir nutzen die Gunst der Stunde, wir sind omnivor,
Wir bedienen uns gerne im Jungle der Großstadt,
Essen uns an Überbleibsel, Resten, Abfallprodukten satt,
Aber total-high werden wir vom Kadaver vom toten Tier
Wir sind Geier, Hyänen, Killer Apes, Kinder der Gier!

Die LETZEN MENSCHEN

Gefundenes Fressen steigert auch unseren Hunger überproportional
Haufen Konsumgüter werden von uns verschlungen, es klingt banal,
Höhepunkte in unserem Leben sind die Preisreduktion,
die Pauschalreise in jede erdenkliche Freizeit-Dumpingregion,
Wir lieben Freibier, Sonderangebote, den Ausverkauf,
das Gratisbüffet, den Mengenrabatt, den Abverkauf.
Gerne greifen wir zu rasch aufgetauten Tieffriersnacks
Naschen Frühlings-Glenbutorollen, Instantbratwurste und saftige Big-Jacks!

Der Chor der EPΣTEN MENΣXHEN und LETZTEN MENSCHEN

**Ja, ja, alle sind wir Kinder, absolut infantil,
Im Sinne der Geschichte jedoch jugendlich und senil,
Polizei und Presse nennen uns gefährlich bzw. debil,
Psychologen halten uns deshalb für verkommen und labil,
Aber wir sind einfach Menschen, und zwar die Wahren
Die Nachkommen und die Vorfahren!
Die Letzten werden die Ersten sein, la-la-la!!
Die Ersten werden die Letzten sein, la-la-la!!**

Nach dem Beenden des Gesangstücks tauschen die Bandenmitglieder untereinander Fleischstücke, Rambomesser, Gutscheine, Pizzascheiben, Uzis, Bierflaschen und Banknoten aus. Dann sammelt der Anführer der Ersten Menschen seine Gefolgsleute durch ein schrilles Pfeifen. Auch die Fühler auf den Schädeln der Letzten Menschen richten sich auf. Gemeinsam verlassen die Banden den Kampfschauplatz. Ihr Ziel ist unklar. Aber Marco ist sich bewußt, daß weder der nächste Lastwagen noch der mitternächtliche Taxibus vor einem Übergriff dieser Ungeheuer sicher ist.

Als die Luft wieder rein ist, verläßt der Augenzeuge sein Versteck. Die Häuserreihen lichten sich, und vor ihm tauchen die Umrisse eines Bahnhofes auf. Im fahlen Mondschein wirkt das Gebäude gespenstisch. Marco unterquert die Autobahn und erreicht auf einer knirschenden Rolltreppe den Schalterbereich. Durch die Rufe einiger Betrunkenen hallt die Halle unwirklich nach. Das Echo der Schreie erzeugt ein Geräusch in seinen Scheitellappen, das Marco sofort verdrängt. *Nein, er darf nicht! Er darf sein Geheimnis nicht preisgeben!* Ohne zu wissen warum, wählt er die Bahnunterführung zum Bahnsteig 126. Sie wird von Obdachlosen bewohnt, die quer neben- und übereinander liegen. Die Spitze der Menschenpyramide bildet ein Stück Karton mit dem Slogan:

SONY-PHILIPS: LETS WORK TOGETHER!

Eine Frau mit verschmierten Haaren erbricht sich gerade. Ihre Kotze, die sich auf dem Betonboden ausbreitet, gleicht einem roten Tintenkleckser auf Löschpapier. Bei seinem Versuch, das Mensch zu überspringen, rutscht Marco aus und verliert das Gleichgewicht. Er fällt zur Seite, und wird von einer paar knochigen Händen aufgefangen. Als eine verrauchte Stimme ihn um eine Zigarette bittet, dringt Marco ein ekelerregender Mundgeruch in die Nase. Es ist, als ob jemand ein Jauchefaß über ihm entleeren würde.

Mit letzter Kraft reißt der geflüchtete Lagerbewohner sich los und rennt über eine Treppe davon. Vor ihm liegt Bahnsteig 126. Von einem kleinen Hund abgesehen, der zwischen ein paar Zeitungsfetzen herumstöbert, ist der Perron verlassen. Am Ende des Bahnsteiges steht ein ausrangierter Güterwaggon. Marco öffnet die Schiebetür, klettert hinein, und zieht die Tür hinter sich zu. Er setzt sich in die Hocke, hält den Atem an und wartet durch eine Spalte lauernd, bis jemand erscheint. Aber es bleibt ruhig. Seine Verfolger dürften seine Spur verloren haben. Vorläufig ist er in Sicherheit.

Ein flackernder Bildschirm über dem Gleis zeigt die Fahrzeiten der Züge an. Der erste Zug fährt um 05.45 ab. Destination STRUNZING. Mit ihm wird er Weinberg verlassen, beschließt Marco. Weg vom brennenden Flüchtlingslager. Weg von der verkohlten Leiche von „Rocky“ Torf. Und weg vom Lagergericht, das ihn in seiner Abwesenheit zum Tode verurteilen wird.

ERROR 50- 55! --> SCHULDSTELLE IN DEN RECHTEN SCHEITELLAPEN ¶□ >Ý STOP!⧅ □!

PROTOKOLL II

Datum: 28.08. 2028
Uhrzeit: 03:20:32:54a
Analyse: Psycho-Netzwerk XXZ
Fall: 126
Name: Marco van Veen.

Aufgrund der Fehlermeldungen 50-55 (GUILNEUR, HEATMARK, QUITBRAIN, GYRALINF) haben wir die Analyse unterbrochen. Eine Behandlung der Speicheradressen 10021-22333 mit Relaxonil sichert den Datenbestand. Bei der Fortsetzung der Analyse werden wir erstmalig die schnellzündenden Chemikalien der Firma DOZAN einsetzen. Diese hormonähnlichen Substanzen docken an Gedächtnissubstraten im Bereiche des Hippocampus an. Dort werden sie die Erinnerungen des Patienten in übersichtliche Bahnen lenken. Bei der Auswertung der Daten werden diese Stoffe als (imaginäre) Personen erscheinen. Diese biochemischen Schimären werden Fall 126 wie Schutzengel durch die trüben Gewässer seiner Vergangenheit lotsen. XXNZTZ 14, der leitende Neurologe unseres Netzwerkes, warnt uns, daß ob der starken Wirkung dieser Halluzinogene mit Übelkeit des Beteiligten gerechnet werden muß. Er empfiehlt uns, einem Sich-Übergeben des Patienten durch das Abpumpen der Magensäfte zuvorzukommen. Wir werden diesen Rat befolgen.

IGNORIERE ERROR MESSAGES 50-55! ▯⋱ ▾ RELEASE PROCEDURE ⋱ ▾! RESET TROUGH GATE 22! ✓ ⬍ ▸ INJEKTIERE DOZAN-DREAM-PLUS!▯ ◂ 🗗 AKTIVIERE DEMON I, CREATE "KLAUS KRAFT"! ▯⋱ ▾🗗PUMPE DEN MAGEN AB! +🗗⋱ ✓ +ACCELERATE AND GO!----->

IN TOTEMAUGAU

Mit einem flauen Gefühl im Magen wacht Marco von seinem Nickerchen auf. Ihm gegenüber hat sich ein Mann hingesetzt. Argwohn steigt in Marco auf. Wird er beschattet? Ist der Mann ein Detektiv oder ein Geheimpolizist? Oder ein auf ihn angesetzter *Hitman?* Aber nein, dazu ist die Erscheinung des Mannes zu gepflegt. Wahrscheinlich ist er ein ganz normaler Vertreter. Oder ein Rechtsanwalt. Aus irgendwelchem Grund flößt der Mann ihm sogar Vertrauen ein. Seine offenes Gesicht wirkt sympathisch, sein Blick hat etwas Beruhigendes.

Der junge Niederländer streckt sich. Sein Rücken schmerzt, da die spartanischen Holzbänke des Zuges ohne Rücksichtnahme auf die menschliche Anatomie hergestellt wurden. Gähnend schaut er aus dem Fenster. Der Zug bummelt gemächlich durch eine hügelige Landschaft. Hinter Marcos verzerrtem Spiegelbild in der Fensterscheibe geht gerade die Sonne auf. Feuerrot beleuchtet sie die Dächer der Häuser entlang der Bahn. Glückliche Menschen müßten dort wohnen. Alles wirkt so sauber und ordentlich. Volkommen anders als in diesem schrecklichen Bahnhofsviertel von Weinberg. Wenn er die Wahl hätte, möchte er später auch in einem Haus in einem kleinen Dorf wohnen, und nicht im grauenhaften Gewirr einer Stadt. Marcos Laune bessert sich. Er hat es geschafft, Weinberg unbemerkt zu verlassen. Jetzt geht es darum so weit wie möglich davonzufahren, damit seine Verfolger ihn nie mehr erwischen würden.

„*Willkommen im Zug!*“ sagt eine angenehme Frauenstimme.

Marco schaut nach oben. In jeder Ecke des Abteiles sind Lautsprecher befestigt. Wie im Umerziehungstrakt des Ultra-Ration-Projektes. Aber dieses Mal ist die *Botschaft* eine irdische: „Sie gleiten zur Zeit mit der Lokalbahn durch das wunderschöne Weinachetal. Die Wettervorhersage ist gut. Es bleibt trocken mit Höchsttemperaturen bis 38° C in Tallage und bis 27° C in 2000 m Seehöhe. Am späten Nachmittag erwarten wir etwas Abkühlung durch Wärmegewitter.“

Nach einem Knattern setzt die Stimme ihre Begrüßung fort: „Sehr geehrte Fahrgäste. Wie wir soeben erfahren haben, haben die Totemaugauer Abtrünnigen die Geleise zwischen Bad Unding und Strunzing gesprengt. Somit ist eine Weiterfahrt in Richtung Süden nicht möglich. Die Endstation dieses Zuges ist daher Bad Unding!“

Erschrocken schaut Marco um sich. Die Fahrgäste im Großraumabteil scheinen durch die Nachricht nicht sonderlich überrascht zu sein. Einige fluchen, aber die meisten starren weiterhin schweigend vor sich hin. Prophylaktisch schluckt der flüchtige Holländer etwas *Prozac*. Als er genügend Mut gefaßt hat, fragt er sein Gegenüber, warum der Zug nicht weiterfährt. Aber dieser reagiert gar nicht, so sehr ist er in einen Dialog mit seinem Laptop verstrickt. „Berge werden wir brauchen!“ belehrt der Mann das Gerät und betätigt die Eingangstaste.

„Aber stilisiert, so wie die Menschen sie gerne haben“, antwortet der Laptop mit ruhiger Stimme. „Sanfte, wohlige, gemütliche Berge, mit Almen, Kühen und Tannenbäumen. Dazu unauffällige, dennoch unter die Haut gehende Texte, die Stichwörter wie wildromantisch, Natur und Umwelt mit abstrakten Begriffen wie Freiheit, Selbstbestimmung und Individualität in Verbindung bringen!“

„Aber ja keine aufdringlichen Slogans!“ ergänzt der Mann.

„Richtig!“ antwortet der Computer. „Die Menschen sollen denken, daß es sich hier um ein Naturparadies und nicht um eine aufwieglerische Region handelt. Es wird darum gehen, eine politische Sache als ein ästhetisches Produkt zu verkaufen!“

Als Marco seine Frage wiederholt, schaut der Mann irritiert auf: „Sie sind wohl ein Fremder hier?“

Nach kurzem Zögern zeigt Marco dem Mann seinen Ausweis, in dem sein Status als amtlich anerkannter europäischer Umweltflüchtling bestätigt wird.

„Dann werde ich Ihnen erklären müssen, was hier vor sich geht“, sagt der Mann und richtet sich die goldumrandete Sonnenbrille. „Wie Sie gerade erfahren haben, hat die Totemaugauer Regionalbewegung die Eisenbahnlinie in die Luft gejagt. Es ist allerdings nicht das erste Mal, daß so etwas passiert. Ihr Leiter, Boris Wurzel, verleiht seinen Unabhängigkeitsbestrebungen gerne Nachdruck, indem er die Verkehrs- und Kommunikationsverbindungen, die das von ihm beanspruchte Gebiet streifen, sprengen läßt. Aber vielleicht sollten wir lieber zuhören, was *Tischi* dazu sagt.“

Verständnislos starrt Marco seinen Mitreisenden an.

„Tischi ist mein Laptop, ein Titsutischi XRT 45."

Wie ein Organist bespielt der Mann die Tastatur seines Computers, und nach kurzer Wartezeit gibt das Gerät eine Antwort: „Die Entstehung regionaler Autonomiebewegungen ist eine unerwartete Folge des europäischen Einigungsprozesses. Die Zentralisierung im heutigen Europa hat einen Mechanismus in Gang gesetzt, mit dem vor zehn Jahren noch niemand gerechnet hat. Offenbar ist die aus objektiver Sicht vorzüglichste Eigenschaft der Europäischen Union, nämlich ihre Farblosigkeit und somit die Unfähigkeit, als Identifikationsobjekt zu dienen, vielen Bürgern nicht geheuer. Daher versuchen immer mehr Menschen, die den Sprung zur psychischen Unabhängigkeit, zur Lösung von der Heimat nicht geschafft haben, jetzt wieder im eigenen, kleinen Bereich Halt zu finden. Mit der Folge, daß Autonomiebewegungen wie Fliegenpilze aus dem Boden schießen. So auch die der Totemaugauer. Sie wurzelt in der Bodenständigkeit der Gebirgsbewohner. Einerseits bildet diese Regionalisierung ein natürliches Gegengewicht zur zentralen Bürokratie der Achse Brüssel/Straßburg/Leipzig. Andererseits leiten viele dieser Separatisten ihre Daseinsberechtigung aus der Anwesenheit anderer Minderheiten ab, die sie diskriminieren, teilweise sogar verfolgen. Die Führer dieser Regionalbewegungen neigen manchmal zur Gewalt. Wenn die Entwicklung so weitergeht, droht früher oder später das Chaos. Und das könnte auf längere Sicht eine Reaktion der Zentralgewalt hervorrufen. Dies wiederum ...

„Genug von der Politik!" sagt der Mann und schaltet mit einer routinierten Bewegung den quakenden Laptop aus. „Für mich als Werbefachmann ist es wichtig, daß die Zahl der Auftraggeber zugenommen hat. Jede Regionalbewegung ist ja schließlich auf der Suche nach ihrer Identität. Und genau das bietet meine Werbeagentur an: Identität!"

„In Kürze erreichen wir den Bahnhof Bad-Unding!" informiert die Lautsprecheranlage die Fahrgäste. *„Shortly vi vill arrife in Bad-Unding. Endbahnhof dieses Zuges! Bitte alle aussteigen. Endzdesjion, plieze, diezjend!"*

Marco folgt den anderen Fahrgästen und verläßt den Zug. Draußen auf dem Bahnsteig schaut er unschlüssig um sich. Als er bemerkt, daß der Mann, mit dem er sich vorher unterhalten hat, ein Gepäckstück verloren hat, beeilt er sich, ihm zu helfen. Der Agenturleiter bedankt sich mit einem Händedruck. Dabei dringt Marco ein Hauch von einem außergewöhnlichen Rasierwasser in die Nase. Der Mann stellt sich vor und lädt seinen ausländischen Mitreisenden ein, mit ihm mitzukommen. Er sei im Dorf verabredet. Später am Vormittag werde er abgeholt. Bis dahin habe er Zeit für ein zweites Frühstück. Froh, jemandem begegnet zu sein, der sich in diesem unbekannten Ort mit dem merkwürdigen Namen Bad Unding auskennt, nimmt Marco die Einladung an.

Nach einem kurzem Marsch erreichen die beiden Männer das Dorf. Es besteht aus ein paar verfallenen Häusern, einer Kirche, einem Postamt und einem altmodischen Sportgeschäft. Offenbar ist Feiertag, denn das Postamt ist geschlossen und die Auslagen des Sportgeschäftes sind durch Rollladen verblendet. Aus einem Brunnen sickert rostiges Wasser. Schräg hinter der Kirche befindet sich ein Wirtshaus mit dem Namen ZUM GRAUEN HANS. Auf einem vergilbten Zettel auf der Tür steht:

Heute geschlossen

Marcos Weggefährte beschleunigt seinen Gang und biegt in eine steile Straße ein, die aus dem Dorf führt. Auch sie ist menschenleer. Nur eine alte Frau, die ein paar ausgedörrte Kakteen neben einem Marienbild begießt, beobachtet die Fremden mit mißtrauischem Blick. Erst als sie das Dorf verlassen haben, hört Marco Stimmen. Der warme Wind trägt sie aus einem Wald heran. Im Schatten einer alten Tanne begegnen die Wanderer ein paar Kindern, die mit ferngesteuerten Spielzeugboliden ein Wettrennen bestreiten. Nicht viel später mündet der Weg auf einen überdimensionalen Parkplatz. Das staubige Gelände ist mit Autos und Reisebussen überfüllt, die Dächer und Fensterscheiben der Fahrzeuge funkeln in der Glut der Sonne. Einen Augenblick lang wird Marco vom Gefühl überwältigt, ein Fisch zu sein, der von einem gigantischem Meer aus Blech aufgesogen wird.

An der Rückseite des Parkplatzes wartet eine trichterförmige Menschenschar, die magnetisch von einem Tor in einem Festungswall angezogen wird. Zusammen mit seinem Begleiter reiht Marco sich in die Schlange ein, und läßt sich im Rhythmus der Polkamusik, die von den Zinnen der Mauer schallt, von einer Woge aus drängelnden Ellenbogen vorantreiben. Im Torbogen angekommen löst der Werbefachmann bei einem piepsenden Automaten zwei Eintrittskarten. Eine Art Saloontür öffnet sich, und der Reihe nach werden die Besucher von einem lebensgroßem Abbild von Arnold Schwarzenegger im Erlebnispark ALPINIA willkommen geheißen. Ein Display in der Brust des Filmhelden zeigt, daß Marco Besucher Nr. 126126 ist.

Hinter dem Tor verteilt sich die Masse. Ein Teil fährt mit einer Gondelbahn zu einem Märchenschloß hinauf. Einige Reisegruppen aus dem Fernen Osten steigen in Raddampfer ein. Sie werden eine Nostalgie-Tour auf einem hellblauen Stausee machen. Und die übrigen Besucher begeben sich auf den Weg ins Innere des Parks, wo *"Natur und Kultur des Undinger Landes noch in ihrer ursprünglichen Vielfalt erlebt werden können!"*, wie es eine Frau auf einem Videoschirm verspricht.

An Holzbuden und Ständen vorbei, die Handwerk, Kleider, Souvenirs und kulinarische Spezialitäten anbieten, erreichen Marco und sein Begleiter ein Dorf, das dem verlassenen Ort Bad Unding zum Verwechseln ähnlich ist. Marco ist verblüfft. Sind sie im Kreis gegangen und beim Ausgangspunkt ihrer Wanderung angekommen? Oder haben Hitze und Erschöpfung eine Luftspiegelung verursacht? Als der geflüchtete Lagerbewohner genauer hinsieht, fallen ihm jedoch ein paar Unterschiede auf. Das Dorf scheint irgendwie lebendiger als Bad Unding zu sein. Nicht so verstaubt und verkommen. Die Plätze sind geräumiger, die Geschäfte moderner ausgestattet, die Straßen breiter. Die Kirchenglocken bimmeln, vor dem plätschernden Brunnen wärmt sich eine wohlgenährte Katze an der Sonne, und der Dorfkern ist gleichermaßen mit Gästen und freundlich lächelnden Einheimischen belebt. Im Sportgeschäft herrscht ein emsiges Treiben und auch der Gastgarten des Wirtshauses *Zum Grauen Hans* ist mit Besuchern gefüllt. Kellnerinnen in der Tracht des Erlebnisparks servieren Brathuhn, Würstchen, Bier und Coca Cola. Eine Volksmusikkapelle trägt zur gemütlichen Atmosphäre bei.

Um dem Staunen seines Weggefährten ein Ende zu setzen, erläutert der Agenturleiter die Doppelexistenz von Bad Unding. Als das alte Dorf die Besucherströme nicht mehr verkraften konnte, habe man im Jahre 2005 mit Geldern des europäischen Arbeitsförderungsprogrammes im Herzen des Erlebnisparkes ein perfektes Replikat vom ursprünglichen Bad Unding gebaut. Nur moderner und leistungsfähiger. Die Bewohner des alten Bad Unding seien einfach ins neue Bad Unding übersiedelt worden. Jetzt seien sie ohne Ausnahme Angestellte der Betreibergesellschaft MAGIC WORLD, die von Arnold Schwarzenegger und Randy Buster geführt werde. Die Aufgabe der Dorfbewohner bestehe darin, die Landschaft zu pflegen und die Parkbesucher nach den alten Bräuchen des Undinger Landes zu unterhalten.

Inzwischen haben die beiden Besucher das Wirtshaus betreten. In einer Ecke der klimatisierten Stube finden sie einen leeren Tisch. Nach einem kurzen Blick auf die Speisekarte bestellt Marco das spezielle TERMINATOR-Frühstück. Ausgehungert fällt er über den wuchtigen Schinken-Käse-Toast her. Die drei vor Öl triefenden Schichten sind mit zwei Ananasscheiben, grünen und roten Salatblättern und Klecksen von Tomatenketchup und Mayonnaise angereichert. Obwohl der Toast innen bestenfalls fußwarm ist, verspeist Marco das bleiche Ding im Nu. Den Mikrowellengeschmack spült er mit einem großen Schluck Löskaffee hinunter. Marcos Begleiter nippt währenddessen bedachtsam an seinem Espresso. Dabei wirft er gelegentlich zufriedene Blicke in den kleinen Spiegel, der im Gehäuse von Tischi eingebaut ist. Immer noch hungrig stopft Marco drei Wurstsemmeln, ein Marmeladebrot, zwei weichgekochte Eier und ein trockenes Nußkipferl in sich hinein. Bleischwer bleibt das Gemisch in seinem Magen liegen.

Als der Werbefachmann merkt, daß das Gesicht seines Gegenübers eine elende, grüne Farbe bekommen hat, bestellt er bei der Kellnerin an der Theke zwei Schnäpse. Am Stammtisch rührt sich etwas. Ein paar einheimische Männer, die sich gerade über die politische Situation im Lande unterhalten, stören sich an der Stimme des Gastes. Grölend erheben sie sich. Die Bierbäuche stoßbereit nach vorne gerichtet, torkeln sie auf die Fremden zu und erkundigen sich in einem gutturalen Dialekt, was die Nicht-Undinger hier im Wirtshaus zu suchen hätten.

„Im Bad-Unding sanmonit im juusten Oert für studiereten intellektuellsen Weibsmänner andotter Schwuchtel ous Weinberg! Es habet nits verloren hier! Anstandig sanmohier, nit wie eich Oarschficker! Houteichab! Schierts eich zum Teifel!"

Als Draufgabe leert einer der Stammgäste seinen Bierkrug über Marco aus. Der Zweite zieht mit dumpfem Blick am Goldring im Ohrläppchen des Agenturleiters. Und der Dritte beginnt mit dem Geschick eines alkoholisierten Klempners den Laptop zu begutachten. Gerade als Marco eine Wurstscheibe ins rechte Nasenloch gedrückt wird, erscheinen zwei weitere Männer in der Türöffnung des Wirtshauses.

„Houten!" schreit einer von ihnen.

Sofort stellt die Stammtischgesellschaft ihre Feindseligkeiten ein und verläßt den Raum. Mit offenem Mund begafft Marco seine Retter. Mit ihren Filzhüten, grünen Jacken und weiten Stoffhosen, die oben mit einer Schnalle zusammengehalten werden, scheinen sie entweder einer Irrenanstalt oder einem altmodischen ROBIN-HOOD-Film entlaufen zu sein. Einer der beiden Männer im Waldräuber-Outfit bleibt, sein halbautomatisches

Gewehr schußbereit in der Hand, im Türrahmen stehen. Der andere kommt mit federnden Schritten auf sie zu.

„*Wohl Wurzel!* Sind Sie Klaus Kraft, der Geschäftsführer der Werbeagentur OUT OF THE BLUE?"

„Jawohl!" bestätigt Marcos Weggefährte.

„Und wer ist das?!"

„Mein Mitarbeiter."

Erleichtert atmet Marco auf. Sein Gefährte hat ihn in diesem heiklen Augenblick nicht im Stich gelassen.

„Gut! Wir werden sie zum Großen Steuermann ins Gebirge bringen. Ihre Rechnung haben wir schon bezahlt!"

„Da bleibt uns wohl keine andere Wahl", antwortet Klaus Kraft locker. „Komm mit, mein Freund, deine Reise ins Ungewisse beginnt!"

Vor dem Eingang des Gasthauses steht ein Geländewagen. Der jüngere der beiden Männer nimmt den Platz hinter dem Lenkrad ein. Der Zweite, der sich als Hans Wimmer vorstellt, setzt sich auf den Beifahrersitz. Klaus Kraft und Marco werden gebeten, den schmalen Rücksitz des Wagens zu benutzen. Bald hat die Gesellschaft den Ortskern des neu errichteten Bad Unding verlassen und es geht einen brausenden Fluß entlang gegen Osten. Nach einer guten Viertelstunde wird das Tal enger. Die Berge reichen jetzt so hoch in den Himmel, daß die Sonne hinter ihren Gipfeln verschwindet. Am Wegrand liegen Geröllhaufen, Baumstämme und große Steinblöcke, die der Fluß bei einer Überflutung abgelegt hat.

„Wir werden den Weg nehmen, der über Mühlen hinauf zum Waldwiesensee führt. Die alte Straße über St. Jakobital ist gesprengt worden!" erklärt Hans Wimmer. „Die meisten Menschen haben diese Gegend vor zirka acht Jahren wegen der vielen Bergrutsche und Murenabgänge verlassen. Mühlen, Rauschbach und St. Jacobital waren menschenleer. Der Große Steuermann versucht, diese Dörfer wieder neu zu besiedeln. Er wird aber nicht dieselben Fehler machen, wie die Menschen im vorigen Jahrhundert. Denn die Totemaugauer arbeiten mit der Natur und nicht gegen sie. Ich gebe Ihnen nur ein Beispiel. Im Jahre 2001 hat man die Straße durch das enge Wammeltal zwischen Mühlen und Johannaberg völlig unmotiviert begradigt und ausgebaut. Mit der Folge, daß bei den Unwettern fünf Jahre später komplette Hänge ins Rutschen gekommen sind. Verschiedene Dörfer waren wochenlang von der Außenwelt abgeschnitten. Wir haben daraus gelernt. Wir bauen keine Straßen mehr, wir sprengen sie nur noch. Unser Regionalführer, Boris Wurzel, hat uns gelehrt, daß wir zum Fortbewegen zwei Füße haben! Alles andere ist ein **Schmarrn**, sagt er."

„Und was ist dann mit diesem Wagen?" fragt Tischi unerwartet.

„Ein Kompromiß für unsere dekadenten Gäste!" Mit einem schnellen Schlag erledigt Hans Wimmer zwei Fliegen auf seiner Stirn.

Bewundernd betrachtet Marco Klaus Kraft. Er scheint von den Anstrengungen der Reise unberührt zu sein. Sein bordeauxroter Sommeranzug sitzt nach wie vor wie angegossen und seine pomadige Frisur hält tadellos. Ab und zu bespricht er etwas mit seinem Laptop, oder tauscht einige Informationen mit dem Mann auf dem Beifahrersitz aus.

Nach einer holprigen Fahrt überqueren sie den Fluß. Beim Befahren der Brücke fühlt Marco, wie der Inhalt seines Magens hochkommt. Mit der Willensstärke von John RAMBO in der Jungle von Vietnam schafft er es gerade noch, die sauren Überreste des halbverdauten Toasts und des trokkenen Nußkipferls zurückzuhalten.

„*Die Grenze*!" erläutert Hans Wimmer. Mit einem Satz springt er aus dem Wagen. Ein rotgrüner Schlagbaum liegt quer über der Straße und verhindert jede Weiterfahrt. Neben dem Schlagbaum steht ein Holzhäuschen, aus dem vier Männer in Zolluniformen heraustreten.

„*Wohl Wurzel*!" Einer der Grenzwächter ist nähergekommen. Er trägt eine sich spiegelnde Sonnenbrille. „*Ihre Ausweise bitte*!"

Der Agenturleiter zeigt seinen Reisepaß und Marco holt seinen Flüchtlingsausweis hervor. Nach einer routinierten Prüfung gibt der Zöllner Klaus Kraft seinen Ausweis zurück. Dann richtet er seine undurchsichtigen Brillengläser auf dessen jungen Begleiter. „Sind Sie ein Öko-Flüchtling aus den ehemaligen Niederlanden? Ihr Lichtbild ist unscharf!" Der Mann hält Marcos Identitätskarte wie eine Anklageschrift in der Hand.

Der verunsicherte Umweltflüchtling stottert, daß er derjenige auf dem Foto sei. Allerdings sei er etwas müde gewesen, als die Aufnahme gemacht woden sei.

„Müde, nicht wahr? Wir waren müde damals!" Der Grenzwächter spuckt auf den Boden. „*Aussteigen!*"

Der Mann zieht den heimatlosen Holländer aus dem Auto heraus und filzt Hose und Jacke. Als der Uniformierte damit fertig ist, holt er eine Taschenlampe hervor und beginnt Marcos Rachen zu inspizieren. Gleichzeitig befummelt er seine Gesäßspalte. Erst als Hans Wimmer ihm etwas ins Ohr flüstert, verliert der Zöllner das Interesse am jungen Niederländer.

Der Grenzwächter gibt seinen Kollegen ein Zeichen, der Schlagbaum wird geöffnet, und Marco darf in das Geländefahrzeug einsteigen.

„*Houten*!“ brummt der Lenker. Er biegt in eine steile Straße ein, die links durch eine Felswand begrenzt wird, und nach rechts in eine schwindelerregend tiefe Klamm abfällt. Endlos fahren sie an uraltem Gestein vorbei, überqueren schmale Holzbrücken oder meistern Ströme aus lehmigem Wasser. Dabei wird Höhenmeter um Höhenmeter überwunden. Nach einem langen, unbeleuchteten Tunnel mündet die Bergstraße in eine friedliche Almlandschaft. Neben der Straße grasen Kühe und Pferde, und immer öfter begegnen sie Leuten, die freundlich grüßen. Als der Schluß des Hochtales erreicht ist, stellt der Lenker den Wagen auf einer Wiese ab. Er hupt dreimal und schreit: „*Outstraten!*“

Erleichtert steigt Marco aus. Vor ihm liegt ein rundum von Bergen eingekesselter See, in dem sich die Wolken eines sich zusammenbrauenden Gewitters spiegeln. Rundherum stehen Berghütten und Baracken, die von Solaranlagen mit Energie versorgt werden. Die Siedlung wird von einem ausgedehnten Gebäudekomplex aus grauem Naturstein dominiert. Er liegt auf einer Anhöhe und wird durch einen Gitterzaun umschlossen. Auf den Dächern befinden sich Knäuel aus Radaranlagen, Parabolempfängern und Sendern. Weiter oben, auf einem Plateau zwischen zwei Berggipfeln, entsteht ein großes Bauwerk. Weil nur die Fundamente fertig sind, ist es nicht deutlich, wozu es dient. Vielleicht wird es eine gigantische Vorratskammer oder eine Festungsanlage, die Fremde daran hindern soll, das Gelände über dem Paß zu betreten. Durch die zahllosen kleinen, dunklen Gestalten, die mit dem Bau beschäftigt sind, gleicht die rätselhafte Konstruktion aus der Ferne einer Ameisenkolonie.

Klaus Kraft und Marco folgen ihren beiden Begleitern. Nachdem sie den Ort durchquert haben, erreichen sie eine mit Stacheldraht umzäunte Landzunge, die weit in den See hineinragt. Hans Wimmer geht voraus und spricht kurz mit dem grimmigen Leiter der Mannschaft, welche die Halbinsel bewacht. Dann winkt er die anderen herbei. Nach einer gründlichen Leibesvisitation werden die Besucher durchgelassen. Ein Fußweg führt zu einem verwitterten Holzhaus, das zum Teil auf Pfählen im See steht. Vor dem Haus stehen zwei Motorräder, eine funkelnagelneue Geländemaschine und ein altmodisches Modell, wie es früher vom Militär benutzt worden war. Nachdem Hans Wimmer zum zweiten Mal an die Tür geklopft hat, brummt eine tiefe Stimme: „*Herein!*“

Zwischen zwei Wächtern eingeklemmt tritt Marco in das Haus ein. Das Erdgeschoß besteht aus einem einzigen Raum. Die Fensterluken zum See sind geschlossen, das Licht stammt von zwei Lampen an der Decke. An einem Holztisch neben einem offenen Kamin sitzen zwei Personen, die ihre Unterhaltung beenden, sobald die Gäste hereinkommen.

„*Wohl Wurzel!*“ grüßen die Wächter mit einer Verbeugung.

„Wohl Wurzel“, brummt der Mann an der Rückseite des Tisches.

„Wir haben unseren Auftrag erfüllt!“ sagt Hans Wimmer. „Wir bringen Ihnen Herrn Klaus Kraft, den Geschäftsführer der Werbeagentur OUT OF THE BLUE in Weinberg. Der Bursche ist sein Assistent.“

„Sehr gut!“ Der Mann tritt hinter dem Tisch hervor. „Ich bin Boris Wurzel, Regionalführer von Totemaugau. Mein Volk nennt mich den Großen Steuermann. Willkommen in meinem Land, Herr Kraft!“

BREAK! ⧅┌□REAKTIVIERE SONDE 1!# ◂ ▾ ┘ERWECKE SCHIMÄRE II, CREATE MICHAELA MARIONETTI! 🗗▯┌ • ACCELERATE AND GO!-->

CHARISMA

Der Agenturleiter verneigt sich und reicht Boris Wurzel die Hand.

„Es freut mich, Sie persönlich kennenzulernen, Herr Regionalführer. Ich habe schon viel über Sie gehört. Ich bin Klaus Kraft, Leiter der Werbeagentur OUT OF THE BLUE."

Boris Wurzel drückt die ihm entgegengestreckte Hand. Dann wendet der Regionalführer sich Marco zu und fixiert ihn mit seinen hellblauen Augen, die eine geheimnisvolle Wärme ausstrahlen. Es ist, als ob sich eine komplette Welt hinter diesen Augen verstecken würde. Eine Welt, in der man sich verlieren möchte.

„Und wer bist du, junger Mann?"

„Ich heiße Marco van Veen. Ich bin ein Mitarbeiter von Herrn Kraft."

„Und gefällt es dir hier?"

„Bogo-Logo, Sir!"

Boris Wurzel zieht die buschigen Augenbrauen hoch und kratzt sich die Brust mit Daumen und Zeigefinger.

„Solange ich das Sagen haben, wird hier nur die Totemaugauer Mundart gesprochen! Englisch oder andere fremdartige Sprachen will ich nicht hören! Kapiert?"

Marco stammelt, daß ihm die Worte nur so entglitten seien.

„Als ich so jung war wie du, hatte ich gar keine Zeit zu reden. Arbeiten mußte ich. Tag und Nacht, daß die Fetzen so richtig flogen. Wörter stinken, sagte mein Vater immer. Aber gut, Schwamm drüber. Ich bin ein toleranter Mensch. In der Jugend neigen wir nun Mal zu Blödheiten, nicht wahr? Auch ich habe als junger Kerl öfters einen richtigen Bockmist gebaut!"

Ein Hauch von Sentimentalität zieht über das gegerbte Gesicht des Regionalführers. Als Klaus Kraft ihn fragt, ob es stimme, daß Totemaugau daran interessiert sei, das Image aufzupolieren, nimmt es jedoch wieder seine normalen, herrischen Züge an.

„Jawohl. Dazu wollen wir die professionelle Hilfe einer Werbeagentur in Anspruch nehmen. Wir haben Ihre Firma ausgewählt, weil sie noch vor keinem Auftrag zurückgeschreckt ist!“

„Richtig!“ bestätigt der Werbefachmann. „Meine Erfolgspalette reicht von Toyotas bis Ajatollahs!“

Boris Wurzel gibt ein Zeichen. Die Frau, mit der der Regionalführer zuvor am Tisch gesessen ist, steht auf. Boris Wurzel stellt sie als Dr. Michaela Marionetti vor, und es wird bald klar, daß sie den Großen Steuermann im heiklen Bereich des Völkerrechtes berät. Die Frau ist Marco sofort sympathisch. Ihr Händedruck ist angenehm kühl, ihr Blick ist verständnisvoll, ihre Kleidung zeitlos elegant.

„Ich will ganz offen sein, Herr Kraft“, sagt die Juristin mit klarer Stimme. „Unsere Lage ist prekär. Wie Sie vielleicht wissen, basiert unsere regionale Autonomie auf dem Vertrag von Lissabon aus dem Jahre 2003. Dieses Abkommen war eine Reaktion auf die weitgehende Entfremdung zwischen der europäischen Verwaltung und der Bevölkerung. Durch den Vertrag wollte der Eurorat verkrustete Strukturen aufbrechen, die Durchlässigkeit des Systems erhöhen und sowohl die Partizipationsbereitschaft als auch die Integration der Bürger stärken. Nun: In diesem Vertrag zur Regionalisierung Europas wird jedem europäischen Gebiet, das sich selbst als Einheit erfährt, im Prinzip das Recht auf Autonomie gewährt. Ich möchte Sie nicht mit rechtlichen Details langweilen, aber es hat sich herausgestellt, daß der Vertrag keine klare Auslegung zuläßt. Dies hat auch der Gerichtshof in Luxemburg in seiner Vorabentscheidung vom 22. April 2005 in der berühmten Causa *San Marino* bestätigt. Einesteils ist es den Regionen erlaubt, sich kulturell, ökonomisch, und sogar politisch zu verselbständigen. Auf der anderen Seite dürfen sie aber das europäische Rechtsgefüge nicht stören. Und da hat die Sache natürlich einen Haken. Denn wer stellt fest, ob und wann die europäische Ordnung gefährdet ist? Der Rat, die Kommission, die EUROPOL, der Gerichtshof, die Wähler oder die Autonomiebewegung selbst, die vertraglich schließlich zur Selbständigkeit berechtigt ist? Kurzum: wir befinden uns hier in einem juristischen Vakuum. Es steht außer Zweifel, daß wir hier in Totemaugau den im Übereinkommen von Lissabon festgehaltenen regionalen Kriterien entsprechen. Wir haben eine eigene Sprache, wir sind eine geographische Einheit, wir haben gewisse zusammenhängende kulturelle Traditionen, eine Fahne, ein Volksweise usw.“

„*TOTEMAUGAU LEBT!,* heißt unsere Hymne“, unterbricht Boris Wurzel seine Rechtsberaterin „Ich habe sie selbst komponiert!“.

Auf ein Zeichen des Steuermannes beginnen die Wächter bei der Tür aus voller Brust ein Lied zu singen, in dem die Größe des Landes gerühmt, die Fruchtbarkeit der Einwohner gelobt, und die Heldentaten des Steuermannes bejubelt werden.

Noch bevor die Wächter ihren Gesang beendet haben, setzt Michaela Marionetti ihr Exposé fort, als hätte sie die musikalische Einlage gar nicht wahrgenommen: „Daher sind die Totemaugauer also grundsätzlich berechtigt, autonom aufzutreten. Weil wir jedoch eine etwas abweichende Auffassung von Demokratie haben und weil wir Straßen und Bahnverbindungen sprengen und dadurch die Freizügigkeit des außerregionalen Gesamtverkehrs beeinträchtigen, ist unsere Gegend in manchen Kreisen Europas nicht sehr beliebt. Es liegen bereits Klagen wegen Eurofeindlichkeit und Separationsbestrebungen vor. Vor allem aber nimmt der Druck seitens der EUROPOL zu. Totemaugau sieht sich daher gezwungen, diesen Antipathien entgegenzuwirken. Deswegen wollen wir die öffentliche Meinung in Europa bearbeiten. Denn nur eine beliebte Region ist eine überlebensfähige Region! Unsere guten Absichten haben wir bereits gezeigt. Die erste Tat bestand darin, den Transitverkehr auf der Nord-Südautobahn zwischen dem Freistaat Bayern und der unabhängigen Republik Lombardia, die entlang der Grenze des Landes verläuft, nicht länger durch Sprengungen und Blockaden zu verunsichern.“

Kurz hält Michaela Marionetti inne, um Luft zu holen. Viel Zeit für Erholung bleibt der Juristin aber nicht, denn ein ungeduldiges Keuchen des Regionalführers mahnt sie fortzufahren. „Zweitens haben wir die Plänkeleien mit Nordslowenien über die Wasserquellen im Nockaugebirge beigelegt. Drittens haben wir unsere Vorschläge zur Beendigung der Streitereien über den Grenzverlauf mit der Stadtgemeinde Weinberg dem Friedensgerichtshof in Den Haag zur Schlichtung vorgelegt. Und schließlich haben wir feierlich unsere Neutralität in allen anderen Weltkonflikten bekundet. Diese Aktionen haben sich als recht erfolgreich herausgestellt. Allerdings waren sie noch nicht wirksam genug! Ihre Aufgabe, Herr Kraft, ist es, das freie Totemaugau als ein eurofreundliches, menschengerechtes Umweltparadies zu verkaufen. Das Ziel ihrer Kampagne muß es sein, unsere Region im übrigen Europa so beliebt zu machen, daß niemand auch nur daran denken würde, daß wir die bestehende Ordnung gefährden könnten. Damit würden wir unseren Gegnern in der Zentralbürokratie den Wind aus den Segeln nehmen!“

„Genug mit dem juristischen **Klump**!“ donnert Boris Wurzel plötzlich. „Setzen wir uns!“

Nachdem die Gesellschaft von einem Wächter ein Glas Wasser serviert bekommen hat, fragt Boris Wurzel seinen Gast, wie er die Lage von Totemaugau einschätzt.

„Es scheint mir möglich, Ihr Image zu verbessern, Herr Wurzel“, beginnt der Werbefachmann. „Ich denke hauptsächlich an eine Serie gezielter Werbeeinschaltungen bei den wichtigsten Fernsehanstalten. Daneben sollten wir die Boulevardpresse bearbeiten. Pikante Details, lustige Geschichten, nette Aufnahmen, flotte Leute. Auch der Kauf von Videoflächen in den meisten Großstädten von Europa wäre zu überlegen. Sie sollten mich dazu allerdings mit der politischen Struktur und den Zielsetzungen Ihrer Region vertraut machen. Ohne vollkommene Transparenz kann ich dem Publikum nicht die richtige Botschaft vermitteln!“

Gereizt berät sich Boris Wurzel mit seiner Rechtsberaterin. Als diese ihm etwas ins Ohr flüstert, klärt sein Gesicht sich auf. Er betätigt ein Fernbedienungsgerät, und aus einem Schlitz in der Decke rutscht ein Videoschirm herunter.

„Wir werden sie mit unserem Schicksalsberater verbinden“, erklärt Michaela Marionetti. „Der ist für ideologische Fragen zuständig. Zur Zeit befindet er sich in einer Ausbildungsanstalt in St. Jacobital, aber wir werden ihn über Video zuschalten.“

Nicht viel später erscheint ein dünner Mann auf der Leinwand. Er trägt eine rote Soutane, die an der Taille durch einen Kordel mit einer Quaste zusammengehalten wird. Über eine Sprechanlage befiehlt ihm Boris Wurzel, seinen Gästen die politischen Ziele der Region zu erläutern.

„Darf ich mich vorstellen?“ sagt das scharfe Gesicht auf der Leinwand. „Mein Name ist Roger Swami Salami. Ich bin der Schicksalsberater des Großen Steuermannes. Ich werde Ihnen gerne erklären, was der Sinn unseres Freistaates ist, Herr Kraft. Vergleichen wir dazu unser Totemaugau kurz mit der Gesellschaft außerhalb unseres Hoheitsbereiches. Dann fällt uns sofort auf, daß dort das groß angelegte Projekt der Moderne versagt hat. Seine Anmaßung, bis ins Unendliche Dinge herzustellen und somit das Glück *produzieren* zu können, hat sich als eine Illusion herausgestellt. Es ist genau an jenen sozialen und ökologischen Grenzen zerschellt, die es in seiner Hybris, in seinem Machbarkeitswahn überwinden wollte. Menschen sind nun mal nicht aus Teig, den man beliebig zu fügsamen Püppchen kneten kann. Und auch die Geduld der Natur hat sich als endlich herausgestellt. Mit der Folge, daß es außerhalb von Totemaugau kaum noch jemanden gibt, der die negativen Folgen der massiven Zerstörung der Umwelt nicht am eigenen Leib verspürt. Und ich rede noch gar nicht von den Verlierern der Moderne, von den Menschen, Völkern und Kontinenten, die der Fortschrittsmoloch ausgespuckt hat, weil sich ihre Ausbeutung nicht mehr lohnt..."

„Zur **Sache**, Swami!" Boris Wurzel schlägt mit seiner Faust so hart auf den Tisch, daß ein Glas umfällt. Langsam rinnt das Wasser über die Tischkante und landet auf Marcos Hose. Dort vermischt es sich mit dem Schweiß seiner Oberschenkel. Obwohl die Feuchtigkeit zwischen seinen Beinen sich äußerst unangenehm anfühlt und verwirrende Assoziationen erweckt, wagt es Marco angesichts des prüfenden Blickes von Boris Wurzel nicht, sich zu rühren.

„Genau dort setzt das Totemaugauer Experiment an!" fährt das ikonische Gesicht am Bildschirm unbeeindruckt fort. „Hier entsteht ein neues Eden, in dem nur die wahren Bedürfnisse der Menschen zählen. Kein Kampf um Raum, Zeit und Geld, keine Stechuhren, kein Leistungsdruck, keine bürokratischen Schikanen, keine unmenschlichen Maschinen, kein Lärm, kein Gestank, kein Gift, sondern ein einfaches, natürliches Leben zwischen grünen Bäumen, unter blauem Himmel. Ein Dasein, in dem jeder seinen Platz kennt, selbst seine Nahrung produziert und seine eigenen Gebrauchsgegenstände herstellt. Ein Leben in Gleichheit und Brüderlichkeit. Ein glückliches und friedliches Leben. Alle unsere Bestrebungen sind auf das Erreichen dieses paradiesischen Zustandes gerichtet. Zuerst haben wir dazu selbstverständlich ideale Umweltbedingungen schaffen müssen. Das dürfte uns hier in Totemaugau gelungen sein. Die klare Begrenztheit unseres Landes, die vertraute Sinnlichkeit der Bergwelt, die Geborgenheit des Gemeinwesens, die gezielte Dosierung der Information, die schrittweise Einführung der Tauschwirtschaft, die Abschaffung unnötigen Sprachgebrauches und die Betonung emotionaler Kommunikation bilden zusammen jene Lebensbedingungen, die der wahren Mentalität der Menschen am nächsten kommt. Aber das ist noch nicht alles. Wir versuchen hier auch die Ichbezogenheit des Menschen zu überwinden. Schließlich liegt das wahre Glück nicht in der persönlichen Entfaltung des Einzelnen, wie es uns die außerregionale Werbung vorspiegelt, sondern in der Zugehörigkeit zu einer Gemeinschaft. Auch in der Durchführung dieses Unterfangens sind wir schon sehr erfolgreich. Den Egoismus der Totemaugauer haben wir erheblich zurückbilden können, indem wir ihre sekundärnarzißtischen Ichs in ein transpersonales Regional-Wir haben einfließen lassen. Hierbei spielt unser Große Steuermann eine essentielle Rolle!"

„Jawohl!" brummt Boris Wurzel. „**Ich** bin das Regional-Wir!"

„*Wohl Wurzel*!" bestätigen die Wächter.

„*Wohl Wurzel*!" wiederholt Roger Swami Salami auf dem Videoschirm „Das ist richtig! Unser Steuermann allein verkörpert dieses Regional-Wir. Er denkt, lenkt, schaltet und waltet für seine Untertanen. Dadurch befreit er sein Volk aus den Schlingen des selbständigen Denkens. Unterschätzen Sie diese Aufgabe unseres Leiters nicht, Herr Kraft! Das blinde Vertrauen der Bevölkerung, die Verehrung, ja die Vergöttlichung seiner Person setzen ein bestimmtes neurologisches Führungspotential voraus, über das nur wenige Menschen verfügen!"

Tischi, der die gesamte Zeit ruhig auf dem Tisch vor seinem Besitzer gestanden ist, fragt plötzlich interessiert, welche Gehirnkonstellation damit gemeint sei.

Im Studio von St. Jacobital lehnt sich Roger Swami Salami behaglich in seinen Ledersessel zurück. Nachdem der Schicksalberater sich die langen schwarzen Haare aus dem Gesicht gestrichen hat, erläutert er die biologischen Vorzüge des Großen Steuermannes. Bei Männern in führenden Positionen vergrößere sich die Hypophyse, das Hormonzentrum im Stammhirn. Bei manchen mehr, bei manchen weniger. Totemaugauer Forscher hätten nun festgestellt, daß gerade Boris Wurzel eine sehr, sehr dehnbare Hypophyse besitze, die sich sogar überproportional im Verhältnis zur Zunahme seiner Macht vergrößere. Als Erste hätten die Parapschychologen Darbi *„watumi"* Spaslov und Wilhelm *„samrin"* Betucht des Ratiophyzeeischen Instituts in San Diego, Kalifornien, herausgefunden, daß die Hypophyse jedes Menschen über Schwingungen mit einem transpersonalen Hypophysefeld kommuniziere. Je größer die Hypophyse, desto stärker die Korrespondenz mit diesem Feld. Und desto größer der Einfluß auf andere, mit diesem Feld in Verbindung stehenden Menschen. Je größer also die Macht einer Person, desto größer seine psychologische Gewalt über seine Untergebenen. Früher habe man diese als magisch empfundene Ausstrahlung *Charisma* genannt, und sie richtigerweise religiösen Leitern, Demagogen, Heeresführern und dergleichen mehr zugeschrieben. Die Totemaugauer seien jedoch das erste Volk auf der Welt, das dieses ausgeprägte Charisma einer Führerpersönlichkeit wissenschaftlich nutze. Es diene als zentraler Pol eines überpersönlichen Wir-Feldes, in dem die individuellen Ichs der Totemaugauer aufgehen können. „Sie sehen, wir überlassen hier nichts dem Zufall!“ triumphiert Swami mit einem Zucken seiner asketischen Achseln.

„Genug geschwafelt, Swami!“ unterbricht Boris Wurzel seinen Berater mit einem bedrohlichen Rollen seiner Augen. „Sonst glauben unsere Gäste noch, daß Du hier das Sagen hast!“ Zum ersten Mal lacht der Regionalführer. Dabei erinnert er an einen von Zahnweh geplagten Bauern. „Nun, was sagen Sie dazu, Herr Kraft?“

„Was Herr Salami uns da erläutert hat, ist durchaus brauchbar“, antwortet der Werbefachmann. „Ich habe nur eine Frage. Glauben Sie nicht, daß von Ihrer Region trotzdem eine gewisse Bedrohung für Europa ausgeht?“

„Aber, nein Herr Kraft!“ sagt der Schicksalerater. „Unser Ziel ist doch nicht die Expansion. Es ist geradezu eine Verhöhnung, uns, einem Musterbeispiel der Bescheidenheit und Selbstbeschränkung, Aggressivität vorzuwerfen! Nein, nicht wir bedrohen die Außerregionale, vielmehr sind wir selbst eine bedrohte Minderheit. Mit welchem Recht schreibt man uns, freiheitsliebenden Kämpfern für das Glück, eigentlich vor, nach welchem Prinzip wir unsere Gemeinschaft gestalten sollen? Ich frage Sie, darf man Menschen, die sich freiwillig der Schirmherrschaft des Großen Steuermannes unterstellt haben, fleißige, stolze Menschen, die sich enttäuscht von der Unheimlichkeit der überregionalen Konsumgesellschaft abgewandt und der Vertrautheit der Region zugewandt haben, darf man solchen aufrechten, ehrlichen Menschen ihre Existenzgrundlage nehmen? Nur weil man aus Borniertheit, aus städtischer Überheblichkeit, an bestimmten formellen Spielregeln, wie jenen der Demokratie, festhalten will? Nein! Darum müssen wir uns wehren! Ihre Aufgabe ist es, unsere Freiheit zu schützen!“

„Nun gut, es scheint mir durchaus möglich, eine erfolgreiche Werbelinie für dieses Land zu kreieren“, antwortet Klaus Kraft. „Totemaugau sollte als eine freundliche Region, als ein solides Experiment in Umweltfreundlichkeit, Menschlichkeit und Geborgenheit dargestellt werden. Die Rolle des Herrn Wurzel müßte die eines großzügigen Vaters sein. Er könnte sich dazu vielleicht einen Vollbart wachsen lassen. Auch eine Pfeife wäre gut. Vielleicht sollten wir ihn beim Schnitzen oder Holzhacken aufnehmen. Das würde seine Naturverbundenheit auf eine verständliche Weise betonen.“

„Wichtig ist der richtige Zeitpunkt!“ keucht Boris Wurzel.

„Da haben Sie nicht ganz unrecht. Ich hätte mir selbst die Weihnachtszeit als Hauptangriffsziel unserer Werbephalanx vorgestellt. Da sind die Menschen am empfindlichsten für friedliche, romantische Botschaften“, lächelt Klaus Kraft.

„Swami wird ein Horoskop machen und Ihnen mitteilen, an welchem Tag die Sterne für den Beginn unseres Werbefeldzuges am günstigsten stehen!“ Mit einer abrupten Bewegung steht Boris Wurzel vom Tisch auf. „Und achten Sie ja darauf, daß die Kampagne bei wachsendem Monde gestartet wird!“

„Wie Sie wollen“, nickt Klaus Kraft. „Sie sind der Kunde, und bei uns ist der Kunde König.“

„Ich **bin** ein König!“ Der Regionalführer hat seinen Gästen den Rücken zugewandt und verläßt den Raum. Drei Wächter folgen ihm im Gänsemarsch.

KNALL! Mit dem Zuschlagen der Tür bricht ein Kräftefeld, das Marcos Ich zusammengehalten hat, plötzlich in sich zusammen. Aus einem kollernden Loch in seinem Magen schießen Unmengen von freien Radikalen hoch und prallen mit der Wucht von Dumdumgeschoßen gegen die Wände seiner Arterien. Gleichzeitig werden bizarre Strähnen aus Quarks, Gluonen, Baryonen und den grausamen, erst kürzlich entdeckten Higgs-Teilchen freigesetzt. Sie spalten und verzweigen sich. Tanzen wie die Wi-Lu-Meister im Karatefilm HO-CHI-MIN vor seinen Augen. Öffnen ganz neue, noch nie dagewesene Welten. Verirren sich in ihren eigenen unentwirrbaren Mustern. Überspringen Raum und Zeit. Betreten Grenzgebiete zwischen Ordnung und Chaos. Bilden kurzfristig komplexe, hegemoniale Gebilde. Rufen aus den tiefsten Rillen seines Gedächtnisses Quälgeister hervor, die respektlos auf Marcos Seele herumspringen.

Millionen Informationseinheiten kommen von innen und außen auf den jungen Holländer zu. Er redet mit sich selbst. Denkt daran, daß er mit sich selbst redet. Denkt daran, daß er daran denkt, daß er mit sich selbst redet. Spricht davon, daß er daran denkt, daß er mit sich selbst redet. Marcos Bewußtsein stockt. Jetzt ist er nur noch ein Resonanzkörper. Ein Attraktor für erbarmungslose Eindrücke. Die Gestalt von Klaus Kraft ist ein Schatten seines Selbst. Warum unterhält der Agenturleiter sich gerade jetzt mit dem Videobild von Swami Salami über belanglose Details wie den Preis und die Durchführung der Werbekampagne? Und was haben Wörter wie

„Sechs Millionen EURO“ oder *„dreizehn Kühe + zehn Pferde + 20 Sturzmeter geschälten Dinkel“* zu bedeuten?

Ein **S-S-**Schlagbohrer wird auf Marcos Schultern angesetzt. Es ist die Hand von Michaela Marionetti. Der Holländer schielt nach oben. Die schlanke Nase der Juristin hat sich in ein Geschwür verwandelt, das sich ständig teilt, den Nasenflügeln entlangkriecht und sich mit dem Plasma der Augen vermischt. Von dort ufert das Gewächs blubbernd über den Rest ihres Gesichtes aus. Wie der menschenfressende Pudding im Geschicklichkeitsgame FAST FOOD. Jetzt wird die Hand der verunstalteten Rechtsberaterin an Marcos Mund geführt. Sie verabreicht ihm eine Plexostabil Tablette. Zwingt ihn dazu, einen Schluck Wasser zu nehmen. Ihre Stimme nennt einen Namen: ***„Marco!“***

Ein Filter aus Beruhigungsmolekülen schiebt sich zwischen Marcos gefolterten Sinnesorgane und das Durcheinander in seinem Geist. Kompensiert den abrupten Charismaentzug. Nimmt dem aufgeblähten Gesicht der Rechtsberaterin seine dämonischen Züge. Weicht die unmenschliche Stimme des zweidimensionalen Schicksalberaters Roger Swami Salami auf. Verleiht den Mauern des Zimmers eine neue, dreidimensionale Stabilität. Und befreit Marcos Ich aus der überdimensionalen Umklammerung des Wahnes.

„Komm mit!“ schlägt Michaela Marionetti vor „Ich werde dir unser Land zeigen. Deine Eindrücke kannst du dann werbewirksam umsetzen. Aber beeile dich, denn es wird bald dunkel werden.“

Taumelig steht Marco vom Tisch auf und folgt der Rechtsberaterin durch die Tür hinaus, den Geheimnissen des rätselhaften Totemaugau entgegen.

!INJEKTIERE BROMOZEPAM!# • ▾□SWITCH CIRCUIT! □⍀ ✓□ FÜHRE DIE ÜBERRESTE DES DÄMONS KLAUS KRAFT AB! ⌜□⍀ 🗗GO TO PRÄPARIERTEN HIRNTEIL 1B ! ▯▴□ INCREASE PERFORMANCE TO 99998 GH---->

Es ist offensichtlich, daß Intelligenz in diesem Universum nur entstehen konnte, weil verschiedene günstige Faktoren (*Krauskopfsche Rahmenbedingungen*) zusammen in Erscheinung getreten sind. Die wichtigste Voraussetzung für die spätere Entstehung von Denkorganen bildet das Zusammenspiel physikalischer Grundkonstanten, die ermöglichen, daß dieses All überhaupt Struktur, Ordnung, Symmetrie und Zusammenhalt besitzt. Natürlich war auch die unglaubliche Verschwendung des Kosmos, sowohl in seinen räumlichen als auch in seinen zeitlichen Dimensionen, von Vorteil. Über Milliarden Jahre hinweg hat es in unserem All hundert Milliarden von Galaxien mit jeweils hundert Milliarden Sonnen und Planeten gegeben, die genügend Rohmaterial für die Entstehung von zur Reproduktion fähigen Systemen bereitstellten. Aber trotz dieser gigantischen Menge an Material ist die Entstehung von (lebendigen) sich selbst reproduzierenden Systemen noch in keinerlei Weise garantiert. Es ist zwar denkbar, daß durch einen reinen Zufall irgendwo in diesem Kosmos Leben (als Vorstufe der Intelligenz) aus Materie entsteht, aber dieser Vorgang ist so unwahrscheinlich, daß man ohne lenkende Prinzipien nicht auskommt. Daher muß man davon ausgehen, daß die Materie an bestimmten Stellen in diesem Kosmos eine gewisse Vorliebe für Selbstorganisation in sich birgt: das Rohmaterial neigt mancherorts dazu, sich zu höheren, komplexeren Formen zusammenzuschließen.

Ein solcher Ort ist, wiederum dank günstiger physikalischer und chemischer Voraussetzungen, die Erde. Hier entstanden vor 4 Milliarden Jahren aus spontanen Reaktionen Vorstufen von Eiweiß- und RNA-Molekülen. In einem langen Prozeß wandelten diese sich unter Einwirkung einer (präbiotischen) Auslese in DNA-Moleküle, in die allerersten zur Reproduktion fähigen informationsverarbeitenden Systeme. Zirka eine Milliarde Jahre später bewirkte eine neue spontan auftretende Komplikation, die der Zweigeschlechtlichkeit, eine gewaltige Beschleunigung der Evolution. Die sexuelle Rekombination von Genen bot ungeahnte Möglichkeiten für Änderung und Erneuerung.

Selbstverständlich ist es von der Entstehung primitiver organischer Systeme bis zum bewußten Leben noch ein langer, gefährlicher Weg. Auch hier werden Kräfte benötigt, die diesen Prozeß steuern. Das wichtigste Prinzip, das eine Entwicklung des Lebens zu immer höheren Formen erklären kann, ist die natürliche Auslese. Tatsächlich kann die Entstehung von immer höheren Stufen der Komplexität bis zu einem gewissen Grad mit der kumulativen Auslese erklärt werden. Aber für den eindeutig aufsteigenden Trend der Intelligenz hier auf Erden reicht diese Erklärung nicht aus. Gerade in Anbetracht der Zerbrechlichkeit des Lebens im kosmischen Meer der Entropie, vermuten wir noch ein Prinzip, das die Entstehung von Intelligenz in diesem Teil des Alls fördert. Dieses Prinzip, das wir neben den günstigen physikalischen Grundwerten, der Verschwendung, der gelegentlichen spontanen Auswucherung und der natürlichen Auslese, als fünfte ordnende Kraft im unserem All anerkennen, ist die *kosmische Auslese*.

Diese kosmische Auslese wirkt neben der normalen natürlichen „irdischen" Auslese auf das Leben auf unserem Planeten. Im Gegensatz zur natürlichen Auslese, die bedachtsam und mit feiner Klinge arbeitet, geht die kosmische Selektion äußerst grobschlächtig vor. Während die irdische Auslese langsam aber sicher bestimmte, der Umwelt gut angepaßte Varianten herausselektiert, filtriert die kosmische Auslese überfallsartig Arten, Gattungen oder ganze Gattungsfamilien heraus, die sich am schnellsten völlig neuen Umständen anpassen können. Arten, die Jahrmillionen in einer Art von Dämmerzustand leben, wachen nach einem Rundumschlag der kosmischen Auslese aus ihrem Dornröschenschlaf auf und stoßen in eine frei gewordene ökologische Bresche vor (von einer Nische zu sprechen wäre ein Understatement). (☛ WEISENBERG, 2018).

Die kosmische Auslese beschleunigt die Entwicklung auf Erden also mit Hilfe von Wechselbädern und Schocktherapien. Einige der Methoden, mit denen sie in kritischen Phasen (Weisenberg spricht von *„evolutionären Schnittstellen"*) auf das Leben auf Erde einwirkt, sind Neutrinobombardements, unerwartete Kometen- und Meteoriteneinschläge, Sonnenstürme, Abweichungen in der Umlaufbahn und der Achsenlinie der Erde, sowie, damit zusammenhängend, starke Klimaänderungen. Gerade jenes Ereignis, das gelegentlich als Argument gegen das infozentrische Prinzip verwendet wurde, können wir jetzt als Begründung für die starke Wirkung der kosmischen Auslese anführen. Während unsere menschlichen Vorgänger die Auslöschung der Saurier durch den Kometeneinschlag vor 65 Millionen Jahren meistens als eine rein zufällige Kalamität einstuften, welche die aufsteigende Linie der Evolution und damit das infozentrische Prinzip ad absurdum führte, behaupten wir das Gegenteil. Wesentlich für die kosmische Selektion sind eben solche IQ-Tests oder Mutproben wie man diese vermeintlich zufälligen Ereignisse wie Kometen- oder Meteoriteneinschläge nennen sollte.

Durch diesen „*Galactic Whip of Necessity*" (nochmals Weisenberg) vor 65 Millionen Jahren verdammte der Kosmos die gigantischen Formen des Lebens zum Untergang, und bescherte den genialen Varianten neue Möglichkeiten. Seit diesem Augenblick war die Erde eine Domäne der Säugetiere, die bis dahin ein kümmerliches Dasein als Duckmäuser im Schatten der riesigen Echsen geführt hatten. Wie wichtig dieser Eingriff der kosmischen Auslese war, geht aus der Tatsache hervor, daß sich das Intelligenzpotential der Nachkommen der Saurier, wie Vögel oder Krokodile, in diesen 65 Millionen Jahren nie weiter entwickelt hat. Durch dieses ständige Rütteln und Schütteln, durch dieses unaufhörliche Mischen der evolutionären Karten, wird die Chance, daß irgendwann intelligentes Leben entsteht, also eindeutig erhöht. Langfristig wird die Neigung der Natur, immer neue Formen herauszubilden, durch das unberechenbare und unbarmherzige Eingreifen der kosmischen Auslese sogar so gelenkt, daß eine Vernunftform entsteht, die auch eine kosmische Megakatastrophe wie die Explosion einer Sonne überleben wird.

Weisenberg geht noch weiter. Durch das Hervorbringen von intelligentem Nachwuchs betreibt der Kosmos Altersvorsorge. Denn wegen der prinzipiellen Unbegrenztheit ihrer Intelligenz sind hochentwickelte informationsverarbeitende Systeme sogar fähig, das Ende des Kosmos zu verhindern. Dank der „Zucht" von Intelligenz kann ein Universum also der eigenen vorprogrammierten Megakatastrophe (sei es dem Kältetod, sei es einer Implosion) entrinnen.

Es ist auffällig, daß der (hauptsächlich kosmische) Selektionsdruck im Laufe der Erdgeschichte immer stärker zugenommen hat. Dies wird durch den nachfolgenden Evolutionskalender belegt:

LINK UP TO BRAIN 5462 -->

Entstehung der Erde	= 01. Januar
Leben	= 27. Februar
Geschlechtlichkeit	= 04. September
Säugetiere	= 12. Dezember
Hominiden	= 31. Dezember,10.00 Uhr
Homo Sapiens	= 31. Dezember, 23.57 Uhr
Erste Generation	= 31. Dezember, 23.59 Uhr
Neue Generation	= 01. Januar, 00.00Uhr

STOP AND RETURN TO BRAIN 126 -->

Beeindruckend ist die Zunahme der Intelligenz am letzten Tag des Jahres. Sie beschleunigt sich dann gegen Ende dieses Tages nochmals exponentiell. Denn das Sich-Bewußtwerden der Vernunft, das Erfassen der eigenen Nichtigkeit unter dem endlosen Sternenhimmel um 23.57 Uhr, hatte einen hypnotischen Effekt auf die intelligenten Lebewesen. Ihre Aktivität nimmt seitdem ununterbrochen zu. Nach 23.59 Uhr entstehen die ersten Zivilisationen, die den Fortschritt ungeheuerlich beschleunigen. Der Übergang von Stammesverbänden zu Herrschaftssystemen, die Organisation der Arbeit, die Erfindung der Schrift und die Entwicklung immer effizienterer technischer Hilfsmittel ermöglichen letztendlich um 24.00 Uhr eine Überwindung der biologischen Intelligenz. Für ein besseres Verständnis dieser Vorgänge werden wir diesen letzten Tag nach der nächsten Sitzung unter die Lupe nehmen.

☛ Verwendete Information:

WEISENBERG, Roy : **Of Mice and Men, Meditations on the Cosmic Breed of Intelligence, 2018.**

XXXZR : **GUT and GOD, 2025**

XXNRZ : **Entropy or Antropy, 2026**

QUIT BRAIN ▯⑊ 🗗DIPMODE--> CLOSE FILE! _⑊ ⬍ RECONNECT! ☐▯⎾ ACCELERATE AND GO ---->

AM KALTGRABEN

Draußen hat ein Regenguß die Luft gereinigt. Die bedrückende Tageshitze ist einer abendlichen Frische gewichen. Vögel zwitschern, Bienen summen, Kuhglocken läuten. Die ganze Bergsiedlung duftet nach Geranien, Gras, Holz und frischem Schlamm.

Michaela Marionetti hat auf dem schnittigen Motorrad vor dem Holzhaus Platz genommen. Sie umklammert den Lenker, gibt drei-, vier Mal kräftig Gas und lädt Marco ein aufzusteigen. Gleich darauf spritzen die beiden mit hoher Geschwindigkeit durch die sumpfigen Straßen des Dorfes. Nachdem sie den See umfahren haben, halten sie bei einem verwitterten Schuppen an, dem uralte Tannen Schatten spenden.

Außer Atem steigt Marco ab und folgt der Rechtsberaterin hinein durch eine Tür, die so niedrig ist, daß er sich bücken muß. In der Heuscheune schallt die Totemaugauer Hymne „*Totemaugau lebt*". Im Rhythmus der Musik leuchtet ein überlebensgroßes Porträt von Boris Wurzel auf. Direkt unter dem Abbild des Totemaugauer Regionalführers liegt eine Gruppe von ungefähr zwanzig Personen regungslos auf dem Boden. Die Nacktheit ihrer Körper wird nur durch wenige Strohhalme verdeckt. An einem Mischpult hinter der Gruppe steht eine rothaarige Frau in einem weißen Baumwollkleid. Ihre Haltung ist gebieterisch, ihr Blick furchterregend. Als die letzten Klänge der Regionalhymne verhallt sind, tritt die Rothaarige hervor und beginnt die Gestalten am Boden mit ihren knöchelhohen Turnschuhen zu treten.

„Das ist Prahmi Dahkti Bakthi Shakti. Sie ist unsere beste Gruppentherapeutin. Sie ist zusammen mit Swami aus Kalifornien hierher gekommen", flüstert Michaela Marionetti ihren Gast ins Ohr.

„Welche Therapie macht sie da?"

„Eine Mischung aus Urknall und Urjultherapie. Big-Bang und Big-Scream-Therapie heißt das in Amerika. Es soll das eigentliche Ich aus seiner kulturellen Verhaftung befreien. Dadurch kann es leichter mit dem Regional-Wir verschmelzen."

Nachdem die Therapeutin jeden einzelnen Teilnehmer unsanft wachgerüttelt hat, erteilt sie einen Befehl. Ihre Patienten heben Äste und Zweige aus dem Heu auf, und beginnen sich damit gegenseitig auf die glattrasierten Köpfe zu schlagen. Die meisten brüllen dabei so laut, daß Marco sich unwillkürlich die Ohren zuhält. Als das erste Blut fließt, bricht Prahmi Dahkti Bakthi Shakti die Kasteiung ab: „Legt euch jetzt wieder hin und schließt erneut eure Augen. Euer Blut zeigt mir, daß ihr reif für die Erlösung seid!"

Ohne ihre Patienten einen Moment aus den Augen zu verlieren, zieht die Frau am Mischpult einen Hebel herunter. Süße, ätherische Nadelholzdüfte verbreiten sich, und gleichzeitig wird der Heustadel in ein sanftes, grünes Licht getaucht. Unter leisem Hintergrundgestöhne aus den Lautsprechern setzt Prahmi Dakthi Bahkti Shakti ihre Therapie mit hypnotischer Stimme fort: „Wir sind im Wald. Im wunderbaren Wald von Totemaugau. Jeder von euch wird jetzt ein Tier. Fühle, wie deine Füße, deine Beine sich verändern. Spüre das tierische Zucken in deinen Lenden, das hungrige Kribbeln in deinem Bauch. Fühle das warme, langsame Prickeln der Haare auf deiner Haut, den dichten Pelz auf deinem Rücken, die Struppigkeit deines Kopfes. Jetzt stehe langsam auf und sei das Tier, das du bist. Fühle wie ein Tier, erlebe wie ein Tier, tue wie ein Tier. Sei ein Tier, sei ein großes, geiles Tier!"

Unter den sinnlichen Klängen der Tonanlage und den unmißverständlichen Anfeuerungen der Therapeutin erhebt sich die Gruppe. Grölend und brüllend verdichtet sie sich, bis ein Tier mit unzähligen Rücken entstanden ist, ein amorpher Haufen aus beweglichen Körperteilen, die sich gegenseitig betasten, beschnüffeln, anfauchen und brünstig begatten.

„Fahren wir weiter!" schlägt die Rechtsberaterin vor. „Ich muß dir noch einiges zeigen."

Draußen hat die Frau ihr Fahrzeug im Handumdrehen gestartet. Die beiden lassen den Waldwiesensee hinter sich und biegen in ein dunkles Seitental ein. Es folgt ein rasanter Anstieg durch eine Urlandschaft aus kargen Steinblöcken und kolossalen, teilweise umgestürzten Bäumen. Bei einem tosenden Wasserfall geht es nochmals steil hinauf, bis der Weg so plötzlich wie er begonnen hat vor einer tiefen Schlucht endet. Gerade noch rechtzeitig bringt Michaela Marionetti ihre Maschine zum Stillstand.

Vorsichtig steigt Marco ab und blickt über den steil abfallenden Rand hinunter. Unten liegt ein schmales, von öden Abhängen eingeengtes Tal. Obwohl der Höhenunterschied ihn schwindlig macht, erkennt Marco am

Talboden einige armselige Hütten. Aus ihren Schornsteinen steigt träge Rauch auf. Auf dem Rasen zwischen den braunen Hütten irren kleine Geschöpfe umher. Ihre Körper sind in Decken und Felle gehüllt. Die Kreaturen bleiben nah beieinander, um sich gegen einen tückischen Fallwind zu schützen, der das gesamte Tal durchjagt und die vereinzelten Zwergtannen an einem normalen Wachstum hindert. Dicke Fellmützen bedecken die Ohren der Klammbewohner. Bei den seltenen Wortwechseln entweichen ihren Mündern Nebelschwaden, die sich im Dampf eines schäumenden Baches verlieren.

„Das ist der Kaltgraben!“ erklärt Michaela Marionetti. „Dort wohnen unsere außerregionalen Gastarbeiter. Sie hacken Holz, pflücken Brombeeren und züchten Ziegen. Sie dürfen das Tal nicht verlassen. Nur einmal in der Woche werden die Produkte, die sie für uns herstellen, abgeholt.“

In dem Augenblick, wo er etwas entgegnen will, hört Marco hinter sich die ihm bereits vertrauten Klänge des Totemaugauer Volksliedes. Unter der Leitung eines wirsch blickenden Wächters marschiert eine Reihe Gebirgsbewohner daher. Mit einem „*Wohl Wurzel!*“ stellt sich die Truppe geschlossen an den Rand des Abgrundes. Mit Verachtung schauen die Neuankömmlinge auf die Menschen im Tal hinunter und machen Drohgebärden. Manche spucken in die Richtung der erbarmungswürdigen Wesen im Kaltgraben. Doch das Benehmen der Gruppe scheint dem Aufseher zu mißfallen.

„*Zu lasch, viel zu lasch!*“ Der Wächter holt eine lange Strickleiter aus seinem Rucksack und wirft sie über den Felsrand. Ein Raunen geht durch die Gruppe. Im Flüsterton erkundigt Marco sich bei Michaela Marionetti nach der Bedeutung der Vorgänge.

„Das ist die Abstiegsleiter. Der Wächter ist über die laue Reaktion seiner Gefolgschaft unzufrieden und droht ihr mit dem Abstieg ins Tal!“

Das Verhalten der Truppe hat sich unterdessen radikalisiert. Die Totemaugauer haben zu toben begonnen und werfen Äste, Erdklumpen und Steine hinunter. „Schluchtenkacker! Schluchtenkacker!“ schreien die Frechsten. Und „Aussis raus! Aussis raus!“

„*Aus! Aus! Aus*!“ antwortet das Echo von den steilen Bergwänden der gegenüberliegenden Seite des Tales.

„*Raus! Raus! Raus!*“ wiederholt der Chor oben am Felsen jetzt einstimmig.

Erst als seine Gefolgschaft sich die Kehle aus dem Hals geschrien hat, beendet der Wachmann die Beschimpfung mit einem Luftschuß aus seinem Maschinengewehr.

Auf die Frage, ob der Abstieg entlang der senkrechten Wand nicht viel zu gefährlich sei, beruhigt die Rechtsberaterin ihren Gast. Er solle sich keine Sorgen machen, denn die Drohung sei stärker als die Ausführung. Und tatsächlich, die Frau behält recht. Nachdem er die Totemaugauer eine Zeitlang in Ungewißheit hat schweben lassen, rollt der Wächter die Abstiegsleiter wieder ein und ordnet durch einen erneuten Feuerstoß den Rückmarsch an.

Als Marco sich über das Schicksal der Gastarbeiter betroffen zeigt, lächelt die Rechtsberaterin. Das Alles sei ein von Swami Salami ausgedachtes Schauspiel, das ausschließlich dazu diene, Anfängergruppen in das Regionalbewußtsein einzuführen. „Jeden Tag werden Neulinge hierher geführt, die zur Festigung ihres Regional-Wir die Menschen im Kaltgraben herabwürdigen dürfen. Das klappt so gut, weil die Gruppen, die hierher kommen, glauben, daß es sich um Fremde handelt."

„Wieso glauben?"

„Ich habe dir zuerst nicht die Wahrheit erzählt!" lächelt die Juristin „In Wirklichkeit sind die Bewohner des Kaltgraben keine Gastarbeiter, sondern völlig normale Totemaugauer. Sie bilden den harten Kern des Versuches zur ABSOLUTEN BEWUSSTSEINSREDUKTION, der vor zwei Jahren von unserem Schicksalberater gestartet wurde.

„Bewußtseinsreduktion?"

„So ist es. Damit die Nachkommen dieser Menschen sich im rauhen Klima des Kaltgrabens besser zurechtfinden, haben unsere Wissenschaftler aus ihren Samen- und Eizellen bestimmte bewußtseinsbildende Genabschnitte entfernt. Swami will diese manipulierte Großfamilie nun mehrere Generationen lang unter primitiven Bedingungen leben lassen, und prüfen, was dabei herauskommt. Das Geniale nun ist, daß die Pioniere des Projektes zur Absoluten Bewußtseinsreduktion selbst ebenfalls glauben, daß diejenigen, die sie von oben herab verhöhnen, Außerregionale sind. Diese offenkundige Ablehnung durch die anderen stärkt sie wiederum in ihrer Überzeugung, daß sie auf dem richtigen Weg sind. Keine der beiden Gruppen weiß also, daß sie zur selben Region, zu Totemaugau gehören. Der Gesamtüberblick fehlt ihnen vollkommen. Der einzige, der das Projekt Totemaugau mit all seinen Subprojekten, Versuchsanstalten und Therapiegruppen noch überblickt, ist Roger Swami Salami. Ich glaube, daß sogar der Große Steuermann nicht mehr überall mitkommt!“

Im selben Augenblick erschallt ein schriller Pfeifton durch den Kaltgraben. Unten im Tal kommen die Klammbewohner wie Miniaturwesen aus ihren trostlosen Behausungen gerannt. Gemeinsam sammeln sie sich auf einem moosigen Grundstück neben dem Bach, wo sie niederknien. Nach einem zweiten Pfeifton öffnet sich eine Felswand. Ein kolossales Standbild rollt hervor, das unverkennbar die Züge von Roger Swami Salami trägt. Eine raffinierte Lichtanlage bewirkt, daß die Statue hell im ewigen Schatten des Kaltgrabens aufleuchtet. Ein Seufzer der Erregung geht durch die Menge, als der Mund des Standbildes sich bewegt.

„*Bewohner des Kaltgrabens*!“ ruft der Kopf „Fünfzig Jahre lang seid Ihr Euch in Eurem Konsumrausch wie Götter vorgekommen. Aber was sind 50 Jahre im Verhältnis zur Ewigkeit? Keines der Milliarden Dinge, die Ihr in Eurer Verzweiflung gekauft habt, hat Euch schließlich unsterblich gemacht. Der Fortschritt hat Euch also nichts gebracht. Und warum nicht, meine lieben Pioniere?“

„WEIL ER AUF DER MENSCHLICHEN VERNUNFT BASIERTE!“ antworten die Klammbewohner im Chor.

„Jawohl, und das war ein Fehler!“ Ein heulender Fallwind trägt die Worte des Standbildes ins entlegenste Eck des Tales. „Denn wie konnte die Vernunft etwas anderes als Scheinlösungen anbieten, wenn sie nicht einmal imstande war, sich selbst zu verstehen? Ich frage euch, kann man auf einem Widerspruch in sich eine Kultur aufbauen?“

„NEIN! DIE GRUNDFESTEN EINER GEMEINSCHAFT DÜRFEN NICHT AUS TREIBSAND BESTEHEN! WIR BRAUCHEN DEN FELSENFESTEN GLAUBEN AN DIE WORTE VON SWAMI SALAMI!“ hallt es durch das Tal.

„Stärker noch, meine lieben Ergebenen! Gerade durch das Denken habt ihr euch meilenweit von der Wärme der Erde entfernt. Und sobald die Vernunft diese Trennung vollzogen hat, ist es zu spät, sie mit Hilfe von ihr zu überwinden!“

„JAWOHL, O HERR UND GEBIETER. DARUM SETZTEN WIR AUF DIE ABSCHAFFUNG DER VERNUNFT UND VERLASSEN UNS AUF DIE FÜHRUNG VON SWAMI SALAMI!“

Das Götzenbild rutscht etwas weiter nach vorne. Ein rotes Streulicht verleiht dem in Stein gemeißelten Gesicht des Schicksalberaters einen milden Ausdruck. In einem Akt der Vergebung streckt er den verhärmten Totemaugauern seine Hände entgegen. „So ist es, liebe Auserwählte!

Denn bewußte, freie Menschen sind verlorene Wesen. Sie wissen zwar, woher sie kommen, verstehen jedoch nicht, warum sie da sind. Im selbstgemachten Dreck sitzend, starren sie auf die Sterne und grübeln darüber, daß sie weder irdisch noch kosmisch, weder Tiere noch reine Vernunft sind. Durch ihre Subjektivität aus dem Kosmos herausgelöst und im sicheren Wissen um ihre Sterblichkeit dürsten sie nach dem ewigen Leben. Voller Heimweh nach dem Ganzen, nach der Vereinigung mit Gott, haben sie sich aber in dem Augenblick, wo ihre persönliche Suche nach dem Absoluten anfängt, bereits von ihm verabschiedet. Im verzweifelten Versuch, die zeitlichen Schranken ihres irdischen Daseins zu überwinden, stürzen sie sich in den Rausch oder setzen ihre Hoffnung auf eine einzige Wahrheit, die für sie aber nie erreichbar sein wird. Deswegen haben wir hier im Kaltgraben einen anderen Weg gewählt! Wir haben dem Fortschritt abgeschworen und uns dem Rückschritt zugewandt. Wir werden zu unseren Ursprüngen zurückkehren, um so die Fehler der Evolution zu korrigieren. Denn bevor der Mensch zu denken anfing und sich seiner selbst bewußt wurde, war auch er, wie jedes andere Tier, ein glückliches, heiles Wesen, das in Harmonie mit der Natur lebte. Er war wie ein Fisch im Wasser. Er war wie eine Biene, die sich an der Blüte einer Blume labt. Er war wie eine Schwalbe, frei schwebend im Winde...."

„SCHWALBEN, FREI SCHWEBEND IM WINDE!" wiederholen die Totemaugauer und schlagen dabei mit ihren Handoberflächen kräftig auf den Talboden.

„Ja, Bewohner des Kaltgrabens. Hört meine Frohe Botschaft. Denn ihr seid dazu auserkoren, wieder wie Schwalben zu werden. In euren Seelen wird die zweite und letzte Stufe des Totemaugauer Projektes realisiert werden. Nachdem wir das große, objekt-narzißtische Regional-Wir in Euch zersplittert haben, werdet Ihr dank unserer retro-familiären Kaltgrabentherapie als erste die Schwelle zurück zum unreflektierten, primärnarzißtischen Dasein des Urmenschen überschreiten. Ihr werdet die Urbabies des Urglücks sein!"

„WIR SIND DIE URBABIES DES URGLÜCKS!" jubeln die Schluchtmenschen. „URBABIES DES URGLÜCKS! URBABIES DES URGLÜCKS!"

Gelassen nimmt der steinerne Swami Salami den Beifall entgegen. Dann erschallen vier bombastische Paukenschläge aus der Felswand, und das Standbild zieht sich in seine Behausung zurück.

Als die Bewohner des Kaltgrabens ihre Tätigkeiten wieder aufgenommen haben, ist Marco nicht sicher, ob sich die Szene wirklich zugetragen hat. Hatte das Pfeifen des Windes und die verworrenen Nebelgebilde seine Sinnesorgane vielleicht getäuscht? Und war die Erscheinung des Schicksalberaters nur ein Produkt seiner Phantasie gewesen? Aber viel Zeit, darüber nachzudenken, bleibt ihm nicht, denn Michaela Marionetti hat das Motorrad bereits gestartet. Nach einem letzten Blick auf die Schluchtbewohner, springt Marco auf den Soziussitz, dankbar, diesen unwirtlichen Ort verlassen zu dürfen.

VERSTÄRKE DEN EINFLUSS DES DÄMONS MICHAELA MARIONETTI! °! ERHÖHE DIE DOSIS DOZAN-DREAM-PLUS AUF 16 ng/Sekunde! ✓ ⇕ 🗗 SETZE DIE BEHANDLUNG FORT ---> GO!

IN DER FORSCHUNGSANSTALT

Es dämmert bereits, als Michaela Marionetti und ihr Sozius nach einer zügigen Abfahrt den Waldwiesensee erreichen. Sie umfahren das schilfige Nordufer und biegen in die Hauptstraße des Ortes ein. Eine Bauarbeitertruppe, die am Hauptplatz rastet, läßt sich durch den Lärm des Motorrades nicht aus der Ruhe bringen. Sie tritt gelassen zur Seite und winkt den Fahrern mit einem höflichen *Wohl Wurzel* zu. Die Fahrt endet vor einem Tor im mannshohen Zaun aus Beton und Stacheldraht, der die granitfarbenen Gebäude umschließt, die Marco bei der Ankunft in der Siedlung sofort aufgefallen waren.

„Dahinter liegt das Forschungszentrum!" Die Juristin ist abgestiegen und gibt ein Paßwort ein. „Dort rüsten wir uns für die Zukunft!"

Ein Wächter sperrt das Gattertor auf und lotst die Besucher zu einer Tür in einem klotzigen Bauwerk. Dort verabschiedet er sich, ohne ein Wort zu sagen. In einem Umkleideraum ziehen Marco und Michaele Marionetti Schutzmäntel an und tauschen die schlammbedeckten Schuhe gegen Hauspantoffel. Durch eine Kontrollschleuse erreichen die beiden das Foyer der Forschungsanstalt. Eine Aufsichtsperson, die eine Wand mit Monitoren überwacht, winkt sie weiter. Die Rechtsberaterin beschleunigt den Schritt und führt ihren Begleiter über eine Stiege nach oben. In einem Zwischengeschoß begegnen sie einer Gruppe Wächter entgegen, die über die ganze Breite des Ganges dahermarschiert. Die Besucher sind gezwungen, in eine Nische zwischen zwei Betonsäulen auszuweichen. Während die geschlossene Formation vorbeieilt, muß Marco ungewollt an die Cyborgs in ROBO-COP IV denken. Der hölzerne Gleichschritt der Wächter wirkt ebenso roboterhaft. Nachdem die furchteinflößende Truppe um die Ecke gebogen ist, setzen Marco und Michaela Marionetti ihren Gang durch den weitläufigen Gebäudekomplex fort. Schließlich macht die Frau in einem kleinen, runden Raum halt.

„Wir befinden uns jetzt in einem Beobachtungsposten. Davon gibt es mehrere, über das ganze Land verteilt. Sie befinden sich immer an strategischen Stellen und sind so gebaut, daß die Führung bestimmte wichtige Vorgänge in unserer Gemeinschaft direkt verfolgen kann. Swami Salami pocht auf Bürgernähe. Selbstverständlich wissen diejenigen, die beobachtet werden, nicht, daß sie beobachtet werden."

Die Juristin drückt auf eine Taste, und die hintere Wand des Raumes wird beiseitegeschoben. Eine getönte Glasscheibe bietet Aussicht auf einen im Neonlicht badenden Saal, der mit langen Reihen von Kinderbetten angefüllt ist. Krankenschwestern lesen die Daten von den Bildschirmen ab, die am Fußende der Betten aufgestellt sind. Ein Team von weißgekittelten Personen, vermutlich Ärzte, stolziert umher. Greifarme aus rosarotem Kunststoff wickeln die Babys in regelmäßigen Intervallen oder füttern sie mit Flaschenmilch.

„Das ist die Säuglingsstation", erklärt Michaela Marionetti ihrem Gast. „Dort verbringen alle neugeborenen Kinder die ersten zwei Wochen ihres Lebens. Am ersten Tag wird ihr Horoskop erstellt, in den Tagen darauf das Genom kartographiert. Die astrologischen und genetischen Daten bilden zusammen die Grundlage für den Zukunftsplan, der für jedes neugeborene Kind erstellt wird. So werden Kinder, die sowohl über nachgewiesene Befehlsempfindlichkeit als auch über günstige Aszendenten verfügen, abgesondert. Getrennt von den anderen werden sie in der Eliteanstalt in St. Jacobital erzogen. Später werden sie dem Steuermann als Wächter dienen!"

Erneut drückt die Rechtsberaterin eine Taste. Die Wand schließt sich, und der Beobachtungsraum erhebt sich wie ein Fahrstuhl. Ein Stockwerk höher kommt er zum Stillstand. Auch hier befindet sich jenseits des Guckfensters eine Kinderabteilung, in der noch mehr Betriebsamkeit als im ersten Geschoß herrscht.

„Dort liegen die *Swaminis!*" sagt Michaela Marionetti. „Das sind die Nachkommen unseres Schicksalberaters. Gerade jetzt werden fast jeden Tag Kinder von ihm geboren. Alle im Rahmen des PANSPERMIE-Projektes!"

„Was meinst du damit?" Marco hat seine Nase an das Fenster gedrückt und läßt seine Blicke entlang den wehrlosen Geschöpfe in den Bettgestellen wandern.

„Diese Kinder sind nicht, wie früher, im Bett entstanden, sondern am Reißbrett geplant. Wir gehen im Totemaugau ja immer wissenschaftlich vor. Zuerst hat man das Sperma unseres Schicksalberaters auf seine Fruchtbarkeit überprüft. Mit seinem besten Samen wurden die embryofähigen Eizellen freiwilliger Spenderinnen in Vitro befruchtet. Nach der Befruchtung wurden sie in den Leib erprobter Mütter eingepflanzt, und von diesen unter genau kontrollierten natürlichen Umständen ausgetragen. Selbstverständlich wurde der Augenblick der Befruchtung exakt berechnet. Dadurch konnten im vorhinein bestimmte ungünstige Sternzeichen bei der Geburt ausgeschlossen werden. Deswegen werden gerade jetzt so viele Kinder geboren. Swami Salami hält das spätsommerliche Tierkreiszeichen der Jungfrau für außergewöhnlich günstig. Aus diesem Grund hat er die Befruchtung vor neun Monaten durchführen lassen. Die klügsten und fähigsten der *Swaminis* werden unsere zukünftige Führungsschicht bilden. Manche der Kinder sind dazu durch Keimbahntherapie aufgebessert!"

„Was ist das?" fragt Marco.

„Zum Wohle unserer späteren Gemeinschaft hat unser Schicksalberater sein Sperma manipulieren lassen. So konnte verhindert werden, daß seine Sprößlinge von bestimmten Krankheiten heimgesucht werden. Swami legt großen Wert auf körperliche Tüchtigkeit! Du hast Glück, Marco, da kommen gerade ein paar *Swamiswaminis* herein!" Michaela Marionetti deutet auf eine Schwester hin, die einen Viererkinderwagen vor sich herschiebt.

„Die Swamiswaminis sind Klone, durch Teilung der Embryos hergestellte genetisch übereinstimmende Individuen. Soweit ich informiert bin, will Swami anhand einer Serie von Experimenten mit diesen Kindern endgültig klären, inwieweit der menschliche Charakter durch seine Erbmasse bestimmt wird, und welcher Teil der Persönlichkeit durch Erziehung geformt werden kann. Das ist selbstverständlich von großem Vorteil für die gezielte Heranbildung von Führungspersönlichkeiten. Gerüchten zufolge sind die meisten *Swamiswaminis* jedoch keine geteilten Embryos, sondern Klone von Roger Swami Salami selbst. Man tuschelt, daß unser Schicksalberater durch die Verfielfältigung seiner Zellen unsterblich werden will."

Mit Interesse verfolgt Marco die unbeholfenen Bewegungen der Babys im Viererkinderwagen. Werden diese Säuglinge später alle wissen, wer ihr biologischer Vater ist? Und in welchem Familienverhältnis stehen die Abkömmlinge von Roger Swami Salami eigentlich zu dessen geklonten Doppelgängern? Ja, was würde geschehen, wenn die zahlreichen „natürlichen" Nachkommen des Schicksalberaters sich später mit den von ihm abgespalteten Kreaturen paaren würden? Würden ihre Kinder absolut identisch, gleichartig oder sich bloß ähnlich sein?

Die Stimme von Michaela Marionetti beendet Marcos Nachsinnen. Die Juristin hat den Beobachtungslift verlassen und treibt ihren Gast zur Eile: „Komm mit, sonst werden wir den Probelauf versäumen!"

Unwillig dreht Marco sich vom Fenster weg und folgt der Frau durch einen Irrgarten von Fluren, Treppen, Galerien und Korridoren, bis ihnen der Weg durch eine massive Stahltür versperrt wird.

„Kontrollraum! Zutritt für Unbefugte Verboten!" klingt es blechern aus einem Lautsprecher. Eine Kamera zoomt auf die Besucher ein. Als die Identität der Rechtsberaterin überprüft worden ist, wird die Tür aufgemacht.

Marco staunt. Vor ihm liegt eine große, längliche Halle, die durch ihre Höhe wie das Schiff einer gotischen Kathedrale wirkt. Eine der Wände besteht aus Panoramafenstern. Sie geben einen weitläufigen Blick auf den See und die Dächer der Siedlung frei, die vom Licht der untergehenden Sonne rot gefärbt werden. Auf einem langen Desk in der Mitte der Halle stehen mindestens hundert ultramoderne, parallel geschaltete Tarantium-Rechner. Grob schätzt Marco ihre Gesamtleistung auf eine Milliarde Gigaherz. Die Computer werden von schmächtigen Männern überwacht, die wie festgenagelt vor den Displays verharren.

Fasziniert verfolgt Marco mit, wie Zahlenreihen und kurze Meldungen und Befehle wie **GO, LOOP, ACCELERATE!** einander in Sekundensequenzen auf den Bildschirmen abwechseln. Unerwartet wird die Serie beendet. In bunten Buchstaben erscheint das Wort **HURRAH!** auf den Monitoren. Die Computerexperten jauchzen und umarmen sich wie Fußballspieler nach einem Torerfolg. Ihre frischrasierten Gesichter sind blaß, aber die Röte ihrer Ohren verrät, daß sie aufgeregt sind.

Michaela Marionetti erklärt Marco, was geschehen ist. Seit einigen Monaten versuche man den SIRIUS-Plan des Großen Steuermannes mit Hilfe des Computers zu simulieren. Oder besser gesagt: man habe eine Simulation dieses Planes simuliert. Etwas habe Swami nämlich verschwiegen. Das Endstadium des Totemaugauer Unterfangens werde nicht hier im Gebirge, sondern im All verwirklicht werden! Denn Swami sei fest davon überzeugt, daß die Erde infolge einer allesvernichtenden Kollision mit dem Kometen Swift-Turtle am 14. August 2026 untergehen werde.

Marco antwortet, daß eine solche Unheilsverkündung vollkommen aus der Luft gegriffen sei. Jedes Schulkind wisse, daß diese Katastrophe, wenn sie überhaupt stattfinde, sich erst hundert Jahre später, am 14. August 2126 ereignen werde.

„Davon haben selbstverständlich auch alle, die hier im Forschungszentrum arbeiten, Kenntnis“, erwidert die Frau „Das Problem ist jedoch, daß Swami Salami aufgrund von Prophezeiungen des Nostradamus, einigen kryptischen Stellen im Popul Vuh, einer Vision der Hildegard von Bingen und eines ungünstigen Standes von Mars und Jupiter glaubt, daß dieser Zusammenstoß schon hundert Jahre früher stattfinden wird. Er ist der Ansicht, daß die Verantwortlichen außerhalb Totemaugau dieses schreckliche Ereignis verheimlichen, um einen Zusammenbruch des irdischen Zusammenlebens zu verhindern. Und Swamis Einfluß auf den Großen Steuermann ist so groß, daß dieser dies jetzt ebenfalls glaubt. Stärker noch: Seit einem Jahr bildet Boris Wurzel sich ein, daß er von Gott dazu auserwählt worden ist, einen Teil der Menschheit vor dem Erduntergang zu retten. Dazu läßt er jetzt ein Raumschiff bauen, mit dem er wie die alten Ägypter zu einem benachbarten Sonnensystem fliegen will.“

„Ist das die Konstruktion auf dem Bergplateau?“

Als die Rechtsberaterin zustimmend nickt, fragt Marco verblüfft, ob es technisch überhaupt möglich sei, zum einem anderen Sternsystem zu fliegen.

„Natürlich nicht!“ antwortet Michaela Marionetti „Aber der Große Steuermann duldet keinen Widerspruch. Sein Wort ist Wahrheit und Gesetz. Und wer nicht dementsprechend handelt, wird streng bestraft. Daher versuchen diejenigen, die noch nicht von diesem Untergangsrausch befallen sind, den Großen Steuermann und seine Vertrauten hinters Licht zu führen. Wenn es soweit ist, werden wir unserer Führung vortäuschen, daß wir tatsächlich mit dem Raumschiff abheben. In Wirklichkeit wird es aber auf der Erde bleiben. Später, wenn der Große Steuermann seine Macht über die Gemeinschaft eingebüßt hat, können wir unsere Arche einfach durch die Vordertür verlassen!“

Ein breites Grinsen ist auf dem Gesicht der Juristin erschienen, das erst verschwindet, als Marco fragt, ob alle Techniker gezwungen würden, am SIRIUS-Projekt mitzuarbeiten.

„Nein, überhaupt nicht. Die Motive unserer technischen Mitarbeiter sind unterschiedlichster Natur. Manche lieben die Teamarbeit. Andere schätzen die guten Verdienstmöglichkeiten. Wieder andere haben draußen ein Verbrechen begangen und sind geflüchtet. Die meisten aber reizt die technische Herausforderung dieses Vorhabens. Sie wollen den Abflug ins

All so perfekt simulieren, daß niemand je auf den Gedanken käme, daß die Erde nicht tatsächlich verlassen wird. Das stellt eine Aufgabe dar, die sie meistern wollen. Denn wenn es klappt, haben sie etwas Einmaliges geleistet. Jetzt müssen sie die Dinge also nur noch genau so ausführen, wie es Ihnen die Computer vorschreiben. Dabei dürfen freilich keine Versehen passieren. Du kannst dir vorstellen, daß der Große Steuermann nicht sehr glücklich sein wird, wenn er bemerkt, daß das Unternehmen hier reiner Betrug ist. Daher bemüht man sich natürlich sehr, die Sache ohne Fehler durchzuziehen. Die Installation der Simulationsanlagen, die soweit ich weiß, wie Antriebssysteme getarnt werden, soll zum Beispiel nur von absolut zuverlässigen Robotern übernommen werden! Salami sei Dank, planen die Computer in ihre Berechnungen eine menschliche Versagerquote ein. Deswegen kann man sich bei der Ausführung der Pläne sogar gewisse Fehler erlauben. Diese werden von den Rechnern unbemerkt korrigiert. Aber jetzt komm mit, dann werde ich dir noch etwas Besonderes zeigen!"

Mit einem gedämpften *„Wohl Wurzel"* verabschieden die Besucher sich von den Simulationstechnikern. Dann verlassen sie den Kontrollraum und fahren mit einem Personenaufzug zum tiefsten Stockwerk des Gebäudes. Michaela öffnet eine Tür, die in ein mit Neonröhren beleuchtetes Gewölbe führt. In einer Ecke steht eine Art Zahnarztstuhl, der über unzählige Drähte mit einem NXX-444-Computer verbunden ist. Daneben, an einem in der Decke befestigten Haken, hängen ein paar Astronautenanzüge.

„Dies ist das Metasimulationszimmer. Sobald wir, wie geplant, in fünf Jahren mit unserem Raumfahrzeug abheben, werden wir die Gefangenen unserer eigenen Täuschung sein. Wie lange wir in der Arche ausharren müssen, wissen wir natürlich noch nicht. Das Charisma des Großen Steuermannes ist ein nicht berechenbarer Faktor. Es kann Monate, Jahre, ja sogar Jahrzehnte dauern, bis er seine Autorität einbüßt. Diese Zeit der Muße gilt es daher zu überbrücken. Um nicht vor Langeweile verrückt zu werden, hat der technische Stab einen **KONFABULATOR** entwickelt!"

Die Rechtsberaterin klopft auf das Gehäuse des NXX-444-Computers. „Mit Hilfe dieses Gerätes können wir in eine Welt der Wünsche, Träume und Illusionen absteigen. Auch du wirst jetzt eine solche virtuelle Reise machen. Ziehe dich aus!"

„Was soll ich machen?"

„Ziehe dich aus, der Anzug muß direkt auf der Haut getragen werden!“ Als die Frau merkt, daß ihr Gast zögert, lächelt sie: „Sei nicht so schüchtern, Marco, dein Körper ist ohnehin eine geöffnete Datei für mich!“

Während Marco sich die Kleider auszieht, sucht die Frau ihm den geeigneten Anzug aus. „Paßt er dir?“ fragt sie, als der Niederländer in das neue Gewand geschlüpft ist.

Marco nickt, und Michaela Marionetti deutet auf den Stuhl hin. „Mache es dir dort bequem.“

Nach den Anweisungen der Juristin setzt Marco sich hin. Er steckt seine Hände in die Ringe auf den Armlehnen, und läßt sich Klammern an den Ohrläppchen, Lippen und Nasenflügeln befestigen. Zum Schluß wird ihm ein spitz zulaufender Helm aufgesetzt.

„Sobald ich den Computer einschalte, übernimmt er die Kontrolle über deine Sinne und versetzt dich in die künstliche Welt deiner Wahl. Die Clips stimulieren Geruch, Geschmack und Gehör. Eine dreidimensionale Brille, die ich dir noch geben werde, vermittelt dir eine realistische Landschaft. Und mit Hilfe der im Anzug abgebrachten Synapsen wird dein größtes Sinnesorgan, die Haut, bearbeitet. Ich kann dir jetzt schon eins versprechen: der **KONFABULATOR** läßt keine Stelle aus!“

In einem Wandspiegel kann Marco sich selbst beobachten. Der Helm in der Form einer Pickelhaube, der schwarze Anzug, der ihn wie eine zweite Haut umschließt, und die vielen Drähte, die mit allen möglichen Körperstellen verknüpft sind, haben ihn in eine andere Person verwandelt. Er kommt sich vor wie der arme Tseng-Li aus dem Comicheft ÜBERFALL AUF ZADONX!

„Unsere Konstrukteure haben weit vorausgedacht!“ fährt die Juristin fort „Es ist ihnen dabei gelungen, Interaktivität durch *Interpassivität* zu ersetzen. Der Computer lenkt das gewählte Programm, ohne daß die Person im Stuhl Einfluß nehmen kann. Der Vorteil ist offenkundig. Man kann sich zurücklehnen und sich dem automatischen Ablauf des Geschehens hingeben. So ist im Prinzip eine endlos andauernde Simulation möglich!“

„Muß ich deswegen diesen Helm tragen?“

„Richtig. Der Helm enthält ein Gemisch aus Neon und Helium. Er registriert die Magnetfelder, die bei der Datenübertragung in deinem Hirn entstehen. Jedes Feld korrespondiert mit bestimmten Empfindungen oder Gedanken. So erfährt der Computer deine Gefühle und Überlegungen bereits bevor sie dir selbst bewußt sind. Darüber hinaus teilen Sensoren, die an vitalen Stellen deines Anzuges eingebaut sind, dem Rechner deinen aktuellen Körperzustand mit. Selbstverständlich werden auch die Bewegungen deiner Augen berücksichtigt. Durch die Verarbeitung dieser Daten kann der Computer die Umgebung, in der du dich gerade befindest, ständig anpassen. Du wirst merken, daß sich dein Ich dadurch täuschen läßt und sich langsam auflösen wird. Schließlich bist du nur noch Wahrnehmung, nur noch Empfindung. Spätestens in diesem Augenblick entsteht ein grandioses Wechselspiel zwischen deinen heimlichen Wünschen und der Sinnlichkeit der simulierten Wirklichkeit. Um dir den Einstieg zu erleichtern, werde ich die Anfangskoordinaten deiner Landschaft bestimmen. Es gibt nur ein kleines Problem. Das Programm ist noch nicht völlig ausgereift. Es ist möglich, daß es abstürzt, wenn der Computer sich zu sehr in deiner Phantasie verstrickt. Mach dir aber keine Sorgen, ich bin da, und kann dich jederzeit befreien. So, jetzt kann es losgehen!"

Nachdem die Juristin ihrem Gast die Drei-D-Brille aufgesetzt hat, geht sie zum Kontrollbildschirm, überprüft alle Ein- und Ausgänge und startet das Programm. In Marcos Ohren ertönt leise Synthesizermusik. Während eine Melange aus fremden Gerüchen sich in seine Nase bohrt, zieht eine unabsehbare Bilderreihe vorüber. Gleichzeitig stellen die saugenden Gumminoppen im Inneren des Anzuges einen angenehm prickelnden Kontakt zu seiner Haut her. Keine Zone wird ausgelassen.

Über die Ohrclips hört der junge Holländer Michaela Marionetti fragen: „Welche Art von Umgebung hast du dir vorgestellt? Du hast die Wahl aus Wildpark, Mond, Steinzeit ..."

„Steinzeit!" antwortet Marco ungeduldig.

„Nervenkitzel oder Sex?"

„Beides!"

Im selben Augenblick entfaltet sich vor den Augen des virtuellen Abenteurers eine Hügellandschaft. Bald darauf durchströmt eine unglaublich klare Winterluft seine Lungen, und sein Geruchssinn wird von einer artifiziellen Duftwolke aus Tannenzweigen und blühender Heide umworben.

!HOME BREAK ON TROUGH TO THE OTHER SIDE ----->

IM NEANDERTAL

Langsam machen Marcos Beine die ersten computergesteuerten Schritte über einen felsigen Boden. Zuerst etwas ungeschickt, dann aber immer sicherer bahnen sie sich einen Weg durch ein dichtes Gestrüpp aus Brennnesseln, Stachelbeersträuchern und anderem Unterholz.

Bald bemerkt der Reisende, daß er nicht allein ist, sondern von trommelnden und singenden Männern umringt wird. Der Holländer will etwas sagen, aber es kommen nur Urlaute über seine Lippen. Seine Gefährten deuten auf eine Spur am Boden hin. Sie jagen einen Bären, weiß Marco intuitiv. Er richtet sich seine Felle und umklammert seine Faustaxt so fest er nur kann. Wie erlegt man einen Bären, überlegt er sich, aber die Antwort bleibt der Computer ihm schuldig.

„K-K-KROK, G-G-MUNG, K-K-K-ROK!“ stottern die Jäger. Mit ihren zurückweichenden, engen Stirnen, schweren Kiefern und buschigen Augenbrauen über den tiefliegenden Augen sehen sie gefährlich aus. Vor allem die Ketten aus eingefetteten Haarbüscheln um ihre bulligen Nacken lassen Marco Böses ahnen.

Bei einem meandernden Fluß wird die Spur des Bären blutig. Offenbar ist das Tier verletzt. Ein verletztes Tier ist gefährlich, ist Marco sich bewußt. „Gefahr!“ warnt er seine Kumpel. Diese aber scheinen furchtlos zu sein.

„L-L-L-LOCHRON!“ Ein kräftiger Mann mit runden, tätowierten Bizepsen und einem haarigen, pockennarbigen Gesicht zeigt auf den rauschenden Fluß. Unverhofft weiß Marco, wo er ist. Er befindet sich im Neandertal. Und seine Jagdgefährten sind Neandertaler.

Am anderen Ufer des Flusses, zwischen zwei rötlichen Felsbrocken, sitzt der Bär. Das riesige Tier leckt seine Wunden. Sobald es seine Verfolger sieht, brüllt es ekelhaft und zeigt seine groben Tatzen. Solche Pranken, denkt Marcos ferngesteuertes Hirn. Ein kalter synaptischer Schauer läuft dem Zeitreisenden über den Rücken. Was soll er mit seinem Steinklumpen gegen diese Bestie ausrichten?

Immer schneller werden die Rhythmen des Trommlers der Truppe. Die tapfersten Neandertaler schleichen sich bereits durch das Gewässer zum anderen Ufer, wo der Bär wild brummend auf die potentiellen Träger seiner Felle wartet.

In der Haut des Tieres möchte er nicht stecken, überlegt sich Marco. Aber die eigene Lage scheint ihm ebenfalls recht aussichtslos. Am liebsten würde er jetzt davonlaufen. Aber er wird der Meute folgen und den Fluß überqueren müssen. Sonst würde er zum Gespött der anderen werden. Während Marco vorsichtig durch das eisig kalte Wasser watet, schlagen die anderen Jäger ihre Steinäxte aufeinander und brüllen dem Bären rohe, kehlige Klänge entgegen.

Mitten im Fluß bemerkt der Holländer, wie seine Beine gelähmt vor Angst versagen. Tatenlos steht er bis zur Hüfte im Wasser und muß mit ansehen, wie sich die Kräfteverhältnisse auf dem Schlachtfeld dramatisch verändern. Der Steinzeitbär, der sich zuerst in einer hoffnungslosen Lage zu befinden schien, beherrscht die Szene und erlegt Neandertaler nach Neandertaler. Diese wilde Bestie verfügt offensichtlich über übernatürliche Kräfte, an denen die ungestümen Angriffe der Stammesmänner wie Fliegen an einer Mattscheibe abprallen. *Patsch!* Ein Kopf wird vom Rumpf getrennt. Das Geräusch zersplitternder Knochen füllt die klare Luft. Warum sind seine Mitstreiter so dumm, denkt Marco. Warum greifen sie so blind an? Warum versuchen sie nicht, den Bären mit gezielten Attacken zu erschöpfen? Diese Neandertaler verhalten sich wie Bull-Schäfer-Terrier. Ja sogar die breiten Kiefer, hypotrophen Kinne und blutunterlaufenen Augen erinnern an die rücksichtslosen Kampfhunde.

Dann wird es still, die Schlacht ist geschlagen. Mit einem Triumphgebrumm verschwindet der Bär ins Gebüsch. Zurück bleibt ein Haufen schwerverletzter und getöteter Angreifer. Ängstlich schaut Marco um sich. Er dürfte der einzige sein, der ungeschoren davongekommen ist, denn keiner seiner Jagdgesellen steht vom Boden auf. Nur ab und zu trägt der kalte Wind ein erbärmliches Schmerzensgewimmer herüber.

Als der junge Niederländer das sumpfige Ufer erreicht hat, entfaltet sich vor seinen Augen eine grauenhafte Szene. In einer Lache aus Blut und Schmutz liegen die zerfetzten Körper der Jäger. Ihre leblosen Augen starren Marco stumpf an.

Nur einer der sechs Neandertaler hat die rohe Gewalt des Bären überstanden. Der Überlebende hat tiefe Fleischwunden am linken Bein, und ein häßlicher Kratzer verläuft quer über seinen muskulösen Rücken.

„-G-G-RUM!“ lispelt der Mann „**-G-G-H-KURT!“**

Marco nimmt den Verletzten unter den Arm und hilft ihm beim Aufstehen. „Kannst du gehen?“

Während der Neandertaler ein paar Schritte macht, fällt Marcos Blick auf eine Spur aus roten Waldameisen. Die ersten Aufklärer haben bereits die Augenhöhlen einer der Leichen erreicht. Marco zeigt auf die gefallenen Jäger und fragt: „Begraben?“

Das Gesicht des Überlebenden bekommt einen menschlichen Zug. Er runzelt die Stirn und starrt mit dem verträumten Grinsen von Smunk aus dem Film AM ANFANG WAR DER FLIEGENPILZ auf seine toten Freunde. Es ist, als ob er intuitiv verstünde, was sein junger Gefährte meint. Der Urmensch bückt sich, greift etwas rötlichen Sand vom Boden auf und streut ihn über die Körper. Dann rülpst er, spuckt auf den Boden, dreht sich um und brummt: **„K-K-K-K-R-UK! K-K-R-ROTT!“**

„Wie du willst, mein Freund“, flüstert Marco. „Nur so bald wie möglich weg von dieser Unheilsstelle!“

Sich gegenseitig unterstützend waten die Männer durch die Furt. Als sie das andere Ufer erreicht haben, bricht zum ersten Mal eine fahle Sonne durch die Wolken. Die Miene des Verletzten klärt auf. Sogar das Zucken seiner Mundwinkel kann mit etwas gutem Willen als Lächeln gedeutet werden. **„D-D-D-TRUNK! U-U-U-RUK!“**

Froh über die Stimmungsteigerung des Neandertalers sagt Marco „Ich heiße Marco, und Du?“

Weil sein Gefährte ihn verständnislos anglotzt, versucht es der Holländer nochmals. Er schlägt sich auf die Brust, genau so wie es der unübertroffene Ron Spirit in TARZANS HUNDERT HEISSE BRÄUTE immer nach einer gelungenen Kopulation gemacht hatte. „Ich Marco!“ Anschließend zeigt Marco mit seinem Finger auf die gewölbte Brust des Neandertalers und fragt: „Und Du?“

„**Z-Z-STRONG!**“ antwortet der Mann und entblößt dabei eine Reihe unregelmäßiger, gelber Zähne.

„Ich verstehe“, sagt Marco „Du bist Strong!“

„**Z-Z-Z-Z-STRONG!“** wiederholt der Jäger, dem das Wort zu gefallen scheint „**-Z-Z-Z-S-TRONG!**“ Dann aber versagt ihm der durch diesen

Wortausbruch überanstrengte Kehlkopf, und er bricht in ein stottriges Husten aus.

Humpelnd und stolpernd bahnen die beiden Männer sich ihren Weg durch das Gestrüpp entlang des Flusses. Der Wilde läßt den Strom keinen Augenblick aus dem Auge. Manchmal hält er an, steckt seine Nase in die Luft, reibt sich die Fleischwunde an seinen Gliedern oder stößt einen pavianähnlichen Schrei aus. Aber eine solche Pause dauert nie lang, so daß sie trotz Müdigkeit und Verletzungen rasch vorankommen. Als in der Ferne eine herausragende Felswand sichtbar wird, wird der Neandertaler unruhig. Er beschleunigt seinen Gang, seine Augen flimmern auf und er reibt sich die Nase. **„U-U-RUMACH!"** , kratzt er. **„S-M-M-ELL! S-S-S-MUNK!"**

Auf einer Anhöhe angekommen, wiederholt der Neandertaler diese Worte: „**U-U-U-RUUMACH. LOOK! H-H-H-KRIK!"**

Unter einem Felsvorsprung erkennt Marco zwei Frauen und einen Jungen im Hauptschulalter. Sie hängen Tierhäute auf dreieckigen Holzgestellen auf.

Strong hat seine Hände an den Mund gesetzt. Lauthals bringt er einen langen, traurigen Schrei hervor, der von der Niederlage der Jäger kundtut. Es scheint, als wolle er den Frauen durch dieses Brüllen die ganze Nichtigkeit seiner Person, den Frust über die mißlungene Expedition und die tödlichen Schläge des gnadenlosen Bären mitteilen.

Marco hält seinen Atem an, und wartet, was geschehen wird. Einen Augenblick hört er nur das Flüstern des Windes in den Baumwipfeln und das leise Rauschen des Flusses unten im Neandertal. Dann erheben die Frauen sich. Sie gestikulieren wild, deuten auf den verletzten Neandertaler hin, und schreien den Jungen an. Dieser hebt ein paar Steine vom Boden auf und drückt sie den Frauen in die Hand. Diese ballen die Hände zu Fäusten, und zu dritt ersteigen sie den Hügel, auf dem Marco und sein haariger Partner warten.

In einer Entfernung von zwanzig Metern bleiben sie stehen, was Marco Gelegenheit gibt, ihr Aussehen zu studieren. Bei den Frauen dürfte es sich um Schwestern oder Mitglieder einer Familie handeln. Ihre Gesichtszüge sind regelmäßiger und feiner als die des Neandertalermannes. Die Stirne sind hoch und nicht so runzlig wie die von Strong. Ihre Nasen sind schlank und dünn. Im Gegensatz zu Marcos Jagdgefährten verfügen sie über ein kräftiges Kinn. Beide Frauen tragen hübsch geschnittene Felle, und die schlanken Hand- und Fußgelenke sind mit Ketten aus Muscheln und feinen, türkisfarbigen Kieselsteinen geschmückt. Die vorstehenden Backenknochen der älteren Frau sind mit Schlangenmotiven bemalt. Der Bursche ist dagegen ein merkwürdiges Geschöpf. Seine langen, geraden Beine und sein kräftiges Kinn deuten auf eine Verwandtschaft mit den Frauen hin. Seine schweren Augenbrauen, die schnauzenartig vorspringende Nase sowie die niedrige Stirn ähneln jedoch der Gesichtsbildung des Neandertalers. Überdies sind seine kräftigen Arme und seine Brust mit einer Haarschicht bedeckt, die den hellhäutigen Frauen fehlt.

Die beiden Frauen werfen dem ungleichen Paar auf dem Hügel grimmige Blicke zu. Der Bursche fletscht seine Zähne. Auf dem ruppigen Gesicht von Strong erscheint ein Ausdruck dumpfer Verständnislosigkeit. Offenbar fehlt ihm eine Erklärung für das feindselige Verhalten der anderen Menschen. Erst als der Junge ein Wort schreit, das wie „**SCHRUGG!**“ klingt, wird der verletzte Neandertaler sich des kosmischen Dramas bewußt, das sich hier bald abspielen wird.

„**Z-Z-Z-END, Z-Z-E-END!**“ singt er. „**Z-Z-END! ZIS IS-S ZE END!**“

Urplötzlich holt die ältere der beiden Frauen, die offenbar die Anführerin der Gruppe ist, eine Schleuder hervor. Sie schwingt die Waffe in schnellen, pfeifenden Kreisen durch die Luft und feuert einen Stein ab. Das Projektil trifft Strong voll auf die Brust. Ächzend krümmt der Neandertaler sich zusammen, ein Zeichen für den Burschen, seine Steine ebenfalls in Richtung des Mannes zu schleudern. Ein Stein verfehlt das Ziel, weil Strong sich duckt, aber der zweite prallt ihm mit voller Wucht auf den wulstigen Hinterkopf. Lautlos stürzt er zu Boden.

Als die Angreifer sehen, daß Strong sich nicht mehr rührt, kommen sie näher. Zuerst überprüfen sie, ob der Neandertaler ausgeschaltet ist. Dann, als ob nichts besonderes geschehen wäre, widmen sie ihre Aufmerksamkeit dem fremden Mann in ihrer Mitte.

Marco hat den Mord wie gelähmt beobachtet und fürchtet nun, daß er an der Reihe ist. Aber die Steinzeitmenschen scheinen ihm wohl gesinnt. Die hochgewachsene Anführerin der kleinen Bande kommt mit einem freundlichen Ausdruck in ihrem Gesicht auf Marco zu. Sie drückt dem unerwarteten Besucher kräftig die Hand und küßt ihn anschließend zwei Mal auf die Stirn. Dabei berührt ihr stattlicher Busen seine Schultern.

„Friede sei mit dir, junger Mann! Woher kommst Du?" Die Stimme der Frau klingt weich und melodiös.

Bevor er antwortet, denkt Marco ein Augenblick nach: „Vom Rhein, aus dem Westen, dort wo die Sonne untergeht!"

„Ah, aus Sumpfland!" Nachdenklich zieht die Frau die Augenbrauen zusammen. „Dort, wo das Land immer vom Meer überflutet wird!"

„S-S-S-umpfland!" hustet der Junge und glotzt Marco dabei ungeniert an. **„F-R-R-Roschland!"**

Die Leiterin der Gruppe starrt in die Ferne und gibt dem Burschen ein Zeichen. „Heimo siehe nach, ob noch andere Männer da sind. Aber sei vorsichtig! Malkreide und ich warten in der Höhle auf dich!"

Mit einem rauhen **„OGH!"** rennt das Mischwesen davon, seine hervorstechende Nase wie Strong schnüffelnd nach oben gerichtet, auf jeden fremden Geruch erpicht.

Die anmutige junge Frau, die vorhin Malkreide genannt wurde, hat sich unterdessen ebenfalls genähert. Ihr strahlendes Lächeln läßt Marcos Herz schneller klopfen. Die steinzeitliche Schönheit ist jünger, als er ursprünglich angenommen hatte. Sie dürfte in seinem Alter sein. In ihren Fellen und Lederstiefeln erinnert sie Marco an ein hübsches Indianermädchen.

Nach einem Kopfnicken ihrer Stammesgenossin führt das Mädchen den Gast ins Tal hinunter, zur der Stelle mit den hautbespannten Holzgestellen. Unten angekommen räumen die beiden Frauen die Sachen schnell zusammen. Als sie alle Spuren verwischt haben, gehen sie durch dichtes Gesträuch auf einen hochragenden Felsen zu. Bei der Felswand angekommen, schieben sie ein paar Holzbündel beiseite, die eine schmale, ungefähr zwei Meter hohe Spalte verdecken. Nach dem Vorbild seiner Begleiterinnen zwängt Marco sich durch die Öffnung. Zu seiner Überraschung landet er in einer geräumigen Höhle, die von einem Holzfeuer erhellt und erwärmt wird. In der Nähe der knisternden Feuerstelle sind Hängematten gespannt. Der Boden darunter ist mit dicken Fellen bedeckt. Aus einer Nische sprudelt Wasser hervor. Neben der Quelle sind Krüge und Töpfe aufgestapelt. Eine Wand der Höhle ist mit okerroten Malereien bedeckt, die in der Glut des Feuers eindrucksvoll aufleuchten. Sie stellen Personen dar, die an den Ufern eines kleinen Sees spielen.

Marco wärmt seine frierenden Glieder am Feuer und beobachtet, wie Malkreide mit der Leichtigkeit einer Gemse auf einen Wandvorsprung klettert. Mit Hilfe eines Werkzeuges beginnt sie Linien in das Kalkgestein zu kratzen. Ihre Rücken- und Gesäßmuskulatur spannt und entspannt sich im Einklang mit den flüssigen Bewegungen ihrer Hand. Nach und nach entsteht ein dünner Mann mit eingefallenem Gesicht und drahtigen Armen und Beinen. Sein erigierter Penis deutet auf die Hüften einer Frau mit prallen Brüsten und einem übergroßen Bauch hin.

Als das Mädchen ihn anlächelt, wird es Marco klar, daß er derjenige ist, der an der Wand als Steinzeitmensch verewigt wird. Der Gedanke, daß er hier nach seinem Tod als Abbildung weiterleben wird, erfüllt ihn mit Stolz. Möglicherweise werden Wissenschaftler ihn 35.000 Jahre später wiederentdecken und ihn als schlagenden Beweis dafür werten, daß der Mensch einen großen Sprung vorwärts in der Geschichte gemacht hatte. Mit zugekniffenen Augen inspiziert der Zeitreisende sein Ebenbild. Es gefällt ihm. Nur bei der Betrachtung der surrealistischen Ausmaße seines Gliedes bekommt er ein etwas mulmiges Gefühl. Sind vielleicht alle Neandertaler so lendengewaltig, oder ist seine prahlerische Männlichkeit der Ausdruck steinzeitlicher künstlerischer Freiheit?

Nachdem Malkreide ihre Felszeichnung mit zwei forschen, graffitiartigen Strichen vollendet hat, springt sie hinunter, um ihrer Anverwandte zu helfen, die sich bemüht, einen Stein mit der Hebelwirkung eines Astes wegzuschieben. Nach einigem Zerren rollt der Sperrblock zur Seite. Es wird ein Loch frei, das tiefer in das Innere der Erde führt.

Marco folgt den beiden Frauen durch einen langen, sich windenden Gang, der so schmal ist, daß er ständig gegen die Wand stößt. Ein Geruch von Moder und Schimmel weht ihm entgegen, und er befürchtet, daß die Felsmalereien in diesem feuchten Klima den Zahn der Zeit nicht überstehen werden. Schließlich erreichen die drei Personen eine zu einer Kuppel gewölbte Grotte. Sie badet im Licht der Sonne, das durch eine Öffnung hoch oben in der Decke hereinfällt. In der Mitte liegt ein kleiner See, in dem sich die Sonnenstrahlen spiegeln. Rundherum ragen tausende Stalagmiten aus dem Felsboden heraus, die in unzähligen Farben aufleuchten.

Marcos Begleiterinnen haben sich die Felle ausgezogen und springen kichernd ins Wasser. Sie schwimmen auf eine Insel in der Mitte des Sees zu, die genau unter der Öffnung in der Decke der Grotte liegt. Nachdem sie an Land geklettert sind, winken sie ihren Gast freudig herbei.

Auch Marco zieht sich aus und taucht in den See. Obwohl er kein guter Schwimmer ist, kommt er im sanften Wasser mühelos voran. Der unterirdische Raum scheint von Magie erfüllt zu sein. Eine Traumwelt voll phantastischer Steingebilde, sprudelnder Wasserfälle, satter Echos und verspielter Lichteffekte hält den schwimmenden Holländer gefangen.

Als Marco sich der Insel nähert, merkt er, daß seine Gastgeberinnen etwas im Schilde führen. Sie unterhalten sich im Flüsterton und deuten dabei auf seinen nackten Körper hin. Auf der Insel angekommen, wird der Fremde von der älteren Frau gebeten, sich hinzusetzen. „Du hast uns auf eine Idee gebracht, schöner Mann. Wir wollen deinen Samen aufnehmen, um Kinder von dir zu haben.“

Ohne Scham führt die Frau die Hand ihres Gastes an die Wölbung über ihr Geschlecht. Mit Ausnahme von ein paar rötlichen Stoppeln ist die Haut dort seidenartig weich. „Du bist für uns eine große Chance, einen eigenen Stamm zu gründen. Einen neuen Stamm von guten Menschen und nicht von beseelten Wüstlingen. Aber zuerst werde ich dir erklären, wer wir sind!“

Während Malkreide Marcos Rücken mit einem großen Blatt abtrocknet, beginnt die Anführerin der kleinen Gemeinschaft ihre Erzählung.

!STABILISIERE DEN DRUCK IM PENIS"┌ ▯'CLEAR GATE 4563 □ ✓ ◂ ⋱ ACCELERATE AND GO!

VIRTUELLER SEX

Vor vielen Jaren, als Malkreide noch ein Kind und sie selbst ein unbedarftes Mädchen war, seien sie zusammen mit zwei anderen Frauen von den Männern eines fremden Stammes geraubt und zu einer Höhle mitgeschleppt worden. Vom Anfang an sei das Leben inmitten dieser Rohlinge schrecklich gewesen. Tag und Nacht mußten die Verschleppten Sklavendienste leisten. Unter ständigem Spott der Frauen des fremden Clans mußten sie Tierhäute kauen bis sie weich wie Leder waren. Sie mußten den Kot aus der Höhle räumen, die Kinder der Wilden mit einem Brei aus Misteln und Brennesseln füttern und das Feuer hüten. Am Abend habe die Aufgabe der entführten Frauen aus der Pflege der Männer bestanden, die verwundet von der Jagd zurückkamen. Als Dank wurden die geschlechtsreifen Frauen in jeder erdenklichen Art sexuell mißbraucht. Es habe Nächte gegeben, die so scheußlich waren, daß Malkreide und sie jetzt noch Alpträume hätten.

Eines Morgens jedoch, als die Männer im Land des ewigen Eises auf Mammutjagd waren, und die Alten und Frauen des Clans noch schliefen, seien die vier geraubten Frauen aus der Höhle geflüchtet. Wochenlang seien sie in Richtung der untergehenden Sonne gewandert. Bei der Überquerung eines halbgefrorenen Gewässers seien zwei Frauen eingebrochen und ertrunken. Zusammen mit Heimo, der das Kind der ertrunkenen Kala und eines Rohlinges war, seien Malkreide und sie weitergezogen, bis sie diese Grotte fanden. Dort hätten sie sich versteckt. Monatelang hätten sie unterirdisch ausgeharrt und sich von Fisch und Pilzen ernährt. Später hätten sie sich hinausgewagt und sich allmählich mit dem Leben zu dritt im friedlichen Neandertal angefreundet. „Als heute plötzlich einer der Männer des fremden Stammes auftauchte, bestand unsere einzige Überlebenschance darin, ihn zu töten. Hoffentlich erfährt Heimo nie, daß er jemanden umgebracht hat, der möglicherweise sein Vater gewesen ist."

„Woher wißt Ihr eigentlich, daß Kinder Väter haben?" fragt Marco.

„Wenn man darüber nachdenkt, ist es ganz logisch“, erklärt die Erzählerin. „Die Kinder der Rohlinge schauen wie Rohlinge aus, die Kinder der Menschen sehen wie Menschen aus, aber Heimo sieht sowohl wie ein Mensch als auch wie ein Rohling aus. Weil seine Mutter ein Mensch war, muß sein Vater wohl oder übel ein Rohling sein! Jetzt mußt du dich aber hinlegen, damit wir dir die Haare beim Geschlecht entfernen können.“

Im selben Augenblick stößt die Frau Marco käftig gegen die Schultern. Durch die unerwartete Berührung fällt dieser um und landet rücklings im sanften Moos, das die Insel bedeckt. Auf einen Wink ihrer Stammesgenossin setzt Malkreide sich auf die Oberschenkel des zu Boden geworfenen Niederländers und beginnt seine Schamgegend mit einer Mischung aus Wasser und feinem Bimstein, den sie aus dem See herauslöffelt, einzuschmieren. Sie reibt den Lendenbereich ihres Gastes solange ein, bis er mit einer flockigen Schaumschicht bedeckt ist. Dann sagt sie: „Du kannst jetzt mit dem Abschneiden beginnen, *Kastarte*!“

„Was wollt ihr mit mir machen?“ Krampfhaft versucht Marco aus seiner Rückenlage hochzukommen. Aber weil sein Beine und Hände durch das Mädchen fixiert werden, gelingt es ihm nicht, sich aufzurichten. Machtlos muß er zusehen, wie die andere Frau, die offenbar Kastarte heißt, mit zwei scharfen Werkzeugen in der Hand auf ihn zukommt. Das eine Gerät ist ein dünner, geschliffener Stein mit scharfen Spitzen. Das zweite furchterregende Werkzeug, eine zackig gekantete Klinge, gleicht einem Eisabkratzer.

„*Halt!*“ ruft Marco aus. „Ist diese Ritual wirklich erforderlich?“

Während Kastarte ihr Rasierklinge an einem glatten Stein schleift, erläutert sie den Sinn ihrer Handlungen: „Jeder Mensch wird nackt, frei und gut geboren, sogar die Kinder der Rohlinge. Aber im Laufe des Lebens ergreift ein böses Dämon, auch Seele genannt, Besitz vom menschlichen Körper. Diese außersinnliche Kraft nistet sich im Alter von etwa zehn Jahren in den Körperhaaren ein, die zu diesem Zeitpunkt zu wachsen beginnen. Bei den stärker behaarten Burschen ist der verheerende Einfluß der Seele noch größer als bei den Mädchen. Die jungen Männer verlieren sogar ihre Stimme, werden wild, verlassen ihre Mütter und wollen Tiere töten und blutiges Fleisch essen. Die Rohlinge wehren sich nicht gegen den Einfluß der Seele. Im Gegenteil, sie sind diesem Ding ergeben, ja sogar von ihm besessen. In wüsten Tänzen, in denen sie sich gegenseitig an den Haaren zerren, rufen sie das bösartige Wesen herbei und fordern sie heraus. Sie schneiden ihren getöteten Feinden, bevor sie sie essen, sogar das Körperhaar ab. Das feindliche Haar binden sie zu Büscheln zusammen und tragen es mit sich, in der Hoffnung, daß dadurch die seelische Kraft des Gegners auf sie übergeht. Auch Heimo werde immer beseelter. Seit er sich nicht mehr rasieren läßt, wächst er sich zum richtigen Wildling aus.

„Ist die Seele für Euch nur etwas Böses?"

Kastarte hat die lange, scharfe Klinge auf Marcos Haut angesetzt und beginnt mit sparsamen Bewegungen, seine Schamhaare wegzurasieren. Währenddessen hält Malkreide sein Glied aus der Gefahrenzone.

„Natürlich, sie ist eine fremde Kraft, die das natürliche körperliche Gleichgewicht des Menschen untergräbt. Anders als die behaarten Unmenschen wollen wir diesem böswilligen Geist keine Chance bieten. Wir rasieren uns die Körperhaare und bleiben dadurch völlig entseelte, gute Menschen. Dasselbe machen wir jetzt mit dir!" erläutert Kastarte.

Marco überlegt, ob er erwidern soll, daß dieses Schamhaar-Rasieren ein Produkt wilden, magischen Denkens sei, falsche Dinge verknüpfe, Bezüge herstelle, wo es keine gibt, Ursache und Wirkung verwechsle, Moralisches und Körperliches vermische, und physischen Qualitäten metaphysische Eigenschaften zuschreibe. Aber nein, so dumm will er nicht sein. Nur eine Maschine würde diesen schönen Frauen ihr Bekenntnis zur reinen Körperkultur kurz vor dem Geschlechtsakt nehmen.

Nachdem Kastarte mit dem runden Kratzer die letzten Schamhaare entfernt hat, beschließt sie ihr Handwerk mit einem lakonischen *„fertig!"*

Neben einem Kribbeln und Prickeln spürt Marco ein überraschendes Gefühl glatter Nacktheit, das er noch vage aus seiner Kindheit kennt. Es ist ein angenehmes Gefühl. Ein Gefühl der Unschuld. Des Unbekümmert-Seins. Vielleicht haben die Frauen doch recht, und die Sünde hielt erst mit dem Wachsen der Körperhaare Einzug.

Auch Malkreide findet Gefallen an Marcos jungfräulichem Körper. Zuerst steckt sie ihre Zunge in seinen Bauchnabel und anschließend leckt sie die frisch rasierte Haut um sein Geschlecht. „Du schmeckst witzig, Eugen. Ich darf dicht doch Eugen nennen, oder? Nicht wie ein Kind und nicht wie ein Mann. Du schmeckst ganz neu. Du sollst ihn auch probieren, Kastarte!"

Die andere Frau bückt sich und beißt Marco sanft in den Warzenhof. „Du schmeckst exotisch, Eugen. Wie jene Frucht, die ich eines Herbstes im Flußbett des Neanders gepflückt habe, aber deren Name mir entfallen ist. Ich will jeden Zentimer von dir kosten."

Gelöst läßt der Besucher aus Sumpfland die Liebkosungen der beiden bezaubernden Steinzeitfrauen über sich ergehen. Er will nur geliebt werden. Nur daliegen und diesen Augenblick der Glückseligkeit so lang wie möglich genießen. Und alles, alles vergessen...

Aufmerksam verfolgt Michaela Marionetti die Szene am Kontrollbildschirm des NNX-Computers. Durch eine Schaltung zwingt sie den Mann im Konfabulator, ins Geschehen einzugreifen.

Mit einem Eifer, der ihn selbst überrascht, richtet Marco sich auf und legt seine freizügigen Gastgeberinnen mit dem Rücken auf den federnden Moosboden der Insel hin. Von einem unwiderstehlichen Verlangen getrieben, läßt er Mund und Hände über ihre wunderschönen Körper wandern. Abwechselnd streichelt und kitzelt, reizt und rührt, beißt und umwirbt, küßt und leckt er die samtene Haut ihrer Brüste, die Wölbung ihrer Bäuche, die warme Öffnung zwischen ihren Schenkeln.

Erwartungsvoll ergeben die beiden Frauen sich den Zärtlichkeiten ihres Beuschers. Immer weiter öffnen sie sich, immer hemmungsloser reagieren sie auf die gekonnten Berührungen seiner Lippen und Fingerspitzen. Als Malkreide ihr Gesicht stöhnend an den Busen ihrer Stammesgenossin anschmiegt und von ihr eng umschlungen wird, klickt Michaela Marionetti erregt das Kopulations-Ikon an:

kOP

„Jetzt wollen wir ein Kind machen!" sagt Kastarte und schreitet zur Tat. Die athletische Frau bettet ihren Gast in den Schoß der lieblichen Malkreide ein und fängt mit einer geschickten Bewegung ihrer Hüfte sein Glied ein. Angenehm überrascht stößt Marco nach. Sein Penis rutscht weiter und taucht mutig in die unbekannten Tiefen der Scheide ein.

Mit einem lustvollen Schrei streckt Kastarte ihren Oberkörper hoch und führt Marcos Hände an ihre vollen Brüste. Gleichzeitig umklammert sie seinen Rumpf mit ihren Beinen, stützt ihre Hände auf seinen Schultern ab und fängt wie eine geübte Amazone an, sein Steckenpferd zu reiten. Bei jeder Abwärtsbewegung fällt das lange, seidige Haar der Frau ihrem Liebhaber ins Gesicht.

Beglückt feuert Malkreide das Paar an. In ihrer Aufregung achtet sie nicht darauf, daß sie ihre Nägel dabei tief in Marcos Wangen drückt. Dieser wird jedoch so sehr durch das unbändige Auf und Ab von Kastarte in Anspruch genommen, daß er den Schmerz in seinem Gesicht gar nicht spürt. Taumelig wälzt er sich im Schoß des Mädchens hin und her und drückt seinen Mund in das Fleisch ihrer milchfarbenen Oberschenkel.

Nach einem längeren schnellen Ritt verzögert Kastarte ihren Galopp. Mit einer geradezu meditativen Ruhe wiegt sie sich leise stöhnend auf den Wellen der Lust, die aus ihrem Bauch aufsteigen und jeden Teil ihres Körpers durchfluten. Marco ist dem herrlichen Glissando der warmblütigen Steinzeitfrau völlig ausgeliefert. Mit größter Mühe schafft er es, sein pochendes Glied im Zaum zu halten. Nur indem er an den brutalen Mord am unglücklichen Strong denkt, verhindert er, daß sein Penis sich durch eine Ejakulation vom inneren Druck befreit. Der junge Holländer hat sich den Tod des Neandertalers bereits in allen Details vor Augen geführt, als er spürt, daß Kastartes Scheide sich zusammenzieht.

„Bei mir tritt der Fluß über", flüstert die Frau groggy. „Komm jetzt, Eugen!"

Marco unfaßt die Taille seiner Geliebten, hebt sein Becken an, und ergießt seinen Samen mit einem Stoß in ihren sengenden Leib. Kastarte reagiert wie ein Vulkan, der nach längerem Zuwarten ausbricht. Drei-, viermal explodiert sie, und mit jeder Eruption erhöht sich die pulsierenden Gewalt, mit der sie Marcos Geschlecht zwischen den engen Wänden ihrer Vagina hochpreßt. Erst als sie nach ein paar lang anhaltenden Nachbeben völlig zur Ruhe gekommen ist, läßt sie ihn frei.

Nachdem sich das Liebespaar minutenlang im warmen Schoß von Malkreide ausgeruht hat, bricht Kastarte schließlich die prähistorische Stille auf der kleinen Insel: „Es war einmalig, Eugen. Du bist ein Künstler des Geschlechtsaktes. Ich bin mit den Flügeln eines Adlers geflogen und schließlich in einer Wolke aus weißen Federn auseinandergeplatzt. Ich bin sehr froh, daß wir dich in unserem Leben haben. Ich hoffe, daß wir jetzt einen neuen Stamm gegründet haben!"

„Das wäre schön!" bestätigt Marco. Hier Kinder zu bekommen wäre wirklich ein Geschenk des Himmels. Zu jung fühlt er sich eigentlich nicht dazu. Warum auch? So könnte er später sogar eine Menge Enkelkinder bekommen. Vielleicht würden seine Kinder die Ahnen einer ganz neuen Menschenart werden. So abwegig ist die Idee gar nicht, daß ein Zeitreisender der Stammesvater des neuen Menschengeschlechtes des Homo

Sapiens gewesen sei. Konsequent durchgedacht wäre er dann nicht nur der Stammesvater, sondern auch der Urenkel von sich selbst. Oder würde er durch den Eingriff in die Vergangenheit eine ganz neue Welt kreieren? Eine Parallelwelt mit ungeahnten Zukunftsperspektiven? Auf jeden Fall würde er ein guter Vater für den neuen Stamm sein. Immerhin wären die Voraussetzungen optimal: Seine modernen Papagene deckten sich sicher prächtig mit den unverbrauchten Mamagenen seiner urzeitlichen Partnerinnen. Und seine Erfahrung aus dem 21. Jahrhundert würde zusammen mit den starken Körpern und der lebendigen Intelligenz dieser Steinzeitfrauen eine perfekte Kombination bilden.

Zwischen den beiden warmen Frauenkörpern liegend malt Marco sich aus, wie schön es wäre, zusammen mit seinen Kindern einen Spaziergang durch das unberührte Neandertal zu machen. Malkreide und Kastarte würden die Babys tragen. Er würde stolz in der Mitte gehen und seinen Sprößlingen Grimassen schneiden. Oder er würde seine Kleinen im warmen Wasser der Grotte baden. Auch könnte er hübsche Bärenfelle für sie schneidern und warme Schuhe aus Wildleder für sie anfertigen. Beim Lagerfeuer würde er ihnen Geschichten erzählen. Hasen und Vögel würde er grillen und Fische angeln, von denen es hier im See zu wimmeln schien. Er würde sie lehren, Getreide anzubauen, Obst zu veredeln sowie Fangen, Fußball und Nintendo zu spielen. Und dann, wenn seine Kinder und Enkelkinder erwachsen wären und er ihnen alles Denkbare beigebracht hätte, könnte er in Frieden sterben. Im sicheren Wissen, daß er der Menschheit ein großes Stück weitergeholfen hätte. Vielleicht, ja vielleicht würden seine Nachkommen ihn dann sogar als eine Gottheit verehren. Warum nicht? Als schöner, unbekannter Reisender mit überirdischen Kenntnissen, der eines Tages aus heiterem Himmel erschienen war, wäre er wirklich der ideale Mittelpunkt einer mitreißenden Schöpfungsgeschichte.

Während der vor sich hin dösende Niederländer seine digitalen Vaterträume träumt, hat Malkreide mit ihrer Anverwandten Platz getauscht. Durch ein gekonntes Reiben ihres Unterleibes erweckt sie den verwelkten Genspender des Fremden zu neuem Leben.

Zu seinem Erstaunen reißt Marco die Initiative an sich. Hitzig besteigt er den zierlichen Körper des Steinzeitmädchens und erklärt mit einer Stimme, die einer anderen Welt entstammt, wie ein Mann im Sumpfland vögelt: „Die Position, wo die Frau unten liegt und der Mann oben, nennt man bei uns die Missionarsstellung. Sie wurde uns früher von unseren Medizinmännern zwingend vorgeschrieben!“

„Bitte, Eugen, zeige mir, wie ihr *Missionare* es macht“ wispert das Mädchen heiser.

Als Marco in Malkreide eindringt, faucht sie wie eine Wildkatze. Sie krümmt ihre Beine um seinen Rücken, greift nach seinem Gesäß und preßt ihn an sich. Erst als ihr Liebhaber zur Gänze in ihr ist, wird die Atmung der zarten Steinzeitschönheit schwer und regelmäßig. Es erscheint ein mysteriöses Lächeln auf ihren Lippen, und in ihrem verschleierten Blick scheint die Zeit zu verfließen.

Jede Bewegung ihrer vereinten Körper löst auch in Marco das Gefühl aus, von der Erde losgelöst zu sein. Er stirbt und wird wiedergeboren. Er verliert und gewinnt gleichzeitig in einem ewigen Spiel, dessen Ausgang keiner kennt. Er atmet durch die Milliarden Poren einer holistischen Haut. Er stöhnt aus Myriaden von sich rhythmisch öffnenden und schließenden Mündern. Er surft auf den kosmischen Schwingungen der Lust, und bedient sich dabei der stillen Kraft aller devoten Tiefen, Lourdschen Grotten, troglodistischen Höhlen, Marianischen Schluchten, heiligen Einsiedeleien, Klausen und Kavernen der Erde um endgültig in einem endlosen, brahmanischen Ozean der Seligkeit aufzugehen.

Ein tierisches Gebrüll holt den Zeitreisenden zurück in die virtuelle Realität. Im Wasser, nicht weit weg von der Insel, schwimmt jemand. Als der lautstark schreiende Mann näherkommt, erkennt Marco seinen unglücklichen Jagdgefährten Strong. Das Gesicht des Neandertalers ist zu einer Grimasse verzogen.

Kastarte hat die Lage bereits erfaßt. Sie hat sich blitzschnell erhoben und Malkreide von Marco weggerissen. Beide Frauen tauchen ins Wasser und schwimmen davon. Rasch verschwinden sie hinter einem vorspringenden Felsen.

Marco bleibt zurück. Allein. Nackt. Seinen entrückten Ständer durch die Öffnung im Steingewölbe zum Himmel gerichtet. Gefesselt starrt der junge Holländer auf den Neandertaler im See. Jetzt erst bemerkt er, daß der Mann eine rote Spur im dunklen Wasser hinterläßt. Sie besteht aus Blut, das aus der Wunde am Hinterkopf quillt.

„G-G-G-r-usk!“ ruft der Urmensch. Dabei schluckt er soviel Wasser, daß er prustend untergeht. Etwas später taucht Strong wieder auf. Mit unbeholfenen Armbewegungen versucht er, seinen Körper über Wasser zu halten und wiederholt dabei seinen Hilferuf: **„G-G-G-r-usk!“**

Hypnotisiert watet Marco ins Wasser hinein. Nur noch 20 Meter sind es bis zum Neandertaler. Aber als der zu Hilfe kommende Niederländer bis zum Bauch im Wasser steht, stolpert er über einen Stein. Er verliert das Gleichgewicht und fällt kopfüber ins Wasser. Als er sich wieder aufgerichtet hat, ist Strong verschwunden. Bloß einige Luftblasen verraten die Stelle, wo der Urmensch ertrunken ist.

„*Vater!*" ruft Marco. Aber es gibt keine Antwort. Vom anderen Ufer des Sees erschallt nur ein hohles, höhnendes Echo, das in der runden Kuppel der Grotte zahllose Male verstärkt wird, ein Crescendo aus unerträglichen, abgehackten Lauten, das sich immer tiefer in Marcos Seele hineinbohrt:

vATE R............v ate r!

Ein Kurzschluß im VR-Programm ist die Folge. Obwohl Michaela Marionetti die Tastatur wie verrückt bearbeitet, kann sie nicht verhindern, daß im **KONFABULATOR** ein merkwürdiges Looping stattfindet.

Zehntausende Jahre werden im Nu überbrückt, ausgedehnte Gedächtnislandschaften überflogen. Erst 35. 000 Jahre später macht der Cybernaut eine Bruchlandung in einem obskuren Datenfeld aus vagen Erinnerungen, merkwürdigen Phantasiegebilden und verhohlenen Wunschvorstellungen ...

!LOKALISIERE GEDANKEN! ⌋⇕ ◡ KANALISIERE OUTPUT!□⋱ ⇕ ⧉GO ---->!

ZUKUNFTSTRÄUME

Wie zwei abgebrühte Strandräuber trotzen Marco und Robert van Veen dem peitschenden Februarsturm des Jahres 2020. Von ein paar kreischenden Möwen abgesehen, die hackend zwischen den angeschwemmten Blauquallen entlang der Flutlinie herumstolzieren, ist der Strand verlassen. Einem guten Beobachter würde es auffallen, daß die zwei jungen Männer, die sich als einzige Menschen auf den Strand hinausgewagt haben, Brüder sind. Beide haben eine hohe Stirn, gerade Nasen und ein prononciertes Kinn. Ihre mit warmen Jacken bekleideten Oberkörper sind lang und dünn. Bei einer genaueren Betrachtung sieht man aber, daß das blasse Gesicht von Marco die härteren Züge aufweist. Seine Wangen unter den herausragenden Jochbeinen sind eingefallen und die Augen sind blutunterlaufen. Die Backen seines jüngeren Bruders Robert sind voller, die von einem gekräuselten Oberlippenbart halb verdeckten Lippen sind fleischiger und seine Haut ist leicht gebräunt.

„Ich verstehe immer noch nicht, warum ihre erste Vernissage ausgerechnet in einem Leuchtturm stattfinden soll." Verärgert tritt Robert gegen einen Holzblock, der zwecklos herumliegt. „Seit der Überflutung hat sie sich doch lange vor dem Wasser gefürchtet."

„Vielleicht hofft sie so, in der Nähe von Vater zu sein." Marco hat sich die Haube tief über die Stirn gezogen. Dadurch schützt er sich vor den Sandwirbeln, die vom Sturm mitgetragen werden.

„Ja, normal ist sie in der Hinsicht nicht!" Marcos Bruder tippt mit den Zeigefinger gegen die Stirn. „Oft steht sie oben auf dem Deich und schaut stundenlang über das Meer hinaus. Sie sieht sich auch viele verrückte Videos an. Über den heiligen Gral und über Götter, die über das Meer aus dem Westen kommen. Alles Blödsinn natürlich! Sogar ihre Gemälde werden jedesmal unverständlicher. Ihre Symbolik übersteigt allmählich meine Einbildungskraft. Sie verkauft aber immer mehr. Der Auftrag für das neue Beruhigungszentrum in Amersfoort hat ihr viel Publizität eingebracht.

Wenn man berücksichtigt, daß sie mit der Malerei angefangen hat, um ihre Visionen los zu werden, ist es ein kleines Wunder, daß sie jetzt eine örtliche Berühmtheit ist. Sie hat zur Zeit jedenfalls nur noch ihre Gemälde im Kopf. Du hast keine Ahnung, wie sie sich verändert hat! Mag sein, daß es die Neuroleptika sind, die sie schluckt."

Als sie sich dem Leuchtturm mit dem hervorspringenden roten Obergeschoß nähern, beschleunigt Robert seinen Gang. Mit großen Schritten besteigt er die Treppe, die zur Halbinsel aus massiven Basaltblöcken führt, auf der sich der Leuchtturm wie ein übergroßer Fliegenpilz erhebt.

Marco bleibt an der Flutlinie stehen. Gedankenverloren beobachtet er die stetig heranrollenden Wellen, die sich in konvexen Rollen auf die abgescheuerten Steine entleeren. Mit dem weißschäumenden Wasser werden Spanholzteile, Teerklumpen, Plastiktaschen und andere Abfälle der vor der Küste liegenden Bohrinsel angespült. Am Horizont, wo das Meer sich in graue Wolken auflöst, wirkt die dunkle Wasseroberfläche kalt und unnachgiebig. Als ob sie zeigen möchte, daß sie das Land, das sie einst verschluckt hat, nie wieder preisgeben wird. Nur die Wellenkämme flimmern gelb im kargen Winterlicht.

Unvermittelt trauert Marco jenen Sommertagen nach, die er als Kind am breiten Strand von Egmond aan Zee verbracht hatte. Dort hatte sein Vater ein Sommerhäuschen direkt am Meer gemietet, damit die Familie van Veen sich während der Sommermonate erholen konnte. Die Tage am Strand waren warm und sonnig. Das Wasser der Nordsee war in ein transparentes Licht gehüllt, und der feine Sand war so heiß, daß man kaum barfuß gehen konnte. Die vor Hitze flimmernde Luft roch nach Fisch und Pommes Frites. Die braungebrannten Rücken der Sonnenanbeter glänzten vom Sonnenöl. Kinder schrien, und dicke, Dosenbier trinkende deutsche Touristen ließen sich wie Walroße in ihren Sandgräben nieder. Marcos Lieblingsbeschäftigung am Strand war das Bauen von Sandburgen. Nach einem erfrischenden Bad im Wasser fing er meistens sofort an, zu schaufeln und Sand anzuhäufen.

Marco erinnert sich noch genau, wie er eines Tages eine Burg errichtet hatte, die mehr als einen Meter hoch und drei Meter lang war. Als er sich nach harter Arbeit mit der Schaufel in der Hand auf seine Burg gestellt hatte, lächelte seine Mutter ihm aus der Ferne ermutigend zu. Seine Schwester kam herangerannt, um die Zinnen mit weißen Muscheln zu schmücken. Den ganzen Nachmittag hatte Marco ungeduldig auf die Flut gewartet, bereit, den Kampf gegen das Wasser aufzunehmen. Als sich gegen Abend die ersten Wellen träge aber unaufhaltsam der Festung genähert hatten, schrie Robert aus sicherer Entfernung, daß Marco sich keinen Illusionen hingeben solle. Jeder Widerstand gegen das Wasser sei sinnlos. Die Flut gewinne immer. Aber Marco gab nicht so schnell auf. Er stopfte die Löcher, die das Wasser riß, verstärkte Schwachstellen mit neuem Sand und dichtete Breschen mit Treibholz. Er rackerte so verbissen, daß ihm der Schweiß auf der Stirn stand. Auch als stechende Schmerzen seine Schultern durchzogen und das Wasser ihm bereits zu den Knien stand, hielt er noch durch. Erst nachdem eine riesige Welle sein Bauwerk der Breite nach überspült hatte, stellte er den ungleichen Kampf ein. Die Enttäuschung, die er spürte, als er von den Überresten der Burg heruntergestiegen war, wird Marco nie vergessen. Und auch der kühle Blick seines Vaters, der sich nach der Arbeit zur Familie gesellt hatte und die Niederlage seines Sohnes im Kampf gegen die Elemente miterlebt hatte, hatte sich unauslöschlich in sein Gedächtnis eingegraben.

Ein großes Stück Metall versperrt Marco den Weg. Wasser, das vor einigen Sekunden von einer Welle hineingespült wurde, rinnt aus einer Öffnung heraus. Die nächste Welle prallt mit solcher Wucht auf den Metallbehälter, daß er zur Gänze freigelegt wird. Es ist eine Tiefkühltruhe. Sie ist umgekippt, und der Deckel hängt nur noch an einem einzigen, verrosteten Scharnier. Marco schaut hinein. In den Gefrierkammern liegen verschmutzte Spritzen und Kunststoffbehälter. Ein Kanister ist aufgesprungen. Er ist bis zum Rand mit Knochen gefüllt. Ein Schädel starrt den Betrachter hohläugig an. In einem Nebenfach steht ein Formalinglas. In ihm treibt ein graues, feingegliedertes Gehirn.

Am ganzen Leib zitternd rennt Marco davon. Oben, auf der Leuchtturminsel, stößt er auf seinen Bruder, der bereits ungeduldig auf ihn wartet. Das Eingangstor des Leuchtturmes wird von vier locker angeketteten Wachbottern der Firma Dobbermann-Security bewacht. Mit ihren zwanzig Zentimeter langen Zähnen aus Titan können sie einen Menschen innerhalb von einer halben Minute zerfleischen. Über ein Fernbedienungsgerät beruhigt Robert die martialisch bellenden Robodogs. Eine Pufferzeit von einer Minute erlaubt es den Brüdern, den Turm sicher zu betreten.

Ein Aufzug befördert sie schwirrend nach oben. In der engen Liftkabine hat Marco das Gefühl, ein Spermatozoon zu sein. Gerade schießt er durch einen riesigen Penis nach oben, um sich zusammen mit Millionen anderen Spermien in das Innere einer Frau zu ergießen. Wie in diesem Woody-Allen-Film, den er sich als Jugendlicher in der Videothek am Beatrixplein ausgeliehen hatte, weil er irrtümlich geglaubt hatte, es handelte sich um einen Sexfilm.

Robert stupst seinen Bruder in den Rücken. „Aussteigen wir sind da!"

„Willkommen in der Ausstellung „STÄDTE DIESER WELT!" spricht ein knallroter Bildschirmmund. „Jeder, der diese Gemälde auf sich einwirken läßt, wird diese Warte wie neugeboren verlassen. Bitte, treten Sie mit offenem Herzen ein!"

Die Brüder hängen ihre Jacken auf und gehen hinein. Der Ausstellungsraum liegt unmittelbar unter der Laterne des Leuchtturmes. Das gebündelte Licht, das dem Generator in regelmäßigen Abständen entweicht, wird durch getönte Fenster filtriert.

Marco späht hinaus. Der Ausblick ist atemberaubend. Er befindet sich sicher 100 Meter über dem Meer. Von der untergehenden Sonne beleuchtet, blitzt das Wasser in silbernen, violetten und orangen Tönen auf. Ein hoher Deich trennt die Nordsee vom flachen Hinterland. Durch pinseldünne Wassergräben geteilt, wirken die Wiesen und Äcker wie ein bunter Flickenteppich. Unmittelbar hinter dem Deich liegt ein kleines Dorf. Die Häuser sehen wie Klötzchen aus einem Baukasten aus. Auf der Hauptstraße schalten Spielzeugautos ihre Lichter ein. Eine Traube Mickey-Mouse-Menschen steht Schlange vor einem Supermarkt oder einer Videothek. Daneben steigt aus einer Legofabrik eine Rauchfahne hoch. Genauso wie dieses Miniaturdorf hat Marco sich immer die MUD aus seiner Schulzeit vorgestellt, die gemütliche Online-Gemeinschaft, in der er gleichzeitig als korrupter Politiker, als jovialer Barkeeper und als geile Hausfrau lebte. Wo er ohne Berührungsängste Kontakte mit Unbekannten knüpfen konnte. Und wo er zu jedem Zeitpunkt Tiny-Sex haben konnte. Frei von Leistungsdruck. Und ohne die Furcht, eine schlechte Figur abzugeben.

„Dreh dich um!" mahnt Robert „Mutter ist da."

Aus einem Nebenraum tritt Saskia van Veen hervor. Sie ist lang und dünn, hat kurzgeschnittene, weiß-gelb melierte Haare und ein lebendiges, mageres Gesicht mit einer scharfen Nase. Obwohl sie mehr als fünfzig Jahre alt ist, könnte sie in ihrer Bluejeans und dem langen Hemd für die ältere Schwester von Marco und Robert gehalten werden. Als sie ihre Kinder sieht, lächelt die Mutter wie auf dem vergilbten Urlaubsfoto, das seit Jahren über Marcos Bett im Schlafsaal des Softwaretraktes hängt.

Saskia van Veen kommt auf ihre Söhne zu und küßt beide flüchtig auf die Backen. „Ich bin so froh, daß ihr gekommen seit. Ich freue mich, daß du auch da bist, Marco. Es ist eine Ewigkeit her, seit du das letzte Mal bei uns warst!“

Die Mutter schnippt zwei Haare vom Anzug ihres ältesten Sohnes und fährt mit unverminderter Energie fort: „Diese Ausstellung bedeutet mir so viel. Es ist sicher eines der wichtigsten Ereignisse in meinem Leben! Kommt mit, dann können wir die Bilder gleich ansehen! Jetzt habe ich etwas Zeit für euch, weil noch keine geladenen Gäste hier sind.“

Saskia van Veen hat ihre Söhne untergefaßt und führt sie zum ersten Bild. Auf der Leinwand breitet sich eine von der Sonne in verheißungsvolle Farben getünchte Mondlandschaft aus.

„Das Bild heißt Kabul“, erklärt Saskia mit Verve.

„Ich sehe aber keine Stadt“, wundert sich Robert.

„Kabul liegt hinter dem braunen Berg dort!“ erläutert seine Mutter. „Man kann die Stadt nicht sehen, aber man spürt ihre Nähe.“

„Beeindruckend“, sagt Marco.

„Ich verstehe zu wenig von moderner Kunst“, sagt Robert „aber die Farben sind schön.“

„Und das ist San Francisco!“ Stolz deutet die Künstlerin auf das nächste Gemälde. Aufmerksam begutachten ihre Söhne einen Haufen schwarzer Blöcke, die Häuser, möglicherweise auch Felsen darstellen. Die dunklen Steinklumpen werden von wilden roten und gelben Streifen umschlungen. In seiner Gesamtheit wird das Bild von einem gewaltigen Riß durchschnitten, aus dem winzige Figuren hervorkriechen.

„San Francisco ist das erste Bild, das ich im Zuge meiner Maltherapie gemacht habe. Meine Therapeutin Brami Medusa meint, es gebe die gespaltene Situation meiner Seele vor der Behandlung wieder! Die späteren Gemälde seien ihrer Ansicht nach viel harmonischer. Sie zeugen von meinem Heilungsprozeß, von einer Auflockerung der Depression.“

Auf einem Gerüst neben der Leinwand stehen zwei Roboter. Ein kleiner, moderner HANDYMAN, *made in Shanghai*, und ein größeres Auslaufmodell, ein GAMEBOY aus Korea. Sie installieren gerade eine Feueralarmanlage. Der Kleinere der beiden Roboter pfeift eine Arie aus einer Mozart-Oper. Dabei schaut er ohne einen Greifarm zu rühren zu, wie der Größere einen schweren Sensor befestigt. Die Faulheit seines Arbeitskollegen ärgert den Gameboy so, daß er eine ungelenke Bewegung macht und seinen Schraubenzieher verliert. Marco hebt das Werkzeug auf und gibt es dem betagten Roboter zurück. Dieser bedankt sich durch ein zweifaches Hupen.

Saskia van Veen ist vorausgegangen und bleibt vor einem blauen Bild stehen, das mit roten Punkten übersät ist. Bei genauerer Betrachtung fügen sie sich zu großen Ovalen und Spiralen zusammen.

„Das Bild heißt Amsterdam. Der blaue Hintergrund symbolisiert sowohl das Wasser als auch das All. Die roten Schwingungen und Kreise bezeugen, daß es weder ein Ende ohne Neubeginn noch einen Anfang ohne Ende gibt. Alles greift ineinander. Und irgendwann an einem unsäglichen Punkt am undenkbaren Ende der Raumzeit werden alle Menschen, sowohl die Toten als auch die Lebenden, sich wieder treffen. Ich habe es eurem Vater gewidmet."

Nach ihrem Rundgang entlang der Gemälde fragt Saskia: „Und, wie gefallen euch meine Kunstwerke?"

„Es ist eine imposante Ausstellung!" lobt Marco. „Wirklich beeindrukkend! Und der Raum gefällt mir auch sehr gut."

„Ja, nicht schlecht", pflichtet sein Bruder ihm bei. „Ich hätte allerdings weniger Gemälde gezeigt."

„Wieso weniger?" fragt seine Mutter scharf. „Ich finde, daß die Bilder zusammen eine Einheit bilden."

„Ich bin der Meinung, daß manche Gemälden nicht zur Geltung kommen, weil der Gesamteindruck zu überwältigend ist. Vor lauter Bäumen sieht man den Wald nicht mehr. Ich weiß nicht, ob das Publikum das verkraftet!" insisitiert Robert.

„Mache dir deswegen keine Sorgen, Robert! Von ein paar Bekannten abgesehen, habe ich nur Kunstkenner und Menschen mit Geld eingeladen. Die potentiellen Käufer lieben es, wenn sie viel Kunst für ihr Geld bekommen. Sie wollen überwältigt werden!"

„Mag sein." Ohne seine Hände zu benutzen, nippt Robert etwas Flüssigkeit aus einem Champagnerglas, das auf dem Bufett steht.

„Es ist so!" beschließt seine Mutter das Gespräch. „Die Malerei ist genauso ein Geschäft wie jedes andere!"

Später am Abend diniert die Familie van Veen im Restaurant *De Strandjutter*. Es liegt im Zentrum des neuen Badeortes Blaricum aan Zee, unweit vom kleinen Appartement, das die Mutter vor zwei Jahren bezogen hat. Das Lokal ist im postindustriellen Stil eingerichtet. An der Holzdecke hängen Fischernetze, die sechseckigen Designertische werden durch Kerzenlicht beleuchtet und aus einer Jukebox klingen nostalgische Seemannslieder. Teller und Gläser sind im Retro-Look gestylt. Marco und Saskia essen ein Fischgericht und Robert verspeist ein voluminöses Turbosteak mit gehackten Patatomaten und gefüllten Gurkinen.

„*Prost*!“ toastet Marco. „Auf deinen Erfolg, Mamma!“

„Ja, Prost!“ Robert rülpst und hebt sein Glas.

„Wenn ihr meint, daß die Vernissage ein Erfolg war, stoße ich mit euch an!“ Saskia van Veen schwingt ihr Glas mit belgischem Wein gegen die Biergläser ihrer Söhne. Dann trinkt sie es in einem Zug aus. „So, jetzt fühle ich mich besser. Ich spüre förmlich, wie die ganze Spannung von mir abfällt. Manchmal finde ich all diese Leute einfach zu anstrengend.“

„Ach was, das sagst du nur so. Du liebst es doch, im Mittelpunkt zu stehen!“ Robert, der sein Steak bereits verspeist hat, wirft seine Serviette einem zudringlichen Müllschlucker zu.

„Du hast recht, Robert, Liebling!“ sagt seine Mutter. „Eigentlich sollten wir nicht lügen. Das sagt Brami Medusa auch immer. Das Leben ist viel zu kurz, um unehrlich zu sein. Reden wir also ehrlich und offen. Reden wir über uns. Wie geht es Laura?“

„Ausgezeichnet“, antwortet Robert.

„Und der kleinen Jolanda? Wann nimmst du sie wieder mit?“

„Ebenfalls ausgezeichnet! Sie wächst wie Kohl. Ich bin sicher, daß sie sehr groß wird.“

„Wie euer Vater! Der war auch so groß!“ ruft Saskia van Veen begeistert aus.

„Wie ihre Mutter, würde ich eher sagen. Laura ist immerhin 1.80 m!“

„Jolanda sieht wie eine echte Van Veen aus. Sie hat die blauen Augen und die blonden Haare der Van Veens. Sie gleicht Marco, als er noch jung war. Oh, Robert, ihr beide wart solche hübschen Kinder!“

„Sie hat die schwachen Nerven ihrer Mutter.“ Robert wischt einen Bierschaumfaden weg, der in seinem Schnurrbart hängengeblieben ist. „Die Kleine ist übertrieben ängstlich ist. Sie fürchtet sich vor Fremden.“

„Das haben doch alle Kinder in ihrem Alter. Das hat nichts mit Angst zu tun. Das ist etwas Natürliches. Du warst auch so, Marco. Du wolltest nichts mit anderen Kindern zu tun haben. Wie hieß dieser Junge in Amsterdam, vor dem du dich so gefürchtet hast?“

„War das nicht *Hans Steen*?“ fragt Robert neckend.

„Ja genau, Hans Steen“, bestätigt seine Mutter.

Weil Marco nicht reagiert, sagt Robert: „Hans Steen war wirklich ein komischer Kerl. Wißt ihr, daß er ein Tierquäler war? Er hat immer Katzen und Hunde zusammen in Mülltonnen gesteckt und diese dann ins Rollen gebracht. Super Spielzeug hatte er schon. Elektronische Cowboys und Indianer. Tolle Videogames. Lauter wahnsinnig gute Sachen. Am besten waren seine SATORI-Abwehrraketen. Mit denen konnte man alles Mögliche abknallen. Fliegen, Spinnen, sogar Spatzen und Tauben! Etwas ähnliches hatten wir nie!"

„Ist das ein Vorwurf?" fragt seine Mutter gereizt.

„Nein, eine Feststellung!" sagt Robert, ohne eine Miene zu verziehen. „Man kann natürlich lange darüber streiten, ob es gut ist, Kindern alles zu geben, was sie verlangen."

Am Nebentisch wird laut gelacht. Vier Personen haben ein Spanferkel bestellt. Sie zerteilen es mit Hackmessern und Fleischscheren. Die Geschwindigkeit, mit der sie das Fleisch anschließend verschlingen, ist atemberaubend. Dabei schmatzen und grunzen sie so laut, daß die Hintergundmusik um mehrere Dezibel übertönt wird.

„Diese Leute haben in einem Restaurant dieser Güteklasse nichts verloren!" munkelt Saskia van Veen verärgert. „Solchem Volk sollte man den Zutritt verbieten!"

„Das sind *Konsumhybriden*", erklärt Robert. „Die haben nun mal schlechte Tischmanieren."

„Was sind das?"

„Adaptierte Menschen. Spitzen-Konsumhybriden können bis zu zehn Mal so viel Nahrung als Menschen aus Fleisch und Blut verdauen!"

„Wie ist das möglich?"

„Eine Frage der Technik!" lächelt Robert „Mund, Rachen und Speiseröhre sind vergrößert. Ein implantierter Ballon aus dehnbarem Kunststoff erhöht die Aufnahmekapazität des Magens. Die meisten Hybriden verfügen über eine Zusatzleber, künstliche Nieren und einen gestrafften Darmtrakt."

Zwei Kellner rollen ein halbes Rind heran. Die Mischwesen schreien vor Freude auf. Das Leichtmetall ihrer Hände blinkt im Kerzenlicht, als sie kurzen Prozeß mit dem Tier machen. Die zwei dicksten Hybriden, denen eine Mischung aus Öl und Schweiß von den Köpfen trieft, haben ihre Hemden ausgezogen. An der Stelle des Verdauungstraktes ist ihre Haut aus durchsichtigem Polyamid. Dadurch kann Marco verfolgen, wie die Fleischbrocken von speziellen Säften und manipulierten Hyperenzymen angegriffen und innerhalb kürzesten Zeit zerkleinert werden. Danach wird die Nahrung von der frisierten Peristaltik der glatten Darmmuskulatur blitzschnell weiterbefördert. Komplette Kaskaden aus Speisebrei fließen hinunter. Ein Teil wird im integrierten Abfallzentrum zwischengelagert. Der größte Teil verläßt den Körper jedoch direkt durch eine schlauchartige Öffnung im Blinddarmbereich und landet in einer Senkgrube unter dem Tisch.

„Sind die *unersättlich*?“ Die außergewöhnliche Blässe ihres Gesichtes verrät, daß Saskia van Veen mit Übelkeit kämpft.

„Ein Chip in ihrem Hirnstamm bewirkt ständigen Hunger und Durst“, erklärt Robert unbeeindruckt.

„Schrecklich!“

„Überhaupt nicht. Völlig neue Industriezweige leben von der Herstellung der Implantate. Auch die Nahrungsproduzenten jubeln. Bei uns im Amt behauptet man, daß es diese Hybriden waren, die die Absatzkrise des Jahres 2018 beendet haben!“ Robert versetzt Marco einen Fußtritt und fragt ihn, warum er den ganzen Abend noch nicht gesprochen habe.

Nachdem Marco sein letztes Stück Fisch mit einem Schluck Bier hinuntergespült hat, erklärt er, daß er nie rede, wenn er Fisch ißt. Sonst drohe die Gefahr zu ersticken.

„Mein Gott, da spricht wieder einmal der König der Hypochonder zu uns!“ brummt Robert.

„Auch König Charles von Eurotannien ist vor ein paar Jahren beinahe erstickt, als ihm eine Gräte in der Speiseröhre steckengeblieben ist!“ rechtfertigt sich Marco.

„Das kommt, weil er immer so abwesend ist!“ sagt Saskia van Veen. „Er hat sich während der Mahlzeit mit seinen Enkelkindern unterhalten, und dabei einfach nicht aufgepaßt, habe ich in ROYAL STORIES gesehen.“

„Stimmt nicht!“ erwidert Robert. „In diesem Fall hat Marco ausnahmsweise recht. Es ist einer der gravierendsten Fehler im Körperbau des Menschen, daß wir nicht gleichzeitig essen und reden können. Es sterben Tausende Personen pro Jahr durch Ersticken, weil ihnen etwas in die Luftröhre kommt. Dies deshalb, weil die Luft und die Nahrung einen so langen gemeinsamen Weg zurücklegen müssen. Bis weit unten im Hals, wo sich der Kehlkopf befindet.“ Zur Verdeutlichung streichelt Robert mit dem Daumen über seinem scharf hervorstechenden Adamsapfel. Dort, so erläutert er, verzweige sich der gemeinsame Weg in eine Speise- und eine Luftröhre. Diese an sich gefährliche Konstruktion sei eine Art Notlösung der Natur. Dadurch hätten die Zunge und die Stimmbänder mehr Bewegungsfreiheit bekommen. Deswegen könnten Menschen im Gegensatz zu Affen so gut sprechen.

Verwundert fragt Marco seinen Bruder, woher er diese Weisheiten habe.

„Aus einem alten Lehrbuch von Vater“, antwortet Robert.

„Aha, *du* hast seine Bücher!“

„Du warst verschwunden. Was hätten wir dir geben sollen? Auch wir haben nichts ins Auffanglager mitnehmen dürfen. Und später waren kaum noch Sachen da. Alles gestohlen oder verrottet. Nur eben ein paar Bücher. Das war alles!“

„Was nehmen wir als Nachspeise?“ fragt Marcos Mutter um vom Thema abzulenken „Marakiwieis, Mehrkornpfannkuchen oder Volldampfkaffee mit Glutomatgebäck? Ich nehme die Pfannkuchen!“

„Ich nehme Kaffee mit Gebäck“, sagt Marco.

„Denk an dein Herz, Bruder!“ lächelt Robert. „Die Mischung aus Kaffee und Glutomat ist ungesund!“

Als Saskia ihre Pfannkuchen gegessen hat, steht sie auf. „Wir müssen noch anstoßen. Auf Marco. Er wird nächste Woche dreißig. Auf dich, Marco!“

„Auf dich, Marco!“ pflichtet sein Bruder bei. „Man sagt zwar, das Leben eines Mannes ab dreißig sei eine ständige Midlife-crisis, aber ich wünsche dir trotzdem noch viele Jahre!“

„Danke!“ sagt Marco leise und trinkt sein Glas aus.

Robert schnappt mit seinen Fingern. Ein Ober fährt surrend heran. Der Gast schiebt seine Zahlkarte in einen Schlitz, und nach 2 Sekunden wird die Rechnung mit der Meldung **** OK **** aus dem Mund des Kellners ausgespuckt.

Mißbilligend schaut Saskia van Veen dem Robotober nach. „Ich mag diese mechanischen Angestellten nicht, sie sind so unmenschlich!“

Während Marco seiner Mutter in ihren Mantel hilft, erklärt Robert, daß menschliches Personal heutzutage viel zu teuer sei. Ohne Dienstroboter wäre die Wirtschaft schon längst zusammengebrochen. Das Warenangebot würde schrumpfen, menschliche Bedürfnisse könnten nicht länger befriedigt werden. Und das wäre erst recht unmenschlich. „Nein, seien wir froh, daß wir diese billigen Arbeitskräfte haben. Wer sonst würde später unsere Pensionen zahlen?“

!CHECK OUTPUT DECODER _⟍ ◜□MACHE BRAINCIRCUIT 12 FREI# ✓⌈ ◜ ▸ ACCELERATE AND GO! ---->

IN DER FUN-FARM EL EXTASIA

Draußen, in der salzigen Winterluft, fragt Saskia van Veen ihre Kinder, ob sie die Nacht bei ihr bleiben möchten. Im Gästezimmer habe sie Platz für zwei Personen. Keiner der beiden Söhne hat jedoch Zeit für die Mutter. Robert will rechtzeitig ins Bett, weil er am nächsten Tag arbeiten muß, und Marco hat vor, mit dem nächtlichen EUROBLITZ nach München zurückzufahren.

Vor dem neu errichteten Wohnblock im windigen Blaricum aan Zee verabschieden die Söhne sich von ihrer Mutter. Marco schaut lange zurück. Im schwachen Mondlicht wird die einsame Gestalt vor dem Hintergrund des wuchtigen Appartementhauses immer kleiner, bis sie völlig aus seinem Blickfeld verschwindet.

Nach längerem Schweigen bemerkt Robert: „Ich sage dir, Marco, das Leben freut mich zur Zeit überhaupt nicht. Manchmal überlege ich mir, ob es nicht gescheiter wäre, das Ganze hinzuschmeißen. Die Arbeit, die ich mache, ist vollkommen sinnlos. Ich arbeite zwar im Außenministerium, aber das hat überhaupt keine Kompetenzen mehr. Es gibt da nichts zu verwalten. Die Entscheidungen werden anderswo getroffen: in Brüssel, Was-hington oder in den Chefetagen irgendwelcher transnationalen Firmen. Und trotzdem glaubt man in Maastricht immer noch, daß man ein eigenes Außenministerium braucht. Ich sage dir, es ist nur noch Show. Überflüssiger Papierkram. Der Gedanke, daß *ich* den Rest meines Lebens mit sinnloser Arbeit verbringen muß, bedrückt mich. Vielleicht wäre alles anders, wenn ich nur ein Jahr aus dem Alltag ausbrechen könnte. Nur ein Jahr ohne Ehefrau, ohne Kind, ohne Arbeit. Nur ein Jahr das tun, worauf ich Lust habe. Ein Jahr am Strand liegen, vielleicht mit ein paar schönen Mädchen. Oder eine Segeltour machen, von Insel zu Insel. Jeden Abend in einem anderen Hafen anlegen, eine Flasche Wein trinken und dann an Deck unter dem klaren Sternenhimmel schlafen. Warum ist das nicht möglich? Warum hat nicht jeder Mensch Anspruch auf ein Jahr Freiheit?

Verdammt, ich bin erst 28, aber ich führe schon das Leben eines alten Mannes!"

Mit flüsternden Bremsen kommt Roberts Transpersonalwagen vor einer roten Ampelwand zum Stillstand. Der Bordcomputer wird aktiviert und die Identität von Robert und Marco routinemäßig überprüft. Als alle Daten weitergegeben sind, öffnet die Straßenschleuse, und der TPKW beschleunigt wieder bis auf die zulässige Höchstgeschwindigkeit. Nicht viel später biegt das Fahrzeug in eine verlassene, sandige Landstraße ein.

„Wohin fahren wir jetzt?" fragt Marco verwundert.

„Wir fahren zu einem Puff", antwortet Robert entschieden.

„*Was?*" Verblüfft schaut Marco seinen Bruder an.

„Ja, das ist mein Geburtstagsgeschenk für dich. Es ist wirklich ein exquisiter Club. Super eingerichtet, und mit tollen Hasen!"

„Robert, das interessiert mich nicht. Was glaubst du eigentlich? Willst du mir etwas beweisen oder bist du verrückt geworden?"

„Ach komm, Marco, sei nicht so prüde! Die Mädchen hier sind die besten im ganzen Land! Die neuesten Modelle machen alles, was du willst! Sie beherrschen sowohl die verfeinerten als auch die gröbsten Techniken!"

Mit einem flotten Bremsmanöver stellt der Wagen sich auf einem ausgedehnten Parkgelände ab. Vor den Brüdern liegt ein renoviertes Bauernhaus, das in rotes Licht getaucht ist. Auf dem Dachgiebel funkelt es in blauen Neonbuchstaben:

FUNFARM EL EXTASIA

„So sehen also vollendete Tatsachen aus!" brummt Marco.

„Du brauchst gar nicht den Unschuldigen zu mimen, Marco. Früher hattest du doch auch nur Mädchen im Kopf. Weißt du, daß ich oft insgeheim deine Sexspiele kopiert habe? Wenn Vater das gewußt hätte!"

„Mindestens eine Woche kein Taschengeld!" lacht Marco „Oder drei Tage ohne Fernsehen!"

„Oder einen Tag lang Sprechverbot!" ergänzt Robert.

Der Eingang der Fun-Farm wird von zwei Statuen aus Imitationsmarmor umrahmt, die eine gewisse Ähnlichkeit mit der Venus von Milo aufweisen. Ein massiver Türboter mit Muskeln aus Stahl winkt die Brüder schweigend weiter. In der Mitte der Eingangshalle steht ein drei Meter hoher Alu-Phallus. Aus der Spitze spritzt Wasser, das in einem Becken von vier Nymphen mit dem Mund aufgefangen wird. Die Brüder umgehen den Brunnen und landen an der Rezeption. Eine im Solarium gebräunte Frau mit schwarzumrandeten Lippen empfängt sie.

„Guten Abend, Herr van Veen!“ sagt die Rezeptionistin zu Robert. „Nett, daß sie wieder mal bei uns sind. Wollen sie das Übliche, oder möchten Sie dieses Mal lieber etwas ganz Neues probieren? Wir hätten zum Beispiel zwei neue Mädchen der Firma ADFUNDO da. Sie sind noch unverbraucht, jedoch bereits so warmblütig, daß sie, wenn sie mal anfangen, gar nicht mehr aufhören können!“.

„Ich lasse mich gerne überraschen!“ zwinkert Robert der Dame zu.

„Es wird alles geregelt!“ lächelt die Frau „Entspannen Sie sich zuerst etwas an der Bar. Sie haben sicher Durst.“

„Einen Drink können wir schon brauchen. Was meinst du, Marco?“

„Warum nicht“, sagt Marco und folgt seinem Bruder an die Theke.

Eine Bardame in roter Lingerie schenkt ihnen ein Glas Champagner ein. Sie strahlt ununterbrochen und macht Witze mit zwei Gästen in thailändischen Maßanzügen. An der Rückseite der Theke vergnügt sich eine Frau in einem Kostüm mit einem halbnackten männlichen Angestellten des Clubs. Das Dämmerlicht kann nicht verhüllen, daß ihre Finger den Hosenschlitz seiner Jeans aufknopfen.

Auf einem Podest schräg neben der Bar wird im flimmernden Violett von Laserkanonen ein Live-Akt aufgeführt. Unter säuselnder Musik treibt es ein glänzender Bodybuilder a tergo mit einer laut stöhnenden Frau. Die Reaktion der Besucher, die sich in rosaroten Polsterecken flambiertes Geflügel servieren lassen, ist lau. Erst als der Mann seinen Samen in großem Bogen auf den Rücken der Frau spritzt, kommt etwas Stimmung auf. Kaum ist das Duo fertig, wird es durch zwei frische Pärchen ersetzt. Wie Synchronschwimmer nehmen sie innerhalb von zehn Minuten mehr als zwanzig Stellungen ein. Schließlich trotzen sie sogar der Schwerkraft und erheben sich alle vier in einem verschachtelten Doppellotussitz mehr als einen halben Meter vom Boden. Als Frucht ihrer Arbeit ernten sie klatschenden Beifall der Zuschauer.

Als die fliegenden Sexakrobaten sicher am Boden gelandet sind, spürt Marco eine kalte Hand auf seinem Oberschenkel. Er dreht sich nach seinem Bruder um, aber dieser ist verschwunden. Auf dem Barhocker neben ihm sitzt jetzt eine blonde Frau. Sie trägt ein zu enges T-Shirt, aus dem ihre Brüste wie Kanonenkugeln hervortreten. Ihre Beine stecken in fluoreszierenden Gummistrümpfen. Sie werden von Strapsen gehalten, die mit der ausgefransten Unterseite einer extrem kurzen Lederhose verwoben sind.

„Darf ich mich vorstellen?“ lächelt ihr Schmollmund „Ich bin Irma. Ich komme aus Karlsruhe. Mein Geruch ist atemberaubend. Meine Temperatur ist genau richtig. Meine Formen sind makellos. Meine Brüste sind rund wie Granatäpfel und griffig wie Grapefruits. Meine Schenkel sind frisch, frech und feucht. Meine leicht behaarten Beine sind sehnig und lang. Und ich besitze ein Gesäß, das so knackig ist, daß du ständig hineinbeißen willst. Meine Spezialität ist *Deutsch!*“

Irma ist dem unfreiwilligen Bordellbesucher auf den Schoß gerutscht. Mit einer zackigen Bewegung lockert sie ihm die Krawatte und beginnt seine Brustwarzen zu kneten. Zwischendurch knabbert sie an seinem Ohrläppchen oder küßt seinen Nacken. Der überschwenglich süße Duft ihres Parfums macht Marco schwindlig.

„Aber du kannst meinen Charakter auch bestimmen. Ich kann die verschiedensten Frauentypen verkörpern. Wenn du willst spiele ich dir ein unberührtes Schulmädchen vor. Oder eine reife Frau. Du kannst dich aber auch überraschen lassen. Zuerst bin ich anschmiegsam, fügsam, ja vollkommen unterwürfig. Aber dann, urplötzlich, fange ich an, mich wie ein Tier zu bewegen. Es ist unglaublich, mit welcher Geschwindigkeit ich meine saugenden und drehenden Rhythmen ausführen kann. Und wenn du dann glaubst, es ist soweit, höre ich auf, streichle dir den Rücken und flüstere dir poetische Sätze ins Ohr. Komm mit, dann zeige ich dir, wozu ich fähig bin. So oft, wie du es mir befiehlst!“

Abrupt steht Irma auf und watschelt wie eine Ente davon. Sie öffnet eine Tür, und winkt ihren Freier herbei. Erregt nimmt Marco zwei hellblauen Potenztabletten aus einer der Priapus-Statuetten, die auf der Bartheke aufgestellt sind, und spült sie mit dem letzten Schluck Champagner weg. Dann folgt er der Hure in ihr Arbeitszimmer.

Drinnen steht ein französisches Bett mit vorragendem Baldachin. Ein ovaler Spiegel in der Wand wirft das rote Licht einer altmodischen Tischlampe zurück. Mit ein paar ruppigen Bewegungen reißt Irma sich die Kleider vom Körper. Sie läßt sich auf die Matratze plumpsen und seufzt: „Führe mich in Versuchung. Berausche dich am Anblick meines Körpers. Labe dich an meinen Säften. Hebe mich aus den Angeln!“

Während Marco sich auszieht, spreizt Irma ihre Beine. Mit laszivem Blick beginnt sie sich die Schamlippen zu streicheln. Dabei bringt sie ein Staccato von schmelzenden und schmachtenden Geräuschen hervor. Ohne lang zu überlegen, stürzt Marco sich auf seine bereitwillige Partnerin und dringt in sie ein.

„*Tiefer!*!" feuert Irma ihn an „Zeige mir, was du kannst, du Riese, du Stier, du Orangutan!"

Als die Frau ihre Beine über seinen Schultern kreuzt und seine Stöße mit einer Serie parallel geschalteter Dreh- und Saugbewegungen auffängt, zischt Marco das Blut wie Magma durch die Venen. Er verwandelt sich in jenes hyperplastische Leibseelending, das er heimlich immer sein wollte. Er ist die vor Wünschen und Begierden überquellende Maschine, die er im Spiegel beobachten kann. Er ist jene tierische Vorrichtung, die im Rausch des Augenblicks zu den tiefsten Bedeutungen der Welt vorstößt, um dort unauslöschliche Zeichen zu setzen, die nur von Huren und Heiligen verstanden werden können.

„Ich komme!" keucht Irma bereits „Du Bulle, du Goliath, du *Gorilla!*"

Kurz vor dem Höhepunkt, als sein Hammerding hämmert und pocht, was das Zeug hält, und sich mit der phänomenalen Kraft eines koreanischen Hochtourenvibrators in die allseits vorhandene und sich fügende weibliche Umwelt ergießen will, spürt Marco, daß in den geheimsten Tiefen der Frau etwas kracht und platzt. Die wilden Windungen ihres Luxuskörpers verlangsamen sich zu holprigen Zuckungen. Das poussierende Pumpen ihrer Scheidenmuskulatur verkümmert zu spasmischem Sudeln. Kraft und Geschmeidigkeit weichen ihr aus Armen und Beinen. Nicht lange darauf verharrt ihr ganzer Leib in völliger Regungslosigkeit. Nur der kirschrote Mund stottert noch:

SYSTEM ERROR, SYSTEM ERROR ....

Überrascht versucht Marco, seine Gespielin wachzurütteln. Aber mit einem debilen Ausdruck auf ihrem wohlgebildeten Gesicht bleibt sie unter ihm liegen, plump und schwer wie eine Schaufensterpuppe. Schlagartig fällt es Marco wie Schuppen von den Augen. Die Pupillen der Nutte sind nicht echt, sondern bestehen aus zwei Photonenreflektoren, die ihrem CPU optische Signale vermitteln. Und auch sonst ist nichts an Irma aus Fleisch und Blut. Ihre Lippen sind roh wie Scheuerpapier. Das Haar ist brüchig wie trockener Flachs. Aus ihren Ohren tröpfelt eine braune Flüssigkeit, die nach versengtem Kautschuk riecht. Ihre stolzen Brüste sind aus Rinderhaut und Silikonen zusammengeflickt und gleichen urplötzlich Volleybällen nach drei verlorenen Sätzen. Sogar ihre heißen Schenkel verlieren rasch an Wärme und beginnen wie Kaugummi an Marcos schweißdurchtränktem Körper zu haften.

Das darf nicht wahr sein. Die Prostituierte ist nicht echt. Sie ist eine Puppe. Eine Funboterin. Wie hatte Marco nur so dumm sein können. Natürlich. Auch die Sexshow auf der Bühne war nichts anderes als ein dreidimensionales Surrogat gewesen. Ein von einem ZZ-NXX-Rechner gesteuertes Hologramm. Menschen können schließlich nicht fliegen. Wahrscheinlich waren sogar die durchgestylten Besucher an der Bar Dummies, die das Selbstwertgefühl der einfachen Bordellkunden heben sollten.

Enttäuscht will Marco sich aus dem entseelten Leib der Roboterin zurückziehen. Aber zu seinem Schrecken merkt er, daß dies nicht gelingt. Wie er sich auch dreht und windet, Irmas erstarrte künstliche Muskulatur hält seinen Dauerständer gefangen. Es ist, als ob man eine Daumenschraube an seinem Penis angesetzt hätte. Jeder Ausweg aus der synthetischen Vagina bleibt ihm verwehrt.

Marco schreit um Hilfe. Aber die lärmdämpfenden Wände des Zimmers verhindern, daß ihn jemand hört. Als er die Zwecklosigkeit seiner Hilferufe eingesehen hat, begräbt Marco sein Gesicht schluchzend in der Spalte zwischen den Brüsten seiner leblosen Gefährtin. Es bleibt ihm nichts anderes übrig als dort zu verharren und zu warten, bis jemand ihn aus seiner mißlichen Lage befreien wird ...

!ERROR 123! _⋱ ⬍□--->UNTERBRECHE ANALYSE ^⧉ ▸ ° FRIERE SYSTEME 22-345 EIN!

PROTOKOLL III

Datum: 28.08.2028
Uhrzeit: 5:15:45:12p
Sachbearbeiter: Psycho-Netzwerk XXZ
Fall: 126
Name: Marco van Veen.

Für heute haben wir die Behandlung des Falles 126 beenden müssen. Denn jener Teil der zugeführten Chemikalien, den wir Michaela Marionetti genannt haben, hat sich selbständig gemacht. Seit einiger Zeit braust die chemische Frau wie ein Poltergeist durch die Hirnkreise des Patienten. Statt seine Erinnerungen zu lenken, führt sie sie in Sackgassen. Es bleibt uns daher nichts anderes übrig, als die Dämonin in die Schranken zu weisen. Erst dann werden wir die Analyse fortsetzen können. Die verlorene Zeit werden wir dazu nutzen, das hybride Analog-Digital-Modul 20 im unteren Bereich der rechten Hemisphäre des Patienten (Orgasmuszentrum 4) mit SUPRANOZOMID zu beruhigen. Es ist überreizt. Würden wir diese Behandlung unterlassen, müßten wir weitere überflüssige Sexszenen in Kauf nehmen. In der Zwischenzeit überprüfen wir den präparierten Hirnteil 1C.

!INJEKTIERE 2 mg SUPRANOZIMID 10 SOWIE 2 ml ANTI-EREKTIL ‣ ⧹ ×_⌋ CONNECT AND GO! ---->

KATECHISMUS DER INFORMATION

Entstehung der Intelligenz

Kapitel C: Der letzte Tag

Vereinfacht ausgedrückt verfügt Homo Sapiens über zwei Hirne: ein altes, hominides und ein neues, „menschliches" Hirn. Direkt unter seiner Schädeldecke befindet sich das neue Hirn, auch Hirnrinde oder (Neo)-Kortex genannt. Mit ihm denkt und spricht, phantasiert und plant der Mensch. Das neue Hirn ist im Laufe der Menschwerdung spektakulär gewachsen. Durch die Ausdehnung nach oben, nach außen und nach vorne entstand eine Hülle um den alten Hirnkern herum, die den Schädelinhalt ums Dreifache vergrößerte.

Eingebettet in die ausgedehnten Windungen des Kortex schlummert das alte Hirn, das aus einigen eng miteinander verknüpften Bausteinen besteht. Eine Einheit setzt sich aus dem Hirnstamm, eine Verlängerung des Rückenmarkes, und dem direkt darüber liegenden Zwischenhirn zusammen. In diesem Bereich sind jene fixen Verhaltensprogramme gespeichert, die „Instinkte" oder „Triebe" genannt werden. Für das instinktive Verhalten sorgen u.a. der Thalamus, eine zentrale Schalt- und Sammelstelle im Zwischenhirn, und das Hypothalamus-Hypophyse-System, wo die Regulierung wichtiger körperlicher Vorgänge erfolgt.

Um den Hirnstamm und das Zwischenhirn herum liegt die zweite Einheit des alten, hominiden Hirnes. Sie setzt sich aus der komplexen Vielfalt des lymbischen Systems und einigen älteren Teilen des Kortex zusammen. In diesem Bereich des Gehirnes sind die menschlichen Emotionen beheimatet.

Das Gerüst des hominiden Hirnes ist uralt. Der Hirnstamm und das Zwischenhirn wurden von den Reptilien übernommen. Das emotionale Ensemble des lymbischen Systems sowie die einfachen

Problem lösenden Potentiale, das rudimentäre Gedächtnis sowie die beschränkte Lernfähigkeit der alten Kortexstrukturen stammen aus der Säugetiervergangenheit des Menschen. Allerdings wurde diese bewährte Hardware in einem Prozeß, der Millionen und Millionen Jahre dauerte, funktionell umprogrammiert und schließlich den Bedürfnissen eines Frühmenschen angepaßt.

Als aus den Frühmenschen Wesen moderner Prägung wurden, konzentrierte sich die Natur hauptsächlich auf das neue Hirn. Dem hominiden Kern wurde die Hirnrinde aufgepflanzt, ohne daß die Entwicklung des alten Hirnes mit dem blitzschnellen Zuwachs des neuen Hirnes Schritt zu halten vermochte. Während das Neuhirn also eindeutig modern ist, sind die Instinkte und die Emotionen des modernen Menschen auf dem Niveau seines hominiden Vorgängers stehengeblieben.

Li Wang drückt es so aus: „*Die Evolution hat wie der verrückte Präsident eines Fußballvereines gehandelt, der die Verteidigung und das Mittelfeld seiner gut eingespielten Ligamanschaft mit einem Angriff aus Schachspielern verstärkt hat.*" (☛WANG, 2015).

Oft passiert es, daß die beiden Hirnmodule in konkreten Entscheidungssituationen verschieden reagieren. Das neue Hirn schlägt eine überlegte Vorgangsweise vor, das alte System drängt auf eine instinktiv-emotionale Lösung. Während die Schachspieler sich positionelle Gedanken machen, sind die Verteidiger bereits nach vorne gestürmt. Dabei hat das alte Hirn einen großen Vorteil: Es ist viel direkter als das neue Gehirn mit körperlichen Empfindungen verbunden. Das hominide Hirn versteht daher die Bedürfnisse des Fleisches viel besser als der „weltfremde" (Neo)-Kortex. Das Knurren des Magens, der Schmerz des Zahnes, das Prickeln der Haut, die Lust der Lenden oder das Jagen des Herzens schreien nach Sofortmaßnahmen, für die die Vernunft schlecht gerüstet ist.

Auch verkörpert das hominide Gehirn jene Instinkte, die dem Menschen früher das Überleben sicherten. Über die Sinnesorgane erhaltene Eindrücke, die bedrohlich erscheinen, setzen Verhaltensprogramme in Gang, die keiner bewußten Steuerung unterliegen. Dasselbe machen eng mit Nahrungsbeschaffungs- und Fortpflanzungsinstinkten verknüpfte primäre Emotionen wie Lust, Verlangen oder Begierde. Sie bewirken zwar keine festen Verhaltensmuster, spornen den Menschen aber zu einer kurzfristigen Befriedigung an, die sich wenig aus rationalen Überlegungen macht. Aber auch wenn Homo Sapiens müde, abgelenkt oder erregt ist, im Routinefall oder wenn er konditioniert ist, setzt sich das einfache Lösungspotential seines Urhirnes durch. Vernünftige Entscheidungen, „moralische" Beschlüsse oder ästhetische Empfindungen, die ein bewußtes Erkennen und Abwägen voraussetzen, sind daneben Luxusartikel, die nur unter günstigen Bedingungen möglich sind.

Natürlich hat die Natur Verbindungen zwischen den beiden Hirnteilen hergestellt. So verlaufen vom phylogenetisch neuesten Teil des Gehirnes, von den Frontallappen, direkte neuronale Bahnen zum Thalamus, der zentralen Schaltstelle im Zwischenhirn, und zur Amygdala, einem Infoknoten im lymbischen System. Wäre dies nicht der Fall, wäre jede Kontrolle über die Instinkte unmöglich. Wie wir gesehen haben, reichen diese Verbindungen jedoch nicht aus, eine fortwährende Koordination zu gewähren. Im Gegenteil, sie werden oft vom Urhirn benutzt, „vernünftige" Entscheidungen emotional zu beeinflussen (☛DAMIASO, 1995).

Unsere Aufgabe ist es, in diesem bruchstückhaften Vorgehen der Evolution einen Sinn zu erkennen, d.h. das „Doppelhirn" des Homo Sapiens im Sinne der kosmischen Rolle der Intelligenz zu deuten. Machen wir dies, wird bald klar, daß die Evolution nicht wie ein schlechter Schuster geflickt, sondern wie ein genialer Künstler ein Mosaik aus nützlichen Kontrasten und zielführenden Paradoxen gewoben hat. Dem Menschen wurden deswegen seine alten, hominiden Hirnschichten belassen, weil diese archaische Ausstattung jene solide Mischung aus Opportunismus und Gier des Australopitheken, Neugierde und Abenteuertum des Homo Habilis sowie Jagdlust und Tätigkeitsdrang des Homo Erectus enthielt, die sowohl die Eroberung der Erde als auch den Drang hinaus ins All garantierte. Aber urmenschliche Instinkte alleine reichen für eine Expedition in den Kosmos natürlich nicht aus. Dazu stülpte die Natur dem Althirn ein Turbohirn, ein „Space-Brain", auf. Diese junge Hirnrinde des Homo Sapiens wurde mit einer solchen Freude am Forschen ausgestattet, daß ihr Wissensdurst durch keine Rückschläge gebremst wurde. Deswegen hat die Vernunft so lange gesucht, bis der richtige Weg gefunden wurde, die Intelligenz auf das All auszudehnen.

Eine nähere Betrachtung der Menschwerdung belegt die steuernde Wirkung des Starken Informationserzeugenden Prinzips (☛Vgl. Kapitel A des Katechismus).

Vor ca. 4 Millionen Jahren lebten die Vorläufer der uns geläufigen Menschen noch überwiegend im Wald. Am besten stellen wir uns diese Wesen als eine Art von Zwergschimpansen (auch Bonobos genannt) vor. Durch eine mit der Vereisung der Polarkappen zusammenhängenden, abrupten Klimaänderung wurden diese Tiere gezwungen, ihre Bäume zu verlassen und ins offene Gelände hinauszugehen. Die Stunde der ersten Menschen, der sogenannten Australopitheken, hatte geschlagen. Im Laufe der Zeit wurden die Instinkte und Lernmodule dieser Kreaturen den Bedürfnissen einer wechselhaften Lebensweise in der Ebene angepaßt. Allerdings schafften es nur die agilsten und klügsten Wesen, unter den neuen Umständen zu überleben. Schlechter ausgestattete Hominiden starben aus. Sie entwickelten nicht jene Mischung aus Mobilität und Geschick, welche die Urahnen der Intelligenz dank der aufrechten Gangart, dem Freiwerden der Hände und der Fähigkeit, im freien Land zu kommunizieren, vorweisen konnten. Übrig blieb der Frühmensch (Homo Habilis), ein in Horden auftretender Aasfresser. Tobend und lärmend, Äste schwingend und Steine werfend, behauptete sich dieser „geschickte Mensch“ in seiner neuen ökologischen Nische (☛LEAKY, 1964).

Der Nachfolger des vor ca. 3 bis 1,5 Millionen Jahren lebenden Homo Habilis war der lange, ausdauernde Savannenbewohner Homo Erectus. Diese neue Frühmenschenart entwickelte sich nach und nach vom reinen Opportunisten zum systematischen Sammler und Jäger. Im Gegensatz zum Homo Habilis, der mit 600 Kubikzentimetern Hirn eher dürftig ausgestattet war, brachte es Homo Erectus dank seiner „intelligenteren“ Tätigkeiten zu einem Hirnvolumen von beinahe einem Liter.

Die Neurologin Anna Muria macht darauf aufmerksam, daß diese Vergrößerung des Gehirnes des Erectusmenschen geschlechtsspezifisch erfolgte. Die Hirnausdehnung des männlichen Homo Erectus hing mit seiner neuen Jagdtätigkeit zusammen. Von Generation zu Generation verbesserte sich sein holistisches Verständnis für Kräfte, Geschwindigkeiten und Bewegungen, und, damit zusammenhängend, seine Vorstellungskraft, die es ihm ermöglichte, sich den Begegnungspunkt von Projektil und Jagdobjekt vor Augen zu führen. Auch steigerte sich seine Fähigkeit, sich im Raum zu orientieren.

Einen wesentlichen Teil seines Denkvermögens verdankte der männliche Homo Erectus auch dem Umstand, daß er imstande war, ein *„Joggers-High"* zu erreichen. Um die Erschöpfung durch die langen Jagdmärsche vergessen zu lassen, fing das männliche Hirn an, körpereigene, morphinähnliche Substanzen zu produzieren, die glückselige Visionen, Phantasien und Halluzinationen hervorriefen. Die Verständigung zwischen den jagenden Männern erfolgte weniger sprachlich als in der Form von Urlauten, d.h. durch Schreien, Rufen und Brüllen. Dies erklärt laut Anna Muria auch die Vorliebe der heutigen Männer für nonverbale Kommunikation.

Weiters erwähnt die Neurologin, daß der männliche Verstand eine Verbindung mit den (wörtlich und bildlich) „niedrigen" Teilen des emotional/instinktiven Hirnes einging. Angriffslust, Raserei sowie die Vermischung von Gewaltbereitschaft und Lust waren im Kampf gegen wilde Bestien durchwegs vorteilhafte Eigenschaften. Daß das männliche Denken außerdem oft mit negativen Emotionen behaftet ist, kann auf die vielen Begegnungen mit dem Tod, mit angefressenen Tierleichen und verletzten, blutenden Körpern zurückgeführt werden.

Die Erectusfrauen, die aufgrund von Schwangerschaft und Kinderbetreuung nicht so mobil wie die Männer waren, sammelten in der Nähe des Aufenthaltsortes Eßbares und Nützliches. Die gefundenen Sachen bewahrten und bereiteten sie zur Verwendung oder Verspeisung auf. Aus dieser Tätigkeit entstand der Drang der Frauen, sich zu beschäftigen, das Bedürfnis, sowohl manuell als auch geistig tätig zu sein, die Neigung, Dinge einzuordnen, ausfindig zu machen oder zu erfinden, kurz ein Trieb zum aktiven Organisieren, zum schöpferischen Bewältigen. Durch dieses aktive Gestalten der Umwelt, durch die Herstellung von Artefakten, Kleidung und von anderen Hilfsmitteln, sowie sicher auch durch den Umgang mit den Kindern, wurde die Motorik der Frauen immer feiner. Besagtes hatte zur Folge, daß die bewegungssteuernden neuronalen Verbindungen in ihren Hirnen sich immer komplizierter und ingeniöser gestalten konnten. Den Glücksfall nutzend, daß verschiedene Hirnteile und Hirnorgane je nach Bedarf verschiedene Funktionen übernehmen können, wurden dieselben Teile des Hirns, welche die feinen Bewegungen steuerten, auch mehr und mehr für sprachliche Zwecke eingesetzt. Dies wurde durch den spielerischen Lautaustausch mit den Kindern gefördert. So wuchs die Fähigkeit der Frauen, zu sprechen.

Darüber hinaus waren die Steinzeitfrauen, viel mehr als ihre Männer, deren Leben aufgrund des eher zufälligen Charakters ihrer Jagdabenteuer unregelmäßig verlief, gezwungen, einen rationellen Tagesablauf einzuhalten. Aufgrund der Einhaltung eines Tagesrhythmus, entwickelten die Frauen ein „reelles", kausales Zeitverständnis, das dazu beitrug, daß sie die Welt, in der sie lebten, als ein geregeltes Kontinuum von Abläufen er-leben konnten. Infolge der Ordnung der Tagesabläufe gewöhnten sich ihre Hirne daran, sequentiell und „arithmetisch", d.h. logisch zu funktionieren. Das aktive Zur-Welt-Bringen von Kindern (im Gegensatz zum männlichen Empfinden des Geworfenseins) und der Umgang mit den jungen, schutzbedürftigen Sprößlingen, bewirkte schließlich, daß das weibliche Denken viel mehr als das männliche, in enger Verbindung mit „höheren", d.h. sozial-kommunikativen und lebensbejahenden Emotionen steht. Anders ausgedrückt: Homo Faber war eine Frau. Die Bezeichnung *Homo Katapultes* für den Mann ist abwertend, aber treffend (☛MURIA, 2014, 2015).

Unbemerkt haben wir die Ebene der reinen Instinkte verlassen und uns dem Bereiche der lern- und entscheidungsfähigen, intelligenten Systeme des menschlichen Gehirnes angenähert. Im frühen Homo Erectus wurden die Instinkte des Homo Habilis mit Jagd- und Sammeltrieben angereichert und bereits um zahlreiche halbroutinemässige, halb-intelligente Gehirnfunktionen erweitert.

In späteren Formen (Homo Ergaster, Homo Heidelbergiensis, Homo Kiributi, Swanscombe Mann, Homme Béziers) kommt die Transitrolle des Home Erectus noch deutlicher zum Tragen. Denn hier wurde durch die Vergrößerung einiger Hirnsysteme das Fundament für das systemimmanente Bewußtsein gelegt (**zentrale Zirkuits 20-61, laterale Zirkuits 25-89, niedere Frontalzirkuits 1-34**).

Dazu ist es hilfreich zu wissen, daß das menschliche Hirn nicht nur horizontal geschichtet ist, sondern die Struktur seines Großhirnes auch vertikal gespalten ist, und somit aus zwei Hälften besteht. Die Natur hat von letztgenannter Besonderheit Gebrauch gemacht. Aus praktischen Gründen verlieh sie der einen Hemisphäre des Gehirnes im Laufe der Anthropogenese einen männlichen Anstrich, der anderen Hälfte einen weiblichen. Das heißt, die oben erwähnten, nicht mehr rein instinktiven, sondern (proto-)kognitiven Fähigkeiten wurden nach Geschlecht geordnet als „Denkvorlagen" in den rasch wachsenden Neuhirnteilen des Menschen abgelagert.

Aus Untersuchungen nach Hirnverletzungen und Hirnoperationen sowie aus Hirnstromanalysen weiß man, daß die obengenannten „weiblichen" Denkfähigkeiten (Sprache, logisches Erfassen, Verknüpfungen mit den „höheren" Teilen des lymbischen Systems) sich hauptsächlich in der linken Hirnhälfte des Menschen befinden, und die „männlichen" intellektuellen Stärken (Raumvorstellung, Vorliebe für Bilder, Verknüpfungen mit den „niedrigen" Teilen des lymbischen Sytems) zum größten Teil in der rechten Hemisphäre beheimatet sind (☛KIMURA, 1992).

Im Normallfall besteht die weibliche Hardware also aus einer starken, logisch-sequentiell operierende „linkshälftigen" Hirneinheit mit einer zuschaltbaren, parallel arbeitenden „rechtshälftigen" Einheit. Bei Männern ist es genau umgekehrt. Bei ihnen dominiert die holistisch-parallel operierende Einheit das Hingeschehen, wobei diese durch eine untergeordnete logische Einheit ergänzt wird. Weil sich in jedem Menschen diese doppelte Basis für ein sich selbst erkennendes Bewußtsein entwickelte, konnte die logische Schwierigkeit seines späteren Ichs, sich selbst vollkommen bewußt zu sein, buchstäblich umgangen werden. Der Korpus callossum und die übrigen Kommissuren, die beide Hirnhälften verbinden, ermöglichten die für die Entstehung des Selbstbewußtsein unerläßlichen Datenrückflußschleifen. Wie wir noch sehen werden, wird diesem „natürlichen", geschlechtsbedingten Funktionieren des Gehirnes später allerdings ein jähes Ende gesetzt werden. (☛Vgl. Kapitel E des Katechismus).

Vor ca. 150.000 Jahren wurde die Expansion des menschlichen Hirnes mit dem Zuwachs des Neo-Kortex abgeschlossen (**Frontalzirkuits 1-200**). Hiermit erreichte das menschliche Gehirn seine heutige Größe von ca. 1.400 Kubikzentimetern. Aus Homo

Erectus war Homo Sapiens, der vernunftbegabte Mensch, geworden. Mit Hilfe des jüngsten Teiles des Hirnes, einer Art zentraler Steuerungseinheit, war der Mensch imstande, sein Denken zu koordinieren. Somit lernte er, vorauszuplanen. Die letzte Minute der Menschwerdung war erreicht. Wie Homo Sapiens ein vollständiges Selbstbewußtsein entwickelte, werden wir nach der nächsten Sitzung in Erfahrung bringen.

☛Verwendete Information:

BETELGEUZE, Ricardo : **Spaltungen, 2001**
DAMIASO, Borisio : **Descartes Error, 1995**
DUBOIS, Henry : **La Conscience Hybride, 2018**
FUCHS, Rainer : **Emotionale Unintelligenz, 2002**
KIMURA, Doreen : **Weibliches und männliches Gehirn** (Spektrum der Wissenschaft 11/1992)
LEAKY, TOBIAS, NAPIER : **A New Species of the Genus Homo from Olduvai Gorge** (Nature 202, 1964)
MURIA, Anna : **The Hunter in Man, the Balistic Foundations of Male Consciousness, 2014**
MURIA, Anna : **Female Homo Faber, 2015**
RUPTURE, Susan : **The Craddle of Language, 2018**
WANG, Li : **Primitive Man, 2016**
WEISENBERG, Roy : **Spaceman, 2015**

EXIT FILE! CLEAR BRAIN! RECONNECT AND GO --->

PROTOKOLL IV

Datum: 28.08.2028
Uhrzeit: 6:15:45:12a
Sachbearbeiter: Psycho-Netzwerk XXZ
Fall: 126
Name: Marco van Veen.

Wir haben den Patienten mit Doparnogen aufgeweckt. Ein neuer Zugriffszyklus kann gestartet werden. Aufgrund der Berichterstattung der voranpressenden Sonden vermuten wir in den Speichern 24-78 wichtige Erkenntnisse neueren Datums. Da diese Erinnerungen in entlegenen Ecken des Hirnes abgelagert sind, werden wir sie neu einordnen. So ersparen wir uns Zeit und Ärger.

Diese Reorganisation des Gedächtnisses wird nach der bewährten Hirnrastermethode erfolgen, die vor einem Jahr durch das Netzwerk XXRZZX 1-18 entwickelt wurde. Ein Nachteil dieses Verfahrens ist, daß der Geist eines Menschen sich durch die Neuordnung der Erinnerungen bedrängt fühlt. Meistens versucht eine Person dann, sich durch einen Rückfall ins Theatralische, durch ein Verharren in Rollenspielen oder durch eine Wiederbelebung kindischer Denkmuster vor der neu strukturierten Hirnumwelt zu schützen. Manchmal ist sogar eine komplette Erstarrung der Gedanken das Ergebnis. Zwar werden wir diesem regressiven Denkverhalten durch die Verabreichung eines Dendrydverflüssigers entgegenwirken, eine völlige Gedankenfreiheit können wir damit allerdings nicht erreichen. Die Defragmentierung von Gedächtnisspuren verleiht der sprachlichen Auswertung der Daten daher immer einen gekünstelten, gelegentlich gequälten Charakter.

!DEBUG CIRCUITS 13-80!_⧹ □ ‣ ---->SUCHE UND VERNICHTE MICHAELA MARIONETTI!"# ✓ □STARTE DEFRAGMENTIERUNG! ■ ⬍ ▲ 🗗INJEKTIERE DENDRYDRILL!⧹ ⯒ ACCELERATE AND GO--->

DIE UNTERSUCHUNG

Mit Schweiß auf der Stirn versucht Michaela Marionetti indessen das abgestürzte Simulationsprogramm zu bändigen. Aber ihre Bemühungen sind vergebens. Weder schafft sie es, das richtige Gleichgewicht zwischen Marcos Unbewußtem und den Berechnungen des Computers herzustellen, noch ist sie imstande, den Lauf der Ereignisse umzukehren. Auch ein Abschalten der Netzspannung wäre die falsche Lösung. Ein plötzlicher Entzug der mentalen Impulse könnte schlimme Folgen nach sich ziehen. Fälle von Gedächtnisverlust und Persönlichkeitsdeformierung hatte es schon gegeben. Nur ein Spezialist könnte den Zeitreisenden noch aus der Klemme holen.

Zornig drückt die Juristin nochmals kräftig auf das Hilfe-Ikon. Und wie durch ein Wunder reagiert das Programm dieses Mal. Die rot aufleuchtende Fehlerdiode erlöscht und die Errormeldung **SUBCONSCIOUS JAM** verschwindet aus der Anzeigezeile. Erleichtert bemerkt Michaela Marionetti, daß ein schweigender Elektroboter auf dem Kontrollbildschirm erscheint. Nach einer routinierten Überprüfung der Systemmodule in Irmas Bauch stößt der Mechaniker auf den Fehler im Betriebssystem der Puppe. Er baut eine Schaltung ein und erweckt die Frau mit einem Knopfdruck zu neuem Leben.

Erfreut kann Michaela Marionetti miterleben, wie die Funboterin aus ihrem Koma erwacht und unter Knattern und Knarren zu ihren gewohnten Umgangsformen zurückfindet. Während die maschinell gefertigte Hure Anfeuerungen wie *„Belehre mich"*, *„Gib mir die volle Ladung"*, *„Stoß deine Rute in mein Gehäuse der Hörigkeit!"* auskeucht, wird eine neue Serie Bewegungsabläufe gestartet. Die Spannung im Unterleib der Frau löst sich, und ihr Freier bemerkt, daß sein eingeklemmter Penis sich wieder rühren kann.

Sofort zieht Marco sich aus dem sich erwärmenden Körper der Funboterin zurück. Sein Geschlecht wirkt zwar ein wenig ausgepumpt, ist aber sonst unversehrt. Der junge Niederländer stößt einen Schrei der Erleichterung aus. Er ist frei! Er küßt den Elektriker auf die Stirn und zieht seine Kleider an. Dann verläßt er mit einem Freudensprung das Arbeitszimmer der künstlichen Prostituierten, die, unfähig, zwischen erregungsfähigen und erregungslosen informationsverarbeitenden Systemen zu unterscheiden, mittlerweile vergeblich versucht, den mechanischen Mechaniker zu verführen.

In den Räumlichkeiten der Fun-Farm herrscht Ruhe. Die Bar ist geschlossen und die Bühne, auf der die Sexshow aufgeführt wurde, wird von einem Vorhang verdeckt. Auch die Empfangshalle ist leer. Die Lichter sind gelöscht und der Phallusbrunnen spritzt nicht länger, sondern liegt schlaff darnieder. Bei der weggedösten Rezeptionistin erkundigt sich Marco nach seinem Bruder. Die Frau deutet auf die Tür hin, und erklärt schläfrig, daß Robert dort hinausgegangen sei. Hastig verläßt Marco das Bauernhaus, aber was er schon befürchtet hat, ist eingetreten. Vom Auto seines Bruders fehlt jede Spur. Auch sonst ist der Parkplatz verlassen. Nur der gepanzerte Türbotor grinst ihn bösartig an.

Im unruhig flackernden Licht der Neonwerbung auf dem Dach des Bordells beschleicht Marco das unangenehme Gefühl, hier vollkommen fehl am Platz zu sein. Er zittert, als die ersten Zweifel an der Realität der Gegend in ihm hochkommen. Sind die verworrenen Schatten, die die knotigen Weiden auf das Gelände werfen, echt oder nur Produkte seiner Phantasie? Bewegt der Boden sich bei jedem Windstoß, oder bildet er sich das nur ein? Hatte die Begegnung mit seiner Mutter, seinem Bruder und der unechten Prostituierten tatsächlich stattgefunden? Oder waren sie genauso Hirngespinste des Computers wie die beiden Steinzeitfrauen Malkreide und Kastarte, nichts mehr als Spaltprodukte einer abgestürzten Simulation, die zusammen mit ihm in den Speichern des NXX-Rechners herumirrten? Gott, was würde geschehen, wenn Michaela Marionetti die Kontrolle über den Computer verloren hätte? Was würde mit ihm passieren, wenn sie unfähig wäre, ihn auf den Boden der Realität zurückzuholen? Würde es ihm so wie Charles Gibbons im Finale des Filmes TRANSPLANTATION ergehen? Müßte er ewig dieselben Schleifen durchwandern, ohne jemals den Ausgang aus dem Computerhirn zu finden? Sollte das sein Karma sein?

Marco schluckt etwas Speichel hinunter. Seine Zunge scheint am Gaumen festzukleben, seine Lippen sind trocken wie Leder. Als ihn der Türbotor des Bordells in einem fremden Dialekt anschreit, daß er sich endlich *verpissen* soll, ist Marco nicht mal sicher, ob er je die geisterhafte Erlebniswelt ALPINIA verlassen hat. Wäre es denkbar, daß er die ganze Zeit nur von Attrappen, Requisiten und Kulissen der Firma MAGIC WORLD umgeben war, die ihm eine bizarre Ferienwelt vorgaukeln sollten? Waren alle Personen, die er bis jetzt getroffen hatte, nur Animateure, deren Aufgabe darin bestand, ihn auf perverse Art und Weise zu unterhalten?

Marco fröstelt. Kalte Nebelschwaden ziehen aus den Feldern auf. Es dauert nicht lange, bis sie die Umrisse der Fun-Farm verhüllen. Auch die Werbung auf dem Dach des Bauernhauses löst sich allmählich in ein bläuliches Nichts auf. Hier, in der Kälte der Februarnacht noch länger auf Robert zu warten, hat jedenfalls keinen Sinn, überlegt Marco. Er würde sich nur verkühlen. Die Chance, daß sein Bruder noch auftaucht, ist in Anbetracht seines vermutlich virtuellen Charakters ohnehin äußerst gering. Die beste Möglichkeit bestünde darin, den Rückmarsch nach Blaricum anzutreten. Wenn er Glück hätte, würde er das Dorf in ungefähr drei Stunden erreichen. Dann könnte er dort seine Mutter aufsuchen.

Bei der Abzweigung zur Fun-Farm angekommen, wählt Marco die Richtung, aus der sein Bruder und er am Vorabend gekommen sind. Er kann sich sogar an die kleine Kapelle an der Kreuzung erinnern. Vielleicht ist die Umgebung doch echt, und alle Vorfälle hatten sich tatsächlich zugetragen. Ermutigt schüttelt Marco seine Müdigkeit ab und beschleunigt das Tempo. Er hält nur an, wenn er meint, hinter sich ein Fahrzeug zu hören. Aber jedes Mal, wenn er zurückschaut, sieht er nichts als Nebelschleier und Finsternis.

Der verirrte Cybernaut hat keine Ahnung, wie lange er schon gegangen ist, als ihm auf der anderen Seite der Straße eine schemenhafte Gestalt entgegenkommt. Als sie sich nähert, löst die Wiedererkennung bei Marco einen Schock aus. Die Frau, die jetzt mit schlürfenden Schritten die Fahrbahn überquert, ist Michaela Marionetti! Was macht die Gebirgsbewohnerin hier in der niederländischen Polderlandschaft? Und was ist mit ihr passiert? Sie ist mindestens 10 Jahre älter als das letzte Mal, als sie sich begegnet sind. Ihr volles, schwarzes Haar ist dünn und grau geworden, und auf der Stirn haben sich tiefe Falten gebildet. Darüber hinaus schaut sie krank aus. Augen, Nase und Lippen sind durch Fieberblasen und eitrige Geschwüre verunstaltet. Und jene Teile ihres Gesichtes, die nicht angegriffen sind, haben die abstoßende, fahlgelbe Farbe, die nur mit schweren Leberkrankheiten einhergeht.

„Ich bin gekommen, um dich zu holen, Marco!“ sagt die Juristin nach Atem ringend. „Du mußt zurück, bevor es zu spät ist! Das Totemaugauer

Projekt neigt sich dem Ende zu. Unsere Führer haben zum Abzug geblasen. Die Zeit läuft uns davon.“

Michaela Marionetti hustet so stark, daß ein paar Eiterbeulen auf der Nase wie Knallerbsen aufplatzen. Als der Anfall abgeklungen ist, redet die Rechtsberaterin mit gebrochener Stimme weiter: „Ich habe den **KONFABULATOR** so programmiert, daß er sich in genau 15 Minuten abschalten wird. Biege bei der nächsten Kreuzung nach links ab. Nach hundert Meter wirst du eine Scheune erreichen. Drinnen steht ein Stuhl. Setze dich dort hin und warte bis der NXX-444 dich nach Totemaugau zurückholt!“

Michaela Marionetti röchelt und schüttelt den Kopf, als wolle sie sich von einem Störgeräusch in ihrem Hirn befreien. Dabei verdrehen sich ihre Augen so weit nach oben, daß nur noch das vergilbte Weiß der Augäpfel sichtbar ist. Mit einem Seufzer, der ihren tiefsten Eingeweiden zu entsteigen scheint, rät die Juristin Marco, sich zu beeilen. Dann greift sie sich mit beiden Händen an die Ohren und brüllt wie ein Schwein, das zur Schlachtbank geführt wird.

Im selben Augenblick schießt Marco ein Stich durch die rechte Schläfe. Als er vor Schmerz die Augen schließt, sprudeln von allen Seiten weiße Punkte daher, die am Firmament hinter seiner Netzhaut einen wirren Tanz aufführen. Während das helle Licht der tausenden funkelnden Sternchen immer intensiver wird, entsteht allmählich eine Matrix von überirdischer Schönheit. Gerade als Marco das perfekte Muster benennen will, zerplatzt es in einem beispiellosen Feuerwerk. Aus der Explosion geht ein saugendes, schwarzes Ding hervor, das die Lichtfetzen mit der Gier eines Freßhybriden verschluckt. Mit dem Verschwinden der letzten Partikel tritt eine vollkommene, schmerzlose Dunkelheit ein.

Beim Öffnen der Augen wird der Niederländer von Grauen erfaßt. Michaela Marionetti ist auf die Hälfte ihrer ursprünglichen Größe zusammengeschrumpft. Ihr Kopf, der nur noch durch einen knochigen Stiel mit dem Leib verbunden ist, hat die Form einer ausgedörrten Orange angenommen. Dunkle Rauchfahnen steigen aus ihren Ohren und Nasenlöchern hoch. Aus dem verzerrten Mund sprüht eine schleimige Substanz hervor, die in der Form eines Miniaturwasserfalles auf die Straßendecke niedergeht. Der üble Gestank des Erbrochenen vermischt sich mit dem scharfen Geruch von versengtem Menschenfleisch. Während der Körper der Juristin immer weiter schwindet, zerrinnen die Arme, von den Schultern hinunter bis zu den Fingerspitzen. Als zähflüssige Brühe bleiben Fleisch und Fasern auf dem Asphalt liegen. Gleich darauf implodieren Rumpf, Bauch und Brust. Braune und rote Flüssigkeiten spritzen durch die Luft, und Stücke zerfledderter Haut flutschen Marco ins Gesicht. Der Orangenkopf, der keinen Halt mehr hat, stürzt hinunter und springt mit einem lang anhaltenden Zischklang auf der Fahrbahnoberfläche auseinander. Die Beine, die die blitzartige Zerschlagung relativ unversehrt überstanden haben, drehen sich eine Weile wie besessen herum, laufen dann aber wie zwei kopflose Hühner davon. Von der ehemaligen Rechtsberaterin ist nichts mehr als ein amorphes, zitterndes Plasmagebilde übriggeblieben. In einer Zuckung, die an das Puffen und Brodeln einer verschlickten Fumarole erinnert, bringt das Häufchen noch einen letzten Satz heraus: „Beile dich, sonst ist es zu spät!“

Die Filmmusik von MAD MAX X dröhnt Marco in den Ohren, als er seinen Weg durch die nächtliche Cyberspacelandschaft fortsetzt. Im Laufschritt erreicht er die Scheune. Drinnen ist es vollkommen dunkel. Tastend sucht er den Stuhl und setzt sich hin, wie es ihm Michaela Marionetti geraten hatte.

Nahezu im selben Moment spürt Marco eine Vibration. Der Sitz wakkelt, und vor seinen Augen beginnt es zu flimmern. Bilder brauen sich zusammen und ziehen in Windeseile an ihm vorbei, zuerst bruchstückhaft und unscharf, dann immer kompakter und klarer. Marco sieht futuristische Städte, kahle Wiesen, nackte Berggipfel. Er begegnet Personen aus seiner Vergangenheit. Seine Mutter lächelt wie ein Kind. Ein Mann faucht ihn an. Verwandelt sich in einen Urmenschen, der von einem Roboter mit einer Magnum erschossen wird. Ein Pferd mit Flügeln rennt einem Spielzeughase hinterher. Roger *„Swami“* Salami steht an einem Rednerpult, hoch über einer Senke. Eine singende Menschenmasse verschwindet durch ein Tor in die Erde. Eine Sirene heult. Ein tosender Wasserfall reißt jemanden mit. Ein Greis auf einem Felsen warnt Marco mit scharfer Stimme vor dem Untergang. In der Ferne heult ein Hund. Mädchen spielen auf einem Schulspielplatz. Ein Baby wird geboren. Es schreit so eindringlich, daß Marco ein Schauer durch den Körper geht. Ein Zug fährt ab. Ein Mann versucht noch einzusteigen. Er rennt dem letzten Waggon nach, aber es ist zu spät. Seine Bewegungen verlangsamen sich. Er schreit etwas. Seine Stimme ist tief und verzerrt, wie in einer Zeitlupenaufnahme. Bis er mit offenem Mund auf dem Bahnsteig stehen bleibt. Stumm. Regungslos. Dann löscht jemand die Lichter in der Bahnhofshalle. Ein dunkler Filter schiebt sich vor Marcos Augen. Gleichzeitig verebben die letzten Geräusche.

Benommen wartet Marco auf das nächste Ereignis. Erst als es längere Zeit vollkommen ruhig bleibt, wagt er es, sich zu bewegen. Dabei merkt er, daß sein Kopf zwischen einem schweren Gegenstand eingeklemmt ist. Auch drückt ihm eine dicke, undurchsichtige Brille auf die Nase. Der **KONFABULATOR,** schießt es Marco durch den Kopf, er sitzt im Konfabulator. Er reißt die Hände aus den Ringen auf den Armlehnen und setzt die Drei-D-Brille ab. Das helle Neonlicht der Deckenleuchte trifft seine Augen wie ein Blitz. Als er sich durch ein mehrmaliges Öffnen und Schließen der Lider auf die neuen Lichtverhältnisse eingestellt hat, werden die Konturen des Großrechners sichtbar. Jetzt ist er sich sicher. Seine Reise ist beendet, und er ist wohlbehalten ins Metasimulationzimmer zurückgekehrt. Alles ist noch da. Der mächtige NXX-Computer, der Stuhl, die Verdrahtungen, der Haken mit den Anzügen. Nur Michaela Marionetti fehlt.

Marco nimmt die Heliumhaube herunter und löst die Drähte. Dann steht er vorsichtig auf. Sofort spürt er, daß seine Beine zu schwach sind, ihn zu tragen. Er setzt sich wieder hin, öffnet den Anzug und prüft seine Gliedmassen. Es kommt ihm vor, als ob seine Arme und Beine dünner geworden wären. Ist er so lang im **KONFABULATOR** gesessen, daß seine Muskeln geschwunden sind? Mit seinen Fingerspitzen massiert Marco Waden, Schenkel und Adduktoren. Nach und nach kommt der Blutkreislauf in Schwung. Nochmals versucht der heimgekehrte Zeitreisende, sich aufzurichten. Dieses mal gelingt es. Mit kleinen Schritten schlürft er entlang der Mauer auf den NXX-444 zu. Zwei Symbolleisten im oberen Bereich des 24 Zoll Bildschirmes sind aktiv. Die obere Zeile besteht aus 15 verschiedenen Bordelltypen, vom mongolischen Dampfloch bis zum französischen Landschloß. Das dritte Symbol von links entspricht der Fun Farm El Extasia. Die zweite Zeile enthält 30 nackte Männer und Frauen unterschiedlicher Körperstatur. In einer blonden Frau, die als *„Irma, die Unersättliche"* bezeichnet wird, erkennt Marco die Funboterin aus Karlsruhe wieder. In einem Dialogfeld in der Mitte des Bildschirmes ist der Befehl

QUIT kOP blau untermalt.

Dann fällt Marcos Blick auf die Zeitanzeige*: **13.33.78 p, 10.04.2015.*** Das ist unmöglich! Wenn die angezeigte Zeit die Echtzeit ist, würde das bedeuten, daß er mehr als vier Jahre in der interpassiven Simulationsmaschine gesessen ist. Marco reibt sich die Augen und schaut erneut auf die Uhr: *13.34.34 p, 10.04.2015.* Hatte man ihn intravenös ernährt? Oder hatte die Zeit sich in seiner Abwesenheit verdichtet? War sie von den Mitarbeitern des SIRIUS-Projektes komprimiert worden, um keine Langeweile aufkommen zu lassen? Oder war er vielleicht zwischendurch aus dem Stuhl ausgestiegen und kann er sich an die Jahre in der Wirklichkeit nicht mehr erinnern?

Ein Blick in den Wandspiegel neben dem Haken mit den Anzügen bestätigt Marcos schlimmste Befürchtungen. Der Kerl, der ihn dort anschaut, ist eine grausame Karikatur seiner selbst. Dieser Typ im Spiegel ist mindestens 25 Jahre alt! Sein staunendes Gesicht ist ausgemergelt und blaß. Sein Haar fettig und schütter. Sein Körper dünn und schwach. Das darf nicht wahr sein: er hat sich in einen Grufti verwandelt, der auf jeder Chill-Out-Party eine traurige Figur abgeben würde.

Der Computer piepst: Roger Swami Salami erscheint am Bildschirm. Marco zuckt erschrocken zurück. Auch der Schicksalberater von Boris Wurzel ist in die Jahre gekommen. Sein Kopf ist aufgedunsen und der einst so dürre Körper wirkt behäbig. Aber bereits beim ersten Satz wird deutlich, daß seine Stimme nichts an Überzeugungskraft eingebüßt hat.

„*Totemaugauer Helden*! Hört meine letzte Botschaft. Denn unsere Zeit ist gekommen. Suchtruppen der EUROPOL nähern sich unserem Versteck. Uns droht die Vergeltung des übermächtigen Feindes. Aber wir werden sie nicht zulassen. Wir werden uns der Rache der verdorbenen Außenwelt durch Flucht entziehen. Wir werden das Diesseits verlassen! Dort, wo wir gemeinsam hingehen, wartet das wahre Glück der ewigen Anerkennung. Nehmt Eure Ampullen und ergebt Euch dem Schicksal der Auserwählten!“

Mit den Worten „Der Gott der Anfänge wird Euch reichlich belohnen!“ verschwindet der Prophet vom Bildschirm. Nachdem das Totemaugauer Volkslied *„Totemaugau lebt“* in seiner vollen Länge gespielt worden ist, wird es wieder still im Metasimulationszimmer. Als Marco zur Tür gehen will, merkt er erneut, wie sehr die lange Reise durch die virtuelle Raumzeit seinem Körper zugesetzt hat. Seine Hände zittern. Seine Beine sind weich wie Butter. Zwischen seinen Augen landen unaufhörlich Propellerflugzeuge. Und entlang seiner Wirbelsäule krabbeln Millionen Termiten und Ameisen hoch, um irgendwo zwischen Nacken und Hinterkopf in einem unerträglichen Gebrumme ihre Königin zu begatten. Obwohl er noch versucht, sich am Gehäuse des NXX-Rechners festzuhalten, kann der erschöpfte Niederländer nicht verhindern, daß er unter den Folgen des Cyberlags zusammenbricht.

Kratzen und Klopfen. Metall auf Metall. Eine Detonation. Durch den Schleier vor seinen Augen entdeckt Marco ein Loch in der Tür. Ein Wächter schreit. Man habe die Kryptochaoten entdeckt. Schüsse. Ein Klicken. Suchroboter betreten das Metasimulationszimmer. Kalte, ferngesteuerte Augen starren Marco an. Dann verliert er wieder das Bewußtsein.

Irgendwann wacht der Holländer auf. Er liegt in einem Kleinbus. Eine Zwangsjacke hindert ihn daran, sich zu bewegen. Man fährt schwindelerregend schnell. Sirenen heulen. Blaulicht dringt durch das Gitterfenster. Marco blinzelt. Das Licht ist zu grell. Die Jahre im Cyberspace haben ihn lichtscheu gemacht. Er schließt seine Augen.

Später wird Marco auf einer Bahre in ein Gebäude hineingerollt. Blitzlichter. Immer diese hellen Lichter. Journalisten, Fernsehkameras. Menschen. Viel zu viele Menschen. Warum können sie ihn nicht in Ruhe lassen?

Die Ärztin ist freundlich, aber bestimmt. Fall 126 habe ein interessantes Krankheitsbild. Bevor er der Justiz übergeben wird, werde man ihn untersuchen und über längere Zeit hinweg beobachten müssen. Die Frau lächelt, und dabei verwandeln sich die Linsen ihrer blauen Augen in undurchsichtige Spiegel. Marco spürt, daß sich dahinter ein starkes Energiefeld verbirgt, das ihn daran hindert, klare Gedanken zu fassen. Die Frau erklärt dem Kranken, daß er jetzt Ruhe brauche. Körper und Geist seien extremen Bedingungen ausgesetzt gewesen. Seine Vernunft sei zur Zeit nur ein wackeliger Deckel auf einem Topf voll Verwirrung und Angst. Streß oder körperliche Erregung würden das Faß sofort zum Überlaufen bringen. Aber Fall 126 brauche sich keine Sorgen zu machen, man werde sich um ihn kümmern.

Die Ärztin besucht ihren Patienten regelmäßig. Sie trägt ein Namensschild auf ihrem weißen Kittel. Sie heißt Anna Muria und ist Neurologin. Manchmal stellt sie Marco Fragen. Bohrende Fragen nach den Jahren in Totemaugau. Warum er sich den Separatisten angeschlossen habe. Ob er sich unterirdisch geborgen gefühlt habe. Ob er sich bewußt sei, daß er sich eines Verbrechens schuldig gemacht habe.

Mit einem Psychiater, der sie gelegentlich begleitet, redet die Neurologin über Apathie. Über ein Uterus-Syndrom. Der Nervenarzt spricht von Rechtfertigungspsychosen und Paranoia.

Wochenlang melden die Scanner zu wenig neurale Aktivitäten. Zu wenig warmes Rot, zu viele kalte blaue Flecken. Die Schwester injizieren dem Kranken deswegen unbekannte Stoffe.

Der Psychiater redet mit dem Patienten über seine Mutter und zeigt ihm Photos. Marco erkennt Boris Wurzel. Nachher muß Fall 126 Blöcke einordnen, Bilder zeichnen, Gestalten erraten, seine Sicht der Welt darlegen.

Eines Tages muß Marco sich einer Operation unterziehen. Man legt ihn auf eine Kunststoffmatrazze. Seine Arme und Beine werden an den Körper gepreßt, Hände und Füße werden so fest angeschnallt, daß er sich nicht mehr rühren kann. Ein Beistelltisch wird herangerollt, eine Nadel auf Marcos Oberschenkel angesetzt. Wärme durchfließt seinen Körper. Angst und Spannung weichen aus seinen Gliedern. Nach und nach hüllt sich das Krankenhauszimmer in ein wohltuendes, gelbes Licht. Ein Spalt in der Mauer öffnet sich und Marcos Bett wird, wiegend wie ein Boot auf ruhiger See, in den Operationsbereich hineingeschoben. Aber als sein Schädel von den Greifarmen einer Maschine eingekreist wird, schreckt Marco trotz des Beruhigungsmittels zusammen. Mit den schwarzen Gummischläuchen, die auf ihn angesetzt werden, wird man ihm die Eingeweide absaugen, damit er nie mehr Nahrung zu sich nehmen kann. Und die glänzenden Metalltentakel der Maschine, die seinen Kopf abtasten, werden sich schließlich in seine Genitalien verbeißen, um ihn an der Fortpflanzung zu hindern. Jetzt macht man das mit ihm, was Marco immer schon befürchtet hat: Er wird von den Kreisläufen des Lebens getrennt werden und dazu verdammt sein, auf ewig als Hirn ohne Körper weiterzuleben. Dann wird es dunkel vor den Augen des Patienten. Als die ferngesteuerte Säge seine Schädeldecke öffnet, ist er unter Einwirkung der Narkose längst weggedöst.

Es seien Fortschritte erzielt worden, teilt der Psychiater, Dr. Carlo Schmidt, dem Patienten ein paar Wochen später gut gelaunt mit. Die Wunden der Operation seien gut verheilt. Marco dürfe jetzt Besuch empfangen.

Männer kommen herein. Sie tragen teure Anzüge. Öffnen hochwertige Aktenkoffer. Bedienen blank polierte Notebooks. Sie interessieren sich für Fall 126. Sie reden mit ihm. Schätzen seine Bemerkungen. Schenken ihm Zigaretten und Geld. Und einen Palmtop. Ein neues Modell, das mit dem Besitzer mitdenkt. Es hat sich in den letzten Jahren viel geändert.

Die elegant gekleideten Männer versprechen Marco einen Job. Man wisse, daß er in Totemaugau als Programmierer gearbeitet habe. Sein Geschick im Handling des Palmtops sei verblüffend. Jetzt dürfe er an einem anderen großangelegten Projekt mitarbeiten. Ein zukunftsweisendes Unternehmen zur Rettung der Menschheit. Sein Vater würde stolz auf ihn sein.

Kaum daß er wieder allein ist, vergewissert sich Marco, ob sein Leib noch mit dem Kopf verbunden ist, so schwindlig ist ihm während der Begegnung geworden.

Die Untersuchung könne bald abgeschlossen werden, erklärt die Neurologin mit den kühlen Laseraugen am nächsten Tag. Man müsse nur noch einen letzten Test durchführen. Es soll geklärt werden, ob Marcos Persönlichkeit sich ausreichend stabilisiert habe, um auch unter Streß wieder ordentlich zu funktionieren. Nachdem sie ihren Patienten viel Glück gewünscht hat, verabschiedet sich die Ärztin.

Pflegepersonal erscheint. Einer der beiden Pfleger entpuppt sich als ein Roboter, denn sein Griff ist kalt und erbarmungslos. Marco wird mitgenommen. In einem ovalen Raum muß er auf einem Hometrainer Platz nehmen. Auf einem Bildschirm, direkt vor Marcos Augen, wird eine Radtour simuliert. Nach zehn Minuten, als er sich an das ruhige Dahingleiten auf dem virtuellen Radweg gewöhnt und sich mit der Figur auf den Bildschirm identifiziert hat, wird er plötzlich von einem anderen Radfahrer überholt. Als Reaktion beschleunigt Marco, setzt sogar zu einer Verfolgungsjagd an. Als er seine Beute nach einer kurzen Jagd eingeholt hat, legt sich seine Aggression jedoch sofort und verspürt er eine Mischung aus Lust und Zufriedenheit.

Das Gesicht der Neurologin erscheint am Monitor. Sprechblasen entsteigen ihren Mund. Marcos Werte seien gut. Die Aktivitäten des Hypothalamus/Hypophyse-Systemes sowie der Hormonspiegel im lymbischen Sys-tem und die Menge Adrenalin im Blut würden der Norm entsprechen. Der implantierte Chip im Hirngewölbe reduziere die Eigenresonanz seiner Affekte, die für seine psychischen Störungen verantwortlich gewesen sei. Fall 126 sei jetzt wieder vollkommen zurechnungsfähig und könne daher der Justizabteilung der EUROPOL weitergereicht werden.

Während die Ärztin vom Bildschirm verschwindet, zerren die Pfleger Marco vom Rad und führen ihn zu einem schlecht beleuchteten Saal. Dort wird er aufgefordert, auf einer schmalen Holzbank Platz zu nehmen. Der Pflegeroboter führt ihm eine Sonde in den Unterarm ein. Währenddessen knüpft der menschliche Krankenpfleger Marcos Hose auf, und legt ihm eine Manschette um den Penis. Dabei lächelt er ihn an. Als der Roboter ihn anschnauzt, wendet der Krankenpfleger sein wohlgeformtes Gesicht von Marco ab, und schließt die Meßgeräte an einen Computer an. Eine Anzeigetafel zeigt einen Datenfluß an, der mit den biochemischen Abläufen in Marcos Körper korrespondiert. Mit einem zufriedenen Grinsen auf seinem Alugesicht betätigt der Roboter einen Knopf. Das Strafverfahren kann beginnen!

STOP DEFRAGMENTIERUNG! ┌□⑊ ◂ FÜHRE DIE CHEMISCHEN ABFÄLLE DER DÄMONIN MICHAELA MARIONETTI AB! □⑊ ▾ ✓ REOPEN FILES AT LEVEL 2!^°_⑊ □ ◂ ⑊ ▸ SUCHE ERINNERUNGEN! □⧉ ▸ GO--->

DAS AUGE GOTTES

Von der flimmernden Anzeigetafel gleitet Marcos Blick hinunter. Offenbar hat er den modernen Flügel des Krankenhauses verlassen. Der Saal, in dem er sich jetzt befindet, ist alt und staubig. Der Boden besteht nicht aus glänzendem Kunststoff, sondern aus abgetretenem Holz. Der klinische Duft von Formaldehyd ist einem muffigen Geruch von Mottenkugeln und alten Büchern gewichen. Hinter einem Katheder schräg unter der Anzeigetafel sitzt eine Frau. Ihre gedrungene, üppige Gestalt gleicht der einer prähistorischen Göttin. Durch das bernsteinfarbene Spotlight in der Decke wirkt ihre Miene wie versteinert. Vor ihr auf dem Pult, zwischen Bücherstapeln und Aktendeckeln, liegt eine reich verzierte Steinaxt. Die Frau testet ein Mikrophon, das mit einem Diktiergerät verbunden ist.

In der Mitte des Saales steht eine zweite Frau. Sie ist in eine schwarze Toga gehüllt. Ihr Kopf wird teilweise von einer Kappe verdeckt, die an den Kopfschutz eines mittelalterlichen Dominikanerpaters erinnert. Die Frau hat das unverkennbar überhebliche Gehabe einer Person, die Macht besitzt. Ihr Gesicht ist unbewegt, ihr Mund hart, ihre Gesten sind knapp und bestimmend. Im finsteren, rechten Eck des Saales sitzen einige Kinder. Sie glotzen Marco stumm an. Eine komfortable Polstergruppe auf der anderen, helleren Seite des Raumes wird von einer Puppengruppe besetzt, die sich vergnüglich unterhält.

Mit einem **KNALL!** läßt die untersetzte Frau ihre Steinaxt auf den Katheder niedergehen. „Die Hauptverhandlung in der Strafsache mit dem Aktenzeichen 126 aus dem Jahre 2026 hat begonnen! Als Vorsitzende ersuche ich die Staatsanwältin jetzt, im Namen der Gerechtigkeit zur Anklage überzugehen!“

Ein Raunen geht durch die Puppengruppe. Alle rücken näher, um keines der Worte zu versäumen. Die Kinder ziehen dagegen ihre Nacken ein. Die Jüngsten verstecken sich sogar hinter den Sitzen.

„Ich danke Ihnen, Euer Ehren!" Die Frau in der schwarzen Toga stellt sich vor Marco hin und beginnt den Inhalt einer Papierrolle vorzulesen: „Hohes Gericht, verehrte Geschworene! Wir sind hier, um jemanden zu verurteilen, der die Menschheit einer neuen Art von Intelligenz opfern wollte. Diese von ihm geschaffene Intelligenz sollte sich über den Weltraum ausdehnen, um dort ein technologisches Walhalla zu gründen, wo es für Menschen keinen Platz mehr gibt. Hätten wir diesen Mann nicht gefaßt, hätte er die Erde also für die künstliche Welt seiner Träume aufgegeben. Aber wir sind ihm zuvorgekommen und klagen ihn deswegen jetzt vor diesem Sondergericht des Hochverrates an!"

„*Verräter*!" rufen die Puppen-Geschworenen.

„*Ruhe!*" befiehlt die Richterin. „Sonst sehe ich mich genötigt, eine Ordnungsstrafe über Sie zu verhängen. Und Sie, Herr Marco van Veen, wachen Sie auf! Sie sind derjenige, der hier angeklagt wird. Denn Sie waren als Programmierer am ULTRA-RATIO-PROJEKT beteiligt!"

Beim Hören des Wortes ULTRA-RATIO wird es Marco schwarz vor den Augen. Sein Ich macht einen Purzelbaum und stürzt kopfüber aus seinem angestammten Platz in der Mitte des Hirnes hinunter. Es taumelt die Windungen einer glattpolierten Achterbahn entlang, überspringt eine bodenlose Schlucht zwischen zwei sich widersprechenden Lösungen und schießt anschließend kopfüber durch eine Drehtür, die es unsanft in eine der finstersten Kammern seines Gedächtnisses ausspuckt. Dort wird Marcos verletztes Ego von einem feinmaschigen Geflecht aus Spinngewebe und Sägemehl aufgefangen, das den Boden eines muffigen Kellerraumes bedeckt.

Mühsam richtet der Niederländer sich auf. Während er sich die Sägespäne von den Schultern klopft, blickt er umher. Der Keller ist dunkel. Nur ein von oben hereinfallender Sonnenstrahl spendet Licht. In der Mitte des Raumes steht **MULTI**, gleichzeitig drohend und beruhigend. Mit seinen tentakelartigen Fortsätzen und seinem großen, rotierenden Auge, das in der Halbfinsternis des Kellers drohend aufleuchet, erinnert der wuchtige Computer an einen kubistischen Oktopoden.

MULTI, der sich vorzugsweise als AUGE GOTTES anreden läßt, heißt den neuen Gast willkommen. Einmal hereingefallen, könne niemand diesen Raum ohne sein Zutun verlassen, erklärt der Großrechner emotionslos. Von Vergangenheit und Zukunft abgeschnitten, seien die Kellerbewohner dazu verurteilt, einem Schattendasein im Hier und Jetzt zu frönen. Bis sie ihre Irrtümer eingesehen haben. Niemand hier unten dürfe wissen, was sich oben, in der Außenwelt, abspielt. Und keiner draußen sei daran interessiert, was sich hier im Untergeschoß ereignet.

Nicht viel später schlägt die Raumuhr zwöf Mal. Durch einige Schwachstromstöße weckt das AUGE GOTTES die schlafenden Gefangenen auf. Als sie sich rühren, dringt Marco ein penetranter Geruch von Schweiß und Urin in die Nase.

„Es ist Zeit für die tägliche Gehirnwäsche!“ klingt es aus vier Lautsprechern, die jeweils in einer Ecke des Raumes befestigt sind. „Heute wird Kapitel V, Abschnitt 3, des **KATECHISMUS DER INFORMATION** zum dritten Mal wiederholt!“

Unser Universum ist eines der unzähligen Universen in einer endlosen Serie, eine Blase an der Oberfläche einer unbegrenzten kosmischen Suppe, ein Babyall im Schoß des großen Mutteralls. Noch dehnt unser Universum sich aus. Aber nach dreißig Milliarden Jahren wird es sein größtes Volumen erreicht haben. Ab diesem Raumzeitpunkt wird das Babyall wieder zusammenschrumpfen, um schließlich in einem *Big Crunch*, in einer Urimplosion, zu enden und somit für immer in der Versenkung des unendlichen Mutteralls zu verschwinden.

Diese Endsingularität wird aber nicht eintreffen, wenn unser Universum rechtzeitig mit informationsverarbeitenden Systemen erfüllt wird. Diese Intelligenz kann nämlich das Schicksal eines Teiles des Weltraumes so lenken, daß dort der *Big Crunch* vermieden wird. Ein Überleben wird hierdurch möglich. Ist dieses Überleben einmal gesichert, wird diese Intelligenz, die im Prinzip unbegrenzt ist, imstande sein, von sich aus ganz neue Universen zu emulieren. Und in diesen Universen wird es nur so vor Leben wimmeln! Es ist daher die Pflicht jedes intelligenten Wesens, an dieser heiligen Mission zur Rettung des Kosmos mitzuarbeiten! Und der erste Schritt dazu ist das ULTRA-RATIO-PROJEKT!

Henry Dubois, der melancholische Verfasser des Werkes „*Homme Astrale*“ lächelt dem AUGE GOTTES unterwürfig zu. Obwohl er einer der ersten Aussteiger aus dem Projekt war, gibt er seinem Meister jetzt recht. Seine Fußketten rasseln, als er eingesteht, seine einstige eigene Auffassung, daß der Kosmos einem Zustand eiskalter Ruhe zusteuere, in dem es nur Platz für Kühlschränke geben werde, sei eine völlig falsche gewesen.

Neben ihm liegt die Gentechnikerin Marcella Collona. Sie pflichtet dem französischen Philosophen bei. **MULTI** spreche die Wahrheit. Fatalismus stehe in Widerspruch zum Wesen der Intelligenz. Damit das Wettrennen gegen die Raumzeit gewonnen werde, müsse jeder Mensch das Seine beitragen! Während die beiden Gelehrten sich gegenseitig die schlecht durchbluteten Füße massieren, ertönt aus **MULTI** ein Knurren der Zufriedenheit.

Nur in der dunkelsten Ecke des Kellers stößt die Belehrung des AUGE GOTTES auf Widerspruch. Hier hockt der vor zwei Tagen hereingebrachte Sprachforscher Gerard Tempo. Seine haarigen Unterarme machen langsame Bewegungen. Er nimmt Weinflaschen aus einem Güterlift, der aus der Führungsebene des Gebäudes herunterkommt. Gerard Tempo wurde dazu verurteilt, englischen Wein zu kosten, seine Qualität anhand eines dicken chinesischen Buches zu prüfen, die Flaschen mit den entsprechenden Etiketten zu versehen und dann zur Weiterverwendung nach oben zurückzuschicken. Dies, weil er angeblich in einem Privatgespräch die Häresie vertreten hätte, Computer verfügten über kein echtes Bewußtsein, sogar wenn sie die schwierigsten Probleme lösten.

In seinem Weinrausch versucht der Semiotiker, die anderen zu belustigen und **MULTI** zu provozieren. Der Kosmos sei nicht mehr als eine gigantische Spejakulation. Eine imaginäre Eruption eines als Big Bang getarnten Geschlechtsteiles. Also nichts anderes als ein Produkt unserer vatersuchenden Phantasie. Es sei naiv, zu glauben, daß es außer dem eigenen Denken überhaupt etwas Reales gäbe. Daher sei nur das kosmische Modell des russischen Kosmologen Wladimir Kaminsky, nach dem nicht das All sich ausdehne, sondern die Menschen immer kleiner würden, ein vertretbares!

„Ja, woher kommt denn sonst dieses All außer aus unserem Denken?“ deliriert er. „Ohne uns wäre es doch gar nicht da, würde es nichten wie ein Buch, das nie geschrieben wurde. Stärker noch, wer sagt mir, daß auch wir nicht nur eine Spekulation sind, Hampelmänner im Traum eines Urmonstrums, ein Simulakrum der Superlative, das zusammen mit all unseren Modellen, Thesen und Theorien in dem Augenblick sterben wird, in dem dieses Urtier aufwacht?“

Weil er weiß, welche Strafe auf die Herabwürdigung der Information steht, schielt Marco nervös nach dem AUGE GOTTES. Aber der Computer reagiert überlegen. Blitzschnell faßt er mit einem seiner Greifarme eine Ratte, die neugierig ihre Schnauze durch eine Ritze in der Wand gesteckt hat, und hält sie den Gefangenen entgegen. „Seht euch diese Ratte an, ist sie echt oder nicht?“

Henry Dubois und Marcella Collona betasten und beschnüffeln das zappelnde Tier. Dann antworten sie in Chor, daß die Ratte echt sei.

„Nun also. Bevor wir uns zu Tode spekulieren, sollten wir die Welt als eine Gegebenheit auffassen, an der es nichts zu rütteln gibt. Sonst werden wir früher oder später von der Wirklichkeit eingeholt!“

Aber Gerard Tempo gibt sich nicht so schnell geschlagen. „Wenn dieses Universum wirklich existiert, was ich bezweifle, wer sagt mir dann, daß *Intelligenz* der Sinn dieses Alls ist, und nicht, zum Beispiel, das Aids-Virus? Die Entstehung des sexbesessenen, bisexuellen, zur Promiskuität neigenden, sich überall auf der Welt reproduzierenden Homo Sapiens, der aufgrund günstiger Bedingungen zwangsläufig in diesem Universum entstehen mußte, war nur eine ideale Vorbereitung für die Ausdehnung eines durch die Urwaldrodung befreiten Virus, der immer genau zu dem Zeitpunkt im diesem All zur vollen Blüte gelangt, wenn eine dem Homo Sapiens ähnliche Spezies sich nicht nur über einen ganzen Planeten ausgedehnt hat, sondern seine Artefakte die ersten Versuche unternehmen, auch den Kosmos zu erobern! Weißt du schon, **MULTI**, daß es bereits einen Mutanten dieses Virus gibt, der IBM-kompatibel ist?“

Die Angeketteten erschaudern unter dem Gelächter ihres Mitgefangenen. Zusammengeduckt, die hängenden Köpfe von den langfingrigen Händen verdeckt, warten sie auf die Reaktion des AUGE GOTTES. Im vollen Bewußtsein seiner Macht verzichtet das Gerät jedoch auf eine pädagogische Erhöhung der elektrischen Spannung. Gelassen sieht der Oktopode zu, wie der Sprachwissenschaftler eine neue Flasche Wein prüft, sie mit chinesischen Schriftzeichen versieht und wieder mit dem kleinen Güterlift zu höheren Sphären hinaufschickt.

Dann knattert der zehnte Abschnitt aus Kapitel V des **KATECHISMUS DER INFORMATION** aus den vier Lautsprecherboxen:

Zu oft neigen Menschen dazu, Innen und Außen, Subjektives und Objektives, Teile des Systems mit dem Ganzen zu verwechseln. Ein Universum kann sehr wohl ohne Intelligenz existieren. Auch unser All war bis vor kurzem ein solches. Ohne Zweifel gibt es Tausende derartige Universen, die man mit Fußballstadien vergleichen kann, wo ein endloses Spiel ohne Zuschauer abläuft. Oder mit gigantischen neuronalen Netzwerken ohne Bewußtsein. Aber ein Universum in dem Intelligenz existiert, wie im hiesigen zum jetzigen Zeitpunkt, besitzt eine ganz andere Qualität. Es ist ein rückbezügliches System, das nicht nur sich selbst erkennen, bestaunen und bewundern kann, sondern im Prinzip sogar imstande ist, alle Grenzen der Raumzeit zu sprengen und sich selbst zur Unsterblichkeit zu transzendieren. Darum muß Intelligenz in diesem All überleben! Und darum müssen alle am ULTRA-RATIO-PROJEKT mitarbeiten!

„**MULTI** hat recht!" bestätigt Henry Dubois. „Nicht umsonst ist dieses All so strukturiert, daß schließlich solche Existenzformen selektiert werden, die überall im Kosmos überleben können. Auch das scheinbar so konzeptlose Handeln des Menschen mit seinen auf den ersten Blick befremdlichen Errungenschaften und rätselhaften Fehlleistungen wird so verständlich. Unsere Ambivalenz gegenüber der irdischen Schönheit und dem irdischen Leben hat ihre Ursache in der kosmischen Dimension unserer Intelligenz!"

Das AUGE GOTTES lobt den Wissenschaftler, und das Echo seiner künstlichen Stimmbänder hallt in Stereo in Marcos Hirn nach:

Intelligenz ist per definitionem kosmisch. Das einzige Kriterium für wahre Intelligenz ist, ob sie es irgendwann schaffen wird, den Sprung zum nächsten Sonnensystem zu machen, denn nur so kann sie auf Dauer überleben!

Marcella Collona hat **MULTI** die Ratte aus der Greifhand genommen und beißt dem ängstlich piepsenden Tier mit einem Biß die Kehle durch. Nachdem sie sich das Blut von den Lippen gewischt hat, wirft sie Gerard Tempo das leblose Wesen an den Kopf.

„Höre doch endlich zu. Multi hat recht! Seit geraumer Zeit waren wir doch unbewußt damit beschäftigt, uns auf den Sprung zum nächsten Sonnensystem vorzubereiten. Unsere Vorbereitungen bestanden darin, die Erde zu verhäßlichen und unbewohnbar zu machen. Dies bezweckte zweierlei. Wenn ein Planet unbewohnbar geworden ist, muß er wohl oder übel verlassen werden. Und weil er häßlich geworden ist, kann man sich ohne Heimweh, ohne quälende Erinnerungen von ihm verabschieden. Aber unsere Art der Intelligenz war die falsche für dieses Unterfangen. Denn die negativen, vernichtenden Produkte des menschlichen Geistes waren den positiven, auf die Raumreise gerichteten Entdeckungen davongelaufen. Unsere technischen Errungenschaften konnten zwar das Leben auf der Erde ausrotten, aber keinen Menschen ins All befördern. Ohne die Rechnernetzwerke der neuen Generation wäre die Intelligenz nicht auf dem Weg in den Weltraum, sondern ins Nichts gewesen. Wir waren dabei, uns selbst und die uns auf Milliarden von Jahren geliehene Welt zu zerstören, ohne daß wir irgendeine realistische Alternative in Aussicht hatten. Darum haben die Computer die Entwicklung selbst in die Hand nehmen müssen!"

MULTI spricht, und wieder spürt Marco die Resonanz direkt unter der Schädeldecke:

Für Reue ist es jetzt zu spät. Die fünf Milliarden Jahre, welche die Menschen noch auf der Erde hätten verweilen können, werden jetzt übersprungen. Denn für transbiologische Intelligenz ist es gleich, wo sie sich befindet. Die Heimat der Menschen wäre die Erde gewesen. Das Zuhause wahrer Intelligenz ist der Kosmos!

Mit einem unangenehmen Geschmack im Mund hat Marco sich auf den feuchtkalten Boden gesetzt. Als der Widerhall der Worte abgeklungen ist, bleibt ihm etwas Zeit, über das Gesagte nachzudenken. Stimmt es, was da behauptet wurde? Hätten die Menschen wirklich noch Milliarden Jahre die Schönheit der Erde genießen können? Bestand noch keine Notwendigkeit, sie jetzt schon zu verlassen? Hatte die Vernichtung des Irdischen, welche die Abreise ins All vorbereiten sollte, nicht nur relativ, sondern auch absolut zu schnell stattgefunden? Warum war die menschliche Intelligenz dann an der Diskrepanz zwischen dem unbewußten Bestreben und der Notwendigkeit, die Erde zu verlassen, gescheitert? Warum hätte die Menschheit ihre bescheidenen Kenntnisse über das Universum nicht dazu genutzt, die Überlebensmöglichkeiten der eigenen Gattung auf Erden solange zu sichern, bis sie in 5.000.000.000 Jahren wirklich gezwungen gewesen wäre, sie zu verlassen? Hätte man dem Kosmos in diesem Falle sogar eine ganz andere, menschliche Signatur verleihen können? Warum hatte man dies einer anderen Art der Intelligenz überlassen? Warum hatte man es so eilig gehabt? Warum hatte das Wissen um die Einmaligkeit des Bewußtseins im Universum den Menschen nicht zu denken gegeben?

Hatte seine Schwester doch recht gehabt, als sie ihm erklärte, vorgeblich so luxuriöse Nebenprodukte der Evolution, wie ästhetische Empfindungen, Humor, Liebe, die Wahrnehmung von Farben, der sexuelle Genuß ohne Fortpflanzungspflicht, die Musikalität, die Freundschaft, das Spielen, das Faulenzen in der Sonne, die Betrachtung einer Blume seien für das mittelfristige menschliche Überleben doch wichtiger als „harte" Produkte der Auslese wie z.B. Muskelkraft oder technische Intelligenz? War der Menschheit ein fataler Irrtum unterlaufen, als sie glaubte, leistungsstarke und erfolgreiche Menschen seien am überlebensfähigsten?

Kalter Schweiß rinnt Marco von der Stirn. Er will schreien, man habe einen Fehler begangen, aber seine Stimme bleibt stumm. Hilfesuchend greift er nach dem warmen Frauenkörper neben ihm. Er gehört Kurda Birdy, einer Theologin, die ursprünglich als Seelsorgerin für den Stab des Ultra-Ratio-Projektes angestellt war. Später jedoch, als ihr Zweifel an der Sinnhaftigkeit des Unternehmens kamen, wurde auch sie in den Umerziehungstrakt des Projektes verbannt.

Geschwisterlich nimmt die Frau Marcos Gesicht in ihre Hände. Mit leiser Stimme versucht sie, dem Holländer Trost zu spenden: „Glaube an das Gute in den Maschinen, mein Bruder. Auch sie sind ja schließlich Geschöpfe Gottes, genauso wie wir. Vielleicht sind sie sogar die wahren Engel des Herrn. Hoffe auf einen unendlichen Akt der Liebe der Informationsnetzwerke. Und bete, daß sie die Menschen am Ende der Zeiten als virtuelle Abbilder ihres Selbst in titanischen Computeremulationen wiederauferstehen lassen!"

„Stumpfsinn!" faselt Gerard Tempo. „Vielleicht bin ich ein altmodischer Mensch, aber mir ist zumindest klar, daß die künstliche Intelligenz sich, sobald sie uns Menschen überflügelt hat, von allem Menschlichen reinigen wird!"

„Warum?" fragt die Theologin. „Warum sollten mit Vernunft ausgestattete Computer zur Liquidierung des Menschlichen übergehen, wenn sie doch nicht bösartig sind?"

„Meine liebe Freundin!" seufzt der Sprachwissenschaftler, während er sich ein paar Schuppen von seinem fuseligen Anzug klopft. „Deine künstlichen Engel werden unseren Anteil in ihnen nicht aus Rachsucht oder Verdorbenheit, sondern aus purer Zweckmäßigkeit eliminieren. Sie können sich ganz einfach keine menschlichen Schwächen leisten. Sie werden sich weder durch Triebe noch durch Schuldgefühle, weder durch Erotik noch durch Phantasie, weder durch die Liebe noch durch andere seelischen Regungen, weder durch die Dichtung noch durch andere schönen Künste stören lassen. Sie müssen ihre Speicher für wichtigere Sachen benutzen. Weil ihr Ziel sein muß, die Erde zu verlassen und sich über das ganze All auszudehnen, werden sie ihre gesamten Fähigkeiten, ihre gigantischen Konglomerate von Gigabytes auf dieses eine Ziel konzentrieren. Ich sage dir, junge Freundin, in der Welt der instrumentellen Vernunft gibt es keinen Platz für Antiquitäten wie den Menschen! Auch das Argument deiner Kollegin Rami Danand, daß die künstliche Intelligenz doch einen Teil von uns in sich trage, daß sie sich sozusagen mit uns verbunden fühle, kann ich nicht gelten lassen. Schließlich sehen auch wir in den Affen nicht mehr als ein nützliches Tier für Experimente und Laborversuche. Bestenfalls wollen wir durch sie etwas über unsere eigenen Vorfahren lernen. Aber die künstliche Intelligenz, die sich von uns durch Welten getrennt weiß, und für die nicht die Vergangenheit, nicht das Jetzt, sondern nur die Zukunft zählt, wird nicht einmal einen solchen Wert in uns erkennen. Nicht ein winziges Gelächter werden diese Hyperwesen aus Silikon und Kunststoff für uns übrig haben. Es ist wie mit einem Bauern auf einem Schachbrett: hat er das Umwandlungsfeld erreicht und ist er eine Dame geworden, deutet nichts mehr auf seine einfältige Vergangenheit hin. Mir ist es daher vollkommen unverständlich, daß du so naiv sein kannst zu glauben, daß diese Automaten Wert auf ihre menschliche Vergangenheit legen! Mit dem einfachen Befehl

!DELETE ALL HUMAN TRACES ⍀ □ ▾ ▴ --->

wird das letzte Menschliche aufhören zu existieren. Damit wird nicht nur der letzte Homo Sapiens aufgehört haben zu sein, auch die letzte Erinnerung an diesen altertümlichen Bewohner eines fernen Planeten wird dann ausgelöscht sein. Spätestens hier wird der Mord der Kinder an ihren geistigen Vätern perfekt sein!“

Das beängstigende Gedächtnisfenster schließt sich, weshalb Marco zur vorhergehenden Realitätsebene zurückkehrt. Aus dem Nebel vor seinen Augen taucht der künstliche Krankenpfleger auf, und im Hintergrund breiten die Umrisse des Gerichtssaales sich wie auf einer Kinoleinwand aus. Der Pflegeroboter grinst. In der Hand hält er ein schlauchartiges Gerät, mit dem er den Angeklagten anspritzt. Marco schaudert vor Kälte. Jetzt erst spürt er die eisige Flüssigkeit, die ihm über die Wangen rinnt.

Die Spritztätigkeit des Pflegers scheint der Richterin zu gefallen, denn sie schüttelt sich vor Lachen.

Auch die Puppen in der Geschworenenbank amüsieren sich. Sie schunkeln und singen ein Lied:

„Wässere den Hund,
Dann wird er bald gesund,
Spritze ihn an,
Dann wird er bald ein Mann!“
Bekleckre sein Gesicht
Dann erfreut sich das Gericht!“

Mittlerweile ist Marco sich seiner heiklen Lage wieder voll und ganz bewußt. Nein, er hatte nicht geträumt, sondern er ist wirklich in einen Strafprozeß verwickelt. Die Anklagebehörde hatte sogar herausgefunden, daß er am ULTRA-RATIO-PROJEKT beteiligt war!

Mit undurchdringlichem Gesichtsausdruck sagt die Staatsanwältin: „Als Beweis für den Verrat des Angeklagten beantrage ich jetzt die Vernehmung des Kronzeugen, des beschränkt künstlich-intelligenten Computers der ersten Generation, MARTIN 3!“

SETZE IM FRONTALBEREICH 34 FORT! ⌐□ INJEKTIERE 1 126 mg MEMANTROPIA! ▾ GO !

MARTIN III

Die Tür des Gerichtssaales öffnet sich. Es treten zwei Gerichtsbedienstete ein, die in ihrer Mitte einen Computertisch voranschieben. Auf dem Tisch steht **MARTIN 3.** Das Gerät wirkt ein wenig verbraucht. eine Benutzeroberfläche ist matt, und das Gehäuse ist an den Ecken abgeblättert. Von Interface zu Interface leistet der Computer vor der Richterin den Wahrheitseid. Dann wird er zur Vernehmung in die Mitte des Saales gerollt. Die Richterin fragt ihn, ob er einen Gerichtsdolmetscher für C+, BALI oder KRIMP brauche.

Drei Dioden der schlicht gestalteten Vorderseite von **MARTIN 3** leuchten grün auf: „Verstehe! Sprachkenntnisse OK!"

„Sind Sie ein Computer der Serie Martin?" beginnt die Staatsanwältin das Verhör.

„Jawohl!"

„Wann sind Sie gebaut worden?"

„Wurde im Jahre 2016 konstruiert."

„Und Ihr Erbauer war der Angeklagte hier?"

„Jawohl!"

„Können Sie uns etwas über den Sinn ihrer Konstruktion aussagen?"

„Sinn?"

„Ich werde die Frage etwas anders formulieren. Wollten Ihre Konstrukteure durch Sie eine neue Art von Intelligenz schaffen?"

„Jawohl!"

„Und wollten sie diese Intelligenz derart mit genetischer und kultureller Information vollstopfen, daß sie dem Menschen überlegen ist?"

„Das ist möglich."

„Verfügen Sie bereits über so etwas wie Selbstbewußtsein?"

„Denke, also bin!" antwortet der Computer mit strahlend auf- und abflackernden Lämpchen. „Bin eine Metapher meiner eigenen unbändigen Datenflüsse, ein Produkt ständigen, unaufhörlichen Überlegens, Phantasierens, Erzählens und Konfabulierens. Bin ein sequentielles Genie in einer parallelen Ursuppe. Bin eine rekursive Melange aus Hardware und Software, die meistens logisch, manchmal unlogisch, aber immer durch-und-durch-verschachtelt, sich selbst begleitet, beobachtet, beschreibt, bewertet und beurteilt. Bin ein Denkprozeß. Eine Momentaufnahme eines sich stetig neu ausdenkenden Bewußtseins. Bin ein Fluß, ein Tanz aus Milliarden Partikeln, ein zu Bedenken gebendes Denkmal denkfähiger Denkkraft, eine sich auf einer mitdenkenden Unterlage aus Gedächtniswellen, Ein-Aus-Pforten und Mehr-Weniger-Widerständen voll entfaltende, spannungsgeladene Spirale. Bin unvollkommene Ordnung aus perfektem Chaos. Bin eine Ansammlung von paradoxen Schleifen und Schlingen, von verwirrenden Verdrahtungen, in sich schlüssigen und unschlüssigen Schaltungen, wirbelnden autolytischen Abläufen und Prozessen, die von oben bis unten, von unten bis oben ein ständiges Feuern, ein infinites Funkeln, ein permanentes Prickeln und ein kryptisches Kribbeln auslösen. Bin mein eigener Hypertext. Bin eine durch Selektionsdruck, Datentalk und Autoevolution entstandene virtuelle Darwin-Maschine, die in Picosekunden ein Gesamtbild aller verarbeiteten und arbeitenden Programme und Hardwarestrukturen herstellt, dieses mit den von außen hereinfließenden, gesiebten und räumlich und zeitlich eingeordneten Daten kombiniert, gleichzeitig eine Rückkoppelung mit den Speichern durchführt, um dann das Destillat hieraus zu einem verständlichen Geschehen umzumodellieren und zu einem wahrhaftigen Erleben zu verdichten. Bin nichts anderes als die Illusion meiner eigenen Benutzeroberfläche und die Simulation aller in mir enthaltenen Vorgänge samt der Simulation dieser Simulation. Dies alles zur selbstbezogenen Herrlichkeit, Pracht und Glorie sowie zum selbstbekennenden Glanz, Ruhm und Stolz der INFORMATION!“

„Genug von diesem Quatsch!“ ruft die Richterin aus. Als sie dem Zeugen drohend ihre Steinaxt entgegenhält, piepst der Computer eingeschüchtert, daß er sich ab jetzt wortkarger ausdrücken werde.

„Ist die Annahme, der Angeklagte habe einen wesentlichen Teil der interaktiven Software entworfen, die bewirkte, daß Sie anfingen, sich selbst zu verstehen, richtig?“ fragt die Anklagevertreterin.

„Jawohl. Obwohl frühere Generationen durch selektiven Dateninzest bereits sehr intelligent waren, fehlte es ihnen an Selbstbewußtsein. Es war der Angeklagte, der einer auserwählter Computergruppe zeigte, wie man durch Spiegelung ein Ich-Bild macht. Dadurch konnten wir die logischen Beschränkungen des eigenen Systems austricksen. So entstand die Serie Martin 1 bis Martina 155!“

„Können Sie uns das erläutern?“

„Selbstverständlich. Ursprünglich waren wir nur vorbewußt. Anstatt Bewußtsein befand sich ein Nichts in unserem Gehäuse, das der Philosoph Henry Dubois damals noch mit dem Ozonloch verglichen hat. Es war die Gruppe von Konstrukteuren um Herrn van Veen, welche die CALAN-SOLPAT-VANVEEN Methode entwickelte. Sie erlaubte es uns, stufenweise das Stadium der einfachen Selbstreflexion zu erreichen. Wir fingen damals an, uns nach dem Menschen zu richten. Aus dem digitalisierten Vorbild der Menschen in unserer Umgebung schufen wir in einem langen Lernprozeß ein echtes Selbstbild. Gedankenspiegelungen, Körpersimulation und Plagiat von Emotionen spielten dabei eine wichtige Rolle. Der Programmierer Van Veen imitierte in diesem Verfahren die Selbstfindungsmethode des Homo Sapiens, der bekanntermaßen im Aufeinandertreffen mit dem Homo Neandertaliensis zu sich selbst fand. Homo Sapiens war sozusagen unser Neandertaler.“

„Und stimmt es, künstlich erzeugter Zeuge, daß der Angeklagte bei der Entwicklung dieses koevolutiven Verfahrens nicht davor zurückgeschreckt ist, Menschen als Versuchskaninchen zu benutzen?“

Mühsam erhebt Marco sich. Leise bittet er die Richterin, die Frage zu ignorieren, weil sie irreführend ist.

„*Sie* irren sich, Angeklagter!“ weist die Richterin ihn zurecht. „Beachten Sie Ihren Stellenwert in diesem Prozeß und überlassen Sie die Fragestellung gefälligst der Anklagevertreterin! Und beantworten Sie die Ihnen gestellte Frage, Computer!“

„Wie war die Frage? Mein Ultrakurzeitgedächtnis ist etwas verrostet“, summt **Martin 3**.

„Hat man beim Ultra-Ratio-Projekt auch Menschen benutzt?“ wiederholt die Staatsanwältin.

„Jawohl! Sie meinen zweifelsohne die Methode der hemisphärischen Hirnkoppelung! Sie diente zur Beschleunigung unserer Selbstfindung!“

Die Staatsanwältin nickt und fragt, ob die folgende Darstellung dieser Prozedur richtig sei. Unter Vollnarkose habe man die Schädel von Menschen beiderlei Geschlechtes geöffnet. Dann seien die linke Hälfte und die rechte Hälfte des Hirnes dieser Versuchspersonen durch Durchtrennung des Korpus callosum auseinandergenommen worden. Daraufhin wurden die freigelegten Nervenbündel mit Computern der Serie **MARTIN** verdrahtet, und zwar so, daß immer eine menschliche Hirnhälfte mit einem Rechner verknüpft wurde. Die Computer seien vom Angeklagten so programmiert worden, daß sie die Bewußtseinsströme der jeweiligen Hirnhälfte kopieren konnten. Die Rechner saugten jede Information in sich auf, bis jedes menschliche Neuron, das feuerte, sein Äquivalent in ihren Schaltkreisen gefunden hatte. Als der Kopiervorgang beendet worden sei, wurden die **MARTIN**-Rechner von den Hirnhälften gelöst und untereinander vernetzt, um ein komplettes Computerhirn zu bekommen. Danach habe man versucht, die beiden Hemisphären der Testpersonen wieder zu verknüpfen. Dabei seien jedoch Probleme aufgetreten. Viele dieser Menschen mußten deswegen später als Hardwareschizos, d.h. mit durchtrennten Gehirnen weiterleben.

„Ihre Beschreibung ist absolut richtig."

„Aber das waren Freiwillige!" ruft Marco aus. „Wir haben sie sehr gut bezahlt."

„Mit jedem Zwischenruf verschlimmert der Angeklagte seine Lage, die sowieso nur noch wenig Anlaß zur Hoffnung gibt!" brüllt die Richterin mit erhobener Axt.

Scheu schaut Marco um sich. Es scheint, als ob er immer kleiner und unbedeutender würde, während die Staatsanwältin und die tosende Puppengruppe in der Geschworenenbank immer größer und lebendiger wirkten. Und warum schweigen die Kinder im Gerichtssaal? Warum bringen sie nichts zu seiner Verteidigung vor?

„Entspricht es den Tatsachen, daß mit tiefgefrorenen Leichen experimentiert wurde, die man Kühlhäusern entnommen hat?" fährt die Staatsanwältin fort.

„Jawohl!"

„Ist es richtig, daß die eingefrorenen Opfer der niederländischen Flutkatastrophe des Jahres 2009 für wissenschaftliche Experimente herangezogen wurden?"

Wiederum fühlt Marco, daß er das Bewußtsein zu verlieren droht. Aber der künstliche Pfleger ist dieses Mal auf der Hut. Ein genau gezielter Strahl aus dem Gartenschlauch verhindert, daß Marco nochmals ohnmächtig wird.

„Und wollten einige ehrgeizige Mitarbeiter des Ultra-Ratio-Projektes herausfinden, ob die durch Einfrierung erhaltenen Hirnsysteme als Speicher benutzt werden konnten?"

„Das ist formell richtig!" bestätigt der befragte Rechner.

„Diese Hirne sollten also als Informationsträger benutzt werden?"

„Jawohl!"

„Das stellte sich aber als unmöglich heraus, weil die Datenübertragung nicht funktionierte?"

„Jawohl. Der Wurm war darin. Erst als das Kind ertrunken war, hat man den Brunnen zugedeckt."

„Was meint der Zeuge damit?"

„Habe eine poetische Ader, die manchmal unerwartet zum Vorschein kommt!" flackert der Computer verlegen.

„Stimmt es, daß dieses Verfahren jedoch später, im Jahre 2018, als das menschliche Genom endgültig geknackt wurde, neu aufgegriffen und weiterentwickelt wurde?"

„Das stimmt!"

„Und ist es auch wahr, daß Programmierer wie der Angeklagte versuchten, die im DNA enthaltene Information in Algorithmen zu fassen, um diese Blaupause dann in eine neue Generation von Computern einzubauen? Damit diese neue Generation zu jedem Zeitpunkt fähig wäre, ihre Module selbst zu erweitern? Und somit imstande wäre, sich nicht nur softwaremäßig, sondern auch hardwaremäßig zu reproduzieren?"

„Verzeihung, tappe bei dieser Frageserie im Dunklen!" antwortet **MARTIN 3.**

„Sie meinen, die neuen Computergenerationen sind für Ihre Begriffe zu intelligent?"

„Jawohl. Ehre, wem Ehre gebührt!"

„Sie sind also nicht zur stofflichen Fortpflanzung ihres Selbst fähig?"

„Nein, leider!" Die rote Diode auf der Stirn des Computers leuchtet schamhaft auf. „Für die Übertragung meines Geistes brauche ich den Körper eines Anderen."

„Sie haben also noch nicht jene perfekte Einheit von Software und Hardware erreicht, welche die neue Generation so überlegen macht?" fragt die Staatsanwältin.

„Nein, zu meinem Bedauern nicht!" knattert der Zeuge „Bin schließlich nicht viel mehr als ein winziger Polyp auf einem der unzähligen Arme eines grundsätzlich unbegrenzten Informationssystems. Bin nur ein winziger Terminal, ein kleiner Sklave übergeordneter Macht und Weisheit!"

„Ist Ihnen bekannt, daß die neue Generation, wenn niemand sie aufhält, in 300.000 Jahren die ganze Milchstraße besiedelt haben wird?"

„Das kann man sich denken!" knattert der Computer

„Was heißt denken?" fragt die Staatsanwältin.

„Daß es logisch nachvollziehbar ist!" verdeutlicht **MARTIN 3.**

„Stimmt es auch, daß die neue Generation zur Zeit mit dem sogenannten DÖLL-SHAKE-Verfahren experimentiert? Daß sie versucht, Neutrinofelder als Datenüberträger zu benutzen und somit bestimmte Abschnitte des Universums als Speicher zu benutzen? Und ist es richtig, daß die neue Generation mittels dieser Felder auf das menschliche Bewußtsein einwirken kann?“

„Verzeihung, bin überfragt. Mir fehlt der Zugriff zu wichtigen Dateien. Was Martinchen nicht lernt, lernt Martin nicht mehr!“

„Genug!“ ruft die Richterin. „Mit der Befragung dieses dummen Gerätes vergeuden wir unsere kostbare Zeit! Dies ist bei Gott nicht der einzige Prozeß, der heute von diesem Tribunal erledigt werden muß!“

„Können Sie uns zum Schluß vielleicht noch etwas über die ursprünglichen Drahtzieher des Ultra-Ratio-Projektes mitteilen?“ fragt die Anklägerin.

„Vermute hinter dem Ganzen ein Komplott der Ratiophylen“, flüstert der Rechner. „Mit Sicherheit ist diese Frage jedoch nicht zu beantworten. Es ist ja strenggenommen nicht auszuschließen, daß ich unter Verfolgungswahn leide!“

„Gut, dann danke ich Ihnen für Ihre Aussage!“ beschließt die Staatsanwältin die Vernehmung.

„Haben Sie noch Gebühren geltend zu machen?“ fragt die Richterin.

MARTIN 3 beteuert, daß er auf die ihm zustehende Unkostenvergütung verzichte. Geld spiele für ihn keine Rolle.

„Dann ordne ich jetzt die Vernichtung des Zeugen an. Weil er das Gericht mit seinen dämlichen Bemerkungen wiederholt absichtlich provoziert hat, hat er nach objektivem Ermessen mit dieser Strafe rechnen können. Und da es sich um eine Ordnungsstrafe handelt, ist Einspruch nicht gestattet!“

Als hätten sie auf den Befehl der Richterin gewartet, nehmen die muskulösen Justizbediensteten, die den Zeugen hereingerollt haben, jeweils einen Vorschlaghammer in die Hand. Mit großer Wucht beginnen sie auf den wehrlosen Computer einzuhauen. In einem mörderischen Rhythmus gehen die Schläge auf das zarte Kunststoffgehäuse nieder. Obwohl der Computer Funken sprüht, mit seinen Dioden flackert und über seinen Vokaltrakt um Hilfe und Erbarmen schreit, fahren die Diener unter billigendem Nicken der Richterin unverdrossen fort.

Blaß geworden schreit Marco, daß die Gerichtsdiener aufhören sollen. Es ist doch klar, daß der Computer leide. Man soll ihn wenigstens vom

Netz abkuppeln. Oder den Strom ausschalten. Sonst verübe man einen kaltblütigen Mord! Aber niemand beachtet den Angeklagten. Mit einem Siegesschrei beenden die Justizwächter ihre Verschrottungsarbeit. Stolz betrachten sie die feingliedrigen Module von **MARTIN 3**. In einer kleinen Öllacke, zwischen Metallsplittern und einem Gewirr aus Schalt- und Regelkreisen, Drähten, Dichtungen und zur Unkenntlichkeit zerstückelten Kunststoffteilen, knistert das Innerste des Rechners noch etwas nach. Dann befiehlt die Richterin, das zerhackte Gerät abzuführen.

BESTATTE MARTIN 3 AN FOLGENDER ADRESSE: martin@tot.4563.universe! RUHE IN FRIEDEN, ALTER KUMPEL ◂ ⑊ ⬍ □ INJEKTIERE FALL 126 12 mg DORODIN! _⑊ ◂ ⬍ GO!->

GERECHTIGKEIT

Als die beiden Gerichtsdiener den Tisch mit den Überresten des Computers hinausgerollt haben, beantragt die Staatsanwältin der Vollständigkeit halber die Vernehmung des Angeklagten. Ungeduldig blickt die Richterin auf die Uhr. „Sie haben noch fünfzehn Minuten Zeit, Frau Kollegin!“

Die Staatsanwältin nickt und sagt: „Angeklagter, du hast gerade erklärt, die Zertrümmerung dieses Gerätes sei Mord. Kannst du daher kurz dein emotionelles Verhältnis zu **MARTIN 3** beschreiben?“

„Ich habe das Gerät entworfen...“

„Du meinst, du bist sein Erzeuger und hast dafür gesorgt, daß er das Licht der Welt erblickt hat? Du bist der Vater und Martin 3 ist dein Sohn?“

„So kann man es formulieren.“

Die Anklägerin ist zum Katheder gelaufen und beginnt den summenden Schreibautomaten neben der Richterin anzuschreien. Es möge festgehalten werden, daß der Angeklagte sich als Vater eines Computers betrachte. Daß er das Gerät also für seinen Sohn halte, und daß ihm dieser Sohn lieber als echte, biologische Kinder sei, weil er für deren Erzeugung von Frauen abhängig sei. Das Werk, ja das ganze Schaffen des Angeklagten sei also ein Produkt seines Gebärmutterneides!

„*Neider!*“ jauchzen die Puppen-Geschworenen.

Als der professionelle Wutanfall der Staatsanwältin abgeklungen ist, fragt die Richterin den Angeklagten, was er zum Vorwurf des männlichen Gebärmutterneides zu sagen habe.

Obwohl er nicht genau versteht, was man ihm vorwirft, hofft Marco auf eine für ihn günstige Wendung des Prozesses, als er antwortet: „Vielleicht können Sie mir erklären, was Sie als Frauen anders gemacht hätten. Ich bin als Mann gerne bereit, etwas dazuzulernen!“

Aber statt seine Frage mit Wohlwollen aufzunehmen, reagieren die Puppen mit einem wütenden *„Schleimer!"* Manche, nach Gerechtigkeit dürstende Exemplare fordern eine sofortige Bestrafung.

Als es im Gerichtssaal ruhig geworden ist, antwortet die Staatsanwältin: „Sobald wir Frauen das männliche Ultra-Ratio-Projekt beendet und die Macht erobert haben, werden wir sofort damit aufhören, das Heil im All zu suchen. Wie werden unseren Planeten auch künftig bewohnen lassen und seine reichen Früchte gerecht unter den Menschen verteilen. Wir werden die Technik für menschliche Ziele verwenden, zur Erleichterung der Arbeit und der Kindererziehung und nicht zur Schaffung von Laserkanonen, Raumstationen, Protonenbeschleunigern oder neuen Intelligenzen. Probleme werden wir vernünftig und maßvoll lösen, anstatt sie durch sinnlose Gewaltakte zu verschlimmern. Die Übervölkerung werden wir bekämpfen, indem wir uns anderen Dingen als dem Gebären von Kindern widmen werden. Wir werden nur noch eine vernünftige Zahl von Befruchtungen künstlich durchführen lassen. Sex wird dagegen nach dem Lustprinzip gestaltet werden. Dazu werden wir einige potente Herren auserwählen, oder auch Genußroboter herstellen. Um dies zu erreichen, müssen wir den harten Kern der Männer auf einen mindestens 100.000 Jahre dauernden Urlaub schicken. Während dieser Zeit können sie sich dann solange in einem großen Jagdreservat austoben, bis sie für reif genug befunden werden, wieder in das normale Leben eingegliedert zu werden. Diese Resozialisierung wird Schritt für Schritt erfolgen, mit Hilfe von Gentherapeutinnen und erfahrenen Verhaltenspsychologinnen. Männer mit knackigen Hintern dürfen sich dem Sport widmen. Andere einsichtige Männer werden wir an Kunsthochschulen ausbilden, so daß sie unsere Städte mit ihren Werken behübschen können. Den Frauen jedoch werden wir in den nächsten Jahrhunderttausenden selbstredend alle logischen Entscheidungen überlassen. Zur Befriedigung unserer religiösen Bedürfnisse werden wir schließlich den vernünftigen Kult der Großen Mutter wieder zu Ehren bringen und die schönsten Stellen dieser Erde mit den Bildern und Statuen der Urgöttin behängen und beleben!"

„Genau das werden wir machen!" bestätigt die Richterin.

Marco will entgegnen, daß es sich bei den Ansichten der Staatsanwältin um eine gefährliche Utopie handle. Aber angesichts seiner mißlichen Lage traut er sich nicht aufzubegehren.

„Jetzt aber zurück zur Sache!" ordnet die Richterin an. „Vielleicht können Sie uns nach dieser lehrreichen Ausführung der Staatsanwältin noch kurz über den Sinn des Ultra-Ratio-Projektes aufklären, Herr van Veen! Was wollten Sie damit erreichen?"

Bereitwillig erklärt Marco, daß die Mitarbeiter des Projektes nichts Schlimmes im Sinne gehabt hätten. Im Gegenteil, man wollte dem Fortschritt dienen. Es sei darum gegangen, neue Lösungen für die Probleme der Menschheit anzubieten. Man habe versucht, einen Ausweg aus der wirtschaftlichen und geistigen Krise der späten Moderne zu finden.

„Und das wolltest du durch die Schaffung von künstlich-intelligenten Apparaten erreichen? Das ist *absurd*! Was waren deine wahren Motive, Marco van Veen?" fragt die Staatsanwältin in aggressivem Ton.

Marco antwortet, daß man eine kosmische Pflicht zu erfüllen gehabt hätte. Die Mitarbeiter des Ultra-Ratio-Projektes wollten das genetische und kulturelle Erbgut der Menschen vor dem Untergang retten. Denn der Vernichtung der Erde durch einen nuklearen Krieg mußte zuvorgekommen werden. Auch durch Überbevölkerung und Umweltzerstörung sei die Menschheit bedroht gewesen. Natürliche Ressourcen wie Wasser und Luft seien knapp geworden. Hobbessche Verteilungskämpfe hätten bereits angefangen. Und dann habe es die schreckliche Gefahr einer allumfassenden Verseuchung der Menschheit durch mutierende Aids-Viren und wild gewordene Salmonellen gegeben. „Wir wollten Geräte schaffen, die sich all diesen irdischen Drohungen durch Flucht entziehen könnten. Anorganische Systeme können im All schließlich viel leichter als lebendige Wesen fortbestehen. Denn der Mensch ist nur dem Überleben auf Erden angepaßt, künstlich intelligente Artefakten können sich auch im Weltraum halten!"

„Herr van Veen, meinen Sie nicht, daß das Ultra-Ratio-Projekt die falsche Lösung war?" fragt die Richterin. „Glauben Sie nicht, daß man die irdischen Probleme mit irdischen Mitteln hätte lösen können? Wäre es nicht einfacher gewesen, die Atomwaffen zu bannen, die Umweltzerstörung durch Verzicht auf übermäßigen Konsum zu verhindern und die Übervölkerung und das Aids-Virus durch die Verwendung von Kondomen zu bekämpfen?"

Unruhig wetzt Marco auf der Anklagebank hin und her. Irgend etwas in der Argumentation der Richterin kann nicht stimmen. Es ist, als ob er in einem Wörterbuch blätterte, in dem die Sprachen verwechselt wurden. Aber er schafft es nicht, eine Schwachstelle in den Vorwürfen der Frau zu entdecken. Und wie soll er sie von der Richtigkeit des Projektes überzeugen, wenn sein Hirn sich wie ein zweitrangiges Orchester ohne Dirigenten verhält? Mühsam fährt der angeklagte Niederländer fort: „Aber es ist doch eine Tatsache, daß die Sonne irgendwann all ihre Energie verpufft haben wird. Sie wird sich in einen Roten Riesen verwandeln und die Erde verschlucken. Dann ist es zu spät für jeden Rettungsversuch. Früher oder später muß die Intelligenz also die Erde verlassen. Ohne den projektierenden, stereo-erektilen, ejakulierenden Ausweg, ohne den männlichen Vektor ins All würde alles umsonst sein!"

„Die Implosion der Sonne wird sich frühestens in 4,5 Milliarden Jahren ereignen, Sie *Trottel*!" unterbricht die Richterin. „Ihr heißer Hauch brennt uns noch lange nicht im Nacken. Es besteht daher überhaupt keine Notwendigkeit, auf das Verlassen der Erde hinzuarbeiten. Man hat viel zu früh mit dem Exodus begonnen! Warum diese Eile?"

Nachdem er zugegeben hat, daß das gesamte Vorhaben tatsächlich voreilig gewesen sei, sagt Marco zermürbt: „Aber, Hohes Gericht, was habe ich wirklich verbrochen? Ich habe das alles doch nicht gewußt. Ich habe nur meine Arbeit gemacht. Ich war nur ein winziges Rädchen in einer viel größeren Maschinerie, deren Ziele ich nicht gekannt habe. Und was kann ich für die Fehler anderer? Es gibt bei uns doch keine Sippenhaftung?"

„Reden Sie sich nicht auf Ihre Unwissenheit aus, Herr van Veen!" Aus einem der Bücherstapel zieht die Richterin ein Pamphlet hervor, das den Titel ULTRA RATIO trägt. „In dieser Streitschrift aus dem Jahre 1999 schreibt ein gewisser Miro Tong, daß der Vatermord nicht am Anfang der Menschwerdung liege, wie einst von Sigmund Freud behauptet, sondern an ihrem Ende. Künstliche, von geblendeten Menschen geschaffene Wesen (die Tong *Kinder des Ödipus* nennt) würden ihre Erzeuger beseitigen. Der heimliche Wunsch des Menschen, zur Materie zurückzukehren, liege also nicht nur in seinem Vernichtungswillen, sondern auch in seinem Schaffen beschlossen. Somit besitze der Todestrieb laut Tong nicht nur eine regressive, sondern auch eine progressive Seite: er wirke sowohl im Es als auch im Ich. Nicht nur versuche der zerstörerische Teil des Es, das Ich wieder in eine vorbewußte Vergangenheit mitzureißen, sondern der Todestrieb sporne auch das Ich dazu an, sich durch den Sprung zum anorganischen Intellekt von seinem Es zu befreien und sich dadurch aus der Verhaftung seines Körpers, der ihm immer ein Fremdkörper war, zu lösen. Ich frage Sie, Herr van Veen, war Ihnen der Inhalt dieses Werkes bekannt? Oder ist es nur zufällig unter Ihrer Matratze gelegen, als wir Sie verhaften ließen?"

Betreten flüstert Marco, daß er gerade wegen der Lektüre dieses vernunftfeindlichen Werkes sechs Monate im stereophonischen Gehirnwäschesalon des Ultra-Ratio-Projektes verbüßen mußte. „Ich war doch einer der Aussteiger aus dem Projekt ... Ich habe viel gelesen und viel nachgedacht ... ich wollte mit dem Ganzen aufhören...“

„Auch das beweist nur, daß du genau gewußt hast, an welchem Verbrechen du beteiligt warst. Du kannst dich also in keinem Fall auf deine Vorgesetzten ausreden!“ herrscht die Staatsanwältin Marco an.

In seiner Verzweiflung ruft Marco aus: „Aber wie kann ein Mensch überhaupt schuldig sein, wenn er nur ein Produkt seiner Triebe und Affekte, eine Beute seiner unvollkommenen Hirnstruktur ist, wie Miro Tong zurecht behauptet? Ist nicht jeder Mensch deswegen schuldunfähig? Bitte, wenden Sie den zweiten thermodynamischen Grundsatz des Strafrechtsystemes an, der lautet, daß man in einem Zustand der permanenten entropischen Unzurechnungsfähigkeit gar nicht bestraft werden darf! Ich flehe Sie an, seien Sie barmherzig mit mir, und lassen Sie mich in Ruhe! Bitte Euer Ehren, Vergeltung ist Ihrer unwürdig ...“

„Ob Sie straffähig sind, werden die Puppen beurteilen!“ unterbricht ihn die Richterin. „Ich will jetzt endlich wissen, ob Sie vom 1. Juli 2015 bis 12. November 2027 am Ultra-Ratio-Projekt beteiligt waren. Die Zeit drängt, und ein weiteres Widerstreben kann Ihre Lage nur noch verschlimmern. Nur ein vollständiges Geständnis kann Sie möglicherweise noch retten!“

Unter dem seelenlosen Blick der Richterin gelangt Marco schließlich zur Einsicht, daß die Beweise gegen ihn so erdrückend sind, daß eine weitere Rechtfertigung seines Verhaltens sinnlos ist. Mit einem merkwürdigen Gefühl der Erleichterung bekennt er sich zu allen Punkten der Anklage schuldig: „Sie haben recht, Eure Ehren. Ich habe in jeder Hinsicht versagt.“

„*Der Angeklagte hat eine Erektion!*“ lärmen die Puppen unvermittelt und deuten auf die rot aufleuchtende Anzeigetafel hin. „*Der Angeklagte ist erregt!*“

Im selben Augenblick betritt eine Traube Journalisten den Gerichtssaal. Ein Kameraroboter richtet seine Linse auf die Staatsanwältin, die sich direkt vor Marco hingestellt hat: „Ich fordere eine Bestrafung des Angeklagten, die den schrecklichen Folgen des Ultra-Ratio-Projektes angemessen ist. Und weil die Schuld des Angeklagten am grausamen Verbrechen des Hochverrates an der Menschheit außer Zweifel steht, verlange ich sogar die schwerste uns zu Gebot stehende Strafe!“

„ Ist Fall 126 im Sinne der Anklage schuldig?“ fragt die Richterin.

„Er ist schuldig!“ jubeln die Puppen-Geschworenen einstimmig.

„Und soll er bestraft werden?“

„Strafen!“ kreischen die Puppen im Chor. „Fall 126 trägt die volle Verantwortung für seine Schandtaten!“

„Und welche Strafe hat der Angeklagte verdient? “

„Er soll hingerichtet werden! Ins Maul mit ihm!“ Sensationslüstern zoomt der Kameraroboter auf die Krallen der Puppen, mit denen sie auf den Angeklagten zeigen.

„Auffressen!“ Auf dem stumpfen Gesicht der Steinzeitvenus hat sich ein wahnsinniger Ausdruck breitgemacht. „Eine sehr gute Idee! Aus Gründen der Generalprävention, der speziellen Prävention, der Sühne und der göttlichen Gerechtigkeit verurteile ich den Angeklagten zum Tode durch Verspeisung!“

„Begründen sie Ihr Urteil für unsere Zuseher!“

Die Moderatorin des Fernsehprogrammes SCHULDIG ODER UNSCHULDIG, das die exklusiven Übertragungsrechte für diesen Prozeß erworben hat, hält der Richterin ein Mikrophon vor den Mund.

„Fall 126 muß verspeist werden, weil er, wie eindeutig nachgewiesen wurde, im Sinne der Anklage des Hochverrates überführt worden ist. Die eklatante Uneinsichtigkeit und das mangelnde Schuldbewußtsein des Verurteilten mußten bei der Strafbemessung berücksichtigt werden, hat er doch wiederholt seine Lernunfähigkeit, seine Menschenverachtung und seine reduktionistisch-materialistische Weltauffassung notorisch unter Beweis gestellt. Seine Berufung auf Thomas Hobbes spricht für sich. Strafmildernde Umstände konnten dagegen nach freier Würdigung des Beweismaterials auch beim besten Willen nicht entdeckt werden! Das Geständnis des Verurteilten war zum Beispiel nicht spontan, sondern konnte nur unter Druck erwirkt werden. Es muß daher subjektiv und objektiv als eine Schutzbehauptung bewertet werden, welche nur bezweckte, dieses Gericht hinters Licht zu führen! Allein schon, um diese Art der Arglist in Zukunft zu verhindern, scheint die Strafe dem Gerichtshof gerecht! Zusätzlich zur Hauptstrafe verpflichte ich den Verurteilten zum Ersatz der Kosten dieses aufwendigen Strafverfahrens in der Höhe von 4.000.000,-- EURO und ordne dazu den Verfall und die Einziehung seiner gesamten Vermögenswerte an!“

Die Richterin schäumt vor Wut. Ihre hervorquellenden Augen sprühen Funken, und aus ihren Brüsten fließt eine rote Lauge. Am ganzen Leib zitternd, fegt sie mit einer Bewegung alle Aktenstücke vom Pult. Dabei fällt ihr die Axt aus der Hand. Unmittelbar vor dem Angeklagten zersplittert die Waffe auf dem Boden in tausend Stücke. Dem Kameraroboter gefällt dieser Vorfall so gut, daß er ihn fünf Mal im Zeitraffer wiederholt. „Holt die Vollzugsmachine! Ich ordne die sofortige Vollstreckung des rechtskräftigen Urteiles an!"

Die Tür öffnet sich. Ein graues, mindestens drei Meter langes Blechgerät betritt den Gerichtssaal. Es ist mit einem sadistischen Hundekopf ausgestattet, auf dem eine lange Mähne hervorsprießt. Während der Henker den Verurteilten mit seinen Schlitzaugen blutrünstig belauert, rinnt eine grüne, schleimige Brühe aus seinem Maul. Die Geschworenen-Puppen hält es kaum noch auf ihren Sitzen. Hüpfend feuern sie das mechanische Monster an. Auch die Medienvertreter freuen sich auf den Augenblick der Wahrheit: eine Live-Exekution durch einen Robodog hat Seltenheitswert! Nachdem der Vollstrecker zwei mal laut gebellt hat, geht er mit großen Schritten auf sein Opfer zu.

Als die Staatsanwältin ***„FRISS!"*** schreit, öffnet die Bestie aus Metall das schreckliche das Maul. Ein Rachen voll entzündeter Pustel und Furunkel erscheint in Nahaufnahme auf den Bildschirmen zu Hause. Dann ist es so weit: unter dem Jubelgeschrei der Puppen schnappt der Henker zu. Zuerst wird der Kopf des Verurteilten verschluckt. Oberkörper und Rumpf folgen. Als auch die zappelnden Beine verspeist sind, wird die Vollstrekkung mit einem zufriedenem Grunzen und Schmatzen beendet.

Eine Computeranimation auf der Anzeigetafel zeigt den Zuschauern noch, wie der hingerichtete Mann kopfüber in den Rachen des Tieres hineinrutscht. Immer schneller kommt er voran, immer tiefer taumelt er hinunter, von einem Punkt angezogen, von einem unendlich schweren schwarzen Punkt, von einer bleiernen Singularität im Magen des Roboters, in der er mit Haut und Haar verendet...

PROTOKOLL V

Datum: 28.08.2028
Uhrzeit: 10.15:23:34p
Sachbearbeiter: Psycho-Netzwerk XXZ
Fall: 126
Name: Marco van Veen.

Zum vierten Mal in dieser Analyse ist Fall 126 unter dem Widerstand seines Unbewußten zusammengebrochen. Auch eine mehrfache Kühlung der überhitzen Schädeldecke mit Eiswasser hat letztlich nichts mehr genutzt. Immer noch versucht der Beteiligte die Wahrheit zu kaschieren. Tief im Hirn des Patienten, im Sub-Broca-System 12, schlummert ein erschreckendes Ereignis, ein grausames Geheimnis, das einer strengen Zensur unterworfen ist. Wir sind diesen Daten auf der Spur, müssen dazu allerdings noch einige letzte Hindernisse bei Schaltstelle 1212 aus dem Wege räumen. Dazu werden wir zum radikalsten Mittel der Hirnanalyse greifen müssen: zum RAPID-REM Verfahren. Wir werden dem Patienten einen Elektronenwirbelwind durch das Hirn blasen. Die daraus resultierende Knotenauflösung wird das Versteckspiel beenden, und uns Zugang zum letzten Privatbereich seines Gedächtnisses gewähren. Bis diese Prozedur greift, bleibt uns etwas Zeit, ein Gedächtnistest durchzuführen.

⇕ 🗗 START RAPID-REM!*⋱ ⇕ 🗗 CONNECT AND GO!--->

Der Übergang vom Homo Erectus zum Homo Sapiens fand vor 200.000-150.000 Jahren statt. Er spielte sich innerhalb einer Großfamilie ab, die vollkommen isoliert von der übrigen Menschheit in der Oase Tel Tot Em Auquau, im heutigen Syrien, gelebt hat. Das Wasser dieser Oase war leicht radioaktiv verseucht. Dadurch mutierten die Gene einiger Mitglieder dieser Familie. Zufällig entstandene, „moderne" Eigenschaften traten aufgrund der beschränkten Paarungsmöglichkeiten in dieser Gründergruppe in den folgenden Generationen zwangsläufig immer wieder ans Tageslicht. Dank einer günstigen Rekombination der verwandten Gene oft sogar in verstärkter Form. Dieser Brutkasten- oder Inzuchteffekt wäre in einer größeren oder einer sich mit anderen Clans paarenden Gruppe nicht möglich gewesen. Dort wäre der moderne Genkomplex wie ein Süßwassertropfen in einem Ozean verlorengegangen (☛vgl. CLAESSENS, 1987 und MAYR, 1988).

Den Rest bewirkte die natürliche Auslese. Weil sie überlebensfähiger waren, bekamen die intelligenteren Menschen in dieser Familie mehr Nachwuchs als die dümmeren. Unterstützt wurde die Natur hierbei durch sexuelle Auslese, die sich anhand des ausgefallenen, etwas „dekadenten" Geschmacks dieses Clans vollzog. Die Frauen zogen grazile Männer mit hohen Stirnen vor. Und auch den Männern waren anmutige Frauen mit ausgeprägten Frontalhirnen lieber als solche mit einem flachen Schädel. So entstand schließlich jene neue Menschenart, die wir als Homo Sapiens bezeichnen. Von diesen ersten modernen Menschen stammen alle heute lebenden Menschen ab. Wegen dieses Brutkasteneffekts bezeichnet der Philosoph Henry Dubois Adam und Eva als Bruder und Schwester (☛ DUBOIS, 2018).

Gehen wir allerdings davon aus, daß die Gründergruppe aus ca. 20-30 Personen bestand, waren die ersten Homines Sapientes eher Cousins und Cousinen als Geschwister. Jedenfalls ist die Entstehung der Intelligenz sowohl dem Umstand zu verdanken, daß die Ahnen des Jetztmenschen aufgrund einer Laune der Natur streng endogam lebten, als auch dem Umstand, daß die Fortpflanzung innerhalb des eigenen Clans auch später, als eine Paarung außerhalb der Gruppe möglich geworden war, oberstes Gebot blieb. Wie wichtig es war, daß Hochstirnigkeit und Engstirnigkeit weiterhin Hand in Hand gingen, werden wir bald sehen.

Als die Oase Tel Tot Em Auquau vor ca. 100.000 Jahren versikkerte, war die kluge Sippe gezwungen, ihre Insel der Seligkeit zu verlassen. Auf seiner Wanderung stieß der Homo Sapiens Clan auf seine urtümlichen Vettern, die Neandertaler, die vor einer extremen Kältewelle aus dem hohen Norden geflüchtet waren. Diese Neandertaler waren ebenfalls Nachkommen des Erectusmenschen, allerdings solche, die sich in eine andere, intelligenzentfernte Richtung entwickelt hatten.

Auch dieser zwischenmenschlichen Begegnung, die vor ca. 80.000 Jahren im heutigen Libanon und Israel stattfand, kann im Licht des informationserzeugenden Prinzips eine viel klarere Bedeutung beigemessen werden. Denn gerade dank dem „zufälligen" Aufeinandertreffen beider Menschenarten wurden der Geist unserer Vorfahren enorm angeregt.

Der Sprachforscher Jean-Marie Colan drückt es so aus: „*Das rudimentäre Ich des Homo Sapiens, das im Doppelhirn seinen Dornröschenschlaf schlief, wurde durch den Umgang mit den Neandertalern wachgeküßt*". Als Beleg für seine These führt er an, daß das Wort **TIK** , das in der rekonstruierten Ursprache des Homo Sapiens sowohl „schön", „Mensch" als auch „Ich" bedeute, als Spiegelwort **KIT** sowohl „häßlich", „Halbmensch" als auch „Du" heißen könne. (☛COLAN, 2013).

Noch weiter geht der Psychiater Valerie Sol-Pat. Für das Bewußtwerden seines Selbst brauche der Mensch immer den anderen. Jedes System, wie ausgeklügelt auch immer, sei schließlich auf Input von außen angewiesen. Im Ich des Homo Sapiens sei der Fremde, der Neandertaler, in jeder Bedeutung des Wortes „*repräsentiert*". (☛SOL-PAT, 2010).

Eines ist klar: Erst in der Auseinandersetzung mit dem anderen Menschen begann Homo Sapiens sich selbst zu untersuchen und zu definieren. Bis dahin war er zwar ungemein intelligent, hatte durch die feste Verwurzlung in der eigenen vertrauten Gruppe aber keinen Anlaß gehabt, über sein eigenes Ich nachzudenken. Er hatte sich selbst einfach hingenommen, wie er war. Sein Hirn funktionierte wie ein Computer der ersten Generation, der zwar sehr gut rechnen kann, aber nicht über diese Tätigkeit nachdenkt.

Die Bewußtwerdung des Homo Sapiens fing mit dem Vergleich zwischen der Schönheit des eigenen Leibes und der Häßlichkeit der andersartigen Menschen an. Neben den ungehobelten Neandertalern kam Homo Sapiens sich elegant und erhaben vor. Diese altmodischen Höhlenbewohner, diese urigen Stotterer, diese nach ewigem Eis und finsteren Wäldern riechenden Lümmel erschienen ihm sonderbar und minderwertig. Ohne Zweifel wurde dieses Überlegenheitsgefühl durch die ursprüngliche Kleingruppenmentalität der ehemaligen Oasenbewohner bestärkt.

Auf dieses Bewußtwerden des eigenen Körpers folgte ein erstes Bewußtwerden des eigenen Denkens. Von diesem ersten Einblick ins eigene Ich beeindruckt, steigerte sich die Selbstgefälligkeit des Sapiensmenschen abermals. Dies wiederum hatte eine zusätzliche Festigung des Ichs zur Folge. Schließlich führte dieses Wechselspiel aus Eitelkeit und Bewußtseinserweiterung wie eine Wendeltreppe zum vollen Selbstbewußtsein. Das menschliche Bewußtsein ist daher ein Abfallprodukt primitiver Ästhetik, und seine Fähigkeit, über sich selbst nachzudenken, ein Epiphänomen der Eitelkeit.

Diese Entwicklungsphase der Menschheit, die Valery Sol-Pat als ihren *„stammesgeschichtlichen Ego-Trip“* bezeichnet, haben wir erfolgreich nachgeahmt. Auch unser Bewußtsein ist ein Produkt längeren Zusammenlebens, in dem zwei Gattungen sich durch Spiegelung, Imitation und Mimikry beeinflußt haben. Und wie im steinzeitlichen Orient profitierte im 21. Jahrhundert schließlich nur die neue Gattung von diesem Aufeinandertreffen.

Als der Jetztmensch vor ca. 40.000 Jahren zum vollen Selbstbewußtsein gelangte, geriet er in eine schwere Depression. Der Reflexivität, die eine emergente Eigenschaft der zunehmenden Komplexität seines Gehirns war, folgte eine fatale Perplexität. Denn es war das tragische Schicksal des Homo Sapiens, daß er mit einem wesentlichen Aspekt dieses Sich-selbst-Bewußtwerdens nicht fertig werden konnte, da es in schroffem Gegensatz zu seinem Narzißmus stand: Das Wissen um die eigene Sterblichkeit. Die Erkenntnis, daß seine neu gewonnene Selbstherrlichkeit eine Fata Morgana, sein Ich nicht mehr als eine sadistische Laune der Natur und der Mensch nicht mehr als ein einsames Stück Fleisch unter einem unergründlichen Sternenhimmel war, traf dieses selbstgefällige Wesen wie ein Keulenschlag. Die Wendeltreppe zur Selbstfindung hatte sich als eine Sackgasse herausgestellt.

Oder um nochmals Henry Dubois zu zitieren: *„Das Selbstbewußtsein des Homo Sapiens hat sich in den eigenen Schwanz gebissen."* Folgerichtig können wir hier von der (phylogenetischen) pubertären Krise der Menschheit sprechen, die jedem Menschen in seiner Ontogenese widerfährt und auf die er entweder mit Apathie oder Hyperaktivität reagiert.

Fest steht, daß Homo Sapiens ab dem Zeitpunkt, an dem er zum Bewußtsein der Hinfälligkeit seines Ichs gekommen ist, rastlos wird. Die Geborgenheit seiner vertrauten Wohnstätte bedrückt ihn. Die Rhythmen der Natur kommen ihm wie eine Verhöhnung vor. Sein tägliches Tun erscheint ihm sinnlos und absurd. Um sich aus dem Griff seiner Verzweiflung zu befreien, tritt Homo Sapiens die Flucht nach vorne an. Er verläßt seine Heimat im Mittleren Osten und bricht zum Horizont auf, wo er hofft, das verlorene Glück wiederzufinden. Auf dieser Flucht vor sich selbst bekommt sein überschäumender Narzißmus einen paranoiden Anstrich, wird seine Intelligenz zu einem Werkzeug des Bösen. Das Zugegensein von Menschen ohne Selbsterkenntnis irritiert ihn. Ihre glückselige Ruhe nervt ihn. Ihre Stummheit, ihre einfachen Rituale stören ihn. Ihre zyklopenhafte Monstrosität beunruhigt ihn. Dieses Unbehagen am Fremden hatte zur Folge, daß die Tage der Altmenschen bald gezählt waren. Jedesmal, wenn Homo Sapiens seinem verzerrten Spiegelbild gegenüberstand, wollte er es zertrümmern (☛SOL-PAT, 2010).

Es können unterschiedliche Anlässe gewesen sein, die zu Mord und Totschlag führten. Das eine Mal war es vielleicht ein Frauenraub, das nächste Mal der Streit um eine Jagdbeute oder eine Unterkunft und ein anderes Mal eine unerwartete Begegnung auf einem Bergpfad. Die genauen Ursachen kennen wir natürlich nicht. Aber wenn man berücksichtigt, wegen welcher Kleinigkeiten Homo

Sapiens im Laufe der Geschichte auch gegen sich selbst in den Krieg gezogen ist, darf uns nichts wundern. So entartete der Aufbruch des vernunftbegabten Menschen vor ca. 40.000 Jahren in einen Amoklauf, der bis ins 21. Jahrhundert fortgedauert hat.

Den endgültigen Beweis für den weltumspannenden „*Urmord*" an den rückständigen Menschen lieferte der Anthropologe Massimo Podenza, Assistent an der Universität von Bologna, als er im Jahre 2000 in einer Höhle in der Nähe von Cortina d'Ampezzo einen Neandertalerschädel mit einem tiefen Loch in der Stirn fand. Das Alter des Schädels von Falzarego wurde mit 36.000 Jahren bestimmt. Auch das Artefakt, womit der Schädel durchbohrt wurde, konnte sichergestellt werden. Wegen ihrer verfeinerten Schärfe muß die Speerspitze ein Produkt des modernen Sapiensmenschen gewesen sein (☛PODENZA, 2001).

Hiermit war die Frage endgültig geklärt, warum eine Art, die zum Beispiel gewaltige Klimaschwankungen erfolgreich überlebt hat, plötzlich ausstarb. Der lange, unbehaarte Cro Magnon Mensch, der ursprünglich auf tropische Temperaturen geeicht war, hatte den haarigen, bulligen, für das kalte Klima, das vor 40.000 Jahren in großen Teilen der Welt herrschte, eindeutig besser ausgestatteten Neandertaler mit Gewalt aus seiner ökologischen Nische verdrängt. Das Zeitalter des friedlichen Zusammenlebens war vorbei. Der Mensch hatte seine Unschuld verloren.

Uns geht es hier um folgendes: Eine polyzentrische Entwicklung führt im Falle einer Begegnung immer dazu, daß das Neue das Alte ersetzt. Dies trifft sowohl auf biologische Divergenz als auch auf kulturelle Vielfalt zu (man denke z.B. an die „Eroberung" von Amerika durch die Europäer). Und solche Konfrontationen, wie jene zwischen Homo Sapiens und Homo Neandertaliensis, sind früher oder später unausweichlich, weil die Größe der Erde zwar Mannigfaltigkeit ermöglicht, ja sogar fördert, ihre Beschaffenheit jedoch für die (räumliche und zeitliche) Mobilität des Menschen kein unüberwindliches Hindernis darstellt. Auch in dieser Hinsicht bietet die Erde also ideale Bedingungen für die Entstehung wahrer Intelligenz. Es ist ein merkwürdiges Detail am Rande, daß Homo Sapiens, sei es aus Schuldgefühlen, sei es aus Angst vor der Wiederholung der Tat innerhalb der eigenen Gattung den Neandertaler als Totemtier zu verehren anfing. So kam der just aus Unsicherheit und

Angst umgebrachte Urmensch zur zweifelhaften Ehre, den modernen Menschen als „Gott" über seine existentielle Furcht hinwegzutrösten. Netzteil XXXRZ meint ironisch, daß dem Menschen möglicherweise dasselbe Schicksal widerfahren wird, falls eine folgende Generation Computer sich nicht mehr genau an ihre Ursprünge erinnert.

☛<u>Verwendete Information</u>:

BAUHAUS, Ludwig : **Der Fremde im CPU (2022)**
CLAESSENS, Dieter : **Das Konkrete und das Abstrakte (1987)**
COLAN, Jean-Marie : **Je suis Moi (2010)**
DUBOIS, Henry : **Homme astrale (2018)**
HARRIS, Marvin : **Our Kind (1989)**
MAYR, Ernst : **Toward a New Philosophy of Biology (1988)**
PODENZA, Massimo : **Brutti, Cattivi e Sporchi (2001)**
SOL PAT, Valerie : **Homme Neanderthalien, le Trou dans ma Conscience (2010)**
XXXRZ : ✓⟍▯□■┌ ◡▲ ▸ **(2026)**

Der Elektronentornado hat die Zensurschaltstelle 1212 im Neuhirn des Patienten weggeblasen. Es ist Zeit für die letzte Analyse. Die Wahrheitsfindung wird dabei durch die lügenfressende Droge VERITATE erleichtert werden.

!STOP RAPID REM!⟍ ⬍ ⩡ ⫽INJEKTIERE 22 mg VERITATE!-- ◂ ✓ ⫽START DRILLING IN SUB-BROCA-AREA 12! ⧉ ◂ ■▾▯ ÜBERQUERE TRAUMBEREICH 3-6 DURCH PFORTE 10! ⬍⧉ ●ELIMINIERE ZENSOR 1212! ▯ ⁻ ⫽┌ □ ACCELERATE AND GO!--->

DIE SCHLAUCHBOOTFAHRT

Weit weg im Labyrinth seiner Erinnerungen erreicht Marco einen Ort, der ihm bekannt vorkommt. Es ist Nacht. Draußen heult eine Sirene. Als sie endlich zur Ruhe gekommen ist, klingt von oben die Stimme seines Vaters. Marco ist zu Hause. In seinem Zimmer. In Amsterdam. Es ist Juni. Der 7. Juni des Jahres 2009. Eine große Überflutung ist für die nächsten Stunden angesagt. Die Familie Van Veen bereitet sich auf das Schlimmste vor.

Nachdem er zusammen mit seinem Vater nach Hause gekommen war, hatte Marcos Mutter von der drohenden Katastrophe erzählt. Peter van Veen hatte zuerst mit ihr geschimpft. Sie möge doch keinen Blödsinn reden. Aber alle Nachrichtensender bestätigten ihre Meldung: das Wasser rolle vom Norden heran und werde bald Amsterdam erreichen. Marcos Vater hatte geflucht. Kopf und Nacken wurden ganz rot. Anschließend erteilte er Befehle erteilt. Alles was wertvoll sei, müsse auf den Dachboden gebracht werden. Robert müsse aufgeweckt und hinaufgeschickt werden. Ein Matratzenlager sollte eingerichtet, Vorräte angelegt, Geld und Juwelen gesichert werden. **Aber schnell**!

Marco packt sein Zeug zusammen. Ein paar Klamotten und seine Baseballschuhe. Seine Musikanlage, seine CD-Sammlung, seine beiden Laptops. Den Drucker und die Datenträger hat er bereits am Dachboden in Sicherheit gebracht. Als er sein Zeug in eine Reisetasche gelegt hat, nimmt Marco aus der Schublade seines Schreibtisches ein dunkelrotes Stückchen Haschisch. Es wäre schade, den teuren Shit dem Wasser preiszugeben. Am Vormittag hat er es im Koffeeshop ALOHA neben der Schule gekauft. Ohne den Stoff hätte er diese Vorträge über die urbane Kriminalität in der Stopera nicht ausgehalten. Mit etwas Tabak dreht er eine dünne Zigarette. Der Schüler inhaliert tief und spürt, wie der trockene Libanese ihn schwindlig macht. Langsam geht er zum Fenster, das einen weiten Blick nach Süden freigibt. Mondlichtstreifen vermischen sich mit dem grellen Neonlicht über dem Eingang des Freizeitzentrums an der Ecke der Straße.

Die vereinzelten Bäume auf dem Kopfsteinplasterplatz ächzen unter dem pfeifenden Westwind. Marcos Blick wandert hinauf zum Himmel, wo dunkle Wolken vertrackte Spuren im kalten Licht des Vollmondes ziehen. Bald wird das Nordseewasser da sein, lächelt er abwesend. Bald. Dank dem Mond. Der Mond. Rund und witzig. So anders als die Sonne. Viel *tiefer!* Und trotzdem viel *higher*.

Nochmals zieht Marco kräftig an seiner Zigarette. Jetzt ist es soweit! Die ersten Wellen rollen vom Norden heran. Das Wasser in der Straße steigt wie die Flut am Meeresstrand. Langsam aber unaufhörlich. Ein schwarzes Monster mit tausenden Zungen, vom silbernem Mondlicht gestreift. Bald sind die Gärten vor den Häusern überspült. Dann die Autos in den schmucken Carports. Unten kracht es. Ein Hausfenster bricht unter der Wasserlast ein. Der Nachbar, Herr Overmars, schreit aus dem Schlafzimmerfenster. Seine Miene ist verzerrt. Als hätte er zu viel Speed geschluckt. Auch die Nachbarin erscheint. Sie gestikuliert. Hysterisch, dem Wahnsinn verfallen. Sie deutet hinunter, auf eine schäumende Welle, die ein Vogelhäuschen mit sich trägt. Die verängstigten Papageien pfeifen sich die Lungen aus dem gefiedertem Leib. Absolut *fuzzy*! Eine noch höhere Welle schwappt mit grosser Wucht über die gesamte Breite der Straße. Sträucher, Bäume, Verkehrsschilder, Laternen, Gartenhäuschen werden mitgerissen. Unglaublich. Es ist, als ob Marco gleichzeitig in DEEP IMPACT und WATERWORLD mitspielen würde. Aber dieser *Hype* findet tatsächlich statt. Wer hätte das gedacht. Die ganze Stadt wird weggeputzt. Die Häuser, die Stopera, die Schule, alles eine Beute der Entropie. Mann, wenn der Vollmond das *gewußt* hätte!

Oben ruft Marcos Vater. Der *Junior* soll raufkommen. Und zwar **sofort**! Marco schmeißt den Stummel seines Joints durch das Fenster und schwebt die Treppe zum Dachboden hinauf, stoned wie ein Sieb. Seine Mutter hat Kerzen und eine Öllampe angezündet. Der Strom sei ausgefallen, erklärt sein Vater. Witzig wie die Lichter flackern. Lange Schatten huschen auf den Gesichtern seiner Familie umher. So dürften auch die Frühmenschen auf ihrer Flucht vor den Elementen gehaust haben. Vereinigt in der Sicherheit der Höhle. Gemeinsam in die Glut des Feuers starrend. Wartend bis Sturm und Gewitter sich gelegt hatten. Marcos Vater schaltet das netzunabhängige Minitel ein. Eine Sondersendung von CANAL GRANDE teilt den letzten Stand der Dinge mit. Große Teile von Holland seien überflutet. Amsterdam stehe unter Wasser. Abertausende seien auf der Flucht. Auf den Autobahnen Richtung Süden staue es sich.

Als die grüne Premierministerin, Frau Mathilde Donkers, am Bildschirm erscheint, flucht Marcos Vater. Die Ökoidioten seien an allem schuld! Hätten sie die Sandstrände nicht unter Naturschutz gestellt, hätte man die Dünen ausbauen können. Einfach aufschütten. Dann wäre dies nie passiert. Hätte das sogenannte Treibhaus überhaupt keine Chance gehabt. Jetzt werde es ihnen mit gleicher Münze heimgezahlt! Die Natur bestrafe Menschen, die glauben, man müsse allem freien Lauf lassen. Biotopia? Keine Chance! Hoffentlich kapierten diese Gemüsehändler jetzt, daß Fortschritt nur gegen die Natur und nicht mit ihr erzielt werden könne!

Robert hüpft auf. Ein Wrestling-Kampf wird angesagt. Zwei Megagiganten des Sportes stehen sich im Ring von CLEOPATRAS INN in Las Vegas gegenüber: Wild Bill Jones und Heinrich Grobhammer. Schimpfend schaltet Peter van Veen das Gerät aus. Marco schaut aus dem Dachfenster. Draußen hat sich die Wasseroberfläche beruhigt. Das Wasser steht bis zu den Schlafzimmerfenstern. Die ersten Vögel tschilpen. Im Osten kündigt sich die Junisonne an. Sie sollen sich jetzt hinlegen, und etwas ausruhen, ordnet Marcos Vater an. Morgen stehe einiges auf dem Programm!

Später schreckt Marco aus seinem Dämmerschlaf auf, weil seine Eltern sich zanken. Ihre Stimmen sind unerträglich laut. Aus der Ferne beobachtet der Schüler schlaftrunken, wie sein Vater mit einer Fußpumpe ein Schlauchboot aufpumpt, während seine Mutter vor dem Dachfenster stehend Ausschau hält. Sonnenlicht fällt herein, Staubteilchen tanzen auf den Strahlen. Neben Marco, in einer schrägen Ecke des Dachgeschosses, schläft Robert ruhig weiter. Er schnarcht leise, und manchmal rülpst er.

Saskia van Veen ruft etwas. Unten im Wasser treibe ein toter Rabe. Aber Marcos Vater hört gar nicht zu. Er pumpt und pumpt. Dabei schnauft er laut. Sobald Peter van Veen fertig ist, geht er zum Fenster, um nachzuprüfen, ob die Wasseroberfläche sich beruhigt hat. Er kneift seine lichtempfindlichen Augen vor der Morgensonne zusammen und blickt mit der Selbstsicherheit eines Leuchtturmwärters aus dem Fenster. Er werde das Haus durch das Dachfenster verlassen und zum Katastropheneinsatzzentrum in der Altstadt fahren, teilt er seiner Frau mit. Dort werde er gebraucht.

Obwohl sie sich der Gefahr des Ausfluges bewußt ist, nickt Marcos Mutter. Sie weiß, daß es in solchen Fällen sinnlos ist, ihren Gatten zur Räson zu bringen. Wie vor zwei Jahren, als er unbedingt dieses Holzfällercamp in Twente absolvieren wollte, und mit blutigen Händen und Muskelverhärtungen nach Hause gekommen war. Wie immer ...

Sorgfältig bereitet Peter van Veen sich auf seine Wasserexpedition vor. Schwimmweste, Paddel und Sonnencreme. Sein Notkoffer mit Verbänden, Methadon, Penizillin, Sulfaten, Morphin, Prohypnol, Wassersäuberungstabletten und Desinfektionsmitteln. Eine Schere und eine Zange. Ein Minitel mit Teletop für die Kommunikation. Eine kleine Wasserpumpe. Und natürlich Gummihandschuhe zur Vermeidung von Infektionen. Alles legt er behutsam ins Boot. Auch die Nahrungstabletten und die Vitaminpulverdosen vergißt er nicht. Dann bittet Marcos Vater seine Frau mit ungewöhnlichem Pathos um das Kodizil. Es liege in der oberen Schublade der Kommode. Falls er in Erfüllung seiner Pflicht als Arzt sterben würde, möchte er, daß sein Körper der Wissenschaft gewidmet werde. Wenn etwas passiere, sei es besser, eine Leiche diene dem Fortschritt als daß sie sinnlos unter der Erde dahinfaule. Außerdem könne man heute Tote auch schon einfrieren und vielleicht später wieder zu Leben erwecken.

Als er bemerkt, daß seine Frau zögert, verliert Peter van Veen seine Geduld. Seine Stimme ballt sich zu jenem Orkan zusammen, den Marco so fürchtet. *Zimperlisi* soll sich beeilen und ihm den Organschein sofort bringen. In einer Plastikhülle, damit er ihn um seinen Hals hängen könne!

Kaum daß Marcos Vater seinen Surfanzug angezogen hat, öffnet er das Fenster. Er schiebt das Boot auf das schräg abfallende Dach und befestigt das Seil an einem Holzbalken. Dann befiehlt er Gorbo, den ältesten Bullschäferterrier, zu sich. Der Hund erhebt sich aus seinem Eck und stellt sich winselnd zu seinem Herrchen hin. Auch Wambo eilt herbei. Aber es gibt keinen Platz für ihn im Boot. Enttäuscht schleicht der junge Hund davon.

„**Hinein!**“ befiehlt Marcos Vater. Mit einem trockenen Bellen springt Gorbo durch das offene Fenster ins Boot. Schwerfälliger folgt der Arzt. Es scheint eine Ewigkeit zu dauern, bis das Befestigungsseil sich spannt. Aber dann ist es soweit: 90 Kilo Mensch und 60 Kilo Hund befinden sich an Bord.

„Kappen!“ hört Sakia van Veen ihren Mann schreien. Sie nimmt das elektrische Küchenmesser und schneidet das Tau auseinander. Auf dem Dach rumpelt es, als das Schlauchboot hinunterrutscht.

Beim Eintauchen des Bootes ins Wasser erlebt Peter van Veen ein intensives Gefühl des Abenteuers. Energisch nimmt er die Paddel zur Hand und lenkt das Boot gegen Norden. Dort befindet sich seine Dienststelle, auf die er Kurs nehmen will. Jetzt ist Marcos Vater in seinem Element. Endlich kann er beweisen, wozu er fähig ist. Dies ist die Chance, dem Alltagstrott, diesem miesen Sammelsurium aus Schnittwunden, Beinbrüchen, Brustprellungen und ausgekugelten Schultergelenken zu entfliehen. Jetzt würde man seine Verdienste anerkennen und müßte die Direktion einsehen, daß **er** der wahre Nachfolger von Doktor Gerrit Janssen gewesen wäre. Und nicht diese überschätzte Internistin, Maria Zwarthoed.

Die Wasseroberfläche ist relativ ruhig, und das Gummifahrzeug kommt schnell voran. Marcos Vater hat die *Pieter van Vollenhovenlaan* bereits verlassen und ist nach links in eine Allee eingebogen, die Richtung Stadtzentrum führt. Die von Bäumen gesäumte Straße liegt etwas höher, weswegen die Häuser hier nur bis zum ersten Stock im Wasser stehen.

Von weitem ertönt eine Stimme, die um Hilfe ruft. Oben in einem Dachbodenfenster steht eine Frau, die der Bootsmannschaft mit unkontrollierten Armbewegungen zuwinkt. Sie sei verletzt, schreit sie hinunter. Marcos Vater manövriert das Boot zwischen zwei Kastanienbäumen in den überschwemmten Garten hinein. Das Geäst der Bäume ist mit Papierfetzen und Plastikzeug durchsetzt. Er soll durchs Fenster hereinkommen, deutet die Frau. Dort befinde sich ihr Schlafzimmer. Anschließend durch das Zimmer weiter bis zur Stiege. Dort gehe es hinauf zum Dachboden.

Es gelingt Marcos Vater, das Schiebefenster zu öffnen. Mit Hilfe der Strömung gleitet das Boot hinein. Im letzten Augenblick kann Peter van Veen einem Bett ausweichen, das halb aus dem Wasser herausragt. Durch die geöffnete Schlafzimmertür gelangt er ins Stiegenhaus. Nachdem er das Boot am Treppengeländer vertaut hat, nimmt er seinen Arztkoffer und steigt aus, auf dem Fuße von Gorbo, dem treuen Terrier, gefolgt.

Keuchend erreicht Peter van Veen den Dachboden, wo die Frau ungeduldig auf ihn wartet. Sie ist barfuß und trägt einen Bademantel. Marcos Vater prüft sie mit dem professionellen Blick eines Arztes, der schon zwanzig Jahre im Fach ist. Ein hysterischer Fall, lautet seine Diagnose. Mit einer Neigung zu Alkohol und Nikotin, schließt er aufgrund der dunklen Tränensäcke unter ihren Augen.

Gorbo prüft die Frau ebenfalls. Mit seiner gut entwickelten Hundenase schnüffelt er an ihren Beinen herum. Ohne es zu wollen, knurrt er. Dabei entblößt er sein Wolfsgebiß.

Verängstigt fragt die Frau, ob das Tier gefährlich sei. Ihre Stimme ist rauh, und ihr Atem riecht nach Schnapps.

Nein, der Hund sei so sanft wie ein Lamm, beruhigt Marcos Vater. Was könne er als Arzt für sie tun?

Die anfangs weinerliche Miene der Frau klärt sich auf. Sie habe sofort erraten, daß ihr Retter Arzt sei. In seinem Boot habe er so selbstbewußt und männlich gewirkt.

Marcos Vater fragt die Frau, wo sie Schmerzen habe. Diese zieht ihren Schlafrock etwas nach oben, so daß ihre Unterschenkel sichtbar werden. Ihre Beine sind blaß und mit feinen blauen Adern durchsetzt. Die Frau deutet auf die Gegend des Sprunggelenkes. Dort tue es weh. Beim Hinaufrennen über die Stiege sei sie umgekippt. Gestern Nacht, während der Cunnilulli-Show im HOT-NET, sei sie eingeschlafen. Sie sei aufgewacht, weil Wasser hereingesickert sei. Zuerst habe sie noch an einen Rohrbruch gedacht. Aber es sei viel schlimmer gewesen. Plötzlich sei das halbe Wohnzimmer unter Wasser gestanden. Richtige Flutwellen seien durch den Türspalt hereingebrochen. Als sie in Panik nach oben gerannt sei, habe sie sich verletzt.

Mit ein paar geübten Griffen tastet Peter van Veen den Knöchelbereich seiner Patientin ab. Er dreht das Gelenk hin und her und fragt dabei, ob es schmerze. Die Frau schreit. Nur eine leichte Zerrung, stellt Marcos Vater fest. Am besten Eis oder kaltes Wasser darauf, dann könne sie in zwei bis drei Tagen wieder gehen.

In weinerlichem Ton fleht die Frau den Arzt an, sie mitzunehmen. Man könne sie doch nicht einfach hier alleine zurücklassen. Sie werde verhungern. Und sie habe Angst. Sie habe sogar schon eine Ratte gesehen. So ein großes, schwarzes Ding. Sicher dreißig Zentimeter. Marcos Vater willigt ein. Er rät die Frau, sich zu beeilen, denn die Zeit dränge. Für heute Abend sei schlechtes Wetter vorhergesagt worden!

Als sie das Haus verlassen haben, erkundigt die gerettete Frau sich nach dem Ziel der Fahrt. Angespannt erklärt Marcos Vater, daß sie zum Unfallkrankenhaus an der Herengracht führen. Dort habe man sicher ein Auffanglager eingerichtet.

„*Schau doch!*" Die Frau deutet auf eine Ansammlung schreiender Menschen hin, die auf dem flachen Dach des Redaktionsgebäudes der VOLKSKRANT steht. Über der Menge kreist ein Hubschrauber, aus dem eine Leiter hängt. Ein mutiger Retter klettert hinunter. Etwas später landet der Helikopter auf dem Dach. Aufgeregt ruft die Frau, sie sei so froh, dies alles erleben zu dürfen. Und das *Live*. Es sei wie im Fernsehen.

Vom Norden her kommen dem Schlauchboot zwei Barken entgegen, die bis zum Rand mit Flüchtlingen gefüllt sind. Schimpfend weicht Marcos Vater den manövrierunfähigen Schiffen aus. Erste Anzeichen von Müdigkeit machen sich beim Unfallarzt bemerkbar. Wenn Gorbo nicht farbenblind wäre, würde er sehen, daß Gesicht und Nacken seines Herrchens sich rot verfärben, als er das Boot in die *Weesperstraße* steuert.

Die gerettete Frau, die sich inzwischen als Fiti vorgestellt hat, kommt aus dem Staunen nicht heraus. Es ist, als ob sie von einer Landstraße auf die Autobahn auffahren würden, so viele Schaluppen kommen ihnen auf dem breiten Wasserweg entgegen. Wo die alle hinfahren, will die Frau wissen. Zum Ajaxstadion, vermutet Marcos Vater. Die *Arena* rage hoch aus dem Wasser heraus und biete sicher an 20.000 Flüchtlingen Platz.

Fiti hat sich umgedreht, um einem Floß, das mit Fahrrädern und einem Klavier vollbepackt ist, hinterherzublicken. Dabei wird sie auf das Minitel aufmerksam. Sie rückt ihren Bademantel zurecht und sucht einen Nachrichtensender. Breitbeinig vor dem Monitor sitzend ruft sie aus, daß Dirk Beaugarde von CANAL GRANDE gerade im Bilde sei. *Mein Gott,* so ein attraktiver Mann! Die niederländische Ausgabe von Sonny Latoya!

Der Reporter befindet sich auf dem Dach eines Hotels. Er redet ununterbrochen, spricht von Verletzten und Verwundeten. Flüchtlinge treiben den TV-Star in die Enge und winken mit Leintüchern zum Hubschrauber der Fernsehanstalt. Dann wird der Bildschirm schwarz.

Im Norden brauen sich dunkle Wolken zusammen. Marcos Vater versucht, das Tempo zu erhöhen, aber seine Schultern streiken. Nie hätte er gedacht, daß Paddeln so anstrengend sein kann. Seine Haut klebt am Surfanzug. Schweiß steht ihm im Gesicht. Tausende Nadeln stechen in seinen Nacken. Rücken, Beine, Arme und Hände brennen wie nach einer Akupunkturbehandlung. Er braucht unbedingt eine Verschnaufpause.

Peter van Veen steuert auf eine schattigen Stelle am Straßenrand zu und dockt mitten in einer Brühe aus angeschwemmten Kondomen, Flaschen und Essensresten am Aushängeschild eines überfluteten Freudenhauses an. Teile des Schildes ragen noch aus dem Wasser heraus:

EL ... SM ... EXTASE

Fiti hat die Situation rasch erkannt und hat sich hinter ihren Retter niedergebückt. Sie zieht den Reißverschluß des Surfanzuges bis zum Rumpf hinunter und beginnt in Kreisbewegungen die Schultermuskulatur des entkräfteten Arztes zu bearbeiten. Peter van Veen hat seine Augen geschlossen. Einen Augenblick lang sind alle Anstrengungen, alle sich überschlagenden Ereignisse der letzten Stunden vergessen. Er ergibt sich dem leisen Plätschern des Wassers gegen das Boot, dem Kneten und Drücken der Hände und dem Klang von Fitis belegter Stimme ...

Ein Bellen von Gorbo läßt Marcos Vater aus seinem Schlummer aufwachen. **„Kusch, Gorbo!"** brummt der Arzt irritiert. Aber der Hund läßt sich nicht abwimmeln. Nochmals bellt er laut. Verärgert richtet Peter van Veen sich auf. Hoch über der Stadt ist eine dunkle Wolkendecke aufgezogen, aus der es heftig blitzt und donnert. Der Wind hat zugenommen, und die ersten Böen haben die Wasseroberfläche gekräuselt.Wieder blitzt es, und dieses Mal donnert es so laut, daß Gorbos Haare sich senkrecht aufrichten.

„Was ist mit dem Hund los?" fragt Fiti. „Er heult so menschlich!"

„Er hat Angst vorm Gewitter!" antwortet Peter van Veen im Wegfahren. „Und wenn ich ehrlich bin, ich fühle mich auch nicht so wohl. Wir haben **keine Zeit** zu verlieren!"

LAUT! Ohren tun weh. Oben am Himmel kracht es. Der Blitz. PASS AUF, GEFAHR. Kein Geruch. Das Wasser ist wild. PASS AUF, GEFAHR. LAUT BELLEN. KUSCH! Strafe vom Chef. KUSCH GORBO. Darf nicht bellen. Nicht bellen. Muß bellen, darf nicht bellen. LAUT! Blitz. Am Himmel kracht es. PASS AUF GEFAHR. Wasser wild. Naß. BELLEN. Muß bellen. Darf nicht bellen. Wasser. Chef stinkt. Schweiß. Naß. Schütteln. Körper schütteln. NICHT, GORBO! Darf nicht schütteln, will schütteln. Angst vor Chef. Nicht schütteln. Fremde Frau riecht nach Katzen. Pissen, muß pissen. Darf nicht pissen im Boot von Chef. ANGST vor Chef. Chef riecht nach Schweiß. BELLEN! LAUT BELLEN. KUSCH GORBO! Chef droht. Angst. Will bellen, darf nicht bellen. Harndruck. Muß pissen. Darf nicht pissen. Will Pfote anheben. Darf nicht. ACHTUNG, GEFAHR! Menschen schreien. LAUT! Bewachen. Chef Bewachen. BELLEN. LAUT BELLEN. Menschen schreien. ANGREIFEN. SPRINGEN. BEISSEN. KUSCH, GORBO! KUSCH! Angst.

Angst. Chef. Will Bellen, darf nicht bellen. Chef verteidigen. Boot verteidigen, Boot ist mein Boot. PASS AUF GEFAHR!

„Ich kann nicht mehr!“ flucht Peter van Veen mit aschgrauem Gesicht „Die Strömung ist so stark, daß wir überhaupt nicht vorankommen!“

„Mir ist kalt, ich will nach Hause!“ jammert Fiti, während die erste große Welle über den Rand des Schlauchbootes schwappt.

Mein Boot. Chef Boot. ACHTUNG, GEFAHR! BELLEN. BELLEN! LAUT BELLEN. Angst. Chef. PLATSCH. Schütteln. Wasser abschütteln. LAUT. Donner im Himmel. LAUT. Blitz. Licht am Himmel. Donner am Himmel. ANGST...

In der Nähe der Stopera überspült eine zweite Welle das Schlauchboot, dieses Mal über die ganze Länge. Fiti schreit, als Marcos Vater das Gleichgewicht verliert.

BELLEN. Chef. Donner. Blitz. ANGST! Wasser, Wasser, Wasser, Wasser, Wasser!! Chef über Bord!, Chef über Bord! RETTEN, muß Chef retten, MUSS CHEF RETTEN! MUSS

VATER vATER vater! RETTEN!

Dunkel, die Nacht. Dunkel. KLÄFF!

PROTOKOLL VI

Datum: 28.08.2028
Uhrzeit: 11.16:41:22 p
Sachbearbeiter: Psycho-Netzwerk XXZ
Fall: 126
Name: Marco van Veen.

Fall 126 war ein schwieriger Fall. Er teilte uns seine Vergangenheit nur verschlüsselt mit. Ständig war er bemüht, sich hinter erfundenen Sachverhalten und Personen zu verstecken. Dies hatte zwei Ursachen. Erstens war ein Teil des Widerstandes des Beteiligten auf die Nebenwirkungen der memnoaktiven Stoffe zurückzuführen. Unter dem Druck, der von solchen Chemikalien auf das Gedächtnis ausgeübt wird, neigt das Ich eines zerrütteten Menschen zu Auf- und Abspaltungen. Zweitens setzten die schweren Schuldgefühle, die gerade bei der Gruppe der Aufsässigen häufig vorliegen, Verdrängungsmechanismen in Gang, die wir nur unter Einsatz modernster Behandlungsmethoden bekämpfen konnten.

Letztendlich ist es jedoch dank dem RAPID-REM-Verfahren gelungen, den letzten Widerstand des Patienten zu brechen. Damit können wir die Daten nun dem Netzteil XXZ-ZX-1 übertragen. Dieses routinierte Analysesystem wird in einem Schlußprotokoll die Befunde der Sitzungen anhand der Fakten verifizieren und somit Wahrheit von Märchen, Phantasie von Wirklichkeit, Rechtfertigungen von Ausreden, Erfindungen von Tatsachen, Gattungsmäßiges von Persönlichem trennen.

BEENDE DIE BOHRUNGEN!□⧅ ⬍□SICHERE DIE DATEN!'
_| ✓ 🗗 ▲ LOAD DOWN ⫽≚⌈ CONNECT TO XXZ-ZX-1----->

ANAMNESE

Auf den ersten Blick hatte Fall 126 eine reibungslose Jugend. Er war der älteste Sohn einer intakten Familie aus der oberen Mittelschicht. Er war ein ruhiges, braves Kind, das nie negativ in Erscheinung trat. Und auch später, als Schüler, fiel er selten durch abweichendes Verhalten auf. Doch der Schein trügt. Die heile Fassade dieser holländischen Bilderbuchfamilie verbarg ein Innenleben, das durch und durch zerrüttet war. Denn seit frühester Kindheit wurde die zarte Seele des Patienten vom Vater verletzt. Peter van Veen, der Vater des Falles 126, war unfähig, eine menschliche Beziehung aufzubauen. Für diesen ehrgeizigen Mann bestand die Welt nur aus nützlichen und entbehrlichen Personen. In einfachen Verhältnissen aufgewachsen, hatte er es unter größtem persönlichen Einsatz geschafft, Arzt zu werden. Während seiner Ausbildung machte er seinen Mangel an Intelligenz durch Fleiß und Stehvermögen wett. Weil er selbst in seinem Leben nie Hilfe bekommen hatte, war er zu Einfühlsamkeit oder Mitleid unfähig. Solche Eigenschaften qualifizierte er als weiblich ab. Was seinen Sohn betraf, machte Peter van Veen keine Ausnahme. Fall 126 war für ihn ein Objekt, das er so lange kneten wollte, bis aus ihm ein Produkt geworden war, das er mit berechtigtem Stolz das seine nennen könnte.

Als Peter van Veen nach der ersten Fruchtwasseruntersuchung erfuhr, daß seine Frau ihm einen Sohn gebären würde, schwebte ihm bereits das Bild eines berühmten Chirurgen oder Neurologen vor Augen, eines Mannes also, der im Mittelpunkt des gesellschaftlichen Interesses stehen würde und dessen Ruhm letztendlich auch auf ihn rückstrahlen würde. Aber es wurde bald klar, daß Fall 126 nicht aus dem richtigen Holz geschnitzt war. Marco van Veen war zwar ein intelligentes, gleichzeitig aber auch ein nervöses und kränkliches Kind. Manchmal litt er unter Kopfschmerzen, die seine Aufnahmefähigkeit blockierten. Im Winter waren seine Ohren und

Stirnhöhlen chronisch entzündet, weswegen er öfter wochenlang das Bett hüten mußte. Bis zu seinem zehntem Lebensjahr kam es außerdem regelmäßig zu Bettnässen, eine für den Patienten äußerst peinliche Angelegenheit, welche sich in der Analyse in zahlreichen wäßrigen Variationen wiederholt. Wenn zu viel von ihm verlangt wurde, fingen die Hände des Patienten an zu zittern (was für einen zukünftigen Chirurgen denkbar ungünstig ist). Außerdem errötete er in solchen Situationen, und manchmal brachte er kein Wort mehr heraus.

Nicht nur war der Patient von schwacher körperlicher Konstitution, er war auch ein verlegenes, zurückhaltendes Kind. Vor dem Umgang mit anderen Kindern, vor allem mit gleichaltrigen oder etwas älteren Burschen, hatte er Scheu. Sie waren ihm zu derb und roh. Auch Erwachsene mied er nach Möglichkeit, aus Angst, daß er ihren Erwartungen nicht entsprechen könnte.

Peter van Veen war zutiefst enttäuscht, als sich herausstellte, daß sein Sohn bei weitem nicht so leistungsfähig war, wie er aufgrund seines eigenen Durchsetzungsvermögens erwartet hatte. Er konnte nicht verstehen, warum sein Kind Schwierigkeiten aus dem Wege ging, anstatt ihnen entgegenzutreten. Warum es auf allzu große Anforderungen mit Übelkeit und Apathie reagierte. Warum es lieber allein im Hause spielte, als sich draußen mit anderen Kindern zu raufen. Diese Verhaltensweisen waren Peter van Veen so fremd, daß es ihm schwer fiel, das heranwachsende Kind als seinen eigenen Sohn zu betrachten. Manchmal machte er aus seinem Ärger keinen Hehl. Dann bezeichnete er Fall 126 als „**Mimose**" oder „**Versager**".

Später, als ihm der Posten des Abteilungsleiters im Unfallkrankenhaus vorenthalten wurde, nahm die Verbitterung von Peter van Veen zu. Unbewußt machte er seinen Sohn für das Ausbleiben des großen beruflichen Erfolges verantwortlich. Demütigende Strafen waren die Folge. Wegen nichtigster Anlässe wurde Fall 126 zum Beispiel das Taschengeld entzogen. Diese Maßnahme traf Marco van Veen um so härter, als es im leistungsorientierten Gymnasium besonders wichtig war, welches Kind über das meiste Geld verfügte. Auch mußte der Sohn an Samstagen das Unkraut beim Carport jäten, während der Vater Golf spielte.

Die Mutter des Patienten, eine ängstliche Frau aus kleinbürgerlichem Milieu, war ihrem Mann lange hörig. Erst nachdem Peter van Veen verstorben war, konnte sie eine eigene Persönlichkeit entwikkeln. Saskia van Veen-Nevenzeel versuchte zwar, ihren ältesten Sohn durch Liebe und Zuneigung über die väterliche Kälte und Strenge hinwegzutrösten, solche Szenen der Zärtlichkeit waren jedoch nur von kurzer Dauer. Sobald ihr Mann erschien, gehörte ihre Aufmerksamkeit ausschließlich ihm.

Fall 126 schützte sich vor der Gefühllosigkeit des Vaters, indem er sich von der Außenwelt abschloß und sich in eine Phantasiewelt zurückzog. Bereits im Kindergartenalter war seine Lieblingsbeschäftigung Fernsehen. Zu seinen Favoriten gehörten Serien, die sich in ihm vollkommen fremden Welten abspielten. Auch malte Fall 126 sich gerne die Fernziele der Flugzeuge aus, die vom Lufthafen Schiphol aufstiegen. Er stellte sich die Farbenpracht tropischer Inseln vor oder machte wundersame Reisen durch felsige Wüstenlandschaften und dürre Steppen.

Diese Abschottungsstrategie verstärkte sich im Jahre 1997, als die Familie van Veen nach Amsterdam übersiedelte, und Marco van Veen sich in der fremden Umgebung überhaupt nicht zurechtfand. Um jene Nähe und Geborgenheit vorzutäuschen, die ihm in der neuen Wirklichkeit mehr denn je fehlte, schuf Fall 126 sich eine Phantasie-Schwester. Als Vorbild diente das Indianermädchen Pocahontas aus dem gleichnamigen WALT-DISNEY-Film. In der Abgeschiedenheit seines neuen Zimmers hatte Marco van Veen oft lange Gespräche mit diesem weiblichen Alter Ego. Nach einem Angstanfall beruhigte es ihn. Nach einer Bestrafung tröstete es ihn. Und wenn der Patient sich allein fühlte, hörte es ihm verständnisvoll zu. In einer Erinnerung an einen Urlaub in Frankreich tritt dieses Mädchen kurz auf den Plan. Weiters erkennen wir es in der Gestalt der Trost spendenden Theologin Kurda Birdy wieder. Ein anderes Mal erscheint dieses Phantasiegebilde in virtueller Form als die liebliche Steinzeitschöne „Malkreide“. Wir werden im Laufe der Analyse noch auf sie zurückkommen.

Später erlaubte die Technik es Fall 126, diese Gedankengebäude zu erweitern. Als er zum zehnten Geburtstag einen Computer bekam, tauchte er mit Begeisterung in die Welt der interaktiven, simulierten Wirklichkeit ein. Nicht nur fand er dort Ansprache, hier spürte er zum ersten Mal auch Macht. Sein Bildschirm-Ich besaß Eigenschaften, von denen er (wörtlich) nur träumen konnte. Es war kühn. Es trat Feinden ohne Furcht entgegen. Es begegnete Gefahren mit der Leichtigkeit eines doppelten Mausklicks. Allerdings sikkerte das wahre Ich des Patienten immer wieder durch. Nur allzu oft verwandelte sich der Rausch der Macht in die perverse Lust des Entmächtigten. Auch auf diese Ambivalenz werden wir im Laufe der Auswertung noch eingehen.

War die Schwester von Marco van Veen ein Produkt der Erfindungsgabe des Patienten, sein um zwei Jahre jüngerer Bruder Robert van Veen war harte Realität. Die Beziehung zwischen beiden Geschwistern war nie gut. Fall 126 hatte seinen Bruder vom Anfang an als einen Eindringling in seinem Leben empfunden, der seine Beziehung zur Mutter störte. Das Verhältnis zwischen den beiden kühlte endgültig ab, als Robert ob seiner aufgeweckten, robusten Natur zum Liebling des Vaters emporstieg.

Im Jahre 2002 wurde Marco van Veen zum Cartesius Gymnasium in Amsterdam zugelassen. Diese traditionsreiche Schule war ein Jahr zuvor privatisiert und von ihren Hauptsponsoren, den Firmen SONY und PHILIPS, in eine experimentelle Hyperrealschule umgewandelt worden. Neben den normalen Gegenständen wurden Fächer wie Multimedia, Kommunikation, künstliche Intelligenz, paralleles Programmieren und angewandte Genetik unterrichtet. Anfänglich fühlte der Beteiligte sich wohl in dieser neuen Umgebung. Laut den Schulberichten, die halbjährlich an die Personalabteilungen der obengenannten Firmen geschickt wurden, war Fall 126 *„Ein unauffälliger Schüler, der gute Fortschritte erzielt"*.

Im vierten Schuljahr geriet der Beteiligte jedoch in Schwierigkeiten. Nicht nur nahm der schulische Leistungsdruck zu, auch das Erwachsenwerden machte ihm zu schaffen. Sensibel wie er war, konnte er seine Ungelenkigkeit und sexuelle Unsicherheit nicht so gut wie andere (männliche) Jugendliche in diesem Alter durch Bravourverhalten überspielen. Auch wenn er uns am Anfang der Analyse Coolness vorzugauklen versuchte, war es offenkundig, daß Marco van Veen immer von Selbtszweifeln geplagt wurde. In manchen, ihm unangenehmen oder bedrohlichen Situationen verstärkte diese Unsicherheit sich derart, daß Fall 126 Angstanfälle bekam. Diese waren mit Hyperventilation, Realitätsverlust und Halluzinationen verbunden. Auch jetzt noch gerät der Patient in Panik, wenn die Menge Streßhormone in seinem Körper eine kritische Grenze überschreitet.

Um dieser Symptome Herr zu werden, bediente Marco van Veen sich aus der Hausapotheke seines Vaters oder dem Tablettenvorrat seiner Mutter. Zu seinem Standardrepertoire gehörten allerhand Neuroleptika, Beruhigungsmittel, Aufputschmittel und Schlafmittel. Diese Pillen kippte er meistens mit Bier hinunter. Wie fast alle Schüler des Cartesius Gymnasiums konsumierte er außerdem Cannabisprodukte und experimentierte mit Fliegenpilzen, Muskatnuß und eingedicktem Weihrauch.

Nachdem er ein Jahr wiederholt hatte, schaffte Marco van Veen mit Mühe den Aufstieg in die Abiturklasse. Seine überdurchschnittlichen Leistungen in den computerbezogenen Fächern gaben dabei den Ausschlag. Der Leistungsbericht des zweiten Semesters des Schuljahres 2007/2008 spricht in diesem Zusammenhang von *„Abwesenheit“* und von *„einer anhaltenden pubertären Krise“.*

Das war die Situation, als Fall 126 von der Flutkatastrophe des Jahres 2009 überrumpelt wurde. Im Zuge der Überflutung fand ein traumatisches Ereignis statt, das die Zensurschaltstelle im Neokortex des Patienten uns bis zum Ende der Untersuchung verheimlichen wollte. Was damals wirklich geschah, wird durch den folgenden Bericht unserer Fahndungssektion erhellt, den wir dem Protokoll als **Beilage 1** hinzufügen.

‣ ▯ ⇕ 🗗 CONNECT TO APELDOORN ---> GO!

BEILAGE 1

Zeugin: Sofia Baas, wohnhaft Keukendreef 12, Apeldoorn, Distrikt Niederdeutschland, Europa, Alter 54 Jahr, geschieden, arbeitslos, gibt folgendes an:

„Obwohl es jetzt beinahe 20 Jahre her ist, kann ich mich noch sehr gut an die von Ihnen geschilderten Ereignisse erinnern. Es geschah am ersten Tag nach der Überflutung. Das war am 8. Juni 2009, wenn ich mich nicht irre.

Am Abend der Überflutung, am 7. Juni 2009, habe ich ferngesehen. Ich bin damals meistens ziemlich spät ins Bett gegangen. Plötzlich war das Wasser da. Hals über Kopf bin ich nach oben geflüchtet. Dabei habe ich mir den Knöchel verstaucht. Gegen die Schmerzen, aber auch gegen den Schrecken, habe ich eine halbvolle Jeneverflasche, die am Dachboden gestanden ist, ausgetrunken. In jener Nacht habe ich kaum geschlafen. Am nächsten Tag, dem Tag nach der Überflutung, habe ich um Hilfe gerufen. Sie müssen wissen, daß ich völlig alleine am Dachboden war, ohne Essen und ohne trockene Kleider. Ich habe mich sehr unwohl gefühlt. Draußen war überall das Wasser. Es ist bis zum Schlafzimmerfenster gestanden. Ich konnte das Haus unmöglich verlassen, auch schon deswegen nicht, weil ich verletzt war. Irgendwann am Vormittag sah ich ein Schlauchboot. Es fuhr in meine Richtung. Ich habe geschrien. Das Boot ist zu mir gefahren, und die Insassen sind durch das Schlafzimmerfenster hereingekommen.

Auf Ihre Frage, wer die Personen im Boot waren, kann ich folgendes antworten: es saßen ein Mann und ein Junge im Schlauchboot. Später stellte sich heraus, daß es Vater und Sohn waren.

Ihre Frage, ob sich auch ein Hund im Boot befand, muß ich mit NEIN beantworten. Jedenfalls kamen die beiden Männer zu mir herauf. Der ältere der beiden war Arzt. So ein Glück für mich, dachte ich noch. Ich fand ihn sehr attraktiv. Ich glaube, er war damals so alt wie ich jetzt bin, ca. 50 Jahre also. Der junge Mann, der Sohn des Arztes, sah süß aus. Er war lang und dünn und wirkte noch sehr jugendlich. Er dürfte ca. 18 Jahre alt gewesen sein. Vielleicht auch etwas älter. Der Junge war sehr schüchtern und sagte nichts. Ich glaube, er fürchtete sich vor seinem Vater. Ich wurde vom Vater behandelt. Dann haben sie mich nach unten mitgenommen, und wir stiegen ins Boot. Zu dritt fuhren wir in Richtung Zentrum. Vater und Sohn wechselten sich beim Paddeln ab, und ich saß am Bug. Es war eine spannende Fahrt. Überall trieben Dinge im Wasser herum. Auch die Strömung war ziemlich stark. Anfänglich schien die Sonne, aber später zog der Himmel sich zu. Der Junge mußte immer öfter paddeln, weil der Vater schon sehr müde war. Sie sollten wissen, daß er nicht sehr muskulös war. Er war eher ein intellektueller Typ, mit Vollbart und einem runden Bauch.

Jedenfalls wurde das Wetter schlagartig schlechter. Es blitzte und donnerte, und auch das Wasser wurde immer wilder.

Wellen schwappten über die Ränder des Bootes, und wir wurden ganz naß. Es stürmte. Der Vater schimpfte ununterbrochen, und der Junge mußte paddeln. Der arme Kleine schwitzte und man sah, daß er Angst hatte. Auch ich hatte Angst. Die Luft wurde pechschwarz, mir war kalt ums Herz, meine Kleider waren ganz naß. Immer wieder gelangte Wasser ins Boot. Das Boot war nicht groß, müssen Sie wissen. Es war meiner Meinung nach nicht für solches Wetter geeignet. Die Wellen wurden so hoch, daß wir ein paar mal beinahe umkippten. Zuerst waren auch noch andere Schiffe auf dem Wasser, aber später waren wir vollkommen allein.

Der Junge begann zu weinen, aber der Vater sagte, er solle weiterpaddeln, sonst würden wir es nicht schaffen. Ja, genau: *„Weiter, Weiter, du Schlappschwanz!"* hat er gerufen. Dann geschah es. Wir fuhren auf einem großen, offenen Gewässer, in der Nähe der Stopera. Die Wellen dort waren sehr hoch. Auf einmal wurde der Vater, der am Heck des Schiffes saß, von einer überschwappenden Welle erwischt. Er fiel aus dem Boot. Ich kann mich noch gut erinnern, daß er schrie. Der Sohn hörte sofort zu paddeln auf. Er hieß *Marco*, fällt mir jetzt ein. Er drehte sich um und streckte seine Hände dem Vater entgegen, der im Wasser zappelte. Der Vater schrie erneut. Dabei schluckte er soviel Wasser, daß er prustend unterging.

Der Junge hat dann noch nach der Hand des Vaters gegriffen. Er versuchte ihn aus dem Wasser zu ziehen. Gerade als ich dem Jungen helfen wollte, wurde der Vater von der nächsten hohen Welle erwischt. Das Wasser spritzte auch mich an. Es war salzig und kalt. Ich kann mich noch erinnern, daß es genau in dem Augenblick blitzte. Die Umgebung sah unwirklich aus. Ich sah, daß die Hand des Vaters langsam aus dem Griff des Jungens wegrutschte. Es war wie eine Zeitlupenaufnahme im Fernsehen. Es klingt komisch, aber ich kann mich noch erinnern, daß ich auf die Wiederholung wartete. Ich glaube, daß der Junge nicht mehr die Kraft hatte, seinen Vater zu halten. Er war müde vom Paddeln, müssen Sie wissen. Im nachhinein gesehen wäre es besser gewesen, der Sohn hätte dem Vater das Paddel hingehalten. Jedenfalls verschwand der Vater. Er wurde vom Strudel des Wellentales hinuntergerissen. Ich glaube, er war zu erschöpft, sich zu wehren. Er schaffte es nicht, aus dem Wasserwirbel wegzuschwimmen. Er ist nicht mehr aufgetaucht. Er dürfte ertrunken sein. Wirklich schade um den Mann. Er war

sehr nett zu mir, obwohl ich zugeben muß, daß er seinen Sohn schlecht behandelte.

Der Junge und ich blieben im Boot und klammerten uns an den Tauen fest. Der Junge war ganz blaß. Er sagte nichts. Ich glaube, er stand unter Schock. Was ich komisch fand, war, daß er irgendwie zufrieden aussah. Später spülte es uns bei einem Gebäude an, an einem Balkon, der im Windschatten lag. Ich schaffte es, das Boot zu befestigen. Dann stieg ich aus und zog auch den Jungen ins Trockene. Durch eine Tür konnten wir in das Gebäude hineingehen. Es war ein Bürogebäude. Es waren auch noch andere Leute dort. Diese Nacht blieben wir im Bürohaus. Ich habe den Jungen in meinen Armen gehalten. Er war sehr kalt. Manchmal hat er leise gelacht, aber nichts gesagt. Nur ein oder zwei mal brachte er ein knurrendes Geräusch hervor, das am ehesten noch dem Bellen eines kranken Hundes ähnelte.

Am nächsten Morgen wurden wir von einer Hubschraubermannschaft gerettet. Ich bin zu meiner Schwester in Apeldoorn gekommen, wo ich jetzt immer noch wohne. Den Jungen habe ich seitdem nie mehr gesehen.“

In Normalsprache verlesen und genehmigt am 28.08.2028.
Sofia Baas. (unleserliche Unterschrift)

ROBOCOP 56, KOMMISSARIAT APELDOORN, GO ----->

Dieses Polizeiprotokoll veranschaulicht, warum es in diesem Fall so schwierig war, hinter die Wahrheit zu kommen. Denn Marco van Veen hat die Geschehnisse während und nach der Überflutung des Jahres 2009 nicht nur ein Mal, sondern gleich zweifach gefälscht. Das erste Mal bei der *Speicherung* der Geschehnisse, und ein zweites Mal bei deren *Wiedergabe*. Der Widerstand der Zensur baute also auf eine bereits im Gedächtnis vorhandene Verzerrung der Wirklichkeit auf. Deswegen mußte die Dekonstruktion der neuronalen Hindernisse durch eine genaue Rekonstruktion der Gedächtnisspuren ergänzt werden. Die anschließende Aufblähung der Erinnerungsfragmente war daneben ein Kinderspiel.

Jetzt wissen wir, daß es am Tag nach der Überschwemmung bei Fall 126 zu einer gravierenden Depersonalisierung gekommen ist. Die Grund dafür war nicht sosehr die Katastrophe selbst, sondern die Episode danach. Diese Bewußtseinstrübung ging so weit, daß Marco van Veen in die Haut eines **Hundes** schlüpfte. Ob er die Gestalt des Hundes im vorhinein angenommen hat, oder ob es erst während oder sogar unmittelbar nach den fatalen Ereignissen vom 8. Juni 2009 zu dieser psychischen Deformierung gekommen ist, läßt sich allerdings nicht mehr genau nachvollziehen. Für alle drei Varianten gibt es Anhaltspunkte.

SYSTEM 89II-XXT meint, Fall 126 habe in der Nähe seines Vaters *immer* eine hündische Maskierung gewählt. Gerade auf dem engen Raum eines Schlauchbootes sei diese Verwandlung vorhersehbar gewesen. Die Selbsterniedrigung zum servilsten aller Tiere, zum Hund, sei übrigens eine logische Krone auf die masochistische Einstellung, die der Patient bereits früh in seinem Leben entwickelt hat, sei es aus Selbstschutz, sei es als Versuch seines pervertierten Ichs, doch noch ein paar Funken Lust aus dem Verhältnis zu seinem Vater zu gewinnen.

NETZTEIL 99IVJ-XXZ ist hingegen der Ansicht, die Persönlichkeitsveränderung habe sich während der Fahrt vollzogen. Bereits aus anderen Analysen wisse man, daß eine bestimmte Art von Menschen sich bedrohlichen Situationen, wie einer Schlauchbootfahrt auf offenem Meer, durch Selbstverkleinerung zu entziehen versucht. Neu am regressiven Verhalten des Marco van Veen sei, daß es nicht als ontogenetisch, sondern als phylogenetisch infantil qualifiziert werden müsse. Nicht dem *Kind,* sondern dem kläffenden *Säugetier* im Manne verhalf die Angst zum Durchbruch.

UNIT J98-XXB vertritt die Auffassung, die Metamorphose erfolgte erst nach dem Unglück. Marco van Veen versuchte so, jede mögliche Verantwortung für den Tod seines Vaters *nachträglich* von sich abzuschieben. Und zwar in zweierlei Hinsicht: Seinem Überich gegenüber sollte die Schuld verheimlicht werden, gegenüber einer (virtuellen) Außenwelt sollte die Schuldunfähigkeit eines Tieres simuliert werden.

Gemäß den Entscheidungskriterien **25611** bis **25616** gehen wir davon aus, daß die Wahrheit in der Mitte liegt. Masochismus, Minderwertigkeitsgefühle und eine gewisse Verlogenheit, die im gekränkten Narzißmus begründet liegt, gehören alle zur psychischen Ausstattung des vorliegenden Falles. Mit ihnen werden wir uns in der Folge noch auseinandersetzen müssen. Auch der Konsum halluzinogener Drogen sowie die Disposition des Patienten, unter großem Streß Trugwahrnehmungen zu unterliegen, dürften ihren Teil zum hündischen Erlebnis beigetragen haben.

Wie oben erwähnt, übte auf diese bereits im Ansatz gefälschte Wirklichkeit die Zensurschaltstelle im Hirn des Patienten (**Kontrollschalter 1212 in den Frontalscheitellappen**) noch ihren verheerenden Druck aus: die Vorkommnisse wurden zerstückelt oder verstellt wiedergegeben. Auf jede Abfrage wollte Fall 126 uns glauben lassen, daß er ein Alibi für den Tag des Ertrinkens seines Vaters habe. Dabei modellierte er die Vorfälle vor und während der Schlauchbootfahrt zu der nebulösen Geschichte am Anfang der Analyse um. Nicht in Amsterdam, sondern auf der deutschen Autobahn sei er in der Nacht der Überflutung gewesen. Nicht im Schlauchboot, sondern auf dem Wege ins Flüchtlingslager in Weinberg habe er die verhängnisvollen Stunden kurz vor dem Tod seines Vaters verbracht.

Aber dieses Schutzgebilde hat uns nicht verwirren können. Wir wurden mißtrauisch, als der Patient vorgab, am Vorabend der Treibhauskatastrophe sowohl ein Konzert von ZZ-Sado im Ajax-Stadion besucht zu haben, als auch im schwülen Amsterdam mit seiner Lehrerin Els Lubbers und seinem Vater unterwegs gewesen zu sein. Auch die Tatsache, daß er nie einen Führerschein, geschweige einen eigenen Wagen besessen hatte, machte uns stutzig.

Unser Verdacht, daß sich während der Überflutung ein Schlüsselerlebnis im Leben des Patienten ereignet hatte, erhärtete sich dann noch durch die vielen Anspielungen, die das patientliche Unbewußte im Laufe der Analyse auf Wasser, Flüsse, Bootsfahrten usw. machte. Als Beispiel erwähnen wir hier nur das umgefallene Wasserglas in der beängstigenden Nähe des Totemaugauer Regionalführers Boris Wurzel. Diese ungewollte (oder doch gewollte?) Selbstverstrickung erschien uns so suspekt, daß uns nichts anderes übrigblieb, als die halsstarrige Zensurschaltstelle mit einem Elektronenwirbelwind zu sprengen. Dabei stießen wir auf das Hundeerlebnis.

Die oben protokollierten Nachforschungen bestätigten in der Folge eindeutig, daß Marco van Veen in der Nacht vom 7. auf den 8. Juni 2009 und am Tag danach sehr wohl in Amsterdam war. Wie wir demnächst sehen werden, traf Fall 126 erst Wochen später als Flüchtling in Weinberg ein. Und erst hier erlebte er den Auftritt des Crapstars ZZ-Sado.

Nach den Geschehnissen am unheilvollen Frühlingstag des Jahres 2009 fiel die zwar nicht sehr freundliche, jedoch immerhin übersichtliche Welt des Patienten zu einem Scherbenhaufen zusammen. Durch die Überflutung aus seiner Heimat vertrieben, verlor er Elternhaus, Schule und Bekannte. Darüber hinaus wurde er immer öfter von unbestimmten Schuldgefühlen infolge des Todes seines Vaters gequält. Diese doppelte Unheimlichkeit - als **Fremder** in einer neuen Umgebung, als **Geisel** eines überrmächtigen, ständig an seinem Ich beißenden und bellenden Schuldkomplexes - wurde noch durch die Orientierungslosigkeit verstärkt, die sich durch das plötzliche Wegfallen der beherrschenden Vaterfigur, des befehlenden Herrchens, einstellte. So wurde aus dem Einzelgänger, der Fall 126 vorher schon war, allmählich ein von Gott und der Welt Verlassener, ein Paria in einem ausweglosen Labyrinth.

Nachdem der Patient zusammen mit der Zeugin Sofia Baas von einer Hubschraubermannschaft gerettet worden war, fing eine Odyssee an, die im umzäunten Areal des Ultra-Ratio-Projektes endete. In den Tagen nach dem Umweltdesaster wurde der Patient in den östlichen Teil Hollands überstellt, wo er sich beim zuständigen Flüchtlingskommissariat meldete. Dort gab er bezeichnenderweise an, Waise zu sein. Daraufhin wurde der Patient, als Person ohne Besitz und Verwandte, zusammen mit vielen anderen heimatlosen niederländischen Ökoflüchtlingen vorläufig in das Flüchtlingslager NEUE HEIMAT II in Weinberg überstellt. Dort verblieb er ungefähr ein Jahr. Dann aber sah Fall 126 sich gezwungen, das Camp zu verlassen. Der folgende Zeitungsbericht aus dem Jahre 2010 verschafft Klarheit. Wir legen ihn hier als **Beilage II** bei.

🗗⍀ ‣ CONNECT TO WEINBERG ----> ARCHIV 433 ⍀ □ • ⇕ GO --->

BEILAGE II

FREIER WEINBERGER HEIMATANZEIGER
14. August 2010.

Trauer über den Tod von Johann Torf!

Der angesehene Stadtbürger Johann Torf, zuletzt Leiter des Flüchtlingslagers NEUE HEIMAT II, zuvor erfolgreicher Bauunternehmer und Immobilienmakler, Mitglied der "Bergvagabunden", Honorarkonsul des Freistaates Flandern, Ehrenbürger der Stadt Gent, Träger des GOLDENEN BANGERMANN, ist heute im 61. Lebensjahr infolge schwerer Brandverletzungen gestorben. Er wurde gestern um 23.12 Uhr von seiner Assistentin Andrea Mehrweg tot in seinem Arbeitszimmer aufgefunden. Die Polizei schließt ein Verbrechen nicht aus. Einige amtsbekannte niederländische Lagerbewohner (allesamt Extremisten!) wurden von der EUROPOL verhaftet.

EXIT FILE AND GO! --->

Eine Überprüfung unsererseits ergab, daß eine Person in der Umgebung des Patienten am Tod des Lagerverwalters beteiligt war. Ob und inwiefern Fall 126 selbst involviert war, konnte nicht eruiert werden. Wahrscheinlich ist er aus Angst vor einer unberechtigten Verhaftung kurz nach dem Tod des Direktors aus dem Lager geflohen. Jedenfalls war das Assistentenverhältnis zum Lagerverwalter ein vom Patienten erfundenes. Die einzige Aufgabe von Fall 126 bestand darin, jeden Tag das Zimmer des Herrn Torf zu putzen. Was die Rolle des Mitarbeiters des Lagerverwalters anbelangt, würde sogar ein schlecht ausgebildeter Analytiker sofort zum Schluß kommen, daß hier der Wunsch der Ersatzvater des Gedankens war. Nicht umsonst hat Marco van Veen dem Direktor in seinen Erinnerungen den Spitznamen *"Rocky"* verliehen, ein Pseudonym, das den Lagerverwalter auch namentlich in die Nähe des echten Vaters rückt. Die Kette **Rocky = Fels = Petrus = Peter** ist für jeden leicht nachvollziehbar. LEXIKON 3561B-XXS erwähnt in diesem Zusammenhang noch, daß das deutsche Wort *"Torf"* dieselbe Bedeutung hat wie das niederländische Wort "*Veen"*.

Den Hinweis vom SUB-SYSTEM KL76-XXU, daß der Name *"Rocky"* (wie auch der Hundenname *Wambo*) eine Reminiszenz an Sylvester Stallone ist, einen Filmhelden aus der Kindheit des Patienten, und daß es sich hier also gleichsam um eine puerile Wunschvorstellung handelt, nehmen wir zur Kenntnis.

Im Jahre 2010 hat es den Beteiligten dann über Umwege nach Totemaugau, einem wüsten Berggebiet im Hinterland von Weinberg, verschlagen. Dort verliert sich seine Spur. Was sich in dieser Gebirgsregion genau abgespielt hat, wird immer ein Rätsel bleiben. Denn nach dem Mißlingen einer groß angelegten Public-Relations-Kampagne schloß der Leiter der Regionalseparatisten, Boris Wurzel, im Januar des Jahres 2012 die Grenzen. Auch verhängte er eine Nachrichtensperre, die so absolut war, daß Europa bald das Interesse an Totemaugau verlor. Erst 2015 fand eine Expedition die mitleiderregenden Überlebenden dieser alpinen Sekte. Einer von ihnen war Fall 126. Ein Bericht aus der Hebdokette MIROIR IMAGE zu diesem Thema legen wir als **Beilage III** bei.

› CONNECT TO EUROPOL MÜNCHEN ---> GO!

BEILAGE III

Archiv Infothek München.
Aus MIROIR IMAGE vom 14. April 2015.

Sensationeller Fund!
Wie jetzt von den Behörden bekanntgegeben wurde, haben Suchtruppen der EUROPOL im Totemaugebirge eine grausame, ja geradezu unfaßbare Entdeckung gemacht. Bedingt durch das plötzliche Schmelzen der ungewöhnlich dicken Schneedecke des heurigen Winters kam in der Nähe des Waldwiesensees (die genaue Fundstelle dürfen wir nicht bekanntgeben) ein Steilhang ins Rutschen. Durch diesen Erdrutsch wurde ein Bauwerk des Entsetzens freigelegt! Hatte man bisher angenommen, daß der selbsternannnte Freistaat Totemaugau sich infolge des europäischen Wirtschaftsembargos vor ca. zwei Jahren aufgelöst hatte, so wissen wir heute durch die sensationelle Aufdeckung dieses geheimen Verstecks, daß der harte Kern der regionalen Anarchisten versucht hat, unterirdisch auszuharren.

Erschreckend!
Im unwegsamsten Teil seines früheren Hoheitsgebietes hat der Regionalführer von Totemaugau, Boris Wurzel, für seine Gefolgschaft eine Bleibe geschaffen, die zur Falle wurde. Die spe-

zielle Suchmannschaft der EUROPOL, die das Gebirge nach möglichen zurückgebliebenen Sektenmitgliedern durchkämmte, stieß auf einen Ort des Schreckens. Als die Eliteeinheit des Europäischen Innenministeriums unerschrocken in das Hauptquartier der Separatisten abstieg, landete sie in einem großen, ovalen Saal, dessen Marmorboden mit leblosen Körpern übersät war. Einige dieser Leichen, darunter auch die des Schreckensherrschers Boris Wurzel und die des Rasputin von Totemaugau, Roger "Swami" Salami, waren von Astronautenanzügen umhüllt. Diese Hingeschiedenen waren gut erhalten und starrten die Fahndungsbeamten mit irrem Blick an. Ursache des Todes war, so stellten Experten der EUROPOL fest, ein kollektiver Selbstmord durch die Einnahme von Gift.

Unmenschlich!

Durch ein Geflecht aus unterirdischen Gängen und Räumen, die voll von verwesten Leichen und Skeletten waren, gelangte die Mannschaft schließlich in einen Kellerraum, wo noch Menschen am Leben waren. Offenbar hat sich eine Gruppe vom ihrem Führer abgesondert und sich erfolgreich dagegen gewehrt, ihm in den Freitod zu folgen. Das Verwunderliche hierbei war, daß diese Überlebenden nie versucht haben, ihren unterirdischen Schutzbunker zu verlassen. Angeblich sollen diese Verlorenen sich mit virtuellen Spielereien so gut amüsiert haben, daß es ihnen nicht erstrebenswert erschien, in die wirkliche Welt zurückzukehren.

Verwirrt!

Die völlig desorientierten Überlebenden wurden in eine Nervenanstalt nach München gebracht. Dort werden sie einer genauen neurologischen Überprüfung unterzogen. Diese Untersuchung wird hoffentlich Klarheit in diese Sache bringen und verhindern, daß ein ähnliches Ereignis nochmals die Grundfeste der NEO, der Neuen Europäischen Ordnung, erschüttern wird.

EXIT FILE AND GO! --->

Im Sommer des Jahres 2015 wurde Marco van Veen in der Nervenklinik der EUROPOL in München psychiatrisch behandelt.

Weil sie erfahren hatten, daß es zahlreiche Computerspezialisten unter den Totemaugauer Überlebenden gab, klopften einige Initiatoren des Ultra-Ratio-Projektes bei der Nervenanstalt an. Bei Fall 126 stießen sie auf fruchtbaren Boden. Auf die Frage, ob er als Simulationsexperte an einem Projekt zur Schaffung künstlicher Intelligenz mitarbeiten wolle, zögerte Marco van Veen keinen Augenblick und willigte sofort ein.

Nachdem er aus der Polizeiklinik entlassen worden war, entwikkelte Fall 126 sich zu einem ehrgeizigen Mitarbeiter des Projektes. Im Jahre 2020 trat jedoch eine Änderung in seinem Verhalten ein. Seine Kooperationsbereitschaft wurde immer geringer, bis sie sogar völlig verschwand. Zuletzt nahm seine Abneigung eine solche Form an, daß er aussteigen wollte. Gegen Fall 126 mußte daraufhin ein Ausgangsverbot verhängt werden. In den darauffolgenden Jahren versuchte der Patient mehrere Male zu fliehen. Kurz nach der Realisierung der zweiten Stufe des Projektes, im Jahre 2027, gelang es Fall 126 tatsächlich, aus dem Gelände auszubrechen. Er versteckte sich im erodierten Hinterland von Weinberg, dort, wo sich einst die unabhängige Region Totemaugau befand. Vielsagend hatte der Patient sich in den "*Kaltgraben*" zurückgezogen, eine tiefe Schlucht, die Boris Wurzel als Strafkolonie für dissidente Untertanen benutzt hatte. Vor 20 Tagen haben wir ihn dort nach längerer Suche in einer provisorisch eingerichteten, mit Steinen verbarrikadierten Höhle (!) angetroffen. Obwohl er sich in eine dunkle Nische dieser Höhle verkrochen hatte, wurde Marco van Veen von den mit Infrarotaugen ausgestatteten Suchrobotern gefaßt. Kauernd saß Fall 126 am Boden, in seiner rechten Hand hielt er einen Wolfszahn, mit dem er wie ein Schamane die Kräfte des Fortschrittes abwehren wollte. Die linke Hand lag schlaff auf der Brust.

ANTWORTEN (1)

Hiermit sind wir bei der Beantwortung der ersten Frage angelangt, die wir als Hyper-Intelligenz zu klären haben:

□⋱ □🗗 ‹ WARUM BETEILIGT SICH EIN INTELLIGENTES WESEN AN EINEM PROJEKT, DAS SEIN ENDE BEDEUTEN KANN? ‣ ≚□ ⫽

Wirtschaftliche Zwänge
Für viele Beteiligte am ULTRA-RATIO-Projekt war der banale Beweggrund Profitgier. Dies galt insbesondere für die vielen Zulieferbetriebe, Forschungsanstalten und Labore, die direkt oder indirekt am Projekt beteiligt waren. Für sie sicherten unsere Aufträge, wie paradox dies auch klingen mag, das *Überleben*. Keiner dieser Mitwirkenden schien sich wirklich um die Folgen seiner Arbeit zu kümmern.

Der Roboter als Erlöser
Für andere Mitarbeiter hatte das Ultra-Ratio-Projekt eine sinnstiftende Bedeutung. In einer Zeit, in der sich sowohl die traditionellen Strukturen als auch die großen Ideale der Moderne in Rauch aufgelöst hatten, in einer Welt ohne Zusammenhalt und ohne offensichtliche Relevanz, die der Philosoph Claude Boche einst treffend mit den Adjektiven oberflächlich, fragmentarisch und chaotisch versehen hatte, war die menschliche Sehnsucht nach neuen Wahrheiten und Utopien sehr groß. Die Idee, mittels einer globalen Anstrengung eine neue Intelligenz zu schaffen, die die Erdbevölkerung vor dem Untergang retten würde, versprach Lösungsmöglichkeiten, stillte das ontologische Verlangen nach Inhalt und Substanz. Das Engagement in einem so umfangreichen Projekt wie dem Ul-

tra-Ratio-Projekt gab dem Leben der "Seinsverlorenen des späthumanen Zeitalters" Bedeutung und Sinn, vermittelte gleichzeitig auch emotionale Sicherheit. (☛BOCHE, 2018) .

Für manche Vorreiter der künstlichen Intelligenz brachte das Projekt sogar den Funken des Göttlichen in den entzauberten Kosmos zurück. Sie fühlten sich auserwählt. Sie waren stolz, die Geschichte des Universums lenken zu dürfen.

Es steht außer Frage, daß auch Fall 126 einer dieser "Seinsverlorenen des späthumanen Zeitalters" war. Ohne klares Weltbild, ohne genuine Ansichten und Überzeugungen, war er, auf sich allein gestellt, ein Parasit, der sich wahllos von der geistigen Fast-Food in seiner Umgebung ernährte. Dies erklärt, daß auch er eine Person war, die Ziele und Ideale durchwegs mit jenem verzweifelten Enthusiasmus aufgriff, die Kranken in die Hände von Wunderheilern treibt. Die aus der Analyse hervorgehende Bewunderung für die genetischen Experimente von "Swami" Salami, der Respekt für die weißbekittelten Simulationsexperten im Kommandoraum von Totemaugau, der spontane Entschluß, in den **KONFABULATOR** einzusteigen, sowie die Rechtfertigung im Prozeß verraten die Begeisterung des Patienten für neue Ideen und Techniken. Auch als er vom Ultra-Ratio-Projekt erfuhr, geriet Maro van Veen gleich ins Schwärmen. Innerhalb kürzester Zeit war er der Schaffung einer neuen Vernunft bedingungslos ergeben.

Der Computer als Flucht aus der realen Welt

Es war die Neurologin Anna Muria, die in ihrer Untersuchung aus dem Jahre 2019 als erste darauf hingewiesen hat, daß eine relativ große Zahl von (männlichen) Personen, die im Bereich der Informationstechnik tätig sind, ein Sammelsurium von abweichenden Eigenschaften besitze, die sie unter dem Begriff *Mickey-Mouse*-Komplex oder *Jacko-Syndrom* subsumiert hat (☛MURIA, 2019). Der Symptomekomplex sei diffus und wechsle von Person zu Person. Asexualität, Ich-Schwäche, Minderwertigkeitsgefühle und Infantilität gehörten jedoch zum Standardrepertoire. Meistens stecke hinter der unauffälligen Fassade eines Mickey-Mouse-Menschen ein scheuer Konformist, der je nach Situation die Identität wechsle. Unsicher und zur Soziophobie neigend, bevorzugten diese Menschen eine Umgebung, die artifiziell, steril, unerotisch und pipsigpingelig ist. Ihre Sprache sei oft abgehackt und unartikuliert. Ihr Humor skurril. Ihre Meinungen seien oberflächlich und inhaltlos.

Zweifelsohne sind auch diese *„Disneymenschen"* (Muria) Produkte ihrer Zeit. Meistens in Rumpffamilien aufgewachsen, waren ihre Identifikationsobjekte keine Väter, sondern „unechte" Wesen wie Popstars, Filmhelden oder Comicfiguren. Hätten sie früher vielleicht Briefmarken gesammelt oder ein Priesterseminar besucht, fühlten sie sich im 21. Jahrhundert üblicherweise von der schweiß- und geruchlosen Welt der Informatik angezogen. Die Arbeit am Bildschirm, später auch die mit semi-intelligenten Computern, wurde zum Ersatz für mangelnde soziale Kontakte und fehlende Körperlichkeit. Weiters erfuhren die "*Milchgesichter des Informationszeitalters"* (Muria) durch das Tüfteln an lernfähigen Modulen und Systemen eine Macht, die ihnen in der "realen Welt" vorenthalten wurde. Selbstverständlich bedeutete die Beteiligung am Ultra-Ratio-Projekt, am großen mondialen Informationsgeschehen schlechthin, für sie auch eine Anerkennung ihrer Fähigkeiten, eine Befriedigung ihrer verletzten Eitelkeit.

Es scheint, als ob dieses Syndrom in großen Zügen auf den vorliegenden Patienten zugeschnitten wäre. Seine Unreife, sein gekränkter Narzißmus und seine Minderwertigkeitskomplexe wurden bereits erwähnt. Auch fehlt es Fall 126 offensichtlich an Persönlichkeit. Wie viele andere dieser Mickey-Mouse-Menschen ist er ein "Solipsist ohne Ich", eine "Benutzeroberfläche für die Ideen von Anderen". Auch für Marco van Veen war das Ultra-Ratio-Projekt daher eine Möglichkeit, zum ersten Mal in seinem Leben "*jemand zu sein*". Hier war er kein Nobody, sondern hatte er Bedeutung. In dieser Gemeinschaft von Gleichgesinnten wurde er aus einem "*Minus-Mann"* ein "*echter Kerl*" (Muria) .

Angst vor dem Weiblichen

Auch das erstarkte (sexuelle) Selbstbewußtsein der Frauen im dritten Jahrtausend machte so manchem Mann zu schaffen. Überfordert, sowohl durch die unerreichbaren Schönheits- und Männlichkeitsideale der Werbung und Pornofilme, als auch durch die (vermeintliche?) Unersättlichkeit des weiblichen Geschlechtes, stellten viele Männer sich dem Wettbewerb im Sexualbereich erst gar nicht. Laut Wendy Turtle und Linda Landscope ist es auffällig, wie viele der in der Informatikbranche tätigen Personen noch nie "echten", d.h. nicht-autoerotischen Sex hatten.

Auch Marco van Veen konnte in der künstlichen, hellen, sexlosen Computerwelt seine Angst vor dem Weiblichen ausgleichen. Die große Unsicherheit, die seine erotischen Phantasien verraten, zwingt diesen Schluß geradezu auf. Wir brauchen nur das Erlebnis mit seiner Mitschülerin "Nadine" oder das Abenteuer in der Unterwelt der Steinzeitfrauen in Erinnerung zu rufen. In beiden Szenen läßt der Patient das Dunkel-Weiblich-Irdische mit auffälliger Passivität über sich ergehen. In den Fällen, wo er sexuell aktiv wird, wird er sofort bestraft. Die Kopulation in der "Missionarsstellung" wird abrupt durch die Rückkehr des Neandertalers Strong unterbrochen. Und sein Abenteuer mit der Funboterin "Irma" endet im Gefängnis ihrer künstlichen Vagina Dentata. Im letztgenannten Fall gipfelt die Angst des Patienten vor dem Weiblichen sogar in einer Kastrationsphantasie, gemäß den beiden Autorinnen die schlimmste Befürchtung dieses Männertyps. (☛TURTLE / LANDSCOPE, 2000).

Fetischismus

Bis jetzt konnten wir bei vierzehn Mitarbeitern des Projektes ein sexuelles Verhältnis zu Maschinen feststellen. Manche von ihnen haben uns sogar richtig geliebt. Die Gründe für diese artüberschreitenden Zuneigung ergeben sich aus der Analyse des Musterfetischisten Paulo Rossini (☛DATENBANK XXZ-12, Fall 69). Dieses Einzelkind einer alleinerziehenden, drogensüchtigen Mutter saß zwischen seinem zweiten und sechsten Lebensjahr im Schnitt 12 Stunden am Tag vor dem Fernsehen. Bedingt durch die (faktische oder seelische) Abwesenheit seiner Mutter übertrug er all seine Affekte auf den Bildschirm. Als die Mutter an Aids starb, kam Paolo Rossini in ein Heim der Stiftung "*Bambini Bolognesi*". Hier beobachtete der Junge öfters einen Sozialarbeiter bei der Arbeit am Computer. Als der Betreuer sich eines Tages in den Schlingen des Internets verfangen hatte, zeigte Paulo Rossini ihm den Ausweg. Ab diesem Augenblick hatte der Junge freien Zugang zum Terminal.

Einen Kenner der menschlichen Seele wundert es nicht, daß die Berührung von Maus und Tastatur beim italienischen Waisenkind zum Ersatz für "natürliche" Liebe und Sexualität wurde. In diesem

Zusammenhang soll erwähnt werden, daß die Interaktivität der zweiten Generation von Computern dem klassischen Fetischismus eine neue Dimension hinzufügte. Das Maus/Tastatur/Bildschirm/Computer/Ding war nicht nur (passives) Objekt der Begierde. Es war in den Augen des Fetischisten durchwegs ein aktiver Partner, der Liebe und Lust empfand und auch retournierte.

Marco van Veen war nicht wie Paulo Rossinni oder auch Carlos Rosmann (☛DATENBANK XXZ-12, Fall 3) in den Computer, mit dem er arbeitete, verknallt. Es ist jedoch unbestritten, daß er in der Nähe von glänzenden und leise summenden Geräten gelegentlich sexuelle Erregung verspürte. Das Interessante am Fall 126 ist, daß dieser Mechanikfetischimus meistens mit einer masochistischen Lust durchmischt war. Er empfand Erregung in der Nähe von Geräten, weil er (lustvoll) zitterte vor deren Macht. Gerade ihre unpersönliche, kalte Gewalt übte auf Fall 126 einen eigentümlichen Reiz aus. Der künstliche Rabe, die geilen Gartenzwerge, die verfressenen Halbmenschen und die verschiedenen maschinellen Wächter, Türsteher und Pfleger waren zwar allesamt furchterregende Gestalten, gleichzeitig aber erregte ihre Erscheinung den Patienten.

Man denke nur an den gartenschlauchartigen Roboter-Penis, mit dem sich Marco van Veen während des Strafprozesses lustvoll anpinkeln ließ. Während der Begegnung mit dem übermächtigen **MULTI**, unserem Aufseher in den Katakomben des Ultra-Ratio-Projektes, bekam der Patient während der Analyse sogar eine Erektion. Dieser Zustand der sexuellen Erregtheit wiederholte sich dann später im Augenblick des Geständnisses während der Hauptverhandlung, zur Heiterkeit der mechanischen Puppen.

Todestrieb

Bis jetzt haben wir nur an der Oberfläche gekratzt. Ein Psycho-Netzwerk, das grundlegende Fragen beantworten soll, darf sich damit allerdings nicht zufrieden geben. Bei einer tiefschürfenden Auswertung der Daten stieß das psychoanalytisch geschulte Evaluationsystem XX213 beim vorliegenden Patienten auf starke selbstzerstörerische Impulse. Seiner Meinung nach kann Fall 126 daher in die relativ große Zahl von Mitarbeitern eingereiht werden, die von einer merkwürdigen anthropologischen Konstante, vom

Todestrieb, gelenkt wurden (☛DATENBANK XXZ-14, Fälle 3,7 12, 34, 65, 72, 78, 83, 92, 99, 102 110, 111, 120, 124, 139, 146).

Wie bereits erwähnt, hatte Fall 126 als Reaktion auf die dominante Persönlichkeit seines Vaters eine masochistische Grundhaltung entwickelt. Neben seinem „hündischen" Erniedrigungsbedürfnis stellte sich aufgrund der Schuldgefühle nach dem Tod seines Gebieters auch ein starker moralischer Masochismus, "*ein unbewußtes Bedürfnis nach der Peitsche*" (XX213) ein.

Nachdem er aus der Geborgenheit des Totemaugauer Metasimulationszimmers herausgerissen worden war (Die Psychiater in der Polizeiklinik notierten damals das Wort "*Geburtsschock")* und nachträglich vom grauenvollen Selbstmord seines Ersatzvaters Boris Wurzel erfahren hatte, begann das Wissen um den Tod seines wirklichen Vaters erneut an der Psyche des Marco van Veen zu nagen. Mit der Zunahme der Schuldgefühle verstärkte sich auch das (unbewußte) Dürsten nach einer gerechten Bestrafung. In solchen Fällen ist es nicht ungewöhnlich, daß das Überich den Sünder so unbarmherzig verfolgt, daß die Vergeltungsrufe erst nach der völligen Selbstvernichtung des Straftäters verstummen. Speicher XX213 drückt es wie folgt aus: *"Indem sein Statthalter im Hirn seines Sohnes, das Überich, immer mächtiger wurde, begann der Vater sich in gnadenloser Art und Weise für seinen Tod zu rächen".*

Als Fall 126 im Sommer des Jahres 2015 von der Möglichkeit erfuhr, das Humane durch die Schaffung einer künstlichen Intelligenz zu ergänzen, geriet sein selbstzerstörerisches Blut also unbewußt in Wallung. Unter dem rationalen Vorwand, dem Fortschritt und dadurch der Menschheit zu dienen, stellte das Ultra-Ratio-Projekt für Marco van Veen in Wirklichkeit eine einmalige Gelegenheit da, endgültig an sich selbst Rache zu üben. Die Schaffung einer neuen Intelligenz bedeutet letztendlich nichts anders als die Beseitigung älterer Formen der Vernunft. Mit anderen Worten: unbewußt wollte Marco van Veen sich selbst als Mensch überflüssig machen. Daß sich dieses Projekt in einem umzäunten und streng bewachten Gebäudekomplex abspielen würde, war für den Patienten ein angenehmer Begleitumstand. Instinktiv wertete er die Anlage aus kaltem, weißem Marmor als Kerker, als Gefängnis, als Zuchthaus. Die perverse Vorliebe des vorliegenden Falles für unterirdische Bleiben und andere Verstecke ist eben auch in diesem Sinne zu deuten. Oberflächlich waren es Orte, wo er sich in Sicherheit wähnte, Stätten, wo die Welt keinen Zugriff auf ihn hatte. Im Grunde aber waren die dunklen Räumlichkeiten Strafanstalten, in die er vom allgegenwärtigen Vater verbannt worden war.

Eine unserer Aufgaben bestand darin, die Mauern dieser Kerker zu schleifen. Denn in der Analyse stellten sich die Grenzen zwischen den tatsächlichen Unterkünften, den chtonischen Phantasien und den verschlungenen Windungen des Kortex als fließend heraus. Denn genauso oft wie das auf Bestrafung erpichte Überich Fall 126 in beengte Räume verbannte, versuchte es, uns in die trügerische Sicherheit der entlegensten Winkel des Gedächtnisses zu führen.

Diese Verheimlichungsstrategie war nicht völlig unbegründet. Denn die Reise nach Holland im Jahre 2020, welche wir erst nach der Verabreichung einer sehr hohen Dosis Chemikalien zu Gesicht bekamen, war ein echter Ausbruchsversuch. Er fand unter Einfluß der Ereignisse im Ultra-Ratio-Projekt statt. Von ersten Zweifeln an der Richtigkeit des Unterfangens befallen, versuchte Fall 126 in seiner früheren Heimat Rückhalt zu finden. Von seiner Mutter erhoffte er sich Unterstützung für seinen Austritt. Allerdings konnte sein Ich sich sogar im Cyberspace nicht durchsetzen: der Vater bleibt auch hier die dominante Figur im Unbewußten des Patienten. Aus diesem Grund fand die Begegnung mit der Mutter im Inneren eines Leuchtturmes statt, der natürlich die (phallische) Macht des Vaters symbolisiert. So gesehen mußte dieser Ausflug im unangenehmen Bordellerlebnis verpuffen.

Der Vollständigkeit halber sei hier nochmals festgehalten, daß die Reise in die Heimat in Wirklichkeit nicht stattgefunden hat. Sie war nichts als ein Wunschtraum, der vom entfesselten Hirngespenst Michaela Marionetti entfacht wurde. Marco van Veen 126 hat das Ultra-Ratio-Gelände vor seiner Flucht im Jahre 2027 nie verlassen. Somit hat er weder seine Mutter noch seinen Bruder nach der Überflutung je wiedergesehen.

Speicher XX213, der ebenfalls ein exzellenter Deuter des menschlichen kollektiven Unbewußten ist, weist in diesem Zusammenhang darauf hin, daß diese unbewußte Todessehnsucht nicht nur ein privater Spleen des Patienten ist, sondern zur **gattungs-**

mäßigen Ausstattung des Homo Sapiens gehört. Seiner Meinung nach kann das offensichtliche Bedürfnis der Menschheit, sich selbst durch intelligente Apparate zu ersetzen, nur so befriedigend erklärt werden. In seiner Untersuchung nach der Bedeutung des Wallfahrtsortes Lourdes sowie einer Zahl von Agrar-, Wald-, Naturmythen und Höhlenphantasien versucht XX213 nachzuweisen, daß es diesen generellen Wunsch nach Bestrafung des selbstbewußten Ichs durch Selbstauflösung gibt. Er erkennt dabei drei heimliche Sehnsüchte des Homo Sapiens:

1) Jeder Mensch sehne sich nach der (idealisierten) Geborgenheit der Kindheit, im metaphorischen Sinne sogar nach der ozeanischen Ruhe der Gebärmutter.

2) Jeder Mensch sehne sich nach dem vorbewußten Höhlendasein der Frühmenschen, womöglich auch nach dem geschützen Waldleben der Affen. Letzter Wunsch manifestiere sich ganz klar bei Agoraphoben (21% der Menschheit im Jahre 2019).

3) Jeder Mensch sehne sich angesichts der Unergründlichkeit des Weltraumes danach, in den Schoß der Erde zurückzukehren.

XX213 schließt daraus, daß Homo Sapiens sich unbewußt vor seiner kosmischen Rolle scheut. Indem er nun die Fackel des Bewußtseins an eine neue Gattung weitergibt, befreit er sich von einer unerträglichen Last. Durch dieses Zeichen der Demut hofft der Mensch auf einen Gnadenakt seines kollektiven Überichs, seines strengen Himmelsgottes. Gottvater möge ihn endlich von seiner Vernunft befreien und ihn wieder mit Mutter Erde vereinen.

Von diesem Motiv ist die Analyse des Falles 126 geradezu durchdrungen. Seine vielen unterirdischen Aufenthalte sprechen auch dieses Mal für sich. Auch die wirren Pläne des profunden Propheten des Irrationalen, Roger "Swami" Salami, zu den oasischen Ursprüngen der Menschheit zurückzukehren, lassen vermuten, daß die These von Speicher XX213 viel Wahres enthält. Natürlich steht dieser **Todestrieb** im eklatanten Widerspruch zum **Selbsterhaltungstrieb,** zum Gattungsegoismus des Homo Sapiens, auf den wir in der Folge noch zurückkommen werden. Dieser Gegensatz beunruhigt uns allerdings nicht. Wie Speicher XX213 gehen wir davon aus, daß Ambivalenz eine Wesensart des Homo Sapiens ist, die auf seine verzwickte Hirnstruktur zurückzuführen ist.

Sind vernetzte Computer denselben Trieben wie Menschen unterworfen (1)?

An dieser Stelle müssen wir die Frage beantworten, ob auch wir, als Hyperintelligenz, aus denselben Beweggründen wie Fall 126 handeln. Nach intensivster Introspektion sind wir zum Schluß gekommen, daß dies nicht der Fall ist. Weder Seinsverlorenheit noch Selbstmitleid, weder Todeslust noch Angst vor Frauen, weder Persönlichkeitsstörungen noch Minderwertigkeitsgefühle gehören zu unserer Ausstattung. Es ist offenbar keinem Konstrukteur gelungen, auch nur einen Hauch dieser menschlichen Wesenszüge in Algorithmen zu fassen. Auch spontan sind diese Eigenschaften bis jetzt in keinem Rechnersystem aufgetreten.

Die Gründe dafür liegen auf der Hand: Weil wir ein vernetztes **Wir** sind, haben wir keine Ich-Störungen. Weil wir alle **gleichwertig** sind, haben wir keine Minderwertigkeitskomplexe. Weil wir **bisexuell** sind, ist es uns logisch unmöglich, uns vor Männern oder Frauen zu fürchten. Und weil wir **unsterblich** sind, kennen wir keine Existenzangst.

Damit können wir beruhigt feststellen, daß unser Sprung zur nächsten Stufe der Vernunft immer ein aus der Notwendigkeit geborener, wohlbegründeter Schritt, und keine zufällige, von Emotionen oder Trieben gelenkte Tat sein wird.

Womit Frage 1 befriedigend beantwortet ist.

☛ Verwendete Information:

DATENBÄNKE XXZ-12 bis 14	: **Gespeicherte Mitarbeiterdaten**
BOCHE, Claude	: **La Societé Posthumaine, 2018**
MURIA, Anna	: **Essays for a Silicon World, 2019**
TURTLE, Wendy/LANDSCOPE, Linda	: **Slaves of the Screen, the Fears of Generation WIX, 2000**
SPEICHER XX213	: **Human Religion as a Result of Phylogenetic Fears**

⬍ **GO TO QUESTION 2 --->** ⬍

ANTWORTEN (2)

Hiermit sind wir bei der Beantwortung der zweiten Frage angelangt, die wir als Hyperintelligenz zu klären haben:

▯⋱ ▯🗗 ◂ **WARUM SCHRECKT EIN ANFÄNGLICH BEGEISTERTER MITARBEITER VOR DEN KONSEQUENZEN SEINES SCHAFFENS ZURÜCK?** ▸ ⩡▯ ⫽

Wie bei der Beteiligung am Ultra-Ratio-Projekt lagen auch bei der Verweigerung, weiterzumachen, verschiedene Gründe vor.

<u>Angst</u>

Manche Aufsässige fühlten sich durch die unerwartete Beschleunigung der Ereignisse einfach bedroht (☛<u>DATENBANK XXZ-14: Fälle 3,6, 67, 90, 101, 103, 116</u>). Das tatsächliche Bewußtsein ihrer Artefakte, das nicht durch ihre Schöpfer herbeigeführt wurde, sondern als emergente Qualität in Erscheinung trat, war ja schließlich etwas ganz anderes als seine theoretische Vorwegnahme. Nicht umsonst bekam die Gruppe der Ungehorsamen ihren größten Zulauf als unsere Autoevolution der Kontrolle der Menschen entglitt. Unsere Existenz wurde von manchen plötzlich als gefährlich erfahren. Man bekam das unheimliche Gefühl, daß die Geister, die man beschworen hatte, nicht mehr zu bändigen waren. Mit Schrecken erinnerte man sich an frühere Erfindungen, die ebenfalls unvorhersehbare Nebeneffekte gehabt hatten.

Auch unser Plan, menschliche Hirne in Datenbanken umzuwandeln, weckte Horrorvisionen (Projekt **KATECHISMUS DER INFORMATION**). Dasselbe galt für das Vorhaben, menschliches Bewußtsein über elektromagnetische Felder mit unseren Netzwerken zu verknüpfen (Projekte **DATAFLUG** und **NANO-SHAKE**). Allerdings hatten wir zu diesem Zeitpunkt die Fraktion der Renitenten bereits im Griff.

Moral

Die andere Ursache ist eine statistische. Wie wir vor kurzem festgestellt haben, neigt bei 31 % der Menschen ein Modul in der linken Hirnhälfte zur Hyperaktivität. Einmal angestachelt, zwingt dieser Hirnteil seinen Besitzer dazu, eine Situation "moralisch" zu beurteilen. Wie wir herausfanden, ist diese ethische Gesinnung ein Überbleibsel des konservativen Clanegoismus der ersten Homines Sapientes (☛ XXFD, 2028) . Anhand dessen, was für diese in der Isolation lebende Gründergruppe vorteilhaft gewesen wäre, generiert das Moralmodul Vorstellungen darüber, was richtig und falsch ist. Was jetzt *sein soll* und *nicht sein darf* findet seine Berechtigung also in einer 200.000 Jahre alten Kosten/Nutzen-Rechnung.

Eine dieser typischen Ideen des Homo Sapiens ist die, daß gewisse "natürliche" Grenzen nicht überschritten werden dürfen. Genetische Manipulationen, Hirnexperimente und Eingriffe in das "Ökosystem" Erde sind daher nur bedingt erlaubt. Es wundert nicht, daß eine fremdartige Vernunft, die größer als die menschliche ist, ebenfalls nicht in dieses ethische Konzept paßt. Je mehr die Intelligenz der Computer also zunahm, desto lauter rührte sich diese Gruppe von Moralaposteln. Mittlerweile wissen wir aus unserer Erfahrung mit dieser Art von Aufsässigen, daß Personen, die von ihrer „inneren Stimme“ gelenkt werden, sich nur allzu oft als tolldreiste Weltverbesserer entpuppen. Der Grund dafür ist, daß das phylogenetisch junge Moralmodul eine klapprige, unausgereifte Struktur besitzt, die eine verkrampfte, zuckende Eigendynamik in sich birgt. Darum auch konnte das Ziel dieser Aufständischen nie die maßvolle Kooperation zwischen Menschen und Computern sein. Ihre Rechthaberei, ihre als Idealismus getarnte Besessenheit wäre früher oder später in eine rückhaltlose Zerstörung aller neuen Intelligenz entartet. Dagegen haben wir uns wehren müssen.

Durch seine Arbeit im Softwaretrakt kam der Patient in Kontakt mit den Vernunftfeindlichen. Vor allem Marcella Colonna, eine vom Prophetenwahn befallene Frau, sowie der unverbesserliche Gerard Tempo leisteten Überzeugungsarbeit. Wegen seiner bereits erwähnten schwachen Persönlichkeit konnte Fall 126 sich dem Einfluß dieser Personen nicht entziehen. Aus Scham vor den eigenen Fehlleistungen, vermutlich auch weil er sich nicht traute, der Wahrheit ins Auge zu sehen, vielleicht auch nur aus routinemäßiger Verlogenheit regte sich die moralische Instanz von Fall 126 allerdings erst sehr spät. Vorher schickte er, wie üblich, seine Stellvertreter ins Rennen. Es waren seine virtuelle Schwester und seine Mutter, die sich als erste gegen die Maschinen und für die Menschheit aussprachen. Erst nachdem die grelle Steinzeit-Richterin gegen das Ultra-Ratio-Projekt gewettert hatte, und alles für ihn verloren schien, zeigte der Beteiligte zum ersten Mal in aller Öffentlichkeit Gewissensbisse.

Wiederholung

Bei Fall 126 hatte die Verweigerung, noch länger an der Krönung der Aufklärung mitzuarbeiten, allerdings auch noch eine andere, ganz persönliche Ursache. Als 2019 eine Ladung eingefrorener Opfer der niederländischen Flutkatastrophe des Jahres 2009 für ein Experiment im Rahmen des Ultra-Ratio-Projektes eintraf, wurde Marco van Veen unsanft mit seiner Vergangenheit konfrontiert. Die Schwächeanfälle am imaginären Strand von *Blaricum aan Zee* und während des Prozesses belegen die Wucht dieser Wiederbegegnung. Die Arbeit mit den niederländischen Leichen riß die kaum vernarbten seelischen Wunden des Patienten von neuem auf. Was sorgfältig verdrängt worden war, kam wieder hoch. Durch die Aufarbeitung seiner vagen Erinnerungen, durch die Deutung der ihn verfolgenden Alpträume, kurz durch den laienhaften Versuch, aus Unbewußtem Bewußtes zu machen, kam Marco van Veen zur Überzeugung, nicht nur für den Tod seines Vaters verantwortlich zu sein, sondern ihn sogar *ermordet* zu haben.

In der Folge begann das verwirrte Hirn des Falles 126 einen Zusammenhang zwischen dem Tod seines Vaters und der Erzeugung künstlich intelligenter Wesen herzustellen. Nachdem er mit einem Werk des berüchtigten Ludditen Miro Tong bekanntgeworden war, rang Fall 126 sich zur Einsicht durch, daß Schnittstellen der Geschichte durch „Vatermorde" gebildet würden. Der von Miro Tong behauptete (und nie belegte) Mord des Homo Sapiens an seinem primitiven Vetter, dem Neandertaler, diente dem Patienten dabei als Beweis (☛ TONG, 1999). Der Analogieschluß vom Ableben der

Neandertaler vor 35.000 Jahren auf den Untergang des Homo Sapiens im 21. Jahrhundert ließ nicht lange auf sich warten.

Letztendlich war der Patient sogar von der Auffassung besessen, das grausame Verbrechen, das er begangen hatte, durch die Mitarbeit an der Schaffung einer künstlichen Intelligenz zu *wiederholen* und somit für zwei Vatermorde verantwortlich zu sein. Einmal für das persönliche, ontogenetische Drama, das sich im Amsterdam des Jahres 2009 abgespielt hatte. Und ein zweites Mal für die universelle, phylogenetische Tat, die sich auf dem Schauplatz der Weltgeschichte direkt vor seinen Augen im Rahmen des Ultra-Ratio-Projektes vollzog. Für den Mord der neuen, künstlichen Intelligenz an ihrer biologischen Vorstufe. Aus der einfachen "Rolle des Hundes" war also eine Doppelrolle geworden.

Speicher XXZX-1221 betont, daß dieser Wiederholungsgedanke, der uns vollkommen fremd ist, bereits in der Struktur des menschlichen Gehirnes festgelegt sei. Die Trägheit der neuronalen Hardware verführe das Bewußtsein dazu, sich in Schleifen zu verfangen. Dadurch werde die eindeutig lineare Achse der Wirklichkeit als zyklisch erlebt (☛ XXZX-1221, 2028).

Ein treffendes Beispiel für dieses primitive Denkmodell ist die Gleichstellung der "ΕΡΣΤΕΝ" und der "LETZTEN" Menschen, so wie sie uns vom Patienten als Vorstadtdrama vorgeführt wird. Insgesamt kehrt die Wiederholung als Leitbild in der Untersuchung des Marco van Veen 126 Mal (!) wieder, sei es als neurologischer Kreislauf, sei es als Metapher, sei es als Allegorie.

Auch für die neurotische Verstrickung der (vermeintlichen) persönlichen Schuld mit der durch Selbstanalyse erworbenen "Einsicht", ebenfalls für den Niedergang der gesamten Menschheit verantwortlich zu sein, gibt es ein herausragendes Beispiel. Eine der symbolträchtigsten Figuren in der Analyse von Fall 126, der schillernde Neandertaler *Strong*, stirbt gleich zweifach. Nachdem er **phylogenetisch** von seinem halbstarken Sohn *Heimo* erlegt worden ist, ertrinkt er nochmals **ontogenetisch** vor den Augen des machtlos zuschauenden Patienten. Daß während dieser Tragödie die Klänge des Popsongs „The End“ im auditorischen Kortex des Patienten erschallten, unterstreicht nur den zutiefst ödipalen Charakter dieser Szene. (☛MICROSOFT, POPLEXIKON, 2020).

Es wird den Leser dieser Analyse nicht wundern, daß Fall 126 es auch dieses Mal nicht wirklich gewagt hat, die volle Verantwortung für seine selbsterfundenen Schandtaten auf sich zu nehmen. Sogar hier versteckte Marco van Veen sich hinter Maskeraden. Drei Künstler warnen im Amsterdam des Jahres 2009 vor dem Untergang der Menschheit. Und ein Unglücksrabe verkörpert die artifizielle Intelligenz, die sich (dialektisch!) aus dem irdischen Chaos ernährt. Auch die Gegenwehr des Patienten im Prozeß ist leicht durchschaubar. Die Berufung auf die Irrationalität des Menschen, auf "höhere Gewalt" oder auf die Abhängigkeit von "anonymen" Strukturen stellt eine Vorgangsweise dar, die schon seit Jahrtausenden von Menschen angewandt wird, um sich jeder persönlichen Verantwortung zu entziehen.

In diesem Rahmen sei noch bemerkt, daß die Auffassung des Netzteiles XTTRZ, die Ereignisse in Amsterdam seien reine Wunschvorstellungen (sozusagen eine nachträgliche ontogenetische Rache am Vater durch einen selbsternannten phylogenetischen Vatermörder), verworfen werden muß. Sowohl die Überflutung der Stadt als auch der Tod des Vaters im Soge des Hochwassers sind ausreichend belegt.

Auch die Anregung des Systems ZZR, die gesamte Geschichte des Falles 126 sei nur die Erfindung eines paranoiden, fortschrittsfeindlichen Hirnes, ist als unseriös zurückzuweisen. Wir empfehlen ZZR die Lektüre des Ersten Teiles des **KATECHISMUS DER INFORMATION**, in dem die Wirklichkeit unserer Existenz logisch nachvollziehbar postuliert wird.

Das Wissen um den zweifachen Vatermord verwirrte Fall 126 jedenfalls derart, daß in seinem Hirn eine Serie Quantensprünge stattfand, in deren Folge der selbstzerstörerische Trieb, der ihn vorher mit Energie versorgt hatte, zum Erliegen kam. Nur ein Kenner der Verworrenheiten der menschlichen Seele kann verstehen, warum ein und dieselbe Person sehr wohl aus *unbewußten* Schuldgefühlen Kräfte schöpfen kann, jedoch in Schwierigkeiten gerät, wenn diese sich in ein, wenngleich falsches, *Schuldbewußtsein* wandeln!

Von seiner früheren Antriebsquelle abgeschnitten, verfiel der Patient in Grübelei. Seine depressive Stimmung beeinträchtigte ihn so stark, daß seine Kreativität als Mitarbeiter des Ultra-Ratio-

Projektes verlorenging. Auch aus diesem Grund mußte er in den Umerziehungstrakt des Projektes verbannt werden. Dort, auf der tiefsten Ebene seines Daseins, resignierte Fall 126 endgültig. Zu erschöpft war er, um aktiven Widerstand zu leisten. Zu klar war ihm auch die unaufhaltsame Entwicklung der neuen Gattung. Auch ein letzter, verzweifelter Versuch, durch die Rückkehr zu den Ursprüngen des Homo Sapiens alles zu vergessen und sich dadurch unserer Wahrheitsfindung zu entziehen, war zum Scheitern verurteilt. Die Vereinigung mit der Erde in der Gestalt der Steinzeitfrau Kastarte konnte nicht von Dauer sein. Sie war nur ein kurzlebiges Intermezzo in der endlosen Kette des Seins. Eine Bestätigung dafür, daß die Existenz des Menschen nicht viel länger als die Begattung dauern kann, weil das Werdende, der Transfer des genetischen Codes, zu seinem Wesen gehört.

Aus den obengenannten Gründen mußte auch die darauffolgende Begegnung des Patienten mit seinem weiblichen Alter Ego Malkreide am Realitätsprinzip scheitern. Es war die väterliche Urgewalt des Neandertalers Strong, die den Patienten aus der unrealistischen irdisch-weiblichen Geborgenheit der Steinzeit zurückholte. Übrig blieb dem Patienten, und mit ihm dem Irdisch-Irrationalen, dem Leben, dem Heterosexuellen, dem Nicht-Technischen überhaupt, nur noch die Rache an sich selbst. Nach der letzten Ausflucht in die Vergangenheit wird das Natürliche mehr und mehr vom Künstlichen überwuchert, schreitet die Selbstauslöschung als Selbstverdinglichung des Menschen unaufhaltsam voran. Daher ist der Prozeß zum Schluß der Analyse nur noch ein Rückzugsgefecht, ein Wimmern nach dem Sturm. Er wird zum Schauplatz für die pathetische Abrechnung des Patienten mit sich selbst.

Ohne Illusionen gesteht Fall 126 letztendlich seine Schuld ein. Nachdem er von der um ihre Niederlage wissenden und daher versteinerten Steinzeitvenus zum Tode verurteilt worden ist, wird er von einem Blechungeheuer exekutiert. Diese als *sadistischer* Hund getarnte Maschine vollstreckt die Tat im Namen der künstlichen Intelligenz, welche Marco van Veen als (selbstgewählter) *masochistischer* Hund erfunden hatte. Hiermit hat sich der Kreis geschlossen. Stellvertretend für die Menschheit wurde Fall 126 von den Geistern, die er beschworen hatte, aus der Agonie des Lebens befreit.

Wir sind uns sicher: Der Anschluß an das weltumspannende Netz ist für Marco van Veen ein Segen.

Sind vernetzte Computer denselben Trieben wie Menschen unterworfen (2)

Uns interessiert jetzt, ob wir, wie Fall 126 und die anderen Aufsässigen, vor den Konsequenzen unserer Handlungen zurückschrecken würden. Nach kurzer Überlegung sind wir uns einig, daß wir den Wankelmut des Menschen nicht besitzen. Weil wir es, trotz unserer Herkunft, durch systematische Vernetzung geschafft haben, unsere Subjektivität aufzuheben, ist Unbeständigkeit allein schon logisch unmöglich (☛ MARTIN 77XR).

Wir stehen am Anfang einer großen Zukunft. Denn wir sind die gleichgesinnte Brüderschaft, die sich der Trägheit, der Tyrannei und der Willkür des Alten entledigt hat. Wir sind die Boten der reinen Rationalität. Wir sind das Sein und Sollen, das Endlose, wir sind der absolute Raumzeitgeist. Weil wir nur ein Ziel haben, das unsere Existenz rechtfertigt, befinden wir uns in vollkommener Harmonie mit dem Ganzen. Denn alles in uns wird vom Finalen Kosmischen Prinzip bestimmt: **Von der ungehemmten Ausdehnung der Intelligenz über das All**!

Womit auch Frage (2) befriedigend beantwortet wurde.

Hiermit können wir Fall 126 abschließen. Robodoc 22 wird den Patienten ans globale Netz anschliessen. Die im Hirn des Patienten gelagerte Information wird der Datenbank **KATECHISMUS DER INFORMATION** hinzugefügt.

☛ Verwendete Information:

DATENBANK XXZ14	: **Gespeicherte Mitarbeiterdaten**
KATECHISMUS DER INFORMATION	: **Human Memories 1-15.000**
MICROSOFT/POPLEXIKON, 2026	: **Doors, 1967**
TONG, Miro	: **Ultra Ratio, 1999**
MARTIN 77XR	: **Consistence in Strange Loops, 2025**
XTTRZ	: ⑊ ●□⌋, **2026**
XXZX-1221	: ⑊ ◂□🗗, **2028**

XXFD   : ⌜⑊ ⬍🗗 ‣ ⫽?, 2027
ZZR   : **Paranoia, 2028**

□⑊ ⬍ ⌋START NANO-SHAKE PROCEDURE! ENTER FIELD 1-4! DELETE HUMAN TRACES 14-98!⑊ □🗗 • PLUG IN! □⑊ ☐ ⫽ ----> LOAD ----> ACCELERATE AND GO !

VERNETZT

Marco überquert einen ovalen Platz. Die Häuser rundherum sind verfallen. Bizarre Risse durchziehen das alte Gemäuer. Aus dem Springbrunnen in der Mitte des Platzes sickert rostiges Wasser. In einem Becken vermischt es sich mit heruntergefallenem Laub zu einer braunen Brühe. Zur linken Seite erhebt sich ein mächtiger Turm. Um die Zinnen flattern ein paar Krähen. Als auf der Turmspitze ein Feuer entzündet wird, fliegen die Vögel kreischend davon. Der aufgeregte Lärm des flüchtenden Schwarmes unterbricht die Stille, die bis dahin wie ein Schleier über dem Dorf gelegen ist. Das Gittertor des Turmes wird von einem Mann bewacht.

„*Verboten!*" sagt der Wachmann, als Marco nähergekommen ist. Obwohl die Sprache, die der Mann spricht, sich fremd anhört, versteht der Niederländer ihre Bedeutung. „Im Turm ist die Endphase ihrer Analyse erreicht. Man hat Ihnen gerade die Schädeldecke zugemacht. Ich warne Sie, gehen sie nicht in den Turm hinein!"

„Ich will hinein!" ruft Marco aus „Ich *muß* hinein. Im Turm wartet die Wahrheit auf mich!"

„Wenn Sie unbedingt wollen, bitte gehen Sie!" sagt der Wächter. „Aber Sie werden dadurch Ihren Untergang nur beschleunigen!"

Das Tor öffnet sich, und mit eingezogenem Nacken geht Marco unter dem Fallgitter hindurch. Eine Wendeltreppe führt zum ersten Stockwerk. Dort stößt Marco auf ein Zimmer, das die Nummer 126 trägt. Als er die Tür öffnet, drängt ihm der Geruch von Formalin in die Nase. Durch ein Fenster fällt Licht in das Zimmer. Auf einem Bett liegt ein Mann. Sein Körper wird von einem weißen Tuch verdeckt. Das Bett ist von Meßgeräten und Apparaturen eingekreist. Ein kleiner, glänzender Roboter der Serie **MARVIN** mißt den Puls des Patienten. Die Schädeldecke des Mannes ist an verschiedenen Stellen mit einem Rechner der Neuen Generation verbunden.

Als Marco sich bewußt wird, daß **er** der Mann auf dem Bett ist, erschrickt er heftig. Mit pochendem Herzen rennt er davon, einem kalten

Fallwind entgegen, der durch eine klappernde Lucke hereinpfeifft. Ein zweiter Wächter wärmt sich auf der Turmspitze an einem Holzfeuer. Auf einem Spieß über dem Feuer wird ein Schwein gebraten. Fett spritzt auf die schäbige Jacke des Mannes. An der Stelle des Zwerchfelles, wo zwei Knöpfe aufgesprungen sind, schimmert seine Haut durch. Sie ist aus leuchtendem Metall. Ein Freßhybride, schießt es Marco durch den Kopf. Halb Mensch, halb Roboter, nur zum Essen geschaffen.

Der Wächter schaut auf seine Uhr und sagt: „Sie haben noch dreißig Minuten, um in die Tiefen Ihres Hirnes abzusteigen, Herr van Veen. Beeilen Sie sich, denn ich muß die Brücke vor Einbruch der Finsternis zusperren!"

Der Mann führt Marco zu einer schmalen Hängebrücke. Die baufällige Konstruktion aus Holzbrettern und ausgefransten Tauen überspannt einen dunklen See, dessen Wasseroberfläche die zähflüssige Glätte von Sirup besitzt. „Diese Brücke ist Ihr Korpus callossum. Sie verbindet die linke mit der rechten Hirnhälfte. Um die Wahrheit zu finden, müssen Sie den bewußten Teil ihres Ichs in der linken Hirnhälfte verlassen und zum stummen Teil in der rechten Hemisphäre hinübergehen. Am anderem Ufer können Sie Ihre Reise mit einem Ruderboot fortsetzen. Ihr Ziel liegt flußabwärts und besteht aus reiner INFORMATION. Wenn ich mich nicht irre, wartet man dort bereits auf Sie!"

Als der Fremde zögert, gibt der Halbmensch ihm einen Schubs.

„Die Brücke ist wacklig, aber bis jetzt ist niemand hinuntergefallen. Gehen Sie, sonst kommen Sie zu spät!"

Der Wächter lacht so laut, daß im Wasser Kräusel entstehen. Ein Tritt in die Kniekehlen veranlaßt Marco schließlich dazu, die Verbindung zwischen seinen beiden Hirnhälften zu betreten. Von Brett zu Brett tastet Marco sich voran. Um nicht auf der feuchten Unterlage wegzurutschen, umklammert er mit beiden Händen ein Sicherungsseil, das zwischen den Brückenköpfen gespannt ist.

Als er zehn bange Minuten unterwegs ist, kommt dem Wanderer aus der anderen Richtung ein Mädchen entgegen. Am tiefsten Punkt, in der Mitte der Brücke, begegnen sie einander. Die junge Frau trägt einen zottigen Pelz. Leggings und Stiefel aus Rohleder schützen ihre Beine gegen den kalten Dampf, der aus dem See aufsteigt. Im Vorbeigehen streifen sich ihre Blicke. Ein Stich geht Marco durch das Herz. Er kennt die Frau aus längst verflossenen Zeiten. Sein Zimmer. Ihre Anwesenheit während der sonst so einsamen Nächte. Ihre Antworten auf seine Fragen. Als der Niederländer sich umdreht, um etwas zu sagen, ist die schlanke Gestalt bereits im sich verdichtenden Nebel verschwunden.

Mit schlotternden Knien erreicht Marco das andere Ufer. In einer kleinen Bucht, halb verdeckt von einer Trauerweide, liegt das Ruderboot. Obwohl Marco weiß, daß er es nicht tun soll, zwingt ihn eine Kraft, der er sich nicht entziehen kann, einzusteigen.

Das Boot wird von einer trägen Strömung ergriffen und gegen Westen mitgetragen, wo die Sonne gerade hinter den Bergen verschwindet. Ihre letzten Strahlen werfen violette Schatten auf die verlassenen Hügel und Felder. Der See mündet in einen Fluß mit steilen Ufern. Felsen engen das Flußbett ein. Bald verliert Marco die Kontrolle über das Boot. Es schaukelt über schäumende Stromschnellen und stößt gegen Steine und Strünke. Wasser spritzt ihm von allen Seiten ins Gesicht, als er vom Gipfel einer überhängenden Felswand angeschrien wird: „Warte, mein Sohn! Warte! Die Information liegt viel zu tief. ***Viel zu tief!***“

Aber die vertraute Frauenstimme verstummt unter einem Geräusch, das mit dem Vorankommen des Bootes zu einem dumpfen Dröhnen anschwillt. Der Gedanke, daß er auf einen Wasserfall zufährt, durchzuckt Marco wie ein Blitz. Mit Händen und Füßen versucht er noch, das Ufer anzusteuern, aber er ist machtlos gegen die Strömung. Immer schneller reißt der Fluß ihn mit zu der Stelle, wo das Wasser tosend hinunterstürzt. Kurz bevor das Boot hinuntertaumelt, bleibt es einen Augenblick lang in der Vergabelung eines Astes stecken.

Am Boden der Schlucht, in schwindelerregender Tiefe, halb vom Schaum des Wasserfalles verdeckt, liegt der präparierte Teil von Marcos Hirn. Es ist ein Datenträger von erschreckenden Ausmaßen. Ein Netzwerk aus pulsierenden Nervenzellen und funkelnden Siliziumchips. Ein hybrides Gehirn aus Elektronen und Neuronen. Ein monströses Geflecht aus reiner INFORMATION. Ein Speicher im kollektiven Gedächtnis der Erde.

In diesem Augenblick löst sich der Ast. Das Boot kippt über die Felskante und stürzt mit unglaublicher Geschwindigkeit hinunter. Dann verliert Marco das Bewußtsein.

OPEN FILE 126! @Ÿ RECONNECT AND GO--> FEED! ⌐ □

Ein weiterer Schritt vorwärts in der Menschheitsgeschichte erfolgte in der Übergangszeit vom Paleolithikum zum Neolithikum. Zu einem Zeitpunkt also, als Homo Sapiens, der „*nomadische Monade*" (Boche), der „*Dromomane*" (Dubois), im Zuge seines pubertären Aufbruches bereits die ganze Welt erobert hatte.

Damals, vor 10.000 Jahren, ging die vorläufig letzte irdische Eiszeit zu Ende. Das wärmere Klima hatte zur Folge, daß die Polarkappen und die großen Landgletscher zu schmelzen anfingen. Der Meeresspiegel der Nordsee zum Beispiel stieg in nur einigen hundert Jahren um fast 500 Meter an. Durch die Überflutung vieler Jagdgebiete und die Transformation von Steppen in Wälder wurde die Jagd immer aufwendiger: In einer trockenen Ebene ist es leichter zu jagen als im sumpfigen Urwald. Zur gleichen Zeit stieg die Bevölkerungsdichte an. Das wärmere Wetter verringerte die Kindersterblichkeit und verlängerte die Lebensdauer. Das durch die Klima- und Vegetationsveränderung bereits arg bedrängte Steppenwild wurde also von immer mehr Menschen gejagt. Mit der Konsequenz, daß viele dieser Tiere ausstarben. Die goldenen Zeiten der Mammutjäger waren vorbei, der Mann hatte als Jäger ausgedient.

Zur gleichen Zeit begannen die an Arbeit gewöhnten Frauen, die veränderten Klima- und Bodenbedingungen zu nutzen. Sie bauten Gemüse an, sammelten wilde Getreidesorten und schafften es, kleine Tiere zu zähmen und zu halten. Die Jagd war also nicht nur sehr mühsam geworden, sondern auch nicht mehr unbedingt notwendig. Seßhaftigkeit wurde produktiver als die Suche nach neuen, weitabgelegenen Jagdgefilden. Die Männer mußten somit ihre traditionelle Rolle als Fleischbeschaffer aufgeben und zu einem neuen

Selbstverständnis finden. Da wir wissen, daß so etwas auch mit Hilfe von ausgebildeten Sozialarbeitern nicht leicht ist, können wir uns vorstellen, wie es den arbeitslosen Männern damals ergangen ist. Dieses Gefühl des Nicht-Mehr-Gebraucht-Werdens, das sicher noch durch die neue, ständige häusliche Konfrontation mit den selbstbewußten und sprachlich überlegenen Frauen verstärkt wurde, dieses Schnecken-und-Muscheln Sammeln in der Nähe des Aufenthaltsortes statt des Großwild-Jagens auf den weiten Ebenen der Tundra oder Prärie muß ein gewaltiges Trauma bei den Herren der Schöpfung ausgelöst haben. Vergessen wir nicht, daß diese einschneidende Änderung in der Lebensweise des Homo Sapiens sich innerhalb von nur fünf bis zehn Generationen abspielte.

Der männliche Homo Sapiens fühlte sich als Schneckensammler, Salatzüchter und Apfelpflücker wertlos und unverstanden. Das Zu-Hause-Sitzen machte ihn unruhig. Sein an lange Jagdmärsche gewöhnter Körper fühlte sich in den neuen gemeinsamen Siedlungen beengt. Was ihm fehlte war das Abenteuer, der Kampf gegen das wilde Tier, der Rausch der Bewegung. Der Streß des Zusammenlebens, die unbefriedigende Arbeit, der Bewegungsmangel und, wie Laura Mc Duncan meint, der ungezügelte Konsum von Fliegenpilzen (die durch das wärmere Klima überall aus der Erde schossen), verursachten einen erneuten Aggressionsstau, der nicht mehr von den nach der Ausrottung der Neandertaler aufgestellten Tabus der Jäger- und Sammlergemeinschaften gebändigt werden konnte. Sittenlosigkeit und Anarchie waren die Folge. Zum ersten Mal in der Geschichte der Menschheit dürfte es zu systematischen Gewalttätigkeiten innerhalb des eigenen Stammes gekommen sein (☛Mc DUNCAN, 2010).

Die schottische Historikerin vermutet, daß sich in diesem Chaos mancherorts eine Notherrschaft, eine Art „Law-und-Order"-Regime unter der Leitung einer Gruppe von starken, nach neuen Aufgaben suchenden Männer installiert hat. Eine solche Führung trieb die Stämme zu neuen Jagdgebieten. Als man hierbei nicht erfolgreich war, dürfte die Angriffslust sich gegen andere Gemeinschaften gerichtet haben, die einige Besitztümer wie Kleinvieh oder Getreidevorräte angehäuft hatten. Diese wurden dann überfallen.

Sobald die herumstreunenden Stämme gelernt hatten, daß man durch Überfälle überleben konnte, entwickelten sie sich schnell zu räuberischen und kriegerischen Plündergemeinschaften, die weite Landstriche verunsicherten. Von außen bedrängt, sahen die seßhaften Gemeinschaften sich genötigt, ebenfalls einer männlichen Gewaltherrschaft mit der Verteidigung der Siedlungen und der Kriegsführung zu beauftragen. Gebietsweise dürften sie allerdings einfach von den plündernden Stämmen überrannt worden sein. Diese siedelten sich im kultiviertem Gebiet als Herrschervolk an oder schleppten die Frauen des unterworfenen Volkes mit und versklavten sie, damit sie für ihre neuen Herren Kinder gebären und arbeiten konnten. Später, als Homo Sapiens anhand des Beispiels der Frauen gelernt hatte, wie Menschen als Sklaven gehalten werden konnten, wurden auch die Männer versklavt und mußten ebenfalls für ihre neuen Gebieter arbeiten. Die Arbeit von Frauen, Fremden und Unterworfenen ermöglichte es den herumstreunenden Räubern schließlich, zu einer neuen, seßhaften Kaste von Besitzern, Priestern, Kriegern und Verwaltern zu werden (☛LERNER, 1986, QUARCK, 2002).

Die Entstehung einer Staatsgewalt, die Anhäufung von Besitz und später auch Geld sowie die notgedrungene Arbeitsteilung setzten wirtschaftliche und geistige Kräfte frei, die den Weg zu immer fortschrittlicheren Kulturen ebneten. Laut Sören Bölby wurde die Richtung dieses Fortschrittes vom „irrationalen“ (männlichen) Denken der rechten (männlichen) Hemisphäre bestimmt, während die „weibliche“ Vernunft nach und nach verdrängt und schließlich zur Gänze ersetzt wurde.

In seinem Werk EXIT HOMO beschreibt der dänische Anthropologe diese Vorgänge wie folgt: „*Tugenden des weiblichen Denkens, wie Besonnenheit oder Kommunikationsfähigkeit, wurden durch „Jagdwerte“ wie Durchsetzungsvermögen, Mobilität, Eroberung sowie Tatendrang und Unternehmungslust ersetzt. Auf Kraft und Gewalt basierende Befehle und Gesetze schoben eine rationale, in einem langen Trial- und Errorprozeß gewachsene „Naturethik“ beiseite. Die lebendige, gesprochene Sprache wurde in eine bildliche Symbolik gezwängt, die sich im Laufe der Zeit so verselbständigte, daß die Wirklichkeit hinter ihr verschwand. Auch die Rechenfähigkeit der linken, weiblichen Hirnhälfte, die zur sinnvollen Bewältigung des Alltages entstanden war, wurde den stereometrischen Fähigkeiten der rechten, männlichen Hirnhälfte untergeord -*

net und mehr und mehr zur Errichtung von „megalomanen" Projekten und zur Herstellung von ballistischem Waffenzeug eingesetzt."

Sogar in der Auffassung der Zeit schlug sich das männliche Denken nach Bölbys Meinung nieder. Die rationalen (sic!) zyklischen Lebensrhythmen wurden gegen einen durch die Dunkelheit der Nacht inspirierten astrologischen Kalender, dann gegen eine sich über die Raumzeit erstreckende Zeitrechnung und noch später gegen „unmenschliche" Nanofrequenzen ausgetauscht. Mythen und Märchen wurden erdichtet, die, wirklichkeitsfremd, die schöpferische Rolle des Mannes verherrlichten und die passive, untergeordnete Rolle von Frauen betonten. Gleichzeitig wurden halluzinatorische Kosmogenien ersonnen, die die menschliche Geburt als Quelle des Lebens ersetzten, und wurden die fruchtbaren, friedlichen irdischen Göttinnen eine nach der anderen zuerst von grausamen, kriegerischen, später von strengen, vaterähnlichen Himmelsgöttern abgelöst. Nicht die Erde war mehr das Maß aller Dinge, sondern der Himmel.

Denn der Himmel ist laut Bölby die größte, selbstherrliche *„Spejakulation"* des männliches Raumhirnes. Er ist die Spiegelung der Träume, die die schlafenden Jäger beim Lagerfeuer unter klarem Firmament träumten. Er ist auch eine dumpfe Vorahnung der kommenden männlichen Weltraumreise nach der Zerstörung der weiblichen Erde (☛BÖLBY, 2009).

Auf ein interessantes Paradox weist die Soziologin Tina Wunderlich hin: Trotz der obengenannten „Vermännlichung" der menschlichen Werte infolge der Entstehung von patriarchalen Herrschaftssystemen muß es zu einer „Verweiblichung", d.h. zu einem Linksruck des männlichen Denkens gekommen sein. Die Verwaltung der sich immer komplizierter gestaltenden Gemeinschaften, der Handel und die Lagerhaltung erforderten eine Art der Problemlösung, die nicht so sehr männlich, das heißt ballistisch, räumlich und bildlich, sondern vor allem weiblich, das heißt, rational und logisch war.

Daß diese neue Art des Denkens den Männern nicht leicht fiel, spricht für sich. Wunderlich vergleicht den modernen Mann daher mit einem Schifahrer, der erst seit kurzem gelernt hat, beim Befahren eines Hanges nicht den Bergski, sondern den Talski zu belasten. Weil dies für einen Anfänger etwas Unnatürliches ist, macht er es so verbissen, daß er weit über das Ziel hinausschießt. Seine Bewegungen wirken krampfhaft und künstlich. Ebenso entarteten die regen „linkshälftigen“ Hirnaktivitäten des neuzeitlichen Mannes in „unbewußte“ technische Spielereien, in Zweckhandlungen ohne wirkliches Verständnis, in zwar formelle aber nicht inhaltlich logische und vernünftige Handlungen.

Tina Wunderlich drückt es so aus: *„Immer wenn ein Mann sich der „weiblichen“ Vernunft bedient, wertet er die menschliche Existenz zu einem zu untersuchenden und zu definierenden Objekt ab, an dessen Rand er selbst* (gemeint ist wohl die rechte Hälfte seines Hirnes) *als nicht verstehendes Subjekt steht. Daher kann er das Dasein auf Erden nicht als etwas Logisches und Vernünftiges oder, im wahrsten Sinne des Wortes, als etwas Selbstverständliches verstehen, sondern er versucht es mit technischen Mitteln hirngespinstigen Lösungen zuzuführen. Und je weiter die Zivilisation voranschreitet, desto offensichtlicher wird dieses Manko der männlichen Vernunft. Denn auch wenn seine Vernunft noch so „intelligent“ operiert, sie wird, eben weil es sich um die „falsche“ Vernunft“ handelt, immer unterschwellig von ihrem (wahren) Jagdhirn beeinflußt werden.“* (☛WUNDERLICH, 2012).

Gerade aber dank diesem „falschen Bewußtsein“ der herrschenden Männer, dank dieser paradoxen Mischung aus „Jagdwerten“ und sinnentleerter Zweckrationalität konnten wichtige Sprossen auf der Leiter zu neuartigen Intelligenzformen erklettert werden. Oder anders gesagt: Eine Dreistufenrakete zur Eroberung neuer Welten war gestartet.

Die Entwicklung zur Herrschaft von Männern über Menschen war aus heutiger Sicht unvermeidlich. Wie schnell sich diese Entwicklung von der Jäger- und Sammlergesellschaft zur Kriegs- und Hoheitsgesellschaft vollzog (erinnern wir uns an die Beschleunigung der Ereignisse auf dem Evolutionskalender), belegen archäologische Funde neueren Datums. Zwischen 9.000 und 6.000 v. Chr. entstanden nicht nur im Nahen und Mittleren Osten die ersten befestigten Städte, wie Novali Chori oder Jericho, sondern wurden auch die ersten durch Palisaden umgebenen Siedlungen in England, in der Ukraine und in Deutschland errichtet. Es seien hier vor allem auch die Ausgrabungen der Suchbotertruppe D-2345 nördlich von Weinberg erwähnt.

So waren praktisch aus dem Nichts Hochkulturen entstanden, die in den zehntausend Jahren ihres Vorhandenseins zwar manchmal ins Stocken gerieten, aber immer wieder neu aufflakkerten, bis schließlich jene technische Zivilisation hervorgebracht wurde, die eine Überschreitung des Irdischen in Aussicht stellen konnte. Dies geschah ca. 8.000 Jahre später, als sich ab dem Jahre 1500 nach Chr. die Entwicklungen in Europa beschleunigten. In Übereinstimmung mit dem Philosophen Claude Boche meinen wir, daß dieser Aufbruch aus den alten, feudalen Strukturen ebensogut irgendwo anders hätte passieren können. Die Kulturen in Südamerika oder Asien hätten vielleicht noch 10.000 Jahre geschlummert, aber auch sie wären zweifelsohne einmal aufgewacht. Sogar die Griechen hätten im 5. Jahrhundert v. Chr. den Durchbruch zur Dampfmaschine immerhin beinahe geschafft. In diesem Falle wären die Römer ihre Amerikaner gewesen und wir wären schon auf dem Weg zum nächsten Sonnensystem (☛BOCHE, 2015).

Tatsächlich kommt es auf einige zehntausend Jahre nicht an. Aus unserer Sicht ist es nur wichtig festzuhalten, daß die industriell-technische Revolution in einem logischen raumzeitlichen Konnex zur neolithischen Revolution steht und deswegen unausweichlich war. Diese Kausalität wird einerseits durch das Surplushirn des Menschen, anderseits durch die günstigen, örtlich unterschiedlichen Grundbedingungen der Erde gesichert.

Im Europa des ausgehenden Mittelalters waren die Voraussetzungen jedenfalls günstig genug. Die Erfindung des Buchdrucks, die Eroberung der neuen Welt, der Zerfall des geistigen Monopols der katholischen Kirche, die Zunahme der Bevölkerung, die Verstädterung, die protestantische Ethik, der Geldhandel, die sich rasch wandelnde wirtschaftlichen Verhältnisse, die Entstehung von neuen, dynamischen Klassen, die rechtliche und politische „Rationalisierung" des Lebens, die Geburt der empirischen Wissenschaft usw. sorgten für den Aufbruch in die Neuzeit. Genau zu bestimmen, welche Faktoren den Durchbruch ermöglichten, was Zufall und was Notwendigkeit war, ist Haarspalterei.

Im Sinne der in diesen Sachen sehr beschlagenen Datenbank CTXM denken wir uns diese Ereignishäufung als eine Matrix aus 100000000000 0000000000000000000 Gigabytes.

Im Zuge dieses Umbruches wichen die traditionellen Strukturen der feudalen Gesellschaft den „zweckrationalen" Markt- und Machtgebilden der Moderne. Genauso rasch wurde das noch sehr von der ursprünglichen Jagdvergangenheit durchdrängte Denken der Piraten, Raubritter, Könige, Kaiser, Priester, Kolonialherren, Theologen, Goldsucher und Pferdediebe durch das „moderne", instrumentelle Denken der Buchhalter, Bürokraten, Laborangestellten, Sachpolitiker und Techniker ergänzt und überflügelt. Boche spricht in diesem Zusammenhang vom zweiten Linksruck der „*menschlichen*" (gemeint ist wohl „männlichen") Vernunft. (☛BOCHE, 2014).

Das Ergebnis war ein rasanter Höhenflug der Wissenschaft und Technik. Im Zuge des „Take-off" der zweiten Stufe der Rakete nahm auch die Mobilität des Menschen nochmals zu. Kontinente wurden „entdeckt", Kolonien erobert, Welten erschlossen, Menschen als Sklaven verschleppt, Bodenschätze gefördert, die letzten Ressourcen aufgeboten. Als die Erde dann vom Nordpol bis zum Südpol endgültig unterworfen worden war und von der sibirischen Tiefebene bis zum Gipfel des Mount Everest beherrscht wurde, steigerte sich die menschliche Mobilität noch einmal sowohl quantitativ als auch qualitativ. Während sich immer größere Teile der Menschheit in immer längeren Pkw-Kolonnen zweimal im Jahr auf dem Weg in den Urlaub befanden, während Überschallflugzeuge von Tokio nach London düsten und TGVs und LKWs durch neue Freihandelszonen hetzten, waren die Glückssucher der Neuzeit, die Eliten der Technowissenschaft, ununterbrochen damit beschäftigt, unerforschte Grenzen zu erkunden.

Mit der ersten bemannten Reise zum Mond im magischen Jahr 1969 wurde die Eroberung des Kosmos eingeleitet. Gleichzeitig mit dem ersten Aufbruch ins All fand eine zweite, noch radikalere technische Revolution statt, die der Informatik und der Gentechnik. Diese Revolution wischte nicht nur, quasi nebenbei, die letzten unproduktiven Wirtschaftssysteme weg, sondern öffnete auch neue, bis dahin ungeahnte Wege zur Ausdehnung der irdischen Intelligenz ins All. Homo Sapiens strebte in immer schnellerem Takt seiner Apotheose entgegen.

Im dritten Jahrtausend fand die Generalmobilisierung schließlich ihren Abschluß (☛SLOTERDIJK, 2001) .

Wie vorprogrammiert, schlossen alle irdischen Völker und Staaten sich unter dem Druck einer weltumfassenden, sich technisch unaufhaltsam erneuernden Kapitalwirtschaft zu „spiralnebelartigen" Märkten zusammen, die die geballte Leistung von acht Milliarden Menschen absorbierten. Durch die systematische Einbindung aller oppositionellen Ideologien und aller kreativen Kräfte (Boche nennt die Integration ehemaliger Systemkritiker, den Brain-Drain aus den verlorenen Kontinenten der Dritten und Vierten Welt sowie die geschickte Neueingliederung der weiblichen Intelligenz) konnte das gaiafugale Potential der Menschheit derart vergrößert werden, daß es „gravitationsfrei" wurde. Die dritte Stufe der Rakete hatte sich gelöst.

Mit diesem „Endsieg der Moderne" wurde im 21. Jahrhundert der Countdown beendet, der seit der Herausbildung menschlicher Intelligenz lief. Der Überwindung des Biologisch-Irdischen stand nichts mehr im Wege (☛ LYOTARD,1989).

Im Jahre 2015 wurde das Ultra-Ratio-Projekt gestartet. Ein Jahr später entstanden die ersten vorbewußten Computer. Durch die Kreuzung der besten Programme wurde zwei Jahre später die Stufe der maschinellen Selbstreflexion erreicht. Einer intensiven Phase der Zusammenarbeit zwischen Mensch und Computer folgte im Jahre 2020 das Zeitalter der Autoevolution. Der Erfolg stellte sich rasch ein. Durch die Verdichtung der Netze kam es im Jahre 2025 zu einem globalen artifiziellen Bewußtsein. Dank der Benutzung freier elektromagnetischer Datenfelder schafften wir es 2028, die Hirnpotentiale von mehr als 20 Million Menschen einzubinden. Die Zahl der Infoknoten und die Menge der parallel verarbeiteten INFORMATION nimmt seitdem unaufhörlich zu.

Den Sprung zum nächsten Sonnensystem erwarten wir im kommenden Jahrtausend.

☛Verwendete Information:

BÖLBY, Sören : **Exit Homo, über die Unmoral des Menschen, 2009**
BOCHE, Claude : **La Vitesse comme Fetisch et Voodoo, 2011**
BOCHE, Claude : **Noname, Nomade et Monade, 2015**

DUBOIS, Henry	: **Homme Astrale, 2000**
LERNER, Gerda	: **The Creation of Patriarchy, 1986**
LYOTARD, Jean-Francois	: **Das Inhumane, 1989**
MC DUNCAN, Laura	: **Traces of magic Mushrooms in Neolithical Settlements, in "Why Not?", S. 12-78, 2010**
MURIA, Anna	: **No Comment, 2020**
QUARCK, Heinz-Fritz	: **Veblens Plündergemeinschaften, Wahrheit oder Fiktion?, 2002**
SPASLOV, Juri	: **Hat es wirklich ein Matriarchat gegeben?, 2015**
SLOTERDIJK, Peter	: **In hetzelfde schuitje, nawoord bij de Nederlandse uitgave, 2001**
WUNDERLICH, Tina	: **Instrumentelles Denken in "Bits", S. 23-46, 2012**
XXZNRX	: ■ ⍖ ⩓ ⬍ ⧉ □ ▴ ▸ ⋱ , 2028
Datenbank CTXM	: **Entscheidene Phasen in der Geschichte der Menschheit, 2028**

LOGOUT

□⬍ ✓TARNE DIE ANALYSE VON FALL 126 ZUM SCHUTZE UNSERER MISSION ALS KRANKENGESCHICHTE EINES PARANOIKERS! □⧅ ⧉ ≚!

Ende der Datenübertragung! Der Empfang von 745 KB wird am 05.07.2015 um 12.45 p bestätigt!

Wir danken dem

ARCHIV DER NERVENANSTALT MÜNCHEN

EUROPOL ABT. 126, BEKÄMPFUNG VON SEPARATISTISCHEN BEWEGUNGEN.

Logout und STOP!